Zum Buch:

Er kommt näher, so nahe, dass seine Schuhspitzen meine berühren und ich den Kopf in den Nacken legen muss, um in seine erboste Miene zu schauen. Plötzlich sind all meine Sinne von ihm erfüllt, und mein Herz hat Mühe, mit sich selbst Schritt zu halten, während es einen chaotischen synkopischen Rhythmus trommelt.

»Du wirst schnell, sehr schnell lernen, Blümchen, dass ich nichts, absolut nichts von dem tun werde, was du oder sonst wer in dieser Einrichtung mir vorschreibt. Es ist schon lächerlich genug, das hier überhaupt als Job zu bezeichnen. Und es ist noch lachhafter von dir, deine Fantasie-Spielerei so ernst zu nehmen, dass du die Frechheit besitzt, auf diese Weise mit mir zu reden.« Seine Worte treffen mich wie ein Schlag ins Gesicht, aber ich lasse mich nicht beirren.

»Warum bist du dann hier, Teddy? Wenn du glaubst, dass du so viel besser bist als alle anderen?« Wieder verengen sich seine Augen, als er den Spitznamen hört, und nun bin ich an der Reihe, ihn spöttisch anzugrinsen.

Zur Autorin:

Megan Clawson ist in der Grafschaft Lincolnshire geboren und aufgewachsen. Als Tochter eines Beefeaters hat sie sich schon früh in die Stadt London verliebt und lebt dort seit 2018. Heute wohnt sie wie ihr Vater selbst im Tower von London und hat ihren persönlichen Royal Guard an ihrer Seite sowie ihren kleinen Hund Ethel. Megan dokumentiert ihr Leben im Tower bei TikTok und hat etwa 300 000 Follower. Neben ihrer schriftstellerischen Tätigkeit ist sie auch als Englischlehrerin sowie als TV- und Filmstatistin tätig.

MEGAN CLAWSON

Love
at
First Knight

Eine königliche Liebeskomödie

Roman

Übersetzt aus dem Englischen von
Ira Panic

HarperCollins

Die Originalausgabe erschien 2024 unter dem Titel
Love at First Knight bei AVON, an imprint of HarperCollins *Publishers*, UK.

1. Auflage 2024
© 2024 Megan Clawson
Deutsche Erstausgabe
© 2024 für die deutschsprachige Ausgabe
HarperCollins in der
Verlagsgruppe HarperCollins Deutschland GmbH, Hamburg
Umschlaggestaltung von zero-media.net, München nach einem
Originalentwurf von Sarah Foster / HarperCollins*Publishers* Ltd
unter Verwendung von Shutterstock
Gesetzt aus der Stempel Garamond
von GGP Media GmbH, Pößneck
Druck und Bindung von GGP Media GmbH, Pößneck
Printed in Germany
ISBN 978-3-365-00817-1
www.harpercollins.de

Für alle,
die sich so lange hinter einer Maske
verstecken mussten, dass sie nicht länger
unterscheiden können, was real ist und was nur
vorgespielt.

1. KAPITEL

»Macht ihn fertig, Lady Alenthaea!« Mums dröhnende Stimme trägt problemlos übers Schlachtfeld. Die Spitze meines Schwerts streift die freigelegte Kehle meines Zwillingsbruders. Sein Brustpanzer, der sich bei jedem seiner heftigen Atemzüge hebt und senkt, ist mit demselben Blut besprenkelt, das nun auch eine dunkle Kruste um seine Nasenlöcher herum bildet. Seine waffenlosen Finger krallen sich in die aufgewühlte Erde zu meinen Füßen. Augen, die den meinen bis ins letzte Detail gleichen, suchen mein Gesicht nach einer Schwäche, einem Anflug von Mitleid ab. Doch dergleichen wird er bei mir nicht finden. Vielmehr wird er dafür bezahlen, was er mir angetan hat.

»A...aufhören!«, stimmt Dad in die Schlachtrufe ein. Seine Stimme zittert schwächlich, seine Worte beben vor kindischer Emotion. Für einen kurzen Moment wende ich den Blick von meiner verwundeten Beute, um ihn anzuschauen. Er umklammert den Kragen seiner Tunika und lässt die breiten Schultern hängen.

»Herrje, um Odins willen, Simon.« Um ihm in Erinnerung zu rufen, wo er ist, hinterlässt Mum einen Abdruck ihres gekrümmten Stabs auf seinem Bauch – eine Maßnahme, die ihn dazu zwingt, sich wieder zu seiner vollen, beeindruckenden Größe aufzurichten. Nervös nippt er an der Tasse Tee in seiner Hand, und sein Blick flattert unruhig von einem zum anderen. Offensichtlich fühlt er sich hin- und hergerissen zwischen der Pflicht, seine Kinder in ihrem Kampf zu unterstützen, und dem Bedürfnis, sich ins Innere des Gemeindesaals zurückzuziehen, weil er das Ganze nicht länger mit ansehen kann.

Sam nutzt diese Gelegenheit zur Gegenwehr. Er schlägt mit seinem schweren Panzerhandschuh gegen meinen, um mir das Schwert aus der Hand zu schleudern, holt mich mit einer einzigen geschmeidigen Bewegung von den Beinen und überlässt es der Schwerkraft, mich rücklings in den lehmigen Rasen zu pflügen. Niedergedrückt vom Gewicht meiner Rüstung, bleibt mir nichts übrig, als meines weiteren Schicksals zu harren. Ich harre nicht lange. Wie der grimmige Sensenmann ragt Sam über mir auf, ohne sich die Mühe zu machen, mich am Boden zu fixieren. Ich spüre, wie ich weiter in den weichen Boden sinke, immer tiefer in mein eigenes Grab, während sich sein schmutziges Gesicht weiter und weiter von mir entfernt. Er ist der Gott des Todes, herabgestiegen aus den Wolken, um mein Ende zu besiegeln. Ich kann nicht sehen, wie er sich die Rüstung vom Leibe reißt, höre aber, wie sie scheppernd irgendwo hinter meinem Kopf landet. Dann kehrt er zurück, tritt gegen meine Schultern und bringt erneut sein Schwert ins Spiel.

»Du hast hart gekämpft, süße Schwester, doch Zögerlichkeit war schon immer deine Schwäche.« Damit schwingt er das Schwert nach oben und drückt die Klinge an meine Kehle. »Gute Nacht.«

Vereinzelter Applaus von der Veranda des Gemeindesaals beendet mein ersticktes Husten und Krächzen.

»Das war verdammt geil, Daisy.« Sam streckt eine Hand aus, um mir beim Aufstehen zu helfen. Stöhnend rappele ich mich hoch und starre auf die Daisy-förmige Delle im Gras. Eins meiner Elfenohren hat sich gelöst und ragt wie ein Grabstein aus Latex in die Höhe.

»Nicht diese Ausdrücke, Samwise«, rügt Mum und versetzt ihm mit ihrem knorrigen Stab, an dem sie definitiv zu viel Gefallen gefunden hat, eine sanfte Kopfnuss. »Aber du hast trotzdem recht. Gut gemacht, Kinder.« Sie drückt jedem von uns einen Kuss auf die dreckverkrustete Stirn oder versucht es zumindest; ihre falschen Reißzähne hinterlassen einen feuchten Fleck.

Als mein Adrenalinpegel sich endlich wieder normalisiert hat, wende ich mich zwecks Nachbesprechung an meinen Bruder. »Nächste Woche sollten wir wirklich mehr an unserer Nahkampftechnik arbeiten, Sam – die muss perfekt sein für die Schlacht um Helm's Geek. Du musst deine Hemmungen ablegen, mir ins Gesicht zu schlagen. Hau einfach …«

»Ach, ich hasse es, wenn ihr euch so brutal aufeinanderstürzt«, fällt Dad mir ins Wort. Seine Augen sind immer noch geweitet vor Besorgnis, während wir anderen mit den unseren rollen. »Es ist nicht echt, Dad«, versichere ich. »Genauso wenig, wie Mum im wahren Leben ein hässlicher Goblin auf Steroid ist.« Unwillkürlich mustern wir sie von oben bis unten. Je mehr man über ihre Verwandlung nachdenkt, desto komischer kommt sie einem vor. Unter der Woche ist unsere Mutter eine erfolgreiche Steuerberaterin im perfekt sitzenden Business-Outfit, am Wochenende mutiert sie zu einem von Tolkiens Orks. Heute morgen ist sie um vier Uhr aufgestanden, um aus ihrem Gesicht mithilfe von verdammt viel Silikon eine grässliche Fratze zu formen. Schönheit ist das Letzte, woran sie in solchen Momenten denkt. Ihre Haare bringt sie unter einer Perücke mit wenigen wilden und fettigen Strähnen zum Verschwinden, das eine Auge ist durch eine dunkle Kontaktlinse geschwärzt, und aus ihrer gewaltigen Unterbiss-Prothese ragen wuchtige Reißzähne auf. Mit ihren gerade mal einen Meter fünfzig ist sie die furchterregendste, imposanteste Kreatur auf dem Spielfeld – von Kopf bis Fuß ein abstoßendes, bösartiges Kunstwerk.

Tatsächlich sah sie genau so aus, als sie in der Schlacht von Gibraltar meinen Dad kennenlernte. Damals war er keineswegs der ängstliche Knappe von heute. Nein, bevor er Kinder hatte, war mein Vater der coolste Paladin aller Zeiten. Mit stolzen zwei Metern Körpergröße überragte sein Heiliger Ritter alle anderen und schlug mit der Stärke von zehn Männern eine Schneise durchs Böse. Doch er wurde durch meine Mutter korrumpiert, diesen garstigen Ork, den im Dienste seiner frommen Mission niederzumähen er einfach nicht über sich brachte. Also hängte er den Umhang des Kreuzritters an den Nagel, wurde Mums Knappe und heiratete sie im wahren Leben, genau hier, auf diesem alten Kohlacker vor der Dorfhalle – und zwar in voller Montur.

Momentan macht er einen Riesenwirbel um Samwise – und ja, mein Bruder wurde tatsächlich nach dem Hobbit benannt und ich nach dessen Hobbit-Schwester. Wir hatten nie eine Chance, irgendwas anderes zu werden als unglaubliche Nerds, daher war es eine glückliche Fügung, dass wir uns praktisch schon im Geburtskanal gegenseitig zum Duell gefordert haben. Unserer jüngeren Schwester war das Schicksal nicht so gewogen.

»Das hier ist aber echt.« Dad zückt ein Taschentuch, leckt daran und wischt damit über Sams blutige Nase, sehr zum Entsetzen meines erwachsenen Bruders.

Aber er hat recht. Es ist echtes Blut. Möglicherweise habe ich mich zu Beginn unseres Kampfs etwas zu ambitioniert meiner Ellbogen bedient und dabei vergessen, dass meine Gummirüstung nicht nur viel härter ist als mein Arm, sondern auch jedes Mal, wenn sie auf nackte Haut trifft, ein schmerzhaftes Brennen hinterlässt. Mit einem

Anflug von Schuldgefühlen schaue ich zu, wie Dad an Sams Nase herumtupft. Aber immerhin hat Sam *mir* vor ein paar Wochen mit einem ziemlich wilden Schwerthieb einen Finger gebrochen, daher hält sich mein schlechtes Gewissen in Grenzen.

Beim Live Action Role Playing oder kurz »LARPen« tut man zwar nur so als ob, aber ein Kinderspiel ist es trotzdem nicht. Mein Schwert kann keine Häupter fällen, ist aber durchaus dazu in der Lage, ein paar Nasen und eventuell auch einige Rippen zu brechen. Die Schlacht um Helm's Geek im August ist jedes Mal ein regelrechtes Blutbad. Wir arbeiten das ganze Jahr daran, unsere Waffen und Gewandungen zu perfektionieren. Ich verbringe Stunden damit, das Kohlefaserskelett meines Schwertes erst mit Schaumstoff, dann mit Latex, dann mit Farbe und Lack zu umhüllen. Alles muss perfekt gewichtet und genau vermessen sein. Nicht dieser Papp- und Klebeband-Blödsinn. Man sollte niemals unterschätzen, wie ernst ein Nerd die Gelegenheit nimmt, seine Fantasien bis aufs i-Tüpfelchen genau auszuleben.

Nachdem mein 23-jähriger Bruder damit fertig ist, von seinem Dad das Gesicht abgewischt zu bekommen (und sich zum Abschluss das Haar zerzausen zu lassen), gehen wir zurück zum Rest unserer Gruppe. Zugegeben, im Moment bieten unsere Mitstreiter keinen besonders beeindruckenden Anblick. Rein optisch bewegen sie sich auf dem schmalen Grat zwischen historisch akkuraten Mittelalter-Reenactors und Leuten, denen man zwanzig Pence geben würde, wenn sie zu lange vor dem Tesco herumlungern. Dennoch ist das, was sich hier in der feuchten und muffigen Dorfhalle versammelt hat, die Friskney Fellowship – die angesehenste Gruppe von LARPern diesseits des Humber (wahrscheinlich).

Unsere Fellowship besteht aus zwölf Mitgliedern: Wir vier, das versteht sich von selbst, plus meine jüngere Schwester Marigold (die das mit ihren siebzehn Jahren natürlich megapeinlich findet). Außerdem sind da noch unser schon recht ältlicher Nachbar Richard, ein Zauberer, der seine Magie meist von einem bequemen Sessel aus wirkt und fast ausschließlich Beleidigungen von sich gibt, und Hazel und Terry, ein Pärchen mittleren Alters, das das Ganze höchstwahrscheinlich als abgefahrenes Sex-Ding benutzt. Jedenfalls mimen sie abwechselnd hilflose Adelige oder erotisch aufgeladene schurkische Abenteurer aus der Unterschicht, die einander ständig retten. Nicht zu vergessen unser achtzehnjähriger Barde Callum, der Gitarre, Laute und manchmal auch Horn spielt und der einzige Grund ist, warum Marigold ihre Sonntagnachmittage immer noch mit uns verbringt. Die letzten drei sind die O'Neills: Violet, Bernard und ihre Tochter Flora, eine perfekt koordinierte Familie von Heilern, die meine Mum regelmäßig in orkische Rage versetzen.

Richard schläft zusammengekauert in seinem üblichen Sessel, das bis auf den letzten Sandwichkrümel geleerte Lunchpaket vor sich. Zu seinen Füßen verteilen sich die Spuren eines kleinen Kinderfests übers Linoleum – ich kann erkennen, wo er versucht hat, das bunte Konfetti wegzukicken, bevor er sich auf seinen angestammten Platz niedergelassen hat. In der Ecke sitzt Callum und spielt leise auf seiner Gitarre. Vom Tisch gegenüber beobachtet ihn eine rehäugige Marigold. Sich direkt neben ihn zu setzen, ist keine Option für sie, es sei denn, sie würde erklären wollen, warum ihr Gesicht plötzlich dieselbe Farbe hat wie ihr scharlachroter Kapuzenumhang – das einzige Kostüm, das sie zu tragen bereit ist.

Sams Gesicht nimmt den exakt gleichen Rotton an, als Flora O'Neill zu uns herüberkommt, um ihm zu seinem

Sieg zu gratulieren. Ich muss seinem Kettenhemd einen Stoß versetzen, bevor er ein knappes Dankeschön über die Lippen bringt. Eigentlich kommt Flora, die eine Ausbildung zur Krankenschwester macht, hauptsächlich als Ersthelferin zu unseren Treffen, aber sie passt wunderbar ins Ambiente mit ihrem eleganten, feengleichen Gesicht, das von weichen, honigblonden Strähnen umrahmt wird, die sich anmutig aus ihrem Pferdeschwanz lösen. Ihr weißes Kleid ist mit gestickten Blumen übersät und so strahlend hell, dass ich mich unwillkürlich frage, ob Flora wirklich über magische Kräfte verfügt, die dafür sorgen, dass ihre Sachen makellos sauber bleiben. Angesichts meines eigenen schlammbedeckten Outfits überlege ich sogar ernsthaft, sie darum zu bitten, es ebenfalls mit einem Reinheits-Zauber zu belegen. Jedenfalls strahlt diese Frau eine sanfte Vollkommenheit aus. Wenn das Blütenblatt einer Pfingstrose laufen und sprechen könnte, würde es Flora O'Neill heißen, und Samwise Hastings ist bis über beide Ohren in sie verliebt.

Auch wenn sie jeden Sonntag hier aufläuft, ist die fehlerlose Flora noch immer ein bisschen zu normal, um etwas anderes in meinem Bruder zu sehen als einen überenthusiastischen Geek, der ständig Verbände oder Pflaster braucht. Und da ist es natürlich auch eher kontraproduktiv, dass Samwise, sobald er mal den Mut zusammenrafft, mehr als zwei Worte am Stück an sie zu richten, mitten im Satz ins Klingonische wechselt. Denn sie ist definitiv nicht nerdig genug, um das zu verstehen, und auch in der Realität zu weltfremd, um zu kapieren, dass er mit ihr flirtet.

»Guter Kampf, Zwillinge.« Terry, der heute die Rolle des geilen Schurken innehat, klopft uns kräftig auf die Schultern, während Sams waidwunder Blick Flora folgt, die quer durch den Raum zu ihren Eltern zurückschwebt.

Heute haben Terry und Hazel schon nach rund fünfzehn Minuten begonnen, auf dem Schlachtfeld herumzuknutschen. Ich nutzte die Gelegenheit, beide in einem Streich mit meinem Breitschwert aufzuspießen, doch sie waren so abgelenkt, dass sie es erst nach weiteren zwölf Minuten bemerkten.

»Danke, Terry«, antwortet Sam für uns beide, auch wenn seine gesamte Aufmerksamkeit noch immer den Heilern gilt, die gerade dabei sind, ihre leeren Thermoskannen im Picknickkorb zu verstauen. Ich schenke Terry ein knappes Lächeln und kaschiere einen erleichterten Seufzer, als er endlich seine Hände von unseren Schultern nimmt. Hastig wickele ich ein paar Haarsträhnen um meine Finger und versuche, den getrockneten Schlamm von meinem Hinterkopf abzuschütteln.

»Du musst mir unbedingt zeigen, wie man das macht«, sagt Hazel und starrt auf die komplexen Zöpfe, die ich über meinem Scheitel zu einer kupferroten Krone aufgesteckt habe. Der Rest meiner Haare schlängelt sich über meinen Rücken (beziehungsweise tat es, bevor mein Bruder beschloss, mir ein Schlammbad zu gönnen), gerade lang genug, um meinen Nacken vor feindlichen Attacken zu schützen, aber doch zu kurz, um von irgendeiner trottheligen Bestie im Kampf gepackt zu werden. Praktisch.

»Und auch dein Ding mit dem Speer, du weißt schon, dieses Dreh-Ding ...« Sie macht meinen Spezial-Trick nach, indem sie so tut, als würde sie einen Sponton über ihrem Kopf herumwirbeln, und stößt dann die unsichtbare Waffe in den Bauch ihres Mannes. Terry spielt mit, krümmt sich keuchend zusammen und sinkt, vom Fake-Schmerz gefällt, auf die Knie. Dann steht er wieder auf und küsst seine kichernde Frau auf die Stirn. Ich bin immer unsicher, wie ich mich verhalten soll, wenn ich in ihrer Nähe bin. Es kommt mir vor, als ob ich bei den beiden ständig in irgendwelche intimen Momente hineinplatze, und ich weiß einfach nicht, wohin ich gucken soll. Also stimme ich Hazels Wunsch rasch zu. Wenn sie und Terry sich mal entschließen, die Hände voneinander zu lassen, sind sie die nettesten und loyalsten Freunde, die man sich wünschen kann, daher wäre es kein Problem, ihnen ein paar neue Fertigkeiten beizubringen. »Nächste Woche um dieselbe Zeit, ja?« Terry richtet seine Frage an Mum, die wortlos nickt, woraufhin er und Hazel ihre Waffen einsammeln. Natürlich ist das Prunkstück in ihrem Arsenal eine Peitsche, die sie definitiv schon besaßen, bevor sie sich diesem Hobby zuwandten. Sie verschwinden, begleitet von einem Chor aus »Bis bald«, »Macht's gut« und einem Grunzen von Richard, den das allgemeine Geschwätz offensichtlich aus dem Schlaf gerissen hat. Ein weiteres Grunzen signalisiert, dass er nun auch zum Aufbruch bereit ist, was bedeutet, dass unser Treffen jetzt offiziell beendet ist und wir ihn nach Hause bringen müssen.

Beim Anblick unseres Hauses bekäme jeder gestandene Handwerker einen Herzinfarkt, sofern meine Mum jemals einen über die Schwelle lassen würde. Ich bin nicht sicher, ob sie überhaupt eine Wasserwaage im Werkzeugkasten hatte, als sie sich um die Inneneinrichtung gekümmert hat. Jede Oberfläche des kleinen weißen Cottage ist so uneben, dass eine auf der Anrichte platzierte Seifenblase durch einen Schwindelanfall platzen würde. Doch Mum mag es so. Das übrige Lincolnshire sei dermaßen flach, gerade und gleichförmig, sagt sie, dass es vollkommen in Ordnung sei, im eigenen Heim ein bisschen Schieflage zuzulassen, selbst wenn das bedeutet, dass man seine Fotos mit Klebeband am Kaminsims fixieren muss, damit sie nicht runterrutschen.

Bei Lichte betrachtet, ist sogar der Hund ein wenig schief – auf der rechten Gebisshälfte fehlen ihm einige Zähne, weshalb seine große Zunge immer dort aus dem Maul raushängt. Damit sie nicht austrocknet, taucht Sam sie regelmäßig in den letzten Rest Tee in seiner Tasse. Früher hieß das Tier mal Sméagol, aber mittlerweile ist es eher ein Gollum.

Wenn ich die Holztreppe hochsteige, knarren die Stufen unter meinem Gewicht. Zum Glück bin ich kein Mensch, der gern herumschleicht, denn das wäre in diesem Gebäude unmöglich. Jeder Schritt ist so, als würde man die Tasten eines maroden Klaviers drücken, und die Melodie der eigenen Bewegungen tönt durchs ganze Haus.

Ich lasse den Plan ruhen, fürs Abendessen in den Pyjama zu wechseln, und kuschele mich stattdessen in das Kissen auf der oberen Fensterbank, um den meilenweiten Ausblick zu genießen. Die Landschaft besteht nur aus Feldern und Bauernhöfen, Hügel oder Täler sucht man hier vergebens. Die wenigen Bäume stehen vereinzelt, verstreut über das weitläufige Ackerland, nie in Reichweite der eigenen Art. Es ist eine Landschaft der Einsamkeit. Nach Sonnenuntergang kann man drüben in der Stadt die schummrige Beleuchtung der Boston Stump sehen, die letzten Lichter leisten der Kirche bis Mitternacht Gesellschaft, bevor sämtliche Straßenlaternen erlöschen und uns alle in erzwungene Dunkelheit stürzen. Von mitternächtlichen Abenteuern wird dringend abgeraten.

Doch genau hier und dann würden Lady Alenthaeas Eskapaden beginnen, wenn dieses Haus ein Elfenpalast wäre und die Landschaft dort draußen ein magisches Königreich. Lady A ist mein LARP-Alter-Ego, aber unsere Beziehung geht weit über das Schlachtfeld hinaus. Sie ist praktisch mit mir identisch oder könnte es sein, wenn ich all das wäre, was ich nicht bin. Lady A ist eine schöne Elfenadlige, selbstbewusst und von ihrem Volk geliebt. Sie weiß ganz genau, was sie will, und sie bekommt es auch. Einst führte sie ein friedliches, perfektes Leben in einem von ihrer Mutter matriarchalisch regierten Reich und ist von klein auf darauf vorbereitet worden, irgendwann den Thron zu übernehmen. Doch dann ereignet sich die Tragödie: Ihre Mutter wird auf dem Weg zu einem Staatsbesuch im Druiden-Königreich von Orks überfallen und kehrt nicht mehr zurück. Da sie weiß, dass es ihre Bestimmung ist, erhebt sich die untröstliche Alenthaea im Angesicht ihrer Trauer und schreitet zum Thronsaal, um ihre Pflicht zu erfüllen – nur, um dort ihre jüngere Schwester bereits gekrönt und mit Alenthaeas Zwillingsbruder an der Seite vorzufinden. Der Versuch, ihre eigenen Anhänger um sich zu scharen, geht schrecklich schief, und Alenthaea erkennt, dass sie verraten wurde – nicht nur von ihrem eigenen Blut, sondern auch von ihren vermeintlichen Unterstützern. Sie wird aus dem Palast gejagt und zieht fortan allein durchs Land, nur auf ihr Schwert und ihr Können bauend, bis sie dereinst nach Hause zurückkehren und ihre Krone einfordern kann. Doch zuvor muss sie ihre Mutter rächen. Was können Orks und Monster schon gegen den Zorn einer betrogenen Frau ausrichten? Wann immer Daisy in Schwierigkeiten steckt, übernimmt Lady A – doch statt sich für mich mit Fabelwesen herumzuschlagen, sagt sie der alten Dame im Café des Gartencenters, dass sie mir den falschen Kaffee gebracht hat, oder ruft den Zahnarzt an, um einen Termin zu vereinbaren.

»Daisy?« Mums Stimme reißt mich aus meinem Tagtraum, und ich finde mich unter den Blicken der gesamten um den Esstisch versammelten Familie wieder. Offenbar war ich, tief in meiner Fantasiewelt versunken, wie auf Autopilot von meinem Fensterplatz zum Abendbrottisch gegangen –

ohne wirklich zu registrieren, dass ich mich nicht in meinem Elfenkönigreich befand. Keiner der Anwesenden wirkt jedoch überrascht von meiner Geistesabwesenheit. Marigold verdreht nur die Augen, und jetzt erst fällt mir auf, dass ich den Griff meines Buttermessers mit eiserner Faust umklammere und die Spitze kraftvoll in mein Platzset gerammt habe.

Grinsend tippt Sam mir an die Schläfe. »Da hast du dich wohl etwas von deinen Racheplänen mitreißen lassen, was?«

Errötend befreie ich mein Besteck aus der Tischplatte und widme mich wieder dem längst vergessenen und mittlerweile eiskalten Sonntagsbraten auf meinem Teller.

Doch ich komme nicht weit. »Entschuldigt mich bitte einen Moment. Nur ein paar Minuten.« Neue Gedanken zu Alenthaeas Geschichte wirbeln durch meinen Kopf, und ich versuche sie festzuhalten, damit sie nicht wieder verschwinden. Überwältigt von Ideen für ihre nächsten Abenteuer lasse ich Messer und Gabel fallen und springe auf. »Ich muss was aufschreiben. Damit ich es nicht vergesse.« Mum, die meine Kapriolen seit Langem gewohnt ist, entlässt mich mit einem Kopfschütteln und einem leisen Lachen, in das der Rest der Runde einstimmt.

2. KAPITEL

»So kann ich nicht sterben«, unterbricht eine jammernde Stimme mein tägliches Staubwischen. »Bitte lassen Sie mich noch mal würfeln.«

»Bilde dir bloß nicht ein, dass mir entgangen ist, wie du deinen Rettungswurf wiederholt hast, als du das letzte Mal auf einer Zwei gelandet bist, Willow«, neckt Dad seine junge Stammkundin. »Außerdem solltest du dich jetzt schleunigst wieder Richtung Schule begeben, die Mittagspause ist gleich vorbei.«

Beide Spieler erheben sich vom mit Würfeln und Minifiguren bedeckten Tisch, und mein Vater ringt dem murrenden Schulmädchen einen versöhnlichen Händedruck ab.

Dad betreibt einen kleinen Hobbyladen bei uns in der Stadt. Früher war es mal eine Boutique, die von einer exzentrischen alten Frau geführt wurde. Auch lange nach ihrem Tod riecht es hier noch gespenstisch nach nassem Hund und abgestandenem Zigarettenqualm. Aber die Miete ist niedrig, was sich gut trifft, da Dad es nicht über sich bringt, für irgendwas den vollen Preis zu berechnen.

Die Klientel ist, gelinde gesagt, überschaubar. Ab und zu kommen ein paar Eltern vorbei, die Materialien für Schulprojekte kaufen wollen und nicht ahnen, dass sie hier nicht Plakatfarbe und Pappe vorfinden, sondern Tausende Miniaturen von Fantasy-Bestien – und den extrem verwunderten Blick meines Vaters, wann immer ein neuer Mensch den Laden betritt (und seine Tabletop-Kriege stört).

Der Rest besteht aus Stammkunden: Leuten, die Energydrinks des Geschmacks wegen schlürfen, Menschen, die Discord-Accounts haben, Mitgliedern der Fellowship und Schülern, die an Sam und mich zu unserer Schulzeit erinnern und nach einem sicheren Hafen für Nerds suchen. In der Mittagspause und nach dem Unterricht verwandelt der Laden sich praktisch in einen Jugendclub für Kinder, die aus jedem anderen Jugendclub rausgemobbt werden würden.

Dad verbringt Stunden mit ihnen, zeigt ihnen, wie man Miniaturfiguren bemalt, spielt Tabletop-Spiele mit ihnen und hört ihnen zu, wenn sie über Dinge reden, bei denen andere nur die Augen verdrehen würden. Der Laden mag jedes Quartal rote Zahlen schreiben, aber solange er diesen Kids einen geschützten Ort bietet, an dem sie sie selbst sein können, ist er für Dad ein voller Erfolg.

Verärgert schnaufend, greift Willow zu ihrer Schultasche. Die anderen Spieler folgen ihrem Beispiel, mit dem Unterschied, dass sie beim Einpacken ihrer Charakterbögen und Notizen deutlich weniger aggressiv zu Werke gehen. Obwohl sie definitiv keine gute Verliererin ist, bedankt Willow sich auf dem Weg nach draußen noch mal ausdrücklich bei Dad, der sie und ihre Mitschüler lächelnd verabschiedet, bevor er sich hinter den Tresen zurückzieht, um ein paar seiner eigenen Figuren zu bemalen.

Mit einem Staubwedel bewaffnet, gehe ich durch den Raum und kitzele Dads dargebotene Kostbarkeiten, von Dracheneiern über magische Tränke bis hin zu Stapeln von Büchern, die erklären, wie man einen Kraken tötet. Wie von Zauberhand scheint der Staub sich in dicken Lagen überall zu verteilen, sodass der ganze Laden irgendwie verhext wirkt, als wäre man in ein uraltes Kaufhaus geraten. Manchmal frage ich mich, ob Dad seine Abende womöglich damit verbringt, diese Staubschichten immer wieder neu aufzutragen, vielleicht, um die Atmosphäre anzureichern, vielleicht auch, um sicherzustellen, dass ich hier immer etwas zu tun habe, eine sinnvolle Beschäftigung.

Die Wände hier sind nicht tapeziert, sondern von dicken Gobelins bedeckt, manche mit dunklen Paisleymustern, andere mit Karten von verlorenen oder erfundenen Ländern, auf denen Mum und ihr Schweißbrenner Löcher hinterlassen haben, obwohl die Anschaffung drei Monatsmieten gekostet hat.

Ich streiche mit dem Staubwedel über die Schwerter, die an einer der Wände hängen, gekreuzt hinter einem Schild mit dem Familienwappen, das Dad an einem Tag für uns entworfen hat, als im Laden noch weniger los war als sonst. Mum und Marigold sind natürlich durch ihre jeweiligen Blumennamen repräsentiert. Die Blüten ziehen sich über das gesamte Wappen. Ich zeichne sie mit den Fingern nach. Als Zwillinge werden Sam und ich durch einen zweiköpfigen Drachen symbolisiert. Sams Seite zeigt ein zähnefletschendes Lächeln, meine hält ein zartes Gänseblümchen zwischen den scharfen Klauen. Dad wusste nicht so recht, wie er sich selbst darstellen sollte, also hat er einen zwanzigseitigen Würfel in die untere Ecke gesetzt und Feierabend gemacht.

»Dais«, unterbricht Dad meine Arbeit, als ich gerade dabei bin, ein paar Regale aufzuräumen, die nicht mehr angerührt worden sind, seit ich mich vor ein paar Tagen daran zu schaffen gemacht habe. »Hast du in letzter Zeit mal mit deiner Schwester gesprochen?«

Ich schaue zu ihm herüber. Seine Brille sitzt auf der Nasenspitze, während er hoch konzentriert an den Flügeln eines winzigen Drachen aus dem 3D-Drucker herumpinselt. Mir wird klar, dass dies die Art Gespräch wird, bei der wir uns beide unwohl fühlen, denn Dad wartet auf meine Antwort, ohne den Blick zu heben.

»Nein«, antworte ich leicht verlegen. Ich dachte immer, es verstünde sich von selbst, dass Schwestern beste Freundinnen sind, als wären ihre Seelen in einer Art schwesterlicher Zuneigung miteinander verbunden, aber so war es bei Marigold und mir nicht, jedenfalls nicht in den letzten paar Jahren. Man könnte sagen, sie ist das weiße Schaf in einer Familie voller schwarzer Schafe. Sie fügt sich so mühelos in die Gesellschaft ein, wie es keiner von uns je getan hat. Ich bin neidisch auf sie. Und sie schämt sich für mich.

»Sie bewirbt sich an Unis«, sagt Dad, und ein weiterer Anflug von Eifersucht durchzuckt mich. Ich verachte mich für meinen Egoismus.

»Das habe ich mir schon gedacht.« Ich drehe ihm den Rücken zu und beschäftige meine zuckenden Finger damit, das Regal mit den Farbtöpfen neu zu arrangieren.

Ich habe es nie zur Uni geschafft. Tatsächlich habe ich es noch nie aus dieser Grafschaft herausgeschafft, abgesehen von irgendwelchen Wochenendfestivals in Begleitung meiner gesamten Familie. Und die einzige Person, die mich davon abhält, bin ich selbst. Ich und mein dummes Gehirn, das meinem Körper die falschen dummen Signale sendet und nur dann zufrieden ist und aufhört Zeter und Mordio zu schreien, wenn ich über die Schwelle des Hauses trete, in dem ich mein ganzes bisheriges Leben verbracht habe.

»Du könntest es noch mal versuchen«, schlägt er vor. Als ich nicht antworte, rudert er zurück. »Natürlich nur, wenn du das möchtest. Ich habe neulich mitgekriegt, wie du und dein Bruder darüber gesprochen habt, dass du mehr vom Leben willst und bereust, nicht weggegangen zu sein, als du die Chance dazu hattest …« Er unterbricht sich, weil er merkt, dass er sich ins Abseits argumentiert.

Ich reiße mich zusammen und lächele, um seine überraschend emotionale Attacke abzuwehren. »Du weißt aber schon, dass du mir mehr Lohn zahlen musst, wenn ich einen Abschluss habe.«

Endlich schaut Dad von seiner Miniatur auf. Zwar stellt er noch immer keinen Blickkontakt her, aber er gibt immerhin seinen Versuch auf, ernsthaft zu sein. »Ich würde den Job einfach auslagern – vielleicht würde ja einer der Jungs von der Griffin Academy gratis für mich arbeiten, wenn ich ihm verspreche, dass er vor all seinen Kumpels die neuen Sondermodelle kriegt.«

»Kann sein, aber ich habe dreiundzwanzig Jahre gebraucht, um die perfekte Tasse Tee für dich hinzukriegen. Glaubst du wirklich, einer der Griffin-Jungs wäre dazu imstande, exakt eineinviertel Teelöffel Zucker abzumessen?«

Übertrieben nachdenklich zieht er die Brauen zusammen, als ob er sich meine Frage ernsthaft durch den Kopf gehen lassen würde. »Nein, nein«, sagt er dann. »Da hast du recht. Touché.« Erschaudernd wendet er sich wieder seiner Malerei zu.

Ich beobachte ihn einen Moment und denke darüber nach, wie lange ich schon in diesem Laden herumtändele und Regale umräume, deren Bestand niemals abnimmt. Ich denke an die vielen Male, die ich mich schon hinter Bushäuschen geduckt habe oder hastig in Läden verschwunden bin, in die ich gar nicht gehen wollte, um die Begegnung mit ehemaligen Mitschülerinnen zu vermeiden, die stolz ihre Babykugel vor sich herschoben oder so penetrant mit der linken Hand wedelten, dass man den Klunker am Ringfinger beim besten Willen nicht übersehen konnte. Fast noch mehr verletzt es mich aber, wenn ich besagte Ex-Mitschülerinnen *nicht* sehe, denn dann weiß ich, dass sie unser winziges Städtchen verlassen und jenseits der Buslinie sechsundfünfzig eine aufregende neue Welt entdeckt haben.

Von Panik überwältigt, hatte ich mit achtzehn vergessen, dass dieser gigantische Planet, auf dem wir Steuern zahlen, um unsere Existenz zu rechtfertigen, sich weiter alle vierundzwanzig Stunden um die eigene Achse dreht und auch keine Anstalten macht, seine Umlaufbahn um die Sonne zu verlassen, nur weil jemand Angst davor hat, einfach nur zu *leben*. Und nun hat mich meine kleine Schwester, die sechs Jahre jünger ist als ich, eingeholt.

Bevor ich noch weiter über dem Thema brüten kann, zieht die Türglocke unsere Aufmerksamkeit auf sich. Statt sich, wie jedes andere Geschäft, für den üblichen Ding-Dong-Klang zu entscheiden, hat Dad seinen eigenen Jingle aufgenommen, oder zumindest so was in der Art. Und so dröhnt nun jedes Mal, wenn jemand den Laden betritt, seine theatralisch tiefe Stimme durch den Raum: *Seid willkommen, müder Reisender, in Hastings' Wunderladen der Orks und Kreuze, dem bestgehüteten Geheimnis des Reichs. Betretet ihn auf eigene Gefahr …*

»Also, ich finde es immer noch ein bisschen …«

Kleiner Scherz, wir sind hier alle freundlich. Keiner beißt, außer dem Goblin da hinten und dem siebten Buch im sechsten Regal …

»… langatmig, Dad.« Sam muss beinahe schreien, um die gottgleich von allen Wänden widerhallende Stimme zu übertönen, der er soeben durch die Tür gefolgt ist. »Und vielleicht ein bisschen laut?« Er verzieht gequält das Gesicht, als die Begrüßungsbotschaft mit einem leicht quietschenden Rückkopplungseffekt endet.

»Mir gefällt's«, erwidert Dad ungerührt und zuckt lässig mit den Schultern, die Nase immer noch dicht an seinem Drachen, der endlich Gestalt annimmt.

Sobald mein Zwillingsbruder vor mir steht, verändert sich sein Auftreten. Seine Züge spannen sich an, die heitere

Miene weicht tiefem Ernst. Er beugt den Kopf und beginnt in gewichtigem Ton zu sprechen. »Schwester, ich nähere mich dir auf diesem neutralen und heiligen Boden …« Seine Lippen verziehen sich zu einem Grinsen, und der lückenhafte Schnurrbart, den er versucht, wachsen zu lassen, grinst mit. »… um dir etwas ganz Großartiges zu zeigen.«

Sam holt sein Handy aus der Tasche und zeigt mir ein Werbefoto mit der fett gedruckten Aufschrift »Ritterschule«.

»Das hat einer der Jungs aus dem LARP-Forum rumgeschickt.«

»Ist aber für Kinder gedacht, oder?« Ich überfliege den Rest der Anzeige, die verspricht, *Sechs- bis Dreizehnjährige in tapfere Ritter zu verwandeln, und das innerhalb der Mauern des Königlichen Palasts Seiner Majestät und der Festung des Tower of London. Lernt, wie man mit dem Schwert umgeht, wie man Turniere kämpft und vor allem, wie man sich edel und ritterlich benimmt.*

Ich muss lachen. »Wie cool wäre es, wenn die auch einen Kurs für Erwachsene hätten. Das wäre endlich mal eine Lektion, bei der du aufpassen würdest.«

Mein Bruder schüttelt wissend lächelnd den Kopf. »Mag sein, aber guck dir doch bitte das mal an.« Er wischt über sein Telefon und hält es mir dann wieder vor die Nase, damit ich lesen kann, was da steht. *Wir stellen jetzt fahrende Ritter ein, die auf der Suche nach dem nächsten Abenteuer sind, damit sie ihre Weisheit an die nächste Generation weitergeben. (Auf zehn Wochen befristete Stelle, dienstags bis samstags, Vollzeit, zehn Pfund pro Stunde, polizeiliches Führungszeugnis erforderlich, Kostüm wird gestellt.)*

Sam schaut mich erwartungsvoll an. Er muss direkt von der Arbeit gekommen sein, seine Anzughose wirft an den Knien noch diese typischen Sitzfalten. »Ich hätte ja selbst Lust, glaube aber kaum, dass sie so lange im Büro zurechtkommen, ohne dass ich ihnen jedes Mal, wenn ihr Computer ›kaputt ist‹ sage, dass sie ihn aus- und wieder einschalten sollen, daher bin ich leider aus dem Rennen. Aber was ist mit dir?«

»Mit mir?« Keine Ahnung, warum mich sein Vorschlag so überrumpelt. Warum sonst hätte er mir die Anzeige zeigen sollen? Nun, vermutlich habe ich einfach angenommen, dass er mir irgendwas zeigen wollte, das ich auf distanzierte Art interessant finden könnte, wie etwa das Line-up für ein Musikfestival in Japan, und zu dem ich dann so was sagen könnte wie »echt super«, ohne dass einer von uns tatsächlich in Erwägung ziehen würde, jemals dorthin zu gehen.

»Na ja, ich dachte halt, dass Lady Alenthaea mehr als qualifiziert für den Job ist. Und ich wette, dass die gute alte Daisy Hastings ihre Sache auch nicht schlecht machen würde.«

»Ganz allein?« Kennt er mich überhaupt? Seit dreiundzwanzig Jahren verbringen wir praktisch jede wache Minute miteinander, da sollte er eigentlich wissen, dass jegliche Kapriolen und Abenteuer für mich auf den Seiten eines Notizbuchs beginnen und enden.

»So gerne ich meinen Job schmeißen würde, um mich einen Sommer lang dafür bezahlen zu lassen, Ritter zu spielen – ich brauche den Lohn, den diese seelenlose Arbeit mir bringt, sonst habe ich nie die Chance, mir dieses Apartment zu leisten.«

Bei diesen Sätzen wird mir mulmig zumute. Als Sam seinen Plan erwähnte, von zu Hause auszuziehen und sich eine eigene Wohnung zu nehmen, mit einem zweiten Zimmer nur für seinen Computer, nahm ich an, dass es sich um eine seiner üblichen Spinnereien handelt. Mit genauso wenig Substanz wie damals, als er sagte, dass er das Piratenwesen reanimieren und die Weltmeere befahren wolle, um nach all den Schätzen zu suchen, die die Seeräuber in den Jahrhunderten zuvor verloren hatten. Tatsächlich habe ich kaum einen Gedanken auf diese neueste Idee verschwendet, in der Hoffnung, dass die Begeisterung von selbst verpuffen würde, wenn ich nicht weiter daran rühre. Doch jetzt stehe ich hier wie vor den Kopf geschlagen.

Bei Marigold habe ich immer damit gerechnet, dass sie irgendwann erwachsen wird und das Nest verlässt. Schon jetzt wirkt sie jeden Abend beim Essen so, als wäre sie lieber woanders. Aber nie hätte ich erwartet, dass auch Sam weggehen könnte. Während ich zugeschaut habe, wie die Welt an mir vorüberzog, war mir nie, nicht ein einziges Mal, der Gedanke gekommen, dass auch meine Familie, mein einziges Glück auf Erden, eines Tages ohne mich weiterziehen würde.

Als Sam meine betroffene Miene sieht, rudert er zurück. »Aber bis dahin dauert es ohnehin noch eine Weile. Ich dachte nur, es wäre toll für dich, so etwas zu machen«, fährt er vorsichtig fort, »und dein Talent auch mal mit anderen Leuten als den Mitgliedern der Fellowship zu teilen.« Er schaut mich eindringlich an und lächelt traurig.

»Aber … aber das ist in London.« Heftig schüttele ich den Kopf und versuche dabei, das selbstsüchtige Gefühl von Verrat zu verdrängen, das erneut in mir aufgestiegen ist, und mich auf den eigentlichen Grund seiner Anwesenheit zu konzentrieren. Auch wenn es mir momentan schwerfällt, etwas anderes wahrzunehmen als das Rauschen des Bluts in meinen Ohren.

Zum ersten Mal an diesem Tag hat Dad sein Modell aus der Hand gelegt. Seine Miene ist ebenso erwartungsvoll wie die meines Bruders. »Zeig mir das mal, Sam.« Er nimmt das Handy, das Sam ihm hinhält, scrollt durch die Anzeige und nickt lächelnd, während er mir das Telefon quer über den Tisch zuschiebt. »Es ist wie für dich gemacht, Daisy.«

»Wie könnt ihr nur so dumm sein. Das ist in *London*.«
Angespannt laufe ich hin und her. Mir wird immer enger um
die Brust. Das normalerweise unaufdringliche Rinnen des
Wassers durch die Leitungen wird bedrohlicher. Der Klang
meiner eigenen Schritte dröhnt mir durchs Hirn. Das Scha-
ben, mit dem meine Hosenbeine aneinanderreiben, schwillt
zum beunruhigenden Tosen an. Obwohl ich weiß, dass Dad
und Sam nicht anders sprechen als an jedem anderen Tag der
vergangenen zwei Jahrzehnte, scheinen ihre beiden Stimmen und die eine in meinem Kopf immer lauter zu werden
und sich zu vervielfältigen, bis ich den unwiderstehlichen
Drang empfinde zu fliehen.

»Ich weiß nicht, was dein Problem ist«, sagt Sam. »Du
wirst dafür bezahlt, um genau das zu machen, was wir
schon unser ganzes Leben lang tun. Man erwartet nichts
anderes von dir, als es ein paar Kindern beizubringen, und
das ist definitiv keine größere Herausforderung, als Rich
sonntags von seinen Sandwiches loszueisen und zum Mit-
spielen zu motivieren.«

»Samwise. Wann hast du mich das letzte Mal außerhalb
von Lincolnshire gesehen? Wann hast du das letzte Mal gesehen, wie ich irgendwas mit meiner Zeit angestellt habe,
außer, sie mit einem von euch zu verbringen?« Ich will ihn
nicht anschreien, aber die Welt ist so laut geworden, dass ich
sie, wenn ich mich verständlich machen will, übertönen
muss.

»Dais, ich dachte ja bloß …«

»Du *dachtest* überhaupt nicht, Sam«, falle ich ihm ins
Wort, schiebe das Telefon wieder Dad zu und gehe ruhigen
Schrittes ins Hinterzimmer.

Endlich ihren bohrenden Blicken entkommen, kann ich
ungehemmt hin und her laufen, oder zumindest so ungehemmt, wie man sich durch einen knapp vier Quadratmeter

großen, mit Kisten und einer gewaltigen Teemaschine voll-gestopften Lagerraum bewegen kann. Ich halte mir die Oh-ren zu, schließe die Augen und versuche, all die Geräusche auszusperren, aber das bringt nichts, wenn in meinem Kopf krachend die Gedanken explodieren, so schnell, dass ich keine Zeit finde, sie zu verarbeiten.

Ich presse die Handflächen noch fester auf die Ohren, kneife die Lider noch fester zusammen, flehe, bete um Ruhe. Gedanken, Gefühle, weißes Rauschen schleudern durch meinen Schädel, den ich am liebsten aufbrechen würde, um mein Gehirn wegzuwerfen. Schwer atmend bohre ich die Fingernägel in meine Kopfhaut, nach irgendeiner Form der Erleichterung suchend.

Er meint es gut, das weiß ich. Er meint es immer gut. Aber dies alles macht mir nur wieder einmal bewusst, dass ich mich nie weiterentwickelt habe, dass ich fast jeden Tag in der Komfortzone dieses Ladens, im Schutz meiner Fami-lie verbringe, zu ängstlich, um mich in tiefere Gewässer zu wagen. Sam und Marigold schwimmen sich frei, lassen mich am Ufer zurück, weil ich es nicht schaffe, den Kopf lange genug über Wasser zu halten, um zu ihnen aufzuschließen.

»Hey, hey, ist ja okay. Schau mich an, Daisy, schau mich an.« Sam ist mir in den Lagerraum gefolgt und umfasst jetzt sanft meine Ellbogen. Schon der bloße Anblick seines Ge-sichts, das meinem so sehr gleicht und doch so entspannt wirkt, mit diesem albernen Dauerlächeln auf den Lippen, reduziert den Lärmpegel mindestens um die Hälfte. Aber erst, als er meine Hände an seine Brust legt und mich seine tiefen Atemzüge spüren lässt, stellt sich mein inneres Gleichgewicht wieder ein.

»Alles in Ordnung?«, fragt er einen Moment später.

Ich nicke und löse mich aus seinem Griff. »Danke«, mur-mele ich leicht verlegen.

Eine Weile schaut er mich einfach nur an, wortlos, aber ich weiß, wonach er in meinem Gesicht sucht.

»Marigold geht an die Uni«, beantworte ich seine stumme Frage nach der Ursache meines Schmerzes. Ihm ist klar, dass eine dämliche Werbeanzeige allein mich nicht so aus der Bahn werfen würde.

Seine Stirn glättet sich. »Ich weiß«, sagt er mitfühlend.

»Was stimmt nicht mit mir?«

»Du meinst, abgesehen von deiner ewigen Tagträumerei bei den Mahlzeiten, die dazu führt, dass du anfängst, wie eine Kuh zu essen?«

Als ich ihn aus schmalen Augen anstarre, gibt er seine halbherzige Witzelei auf. »Ich mache nur Spaß. Mit dir ist alles in Ordnung, Daisy. Kein interessanter Charakter entsteht dadurch, dass man alles auf Anhieb perfekt und genau zu dem Zeitpunkt hinkriegt, den die Welt für die gesamte Bevölkerung vorschreibt. Glaubst du wirklich, dass Lady A so stark und mächtig wäre, wie sie jetzt ist, wenn sie sofort den Thron bestiegen hätte?«

Ich lege den Kopf an seine Schulter; er weiß, dass es nicht ratsam ist, den Arm um mich zu legen, wenn ich so bin wie jetzt, und lässt stattdessen seinen Kopf gegen meinen sinken. »Vergiss einfach das ganze Zeug von eben. Ich hätte dich mit der Idee nicht so überfallen sollen.« Er lächelt besänftigend.

»Und du versprichst mir, niemals mehr davon zu reden, dass ich mutterseelenallein auf die andere Seite des Landes ziehen soll?«

»Ich schwöre.« Sein Gesicht strahlt eine Aufrichtigkeit aus, die so tief in ihm verankert ist, dass es ihm schwerfallen würde, jemals ein Versprechen zu brechen. Ich vertraue ihm mehr als mir selbst.

»Ich wünschte, du könntest mich überallhin begleiten.«

»Äh, nein danke. Das Klo ist schon schlimm genug ver-
pestet, wenn ich es nach dir benutzen muss. Auf gar keinen
Fall will ich da mit dir reingehen.«

»Du bist ekelhaft.« Ich versetze ihm einen Kopfstoß ge-
gen die Schulter und richte mich auf. Er grinst von einem
Ohr zum anderen, und ich danke es ihm mit einem kleinen
Lächeln.

»Jetzt komm schon. Die Jungs im Forum haben uns von
diesem neuen Dolchstoß-Trick erzählt, bei dem man irgendwie so …« Beim Versuch, sein imaginäres Messer zu
schwingen, stößt er eine der Schachteln aus dem Regal.
»Und ich brauche jemanden, mit dem ich das trainieren
kann.«

»Und definitiv kein Wort mehr über London?« Ich hebe
warnend den Zeigefinger, und er bekräftigt sein Versprechen, indem er ein Kreuz auf seine Brust zeichnet. Befriedigt folge ich ihm aus dem Lagerraum, während ich mir
verschiedene Strategien überlege, wie ich ihn mit seinem
eigenen Dolch aufschlitzen werde.

3. KAPITEL

In einer verblüffenden Wendung der Ereignisse werde ich am nächsten Morgen statt von Sams nebelhornartigen Dusch-gesängen vom Klingelton meines Handys geweckt. Zu ver-schlafen, um darüber nachzudenken, das Klingeln zu igno-rieren, und in der Annahme, dass es höchstwahrscheinlich nur Dad ist, mit der Bitte, ihm sein Lunchpaket in den Laden zu bringen, melde ich mich mit einem mürrischen »Hallo«.

»Guten Morgen, kann ich bitte mit Daisy Hastings spre-chen?«

Die tiefe Stimme gehört keinem meiner vier gewohnten Anrufer. Ich schieße kerzengerade im Bett hoch. »Äh … ähm, ja, ich bin's«, stammele ich.

»Super. Hi, Daisy, tut mir leid, dass ich Sie so früh störe. Mein Name ist Westley Graham, ich bin amtierender Tur-nier-Champion von Somerset, aber das nur nebenbei, und koordiniere die Ritterschule im Tower von London. Ich habe mir gestern Abend Ihren Lebenslauf angeschaut und wollte mich so schnell wie möglich melden, um Ihnen den Job anzubieten.«

Lebenslauf? Job? Mein Gehirn schaltet ab, und ich kann nicht mehr tun, als stumm ins Telefon zu atmen.

»Die Bewerbungsfrist ist zwar seit zwei Tagen abgelau-fen«, fährt die Stimme fort. »Aber gestern hat uns einer un-serer üblichen Leute überraschend hängen gelassen, daher war Ihre Bewerbung eine Riesenerleichterung. Wenn ich mir so angucke, was Sie an Erfahrungen mitbringen, würde ich sagen, dass Sie die perfekte Kandidatin sind. Normalerweise müssten wir ein Bewerbungsgespräch führen, reine Formalität für die Personalabteilung, aber ich fürchte, dafür bleibt keine Zeit mehr – die Vorbereitungen auf die Kurse beginnen nächste Woche, und nur eine Woche später öffnen wir unsere Rundzelte für die Schüler. Das Ganze ist natürlich ziemlich unkonventionell, aber wir würden Ihnen anstelle des Bewerbungsgesprächs eine vierwöchige Probezeit geben, um Ihre Fertigkeiten einzuschätzen und sicherzustellen, dass Sie tatsächlich die Richtige für den Job sind. Probezeit bedeutet, dass wir Sie nach den vier Wochen wieder entlassen können, falls sich herausstellen sollte, dass es aus irgendeinem Grund doch nicht funktioniert. Könnten Sie am zehnten Juli anfangen? Das wäre in genau einer Woche. Ihre E-Mail-Adresse habe ich, ich kann Ihnen umgehend alle notwendigen Infos zuschicken.« Mein unsichtbarer Gesprächspartner lässt mir keine Zeit zum Nachdenken. Völlig überrumpelt gebe ich einen annähernd zustimmenden Grunzlaut von mir, und er legt auf.

Nachdem ich ein paar Sekunden damit verbracht habe, zu verarbeiten, was gerade passiert ist, springe ich aus dem Bett und renne die Treppe hinunter, allerdings nicht, ohne mir zunächst den Kopf an der Dachschräge zu stoßen. In der Küche erwische ich meinen Bruder noch, bevor er zur Arbeit aufbricht. Er ist gerade dabei, seinen benutzten Teller abzuspülen, als ich ihn beim Kragen packe und zu mir herumwirbele.

»Was hast du getan? Was hast du verdammt noch mal getan? Ich habe dir gesagt, dass ich das nicht will! Ich habe es dir verdammt noch mal gesagt«, brülle ich.

Verwirrt und ein bisschen verschreckt starrt er mich an.

»Hey, hey, hey.« Er löst meine Hände von seinem Kragen und drückt sie nach unten. »Wovon um alles in der Welt redest du, Daisy?«

»Du hast es mir versprochen! Du hast geschworen, dass du es nicht mal mehr erwähnen wirst, und dabei schon die ganze Zeit deinen bislang schwersten Verrat geplant! Ist es, weil ihr mich alle verlassen wollt? Ist es das? Nach dem Motto, lass uns erst Daisy, das Nervenwrack, irgendwohin abschieben, dann brauch ich nicht so ein schlechtes Gewissen zu haben, wenn ich sie allein zurücklasse?«

Von meinem Geschrei angelockt, kommen Mum und Dad in die Küche geeilt. Erstere erkundigt sich in strengem Ton nach der Ursache des Tumults.

»Er hat mich für dieses verdammte Ritterschulen-Ding angemeldet, von dem er gestern gesprochen hat. Und jetzt haben sie mir einen Job in London angeboten.«

»Einen Job? Das ist doch großartig, mein Schatz«, erwidert meine Mutter in offensichtlicher Missachtung meines Gesichtsausdrucks.

»Hörst du mir eigentlich zu? Ich sagte, das ist in London«, fahre ich sie an und bereue meinen scharfen Ton sofort, als ich sehe, wie ihre Miene sich eintrübt. »Entschuldige, ich wollte nicht …« Ich trete einen Schritt von Sam zurück und atme ein paarmal tief durch, um mich wieder einzukriegen.

»Dais, ich habe dich nirgendwo angemeldet«, beteuert Sam. »Ich hab's dir versprochen, und ich halte meine Versprechen, immer. Das solltest du eigentlich wissen.« Er klingt aufrichtig, was die in mir aufsteigenden Schuldgefühle wegen meines Wutausbruchs nur noch verstärkt.

»Ich war's«, erklärt Dad zaghaft von seinem Platz in der Ecke aus. Mir klappt die Kinnlade runter, und ich kann ihn nur stumm anstarren. Den anderen geht es offenbar ähnlich. »Dieser Job ist wie für dich geschaffen, Daisy«, fährt er fort. »Ich sehe dich jeden Tag aus diesem Fenster da oben starren, und ich weiß, dass du weißt, dass es mehr im Leben gibt als meinen kleinen Laden. Ein Studium mag nicht das Richtige für dich gewesen sein, aber der Job im Tower dauert nicht mal drei Monate, und diese paar Wochen könnten zum Wendepunkt für dich werden.«

»Aber ich bin glücklich hier.« Ist das der wahre Judaskuss? Ausgerechnet von dem Menschen betrogen zu werden, auf den man sich unter allen Umständen verlassen zu können glaubte, der sich in Todesgefahr, ohne auch nur eine Sekunde nachzudenken, vor einen werfen würde?

Ich weiß nicht, was ich fühlen soll. Sam ist ein leichteres Ziel für meinen Zorn. Ihn zu beschimpfen ist so, als würde ich mich selbst beschimpfen, auch wenn ich das nur höchst ungern zugebe. Aber Dad ist jemand, der auf Zehenspitzen über unsere Vortreppe huscht, um die im Strohdach nistenden Rotkehlchen nicht zu stören. Die einzigen Entscheidungen, die er je trifft, dienen dazu, anderen etwas Gutes zu tun. Seine Familie ist sein Ein und Alles, warum also ist er so willig, mich wegzuschicken, noch dazu jetzt, wo all seine kleinen Vögel flügge werden und doch jeder weiß, dass er sich, wenn er könnte, für immer an uns klammern würde?

»Natürlich«, erwidert er. »Und wir sind überglücklich, dich hier zu haben. Glaub nicht, dass ich dich loswerden will. Ich dachte nur, dass du es irgendwann bereuen wirst, wenn du es nicht machst – nur weil es ein paar Meilen entfernt ist.«

»Ein paar Hundert Meilen, Dad.«

»Was sind schon ein paar Hundert Meilen, wenn es Autos und Züge gibt? Es ist ja nicht so, als müsstest du, um nach Hause zu kommen, zu Fuß bis Mordor und zurück gehen.«

»Und an den Wochenenden könnte ich dich besuchen kommen«, wirft Sam vorsichtig ein, offenbar darauf bedacht, nicht die ruhige Atmosphäre des Nachdenkens zu stören, die sich um uns gebildet hat.

»Ich auch«, verkündet Mum eifrig. »Du weißt doch, dass ich öfter mal für diese grässlichen Firmenmeetings hinfahren muss.«

»Wirst du wenigstens drüber nachdenken?« Dad hatte schon immer ein Gesicht, dem man nichts abschlagen kann – und nicht etwa deshalb, weil er streng oder gar furchterregend dreinschaut. Nein, man bemitleidet ihn beinahe. Mit seinen angelitfarbenen Augen blickt er derart rein und unschuldig in die Welt, als hätte er noch nie im Leben einen schlimmen Gedanken gehabt.

Ich nicke. Der Rest der Anwesenden stößt einen kollektiven Seufzer der Erleichterung aus.

»Oh, Mist. Ich komme zu spät zur Arbeit.« Hastig sammelt Sam seine in der Küche verstreuten Sachen zusammen und saust los – jedoch nicht, ohne mich im Vorbeigehen mit einem angetäuschten Schlag ins Gesicht und einem jungenhaften Kichern aus dem Gleichgewicht zu bringen. »Bis später!«, ruft er und stürmt aus der Haustür, die mit einem Klingeln des davor angebrachten Windspiels hinter ihm zufällt.

»Das ist auch mein Stichwort.« Mum küsst mich und Dad auf die Wange und bringt dann ebenfalls das Windspiel vor der Haustür zum Singen.

Dad schaut mich prüfend an. »Ich bin so stolz auf dich, Daisy«, sagt er leise. »Egal, was du machst. Vergiss das nicht. Okay?«

Als ich lächelnd nicke, verschwindet die letzte Sorgenfalte zwischen seinen Brauen, dann geht er ebenfalls aus der Küche.

Ich schaue durchs Fenster in den Garten und folge mit dem Blick einer Hummel, die vom Rosmarin zu den Dahlien schwirrt und sich dann im Fingerhut versenkt. Sie wirkt so zufrieden, wie sie durch den ganzen Garten fliegt und von jeder angebotenen Blüte kostet. Keine Entfernung ist diesem winzigen Geschöpf zu weit. Die kleine Hummel weiß, was sie will, und schwelgt darin, es sich zu besorgen. Was für ein erhebendes Gefühl muss es für sie sein, später trunken von Pollen, von purer Freude am Dasein zu ihrem Nest, zu ihrer Familie zurückzukehren. Vielleicht summen Hummeln ja deshalb – sie summen einfach vor Leben.

Nachdem ich die Stufen zu meinem Zimmer erklommen habe, hole ich den Laptop aus der Schublade und öffne meinen Posteingang. Ganz oben findet sich die Nachricht von einem gewissen SirWestley.Grahamton@knightschool.co.uk.

Am liebsten würde ich sie ungelesen löschen, mein Versprechen vergessen, über das Angebot nachzudenken, und einfach behaupten, dass sie ihre Meinung geändert haben und mich nun doch nicht mehr wollen. Beim Gedanken daran, wie ich mich vor fast sechs Jahren gefühlt habe, am Tag, bevor ich mit meinem Studium beginnen sollte, wird mir wieder genauso übel wie damals. Ich erinnere mich an Mums Schweigen, nachdem sie eine Stunde vergeblich im Auto gewartet hatte, das bis zum Dach vollgepackt war mit all den Dingen, die ich in mein neues Abenteuer mitnehmen wollte, und sie mich schließlich in Sams Zimmer vorfand, wo ich mich im Schrank eingeschlossen hatte wie ein ängstliches Kind. Damals war die Welt einfach zu laut für mich gewesen, genau wie jetzt.

Aber was hatte mich davon abgehalten, an die Uni zu gehen? Die Vorstellung, dass jeder, auf den ich dort treffen würde, genauso wäre wie meine ehemaligen Mitschüler? Die Angst, dass ich ganz und gar allein sein würde? Die Angst, dass ich kläglich versagen und meine Familie enttäuschen würde? Die Befürchtung, dass das Abenteuer, das mich erwartete, niemals an das heranreichen könnte, das ich mir in meiner Fantasie ausgemalt hatte, sodass Enttäuschung und Niederlage quasi programmiert waren? Alles zusammen? Alles zusammen.

Lady Alenthaea würde sich niemals vor etwas so Unbedrohlichem wie einer E-Mail fürchten. Die könnte sie schließlich weder erstechen noch vergiften. Nun ja, tatsächlich wäre sie wohl etwas beunruhigt, wenn plötzlich eine magische Box auf ihrem Schreibtisch auftauchte, die binnen Sekunden Nachrichten von einem Ende des Königreichs zum anderen verbreiten könnte, und das ganz ohne Einsatz speziell dressierter Raben, aber das tut jetzt nichts zur Sache. Was würde Alenthaea tun, wenn sie eine Nachricht erhielte, die ihr Leben verändern könnte – und alles durcheinanderbringen, womit sie bislang so zufrieden und bequem existiert hatte? Lady Alenthaea, die großartige Elfenprinzessin, die jederzeit bereit war, es allein mit einer Horde Orks aufzunehmen, nur um Vergeltung für das Schicksal ihrer Mutter zu üben, würde sich niemals von einem schäbigen Stück Pergament ins Bockshorn jagen lassen. Sie würde das verdammte Ding öffnen und verbrennen, wenn der Inhalt ihr nicht gefiel.

Ich reibe mir mit beiden Händen übers Gesicht und wünsche, ich könnte alles einfach wegwischen, jeden Gedanken in meinem Gehirn, der mir Angst macht – vor Supermärkten, vor der Begegnung mit Bekannten auf der Straße, vor dem Leben selbst. Doch Alenthaea würde mir, angewidert von so viel Feigheit, ins Gesicht spucken. Also öffne ich, getrieben von einem Funken ihres Feuers, die E-Mail, etwas enttäuscht, dass es nicht denselben befriedigenden Effekt hat wie ein wächsernes Siegel aufzubrechen und einen Brief aufzufalten, aber mit derlei Gefühlen kann ich mich jetzt nicht weiter aufhalten. Denn vor mir poppt in großen Goldbuchstaben Folgendes auf:

Lieber Sir Daisy,
der Tower of London lädt Euch höflichst zur Teilnahme an der Veranstaltung »Einführung in die Ritterschule« am 10. Juli im Jahre des Herrn 2024 ein. Ihr müsst nichts mitbringen außer Euch selbst, Eure Eisenschuhe (bequemes Schuhwerk, möglichst Sneaker) und Eure Kampfeslust. Lunchpakte werden gestellt – lasst uns bitte wissen, ob Ihr diesbezüglich spezielle Wünsche habt. Das »Blut unserer Feinde« können wir leider nicht anbieten, wegen eines dem Brexit geschuldeten Lieferengpasses.

Dienstpläne werden vor Ort festgelegt, aber geht davon aus, dass Ihr Vollzeit von Dienstag bis Samstag arbeitet, für einen Stundenlohn von zehn britischen Pfund und dem Versprechen ewigen Ruhms.

Bei weiteren Fragen wendet euch unter dieser Adresse an Westley (vorzugsweise per Brieftaube oder Raben, aber eine E-Mail tut's auch).

Euer ergebener Diener,
Sir Westley Graham

Was für ein Aufwand! Abgelenkt von meinen Grübeleien muss ich unwillkürlich lächeln. Ich gebe es nur ungern zu, aber Dad könnte recht haben. Dieser Job klingt geradezu beängstigend perfekt. Ich lese die E-Mail wieder und wieder, versuche, einen Haken daran zu entdecken, einen klein gedruckten Zusatz oder irgendeinen Hinweis, dass es sich um einen gut gemachten Streich handelt. Aber ich finde nichts, keinen Fehler, keinen Vorwand, mich um die Sache zu drücken.

Das Einzige, was von mir übrig bleibt, ist der rasende, einer wilden Jazz-Improvisation gleichende Rhythmus meines Herzschlags. Ansonsten übernimmt Alenthaea das Ruder, befeuert von dem durch das Öffnen der E-Mail ausgelösten Adrenalinkick. Konfrontiert mit der Aufgabe, einem gebannten Publikum ihre Schwertkunst vorzuführen, würde sie keine Sekunde zögern, mit der Planung ihrer Kampfstrategie zu beginnen. In meinem Kopf überschlagen sich die Ideen, und mir jucken die Finger, während ich innerlich jeden Schwung und jeden Hieb durchspiele. Bevor mein Geist sich anderen Dingen zuwenden kann, habe ich mich bereits zu der Hummel in den Garten gesellt und schwitze unter Lady Alenthaeas Rüstung und der Anstrengung eines Schwertkampfs ohne Gegner.

Ich könnte es niemals fertigbringen. Ich könnte niemals nach London ziehen und alles, was ich kenne, hinter mir lassen, um mit wildfremden Menschen für drei Monate neu zu beginnen. Eher schließe ich mich auf ewig in den Kleiderschrank meines Bruders ein und verrotte zusammen mit dem Strohdach dieses Hauses. Aber ich mag mich nicht; ich will nicht ich sein. Ich will die Frau sein, die es genießt, wenn ihre Muskeln vor Anspannung brennen, die sich nach Herausforderungen sehnt und nach Abenteuern verzehrt. Ich will Lady Alenthaea sein, die Kriegerin, die nicht vor dem Unbekannten flüchtet, sondern ihm mit gezücktem Schwert entgegenstürmt, ihrer selbst so sicher, dass sie nicht mal innehält, um ihren Schild zu heben. Daisy Hastings ist ein Feigling. Lady A ist, wer ich wirklich sein will.

Ich höre erst auf, als ich vollkommen erschöpft bin. Der Himmel explodiert in Rot- und Pinktönen, und die Sonne macht Anstalten, sich für eine weitere Nacht zurückzuziehen. Als ich zum Haus schaue, sehe ich die Gesichter meiner Eltern am Küchenfenster. Mum hat den Kopf an Dads Brust gelegt, er schlingt einen Arm um ihre Taille. Offenbar haben sie mich schon eine Weile beobachtet. Als sie sehen, dass ich sie bemerkt habe, lösen sie sich voneinander, um zu applaudieren. Ich erhebe das Schwert zum Salut und fühle mich … erfüllt.

»Ich mache es!«, schreie ich. Ein paar verschreckte Tauben flattern aus dem nahen Apfelbaum auf. Meine Worte überraschen mich selbst. Sie sind mir direkt über die Lippen gekommen, ohne Boxenstopp in meinem Gehirn.

Mum und Dad starren angestrengt durch die Scheibe und wenden sich dann mit verwirrten Mienen einander zu. Erstere formt lautlos das Wort »Was?« und deutet auf ihr rechtes Ohr.

»Ah. Doppelverglasung«, murmele ich.

Dad öffnet das Fenster. »Was hast du gesagt, Schatz? Wir haben dich nicht richtig verstanden.«

»Ich sagte, ich mache es. Den Job.« Ein Teil der Energie geht durch die Wiederholung verloren, aber das erhebende Gefühl ist immer noch da.

Beide Eltern kommen aus der Küche gestürmt, mit weit geöffneten Armen.

»Vorsicht.« Ich wedele abwehrend mit einer behandschuhten Hand, und sie wechseln einen betroffenen Blick. Ich nutze die kleine Pause, um mich meines Dolchs und meines *Sgian-Dubh*-Messers zu entledigen, dann lade ich Mum und Dad zu einer seltenen Umarmung ein. Während ich in der Wärme ihrer Berührung schwelge, glaube ich zum ersten Mal tatsächlich, dass das Ganze funktionieren könnte.

4. KAPITEL

»Bist du sicher, dass du alles hast?« Dad zappelt hektisch auf der Türschwelle, als Sam und ich ins Auto steigen, dicht gefolgt von Mum. »Du hast doch daran gedacht, Sniffles mitzunehmen, nicht wahr? Ohne Sniffles kannst du nicht einschlafen!« Er spricht von meiner uralten Schmusepuppe, die früher mal auffallend rosige Wangen und eine derart gerötete Nase hatte, dass sie aussah, als wäre sie permanent erkältet und würde jeden Moment losniesen. Inzwischen sind all ihre Farben verblasst, und sie liegt ganz unten in meinem Koffer.

»Das war das Erste, was ich eingepackt habe«, versichere ich ihm, woraufhin er nervös den Blick schweifen lässt, als wäre er auf der Suche nach einem neuen Quell der Sorge.

Heute ist der achte Juli. Während der vergangenen fünf Tage habe ich mich sechs Mal in Sams Kleiderschrank versteckt, zwei Mal eine Absage-E-Mail formuliert und den Großteil meiner Besitztümer in Mums Toyota verstaut. Es ist uns gelungen, auf den letzten Drücker einen WG-Platz in Swiss Cottage zu finden, zu einem Preis, der Schlimmes bezüglich des Zustands befürchten lässt.

Mum hat vorgeschlagen, Dad zurückzulassen, damit er sich um den Hund und Marigold kümmern kann, und ich danke ihr im Stillen, denn ich kenne den wahren Grund, warum er nicht mitkommen soll – seine Nervosität ist ansteckend. Außerdem steigt immer noch jedes Mal, wenn Alenthaeas Selbstvertrauen mich im Stich lässt, Bitterkeit über seinen Verrat in mir auf. Sobald ich anfange nachzudenken, sobald mein Daisy-Bewusstsein übernimmt, sehe ich Dad als Ursache all dieser Unruhe, all meiner inneren Qualen und Konflikte, die mir nachts den Schlaf rauben. Dann wird mein sicherer, friedlicher Hafen zum Sündenbock für meine größten Ängste, daher ist es sicher das Beste, ihn nicht an meiner Seite zu haben, wenn ich die Löwengrube betrete.

»Heute ist der große Tag, stimmt's?«, ruft Richard. Er steht am Ende unserer Auffahrt, schwer auf seinen Gehstock gestützt und mit offenem Mund atmend, um zu verschleiern, wie sehr der kleine Ausflug ihn erschöpft.

»So ist es, Rich. Bist du extra hergekommen, um dich zu verabschieden?« Sams Schuhe knirschen auf dem Schotter, als er zu unserem Nachbarn geht, um ihn zu begrüßen und ihm mit einer sowohl liebevollen als auch unterstützenden Geste einen Arm um die Schultern zu legen. »Willst du dich vielleicht setzen?« Er führt ihn zu einem der Stühle im Vorgarten. Richard guckt ein bisschen beleidigt ob der fürsorglichen Behandlung, folgt meinem Bruder jedoch bereitwillig und lässt sich sichtlich erleichtert auf den angebotenen Platz fallen.

»Da hast du aber eine lange Fahrt vor dir, Iris«, bemerkt er. »Nimmst du die A1?«

»Ja, und dann die M11«, erwidert Mum.

Richard grunzt skeptisch. »Reicht dein Kleingeld denn für die Maut?«

»Warum, hast du welches für uns übrig?«, mischt Sam sich ein.

»Du kannst jetzt für alles mit diesen magischen Kästchen bezahlen«, erklärt Mum und schwenkt ihr leicht angeschlagenes iPhone.

»Alberne Dinger«, grummelt Richard. »Dir ist doch klar, dass sie uns damit abhören, oder?« Wer diese »sie« sein sollen, lässt er offen. Vermutlich weiß er es selbst nicht so genau. Sam und ich wechseln einen belustigten Blick.

»Das macht nichts«, versichert Mum, die nach fünfundzwanzig Jahren als Richards Nachbarin keine Probleme hat, mit seinen Schrullen umzugehen. »Alles, was sie dadurch herausfinden, ist, was wir nächsten Dienstag zum Abendbrot essen und dass Simon daran denken muss, seine Hosen aus dem Trockner zu holen. In diesem Haushalt gibt es keine spannenden Geheimnisse, fürchte ich.«

»Tee!«, schreit Dad unvermittelt. »Keiner von euch hat eine Thermoskanne mit Tee!« Theatralisch mit den Armen wedelnd, rennt er zurück in Haus. Wir anderen verdrehen die Augen.

Sam stößt mir einen Ellbogen in die Rippen. »Er macht sich sogar noch mehr verrückt als du«, flüstert er.

»Ich kann das nur leiser als er«, gebe ich verzagt zurück. Wir verfolgen durch die verschiedenen Fenster, wie Dad erst hektisch in der Küche herumwirbelt und dann im Wohnzimmer durchdreht.

»Weißt du, ich bin sicher, dass du dich selbst überraschen wirst.«

»Hoffentlich.« Mein Magen zieht sich nervös zusammen. Wenn Mum jetzt nicht schleunigst ins Auto steigt, verbringe ich vermutlich den Rest der Woche im Schrank unter der Treppe.

Lady Alenthaea wäre tapfer. Sie wüsste, dass sie dies hier tun muss, dass es der Beginn einer neuen Ewigkeit ist. Lady Alenthaea würde sich nicht verstecken, die Schuhe im Schuhschrank zählen und ihre Handlungen in Echtzeit bereuen. Lady Alenthaea würde in dieses verdammte Auto steigen, nach London fahren und es im Sturm erobern.

»Danke, dass du hergekommen bist, Richard«, sage ich. »Ich schicke dir die Skripts für die Fellowship, und du hörst während meiner Abwesenheit gefälligst auf euren neuen Anführer. Und schlaf ja nicht wieder im Wald, während die Schlacht um Helm's Geek tobt, so wie voriges Jahr.«

Richard unterbricht seine Versuche, Mum in irgendeine aufrührerische politische Debatte zu verwickeln, um mir ganz ernsthaft zu antworten. »Ein Zauberer hat keinen Anführer außer seiner Magie.«

»Und deine Magie befiehlt dir, ein nichtsnutziger Faulpelz zu sein, was?« Zur Verblüffung aller außer mir schnappt Richard ob dieser harschen Ansprache keineswegs ein; vielmehr dreht er seinen Stuhl in meine Richtung, und der Anflug eines Lächelns legt sich über sein stoppelbärtiges Gesicht.

»Das tut sie in der Tat, Mylady. Außerdem befiehlt sie mir, Euch über eine Prophezeiung in Kenntnis zu setzen: ›Trau keinem aus dem Süden oder irgendwem, der das Wort *Bad* mit kurzem a ausspricht. Und ruf ihnen immer in Erinnerung, dass du sie im Schlaf unter den Tisch trinken kannst.‹«

»Ist notiert. Danke.« Ich tippe mir an die Schläfe.

Bevor er zu einer weiteren seiner notorischen Nörgeleien ansetzen kann, wende ich mich Dad zu, der gerade aus der Tür kommt. Ich nehme ihm die Thermosflaschen ab, küsse seine feuchte Wange, setzte mich schwungvoll ins Auto und kurbele die Fensterscheibe herunter, um mich an meine beiden Mitfahrer zu wenden, die noch immer verdutzt neben dem Wagen stehen. »Kommt ihr nun oder nicht?«

Beim Klang meiner Stimme lösen sie sich aus ihrer überraschten Trance und gesellen sich so schnell sie können zu mir. Sekunden später preschen wir aus der Auffahrt. Ein klickendes Geräusch signalisiert, dass Mum die Türen verschlossen hat – wahrscheinlich um zu verhindern, dass ich mich mitten auf der Autobahn aus dem Fahrzeug werfe.

Dad hat dreimal angerufen, bevor wir endlich bei dem Gebäude vorfahren, das für die nächsten paar Monate mein Zuhause sein soll. Zu sagen, dass es das krasse Gegenteil meines tatsächlichen Zuhauses ist, wäre noch untertrieben. Der knappe Quadratmeter Rasen vor dem Haus beherbergt einen toten Baum, der an eine Metallstange gekettet ist. Das Gras selbst wirkt eher wie Heu und ist mit etlichen Zigarettenstummeln verziert. Den Soundtrack liefern nicht zwitschernde Vögel, sondern die auf der Straße vorbeibrausenden Autos. Die Umgebung passt zum Gebäude: Obwohl es nur über wenige Stockwerke verfügt, verströmt es eine gewisse dystopische Stimmung. Brutalistischer Beton bröckelt um die abblätternden Fensterrahmen, es gibt keine Blumenampeln, dafür sprießt Unkraut aus sämtlichen Ritzen am und im Gebäude. Um die deprimierende Atmosphäre noch zu verdichten, geht in diesem Moment die Tür auf, und jemand verlässt das Haus. Das Wesen schleicht schleppenden Schritts über den Bürgersteig, wobei die Säume seiner Jeans reichlich Schmutz aufsammeln. Es wirkt dem Ambiente entsprechend apokalyptisch.

»Nun ja, das sieht aus wie ein Ort, an dem Träume wahr werden«, bemerkt Sam, während er sich am Kofferraum zu schaffen macht.

Ich kann mir keine Antwort abringen, erst recht keine, die seinem Humor gerecht wird oder ein Lächeln rechtfertigt, ob sarkastisch oder nicht.

Seitdem das alles passiert ist, ist unser Verhältnis ein bisschen angespannt. Ich müsste lügen, wenn ich behaupten wollte, dass ich ihm gegenüber keinerlei Groll hege, weil er vor einer Woche in den Laden gestürmt ist und Dad auf diese entsetzliche Idee gebracht hat. Aber wenn es nun mal so sein soll und ich dafür alles, was ich bislang kannte, über Bord werfen muss, dann möchte ich niemand anderen als ihn an meiner Seite haben. Obwohl mir kreuzübel ist und ich nicht weiß, ob ich es über die Schwelle meiner neuen Bleibe schaffe, ohne mich zu übergeben, hält mich seine stets fröhliche, ruhige Präsenz zumindest davon ab, das Auto meiner Mutter kurzzuschließen und den ganzen Weg nach Hause zurückzufahren.

»Ach, halt den Mund, Sam«, rügt Mum. »Tut mir ja leid, dass wir uns kein Schloss mit allem Drum und Dran leisten können, aber ich bin sicher, dass es drinnen viel besser aussieht als von außen. Du weißt doch, wie so was läuft.«

Doch als wir die Eingangshalle betreten und von einem überwältigenden Geruch nach Gras und einer geistesabwesenden Hausmeisterin begrüßt werden, stellt sich heraus, dass Mums Optimismus leider völlig fehl am Platze ist. Fast kann ich sehen, wie sie im Geiste zurückrudert.

»Wie meintest du doch gleich …«, neckt mein Bruder, doch Mums Killerblick bringt ihn schnell zum Schweigen.

Nachdem es uns gelungen ist, der Concierge unser Begehr verständlich zu machen, gehen wir drei zum Fahrstuhl. Ich halte den Zimmerschlüssel fest in der Hand, außerdem schleppe ich mehrere Taschen mit meinen Besitztümern und umrunde mit meinem Trolley nur knapp eine kalte Pfütze Erbrochenes.

Auf dem Weg nach oben und umgetrieben von der nagenden Furcht, dass der klapprige Lift es nicht mal mehr so weit schafft, schweigen wir uns beharrlich an. Als die Türen aufgleiten, spreche ich zum ersten Mal seit unserer Ankunft.

»Warum gehen wir nicht einfach wieder …«

Doch bevor ich den Satz beenden kann, hallen zwei lautstarke Neins von den nackten Wänden wider. Energisch packt mein Zwillingsbruder mich am Arm und zieht mich zu meiner neuen Behausung.

Sie überlassen mir die Ehre aufzuschließen. Ich muss mich mit einiger Kraft gegen die verrosteten Scharniere stemmen, bevor die Tür aufschwingt. Dahinter findet sich nicht etwa ein mit Magie und Inspiration gefülltes Geheimzimmer, das gegen das restliche triste Gebäude abgeschirmt wurde. Stattdessen ist der Raum überwältigend grau. Bislang wusste ich nicht, dass ein Ort gleichzeitig vollgestopft und karg sein kann, aber genau das trifft auf dieses Apartment zu. Die Kälte, die uns empfängt, ist gleichermaßen der Zugluft wie dem Mangel an Gemütlichkeit geschuldet. Die Decken sind niedrig, die Räume wie zusammengedrückt und von einer großen Leere erfüllt.

»Hallo?«, ruft eine Stimme aus dem Nichts. Sie klingt hoch, aber nicht schrill, und mir fällt auf, dass die Wärme, die sie ins Zimmer bringt, Sam dazu bewegt, sich gerader hinzustellen. »Aha! Du musst Daisy sein! Ich hatte das Gefühl, jemanden reinkommen zu hören, fürchtete allerdings kurz, es könnte sich um einen Geist handeln – die kommen hier in der Gegend gar nicht so selten vor.«

Die Stimme offenbart sich in einer Farbexplosion, die die Form einer Frau annimmt. Sie sieht aus, als hätte man sie aus einer ziemlich psychedelischen Kindersendung herausgeschnitten und in eine Folge von »Die härtesten Gefängnisse der Welt« eingebaut. Ihr Erscheinen taucht den Raum in ein helleres Licht, und ich kann nicht sagen, ob das an den pink-violett-geringelten Schlaghosen liegt oder dem breiten Lächeln, das während ihrer ausufernden Begrüßung nicht ein einziges Mal verblasst.

»Ja, hi. Ich bin Daisy.« Nach einem aufmunternden Rippenstoß seitens meiner Mutter winke ich meiner neuen Mitbewohnerin unbehaglich zu.

»Ach wie nett. Ich heiße Elizabeth, aber keiner außer meiner Oma nennt mich so. Für alle anderen bin ich einfach

Bobble.« Umstandslos nimmt sie mir ein paar meiner Taschen aus der Hand. An jedem ihrer langen Finger stecken mindestens drei Ringe, jeder davon aus einem anderen Material und in einer anderen Farbe.

»Bobble?«, hake ich verwundert nach, da der Spitzname so gar keine Ähnlichkeit mit dem echten aufweist.

»Ein Schulfreund kam eines Tages zu dem Schluss, dass ich ihn an eine Pudelmütze erinnere, und dabei ist es dann geblieben. Der Name ließ sich einfach nicht abschütteln, aber ich mag ihn ganz gern.«

Meine Antwort besteht aus einem verständnisvollen Nicken und einem wortlosen »Ah«, was sie zufriedenzustellen scheint. Unfassbarerweise wird ihr Lächeln sogar noch breiter und zeigt noch mehr ihres schimmernden Gebisses. Mir fällt auf, dass einer ihrer Eckzähne mit einem winzigen Diamanten besetzt ist.

»Schön, dich kennenzulernen, *Bobble*«, sagt Sam. »Ich heiße Samwise, aber alle nennen mich einfach Sam. Das hier ist unsere Mum, Iris.«

Ich bin überrascht, dass mein Bruder es tatsächlich bis zum Ende des Satzes geschafft hat und immer noch englisch redet, da sein Gesicht bei ihrem Anblick zu einer klebrigen Masse aus ehrfürchtiger Bewunderung geworden ist. Ich rolle mit den Augen und zupfe ihn diskret am Arm, damit er meine neue WG-Genossin nicht in die Flucht schlägt, bevor wir auch nur einen Schritt in die eigentliche Wohnung gesetzt haben.

»Es ist wirklich grandios, dass ihr alle hier seid. Ich freue mich schon die ganze Woche darauf!« Sie klatscht in die Hände, lässt dabei kurz meine Taschen fallen und hebt sie eilig wieder auf. »Ich zeige dir jetzt dein Zimmer, und dann mache ich euch eine schöne Tasse Tee.« Sie huscht den Flur entlang, und wir folgen ihr.

»Sie wirkt nett«, flüstert Mum mir zu, und ich nicke zustimmend.

»Ich weiß, es ist noch arg unpersönlich hier, aber immerhin habe ich dir Steven reingestellt.« Meine Mitbewohnerin zeigt auf eine außer Kontrolle geratene Grünlilie, die auf der Fensterbank vor sich hin wuchert. »Ich dachte, er könnte den Raum etwas aufheitern, bis du all dein Zeug ausgepackt hast.«

Ich bedanke mich, was sie offensichtlich erfreut zur Kenntnis nimmt. »So, und jetzt der Tee«, fährt sie fort. »Es gibt Zitrone, Pfefferminz, Avocado, Honeybush, Bambus, Kurkuma, Jasmin, grünen Tee ...« Sie zählt die Sorten an den Fingern ab, während wir anderen einander überwältigt anstarren. Bei uns zu Hause gibt es einfach nur Tee – ein Schuss Milch, ein Stück Zucker (eineinviertel für Dad), serviert in einer lustigen Tasse.

»... und ich weiß, es klingt etwas seltsam, aber für alle, die etwas abenteuerlustiger sind, hätte ich auch einen Lakritztee im Angebot.«

»Ich nehme einfach nur ein Glas Wasser, Darling«, bittet Mum.

»Dreimal Wasser«, ergänze ich, auch im Namen meines Zwillingsbruders, der aussieht, als würde ihm eine Überdosis Tee gleich die Birne wegsprengen. Wir beide sind wirklich sehr weltfremd aufgewachsen.

»Fühlt ihr euch auch irgendwie erschöpft?«, frage ich in den Raum hinein, sobald Bobble weg ist, um sich um die (langweiligen) Getränke zu kümmern.

Mum lässt sich wortlos auf die nackte Matratze meines Bettes sinken, und Sam nickt stumm. Trotz der unglaublichen Energie, die sie verströmt, muss ich einräumen, dass meine neue Mitbewohnerin eine willkommene Ablenkung von dem ständigen Chaos in meinem Kopf ist. Wie kann man sich über irgendwas anderes Gedanken machen, wenn man von bunt gefärbtem Kunstpelz und einem freundlichen Dauerlächeln geblendet wird? Ich glaube, ich mag sie.

Bobble kommt zurück, verteilt das Wasser und macht sich sofort mit Eifer daran, uns beim Auspacken zu helfen. Wenn sie zwischen den Kartons hin- und herspringt, um meine Sachen auf ihre eigene, künstlerische Art im Raum zu verteilen, schwingt ihr blondes Haar mit den violetten Strähnen im Rhythmus ihrer Bewegungen. Mum und Sam unterhalten sich fast den ganzen Nachmittag über mit ihr. Es macht mir Spaß, ihnen zuzuhören, zumal ich auf diese Weise etwas über meine Mitbewohnerin erfahre, ohne die schwierige Aufgabe zu haben, ihr die richtigen Fragen zu stellen. Bobble erzählt uns, dass sie am Central Saint Martins College Mode studiert. Sie ist bereits im fünften Jahr, obwohl das Studium normalerweise nur drei Jahre dauert, aber sie musste zwei davon wiederholen. Das scheint ihr jedoch nicht besonders viel auszumachen. Statt sich über ihr Versagen zu grämen, genießt sie es augenscheinlich, noch mehr Zeit in einem Seminar verbringen zu können, das ihr offensichtlich ausnehmend gut gefällt. Unwillkürlich frage ich mich, ob sie tatsächlich vollkommen unabsichtlich durchgefallen ist.

Als sie sich nach uns erkundigt – wer wir sind, was wir machen –, fängt ihr Gesicht an, vor Begeisterung zu strahlen. Mit einem meiner verzierten Dolche in der Hand lässt sie sich auf meinem Bett nieder und stellt so viele Fragen, wie sie zwischen unseren Antworten unterbringen kann.

»Wow«, flüstert sie ehrfürchtig und streicht über das Kettenhemd, das ich gerade ausgepackt habe. »Ihr seid alle so cool.«

»Ich glaube, das hat noch keiner über uns gesagt.« Ich lache, beflügelt von plötzlichem Selbstbewusstsein, und fühle mich ermutigt, als sie meinen Redebeitrag tatsächlich mit einem Lächeln belohnt.

»Aber das seid ihr«, bekräftigt sie. »Schaut euch nur dieses ganze Zeug an!« Sie nimmt eine meiner Alenthaea-Kronen und setzt sie sich auf. Normalerweise hasse ich es, wenn Menschen, die ich nicht kenne, meine Sachen anfassen, am liebsten würde ich sie ihnen dann entreißen und verstecken, aber Bobbles ehrliche Bewunderung ist erfrischend. Ihr Enthusiasmus ist echt, und ich lasse zu, dass sie zwischen meinen geöffneten Kartons herumwirbelt.

»Es wird langsam spät. Wir sollten uns auf den Rückweg machen.« Als Mum aufsteht und auf ihre Armbanduhr schaut, sackt mein neu gewonnenes Selbstvertrauen in sich zusammen. Ich bin so gebannt gewesen von der Aussicht, eine neue Freundin zu finden, von dem Erlebnis, mit Mum und Sam hier zu sein und über all die Dinge zu reden, die ich am meisten liebe, dass ich total verdrängt habe, dass die beiden nicht bleiben und ich zum ersten Mal seit einem Schulausflug in der zehnten Klasse unter einem fremden Dach schlafen werde.

»Oh … ja, ja, natürlich«, murmele ich.

»Ich glaube, wir können beruhigt feststellen, dass du hier in guten Händen bist.« Sam schenkt Bobble ein warmes Grinsen, das jedoch verblasst, als er meinen Gesichtsausdrück bemerkt.

Mein Mund bewegt sich in dem Versuch, etwas zu sagen, doch ich bringe keinen Ton heraus. Die Wirklichkeit hat mich gepackt wie die Faust eines angreifenden Riesen. Dies hier ist nicht einfach nur ein seltsamer kleiner Ausflug. Was um alles in der Welt tue ich hier?

»Dais?« Sam kommt näher, während ich mit leerem Blick die Wand hinter ihm anstarre. Am Rande meines Gesichtsfelds sehe ich Mum gestikulieren, und dann gehen sie und

Bobble aus dem Zimmer und lassen mich mit meinem Zwillingsbruder allein.

»Was mache ich hier bloß, Sam? Ich kann das nicht.«

»Woher willst du wissen, dass du es nicht kannst, wenn du noch nicht mal weißt, was du hier machst?« Er zieht neckend die Brauen hoch.

»Kannst du nicht bleiben, nur heute Nacht … und auf dem Sofa schlafen?«

Sanft legt er mir eine Hand auf die Schulter, und seine Miene wird wieder ernst. »Du weißt, dass ich das tun würde, wenn ich könnte, aber ich muss morgen früh arbeiten, und du hast, bevor du deinen Job antrittst, genau einen Tag, um herauszufinden, wie die Londoner U-Bahn funktioniert.«

Mir schießt eine Idee durch den Kopf, doch bevor ich sie aussprechen kann, redet er schon weiter.

»Ich weiß, was du sagen willst, aber nein. Das ist die eine Sache, bei der ich dir nicht helfen kann. Mir machen nur wenige Dinge Angst, aber Züge in engen Tunnels gehören definitiv dazu.«

»Und Hamster …«

Er reißt theatralisch die Augen auf und schüttelt entsetzt den Kopf. »Nein, nein, nein. Nicht *alle* Hamster, nur der eine, den Marigold früher hatte. Du weißt schon, als wir beide fünfzehn waren, der mit diesen grässlichen roten Augen. Bis heute bin ich davon überzeugt, dass er vom Teufel geschickt wurde, um mich dafür zu bestrafen, dass ich dieses eine Mal Kaugummi in Maris Haare geklebt habe.« Er erschaudert sichtlich bei der Erinnerung an das winzige Fellknäuel, das ihm eine Narbe zwischen Daumen und Zeigefinger hinterlassen hat.

Wie sehr ich mir wünsche, dass wir das hier gemeinsam angehen könnten. Uns ein Apartment teilen und zusammen arbeiten – die wilden Zwillinge, die allen beibringen, wie man das Schwert schwingt und mit Pfeil und Bogen schießt.

»Wenn du etwas brauchst, Daisy, was auch immer, musst du nur anrufen. Das weißt du doch, oder?«

Ich nicke stumm.

»Aber bitte, versuch es wenigstens, mir zuliebe. Wenn du den Job nach zwei Wochen hasst, setze ich mich sofort ins Auto und hole dich ab. Aber ich würde dir niemals raten, etwas zu tun, wenn ich nicht hundertprozentig davon überzeugt wäre, dass es das Richtige für dich ist.«

Ich strecke einen Arm aus und warte darauf, dass er ihn mit seinem berührt. Sam legt seine Hand um meinen Ellbogen, während ich dasselbe mit seinem mache – das zählt für uns als Umarmung, seit unserer Kindheit. Keiner von uns war je der Kuscheltyp, jedes noch so zurückhaltende In-den-Arm-Nehmen löst bei uns prompt den Fluchtreflex aus. Daher haben wir uns früh auf diesen eigenartigen Händedruck geeinigt. Dabei schließen wir die Augen, teilen einander wortlos unsere Wünsche mit und verlassen uns ansonsten auf die Zwillings-Telepathie.

Ich verspreche es dir, sage ich in meinem Kopf. *Ich werde dich nicht enttäuschen. Ich verspreche es.*

5. KAPITEL

Statt, wie von meinem Bruder vorgeschlagen, die Zeit vor meinem Jobantritt dafür zu nutzen, das Londoner U-Bahn-System zu studieren, bin ich den ganzen Tag im Bett geblieben. Daher stehe ich jetzt wie der Ochs vorm Berg neben den Fahrscheinautomaten im Bahnhof Swiss Cottage und fühle mich ungefähr so, wie Merlin sich fühlen würde, wenn man ihm ein iPhone mit geöffneter Instagram-App reichen würde, damit er ein Video postet.

Um zehn Uhr muss ich im Tower of London sein. Ausnahmsweise gratuliere ich mir selbst, weil ich so clever war, mir einen Zeitpuffer von drei Stunden für die Fünf-Meilen-Fahrt einzuräumen. Also stehe ich stocksteif wie ein verirrtes Kind im Eingangsbereich und blicke dem einzigen vorhandenen Bahnmitarbeiter hinterher, der gleich einem vorbeifahrenden Schiff an mir vorüberzieht, ohne dass ich den Mut aufbringe, ihn um Hilfe zu bitten. Um mich herum tobt das Leben. Pendler brechen zur Arbeit auf, Kinder machen sich widerwillig auf den Weg zur Schule, und Touristen starten in ihren Urlaub. Nur ich rühre mich nicht vom Fleck, beobachte die Leute am Ticketautomaten, an den Schranken, schaue zu, wie die Zeiger der Bahnhofsuhr immer weiter vorrücken.

Nach einer Weile beschließe ich, in den sauren Apfel zu beißen. Da mir aufgefallen ist, dass die meisten Pendler sich dafür entscheiden, einfach ihre Bankkarte an die Schranke zu drücken, krame ich in meiner Tasche nach meiner Geldbörse und finde sie schließlich unter einem Waffenrock und einem Kettenhemd. Aus Angst, eine Warteschlange zu verursachen, lasse ich den nächsten Menschenstrom vor mir passieren, atme noch einmal tief durch und lege die Karte an. Wie von Geisterhand schwingen die Schranken auf – der erste Schritt ist getan.

Jetzt muss ich nur noch die richtige Bahn finden. Nach nur einer verpassten Station und viel zu langer Zeit unter den verschwitzten Achselhöhlen anderer Passagiere, steige ich schließlich in Tower Hill aus – mit dem überwältigenden Gefühl, bereits das Pensum eines vollen Arbeitstags hinter mir zu haben.

Auf zittrigen Beinen verlasse ich den U-Bahnhof, und das ist der Moment, in dem ich ihn zum ersten Mal sehe – den Tower of London. Versteht mich nicht falsch, natürlich habe ich ihn schon viele Male gesehen, auf Fotos, in Filmen und Büchern, und während der ganzen letzten Woche habe ich kaum etwas anderes gemacht, als wie besessen zu dem Thema zu recherchieren. Aber es ist schon etwas anderes, ihn direkt vor Augen zu haben. Wie von selbst, den Blick starr auf die imposanten weißen Steine gerichtet, bewege ich mich darauf zu. Keine Ahnung, wie ich es über die Straße geschafft habe, ohne unter das Moped eines entfesselten Lebensmittellieferanten zu geraten, aber als ich das Geländer vor dem Burggraben umklammere, sind all meine Glieder unversehrt.

Ein Schwall freudiger Energie prickelt durch mich hindurch. Kalkstein und Mörtel sind vor mir zu einem Palimpsest der Geschichte aufgeschichtet. Es hat etwas Schroffes an sich. Die Außenmauer ist von Schießscharten durchbrochen, hinter denen ich mir die wachsamen Augen von Bogenschützen vorstelle, die mit gespannten, geladenen Sehnen ausharren, bereit, jeden anzugreifen, der den tödlichen Ausflug über diesen Graben wagt. Darüber ragen runde

Türme auf – wie Generäle auf einem Feldherrnhügel, die ihre Armeen überblicken. Andere Gebäude in unterschiedlichen Schattierungen füllen die leeren Räume dazwischen, und über allem flattert der Union Jack unter klarblauem Himmel.

Bei dem Gedanken an das, was ich hier tun werde, würde ich am liebsten gleich über den Zaun springen, direkt in den Burggraben, in dem bereits lebhaftes Treiben herrscht. Die Landung könnte allerdings ein wenig hart werden. Der einstige Wassergraben ist jetzt ein Feld voller Wildblumen, auf dem sich ein Lager aus runden, blau gestreiften Glockenzelten erhebt. Auf hölzernen Tischen liegen Schwerter und Schilde, und ein ganzer Trupp an Leuten ist damit beschäftigt, weitere Waffen heranzuschaffen oder ein rauchendes Feuer zu schüren. Dazwischen ragt ein hölzernes Trebuchet auf, und wenn nicht einer der Teilnehmer einen klobigen Kopfhörer über den Ohren trüge, könnte man mir erzählen, ich sei ins dreizehnte Jahrhundert zurückgefallen, und ich würde es glauben.

Eine Stimme reißt mich aus meiner bebenden Erregung. »Zum ersten Mal hier?«

Innerlich fluchend, aber äußerlich höflich drehe ich mich zur Störquelle um. Der Fremde lächelt, während er sich neben mich ans Geländer stellt. Seine Haut hat einen warmen Bronzeton. Zwei tiefe Grübchen kerben seine Wangen, dunkle Bartstoppeln umrahmen Lippen und Kinn. Auf den ersten Blick wirkt er kaum älter als ich, aber als ich ihn intensiver mustere, die leichten Linien um seine Augen und die selbstsichere Haltung, wird mir klar, dass er kein sinnsuchender Mittzwanziger ist, sondern ein erwachsener Mann, der Intelligenz und Selbstvertrauen ausstrahlt.

Da man mir meine Gefühle immer so glasklar von der Stirn ablesen kann, dass es keinerlei Worte bedarf, hat er definitiv mitgekriegt, wie sehr es mich verwirrt, so unvermittelt von einem Unbekannten angesprochen zu werden. »Im Tower, meine ich«, präzisiert er. »Kennst du ihn schon?«

Ich registriere eine amerikanische Färbung in seiner Aussprache – ganz exakt kann ich den Akzent zwar nicht platzieren, aber es würde seine Aufgeschlossenheit erklären. »Nein, ich bin zum ersten Mal hier. Aber ich habe darüber gelesen.«

»Er ist schön, nicht wahr?«

»Da bin ich mir nicht so sicher«, erwidere ich, was sein Lächeln verblassen lässt, als hätte ich ihn persönlich beleidigt. »Wenn man sagt, dass er ›schön‹ ist, impliziert das eine Art von Vollkommenheit«, fahre ich fort. »Aber seine Schönheit kommt von seiner Unvollkommenheit – vielleicht ist ›erhaben‹ ein passenderer Begriff.« Ich spreche mehr zum Turm selbst, aber mein ungebetener Gesprächspartner summt etwas, das wohl als Zustimmung interpretiert werden kann.

»Machst du hier Urlaub?«, erkundigt er sich.

»Nein, ich arbeite hier.« Einen Moment lang weiten sich die Augen des Fremden. Sie sind hell, schön, wie die im Sonnenschein glänzende Oberfläche einer Rosskastanie. Dann vertiefen sich seine Grübchen zu einem erneuten Lächeln, bei dessen Anblick sich etwas in mir erwärmt.

»Das ist ja ein Ding! Ich auch! Erster Tag?«

Ich nicke.

»Welche Abteilung?«

Ich deute auf den Burggraben, denn das, was sich da unten abspielt, kann gar nichts anderes sein als die Ritterschule. »Ich glaube, da unten.«

»Ritterschule? Großartig! Ich heiße Ellis und bin Archivar. Schön, dich kennenzulernen!« Er streckt die Hand aus, aber auch wenn ich ihn auf keinen Fall vor den Kopf stoßen

58

will, schon gar, weil er so unglaublich freundlich ist, bringe ich es nicht über mich, sie zu ergreifen. Allein die Vorstellung lässt mich schaudern. Fremde Menschen zu berühren war mir noch nie angenehm. Jedes Mal, wenn mir eine Hand entgegengestreckt wird, frage ich mich, warum unsere Kultur so sehr darauf erpicht ist, Handschweiß mit Leuten auszutauschen, die wir gar nicht kennen. Von Zungenküssen will ich gar nicht erst anfangen.

Alternativ zum Händeschütteln setze ich mein bestes, breitestes Lächeln auf. »Daisy. Schön, dich kennenzulernen, Ellis.«

Er räuspert sich unbehaglich, starrt eine Sekunde auf seine ausgestreckte Hand und zieht sie dann rasch zurück, um sich an dem Träger seines Rucksacks zu schaffen zu machen. Schuldgefühle steigen in mir auf, und ich bemühe mich um Gesichtswahrung. »Kennst du vielleicht Westley? Westley Graham? Ich soll ihn hier irgendwo treffen, habe aber keine Ahnung, wie er aussieht.«

Ellis wirkt erleichtert, dass seine freundliche Annäherung nicht vollkommen zurückgewiesen wurde, und bedeutet mir, ihm zu folgen. »Klar, ich zeige ihn dir. Er ist nicht allzu schwer zu entdecken.« Zusammen gehen wir außen am Burggraben entlang, und ich kann den Blick nicht vom Tower losreißen.

»Lion Tower«, lese ich laut, als wir das Ende des Grabens erreichen, und bleibe vor ein paar Mauerruinen stehen, um das Rudel Drahtskulptur-Löwen zu betrachten, das hier beheimatet ist. Neben dem ruhigeren bemähnten Pascha wirken die beiden weiblichen Tiere angriffslustig. In ihren Augenhöhlen herrscht schwarze Leere, sie haben etwas Gespenstisches an sich.

»Hier war mal eine Menagerie«, sagt Ellis, der meine Neugier zum Anlass nimmt, seine Ortskenntnisse zu demonstrieren. »Könige und Königinnen aus aller Welt brachten exotische Tiere als Geschenk für die Monarchie mit, und der Tower mit seinen hohen Mauern war am besten geeignet, sie zu halten – so gut man eben einen Eisbären mitten in London halten kann …«

»Hmm«, mache ich. Seine Geschichten sind unterhaltsam, ich hätte nichts dagegen, mehr zu hören.

Er versteht meinen zustimmenden Laut als Einladung fortzufahren. »Wie du vermutlich ahnst, wurden hier die Löwen untergebracht. In den Zwanzigerjahren hat man tatsächlich zwei Löwenschädel im Graben entdeckt – sogar von Berberlöwen, die inzwischen ausgestorben sind. Die Forscher im Museum glauben, dass eins der Tiere aus dem fünfzehnten Jahrhundert stammt, das andere aus dem dreizehnten!« Er lacht leise in sich hinein, als ob diese Tatsache, mit der er sich offensichtlich ausgiebig beschäftigt hat, ihn noch immer begeistert. Wahrscheinlich könnte er genauso gut mit sich selbst reden – ich glaube nicht, dass es ihn stören würde. »Das bedeutet, dass wir hier möglicherweise noch bis zu Zeiten Edwards V. Löwen hatten! Ist das nicht faszinierend?«

Lächelnd nicke ich. Es ist wirklich faszinierend. »Allerdings würde ich ihnen nicht unbedingt so nah kommen wollen.« Die Nachbildungen aus Draht sind in Sprungweite, und ich schaudere beim Gedanken an den armen mittelalterlichen Diener, der mit der Raubtierfütterung betraut war.

»Ja, es brauchte eine Weile – und ziemlich viele abgebissene Körperteile –, bis sie feststellten, dass es vielleicht doch keine so gute Idee war. Ah, da ist er ja!« Ellis deutet auf eine Menschengruppe, die sich am Tor zum Tower versammelt hat. Aus ihrer Mitte ragt eine Haarmasse auf. »Ich muss weiter. War schön, dich kennenzulernen, Daisy!«

»Ja, gleichfalls«, erwidere ich leise, doch er ist schon durchs Tor verschwunden.

Während ich mich der Gruppe nähere, wird mir klar, dass ich eine der Letzten bin, obwohl es erst zehn vor zehn ist. Dabei war mein Timing doch absolut perfekt! Ich beiße mir mental in den Hintern und nehme mir vor, morgen zwanzig Minuten früher hier aufzuschlagen.

Ich schiebe mich hinter zwei kleinere Frauen, über deren Köpfe hinweg ich einen ersten Blick auf meinen neuen Boss erhasche.

Westley sieht genau so aus, wie ich nach seiner E-Mail vermutet habe. Er ist ein hagerer Mann in den Vierzigern, dessen grau melierter, dichter Blondschopf wild und borstig über seinem sommersprossigen Gesicht wuchert. Sein gepflegter Ziegenbart hingegen ist vollkommen glatt und läuft spitz über seinem Adamsapfel aus.

»Ah, ein neues Gesicht beehrt uns«, sagt er. »Wie lautet dein Name, junge Dame?« Er deutet mit der Spitze seines perfekt in der Hand liegenden Dolches auf mich. Der Rest der Gruppe folgt seinem Blick, und plötzlich sind aller Augen auf mich gerichtet. Prompt verpufft das Selbstvertrauen, das ich während meiner kurzen Unterhaltung mit Ellis, dem Fremden von vorhin, gewonnen habe, und ich werde rot.

»Daisy«, murmele ich, und Westley blinzelt in meine Richtung. »Bitte um Vergebung, Mylady, Ihr müsst lauter sprechen, denn ich habe vergessen, mein Hörrohr mitzubringen, und die alten Ohrwascheln tun sich schwer.« Er spricht mit südwestlicher Färbung und mit dem Tonfall eines leutseligen Adeligen in einem Kostümfilm der frühen 2000er-Jahre. Er hat etwas beruhigend Anheimelndes an sich. Doch diese tröstliche Ausstrahlung erstreckt sich nicht auf die anderen Gruppenmitglieder, daher bringe ich meine nächsten Worte nur unwesentlich lauter als zuvor über die Lippen.

»Daisy … Hastings«, krächze ich.

»Herzlich willkommen, Ms. Hastings. Willkommen.« Er klatscht munter in die Hände. »So, dann wollen wir mal. Mir nach, junge Herren und Damen – wir begeben uns nun ins Schloss.« Er klatscht noch einmal, dreht sich um und geht an den Wachleuten vorbei. Wir folgen ihm durch den Torbogen des ersten Turms. Ich schaue an der schrägen Mauer hoch und sehe, dass die Mörderlöcher noch immer intakt sind. Man könnte nach wie vor problemlos Teer und Exkremente hindurchkippen, um unbefugte Eindringlinge aufzuhalten. Auch die verrosteten Spitzen eines Fallgatters ragen aus der Decke, bereit, unwillkommene Besucher zu begrüßen. Unwillkürlich male ich mir aus, wie die alten Seile, die es dort oben festhalten, unter seinem Gewicht reißen und es herunterkommt und uns alle einsperrt.

Nachdem wir unserem Anführer nicht allzu weit in die Festung gefolgt sind, steigen wir in den Burggraben hinunter und versammeln uns dann im Kreis um Westley. Er tauscht seinen Dolch gegen eines der schottischen Zweihandschwerter aus, die auf dem Tisch liegen. Leise Gespräche entspinnen sich, als meine neuen Kollegen beginnen, einander kennenzulernen. Ich bleibe in meiner stillen Welt und warte geduldig darauf, dass Westley wieder das Wort ergreift.

»Guten Morgen, werte Damen und Herren, willkommen im königlichen Palast und in der Festung Seiner Majestät, dem Tower of London. Ihr alle seid auf besonderen Wunsch des Königs hier, da wir die Aufgabe haben, die nächste Generation galanter Ritter zu finden und auszubilden.« Einen Moment hält er inne. »Nur um das klarzustellen«, ergänzt er dann in gedämpftem Ton und mit normalem Tonfall, »ich spreche nicht für den tatsächlichen König; das hier ist nur ein Sommerferienclub, der nichts mit den Royals zu tun hat, aber ich dachte, das würde ein bisschen cooler klingen.« Er ist mit ziemlicher Sicherheit kein Schotte, zeigt aber seine schlanken und sommersprossigen Beine in einem Tartan-Kilt, während er mit eindrucksvollen Ausfallschritten vor uns auf und ab geht – offensichtlich, um vorzuführen, wie viel Bewegungsfreiheit man hat, wenn man nicht von mehr Stoff als unbedingt nötig eingeengt wird.

Zum ersten Mal seit längerer Zeit ist mein Lächeln breit und ungezwungen. Ich kann gar nicht erwarten, dass er weiterredet. Einer der Ritter neben mir dreht sich spöttisch schnaubend zu seinem Freund um, und ich ertappe mich dabei, wie ich ihn für diese Unhöflichkeit mit einem stummen Fluch belege.

Als Westley fortfährt, kehrt er zu seinem ursprünglichen theatralischen Ton zurück. »Zu euren Hauptaufgaben wird es gehören, die eigenen Fertigkeiten im Kampf zu demonstrieren und an unsere Schüler weiterzugeben. Aber das ist nicht alles. Ihr werdet auch Lektionen in ritterlicher Tugend, der Geschichte des Adels und all den anderen notwendigen Dingen erteilen. Wir werden verlorene junge Menschen in starke und selbstbewusste Ritter verwandeln. So, und wer von euch möchte nun als Erster sein Können unter Beweis stellen?«

Ohne zu zögern, durchbricht Alenthaea meine Nervosität, und meine Hand hebt sich wie von selbst. »Sir Daisy, ach ja, unser erfahrener Schwertkämpfer – ich habe mich besonders darauf gefreut, zu sehen, wie du mit der Klinge umgehst.« Ich erröte, und unter dem wachsenden Druck gerät mein Selbstvertrauen kurz ins Schwanken.

Ein paar der anderen wechseln skeptische Blicke. Der Ritter, den ich gerade verflucht habe, weil er sich über Westley lustig gemacht hat, schnaubt wieder auf diese höhnische Art, und in mir entbrennt Lady Alenthaeas heißer

Zorn, wild darauf, es ihnen allen zu zeigen. Nie war ich dankbarer dafür, den größten Teil meines Lebens damit verbracht zu haben, mit Schwertern auf meinen Bruder einzuschlagen. Es gibt nichts, was mir leichter fällt, außer atmen. Wenn man berücksichtigt, wie oft ich zum Hyperventilieren neige, könnte man vielleicht sogar sagen, dass es für mich entspannender ist, das Schwert zu schwingen als Luft zu holen. Ich mag nur einen Monat Zeit haben, mich als würdiger Ritter und würdige Angestellte zu beweisen, aber das hier ist die eine Sache, von der ich weiß, dass ich sie kann, und zwar gut; die einzige Stärke, die nicht vor meinen flatternden Nerven kapituliert. Mit einer Waffe in der Hand, und nur dann, vertraue ich mir, daher überlasse ich meine Selbstzweifel nun Daisy und Alenthaea übernimmt.

Mit der linken Hand wirft Westley mir ein Schwert zu. Ich fange es geschickt am Griff und hebe es rechtzeitig, um seine Attacke von rechts zu parieren. Da die Waffe viel leichter ist als die, an die ich gewöhnt bin, muss ich mich nicht besonders anstrengen, trotzdem wirkt die Bewegung eindrucksvoll. Aber Westley ist offensichtlich ein fähiger Schwertkämpfer. Als ich ein paar provozierende Hiebe in seine Richtung ausführe, steigert er sich mit einer Reihe von Schlägen, die ich abwehren muss, während er mich an den Rand des Kreises drängt. Nachdem ich ein paar weiteren Schlägen ausgewichen bin, ducke ich mich unter seinem Schwert hindurch und erobere den freien Platz hinter ihm zurück. Jetzt bin ich an der Reihe, ihn in die Zange zu nehmen. Er wehrt meinen Angriff ab, doch unsere Klingen prallen mit einem dumpfen Klirren aufeinander, und mit einer schnellen Abfolge weiterer Schläge gelingt es mir, seine Finger vom Griff zu lösen, sodass er gezwungen ist, die Hände zu heben und sich zu ergeben.

Ein einzelnes Klatschen ist zu hören, kurz darauf spendet auch der Rest der Gruppe lauten Beifall für unsere Vorführung.

»Gute Arbeit, Sir Daisy«, japst Westley lächelnd und klopft mir anerkennend auf die Schulter. Einige meiner Kollegen kommen näher, um ebenfalls zu gratulieren, und ich starre errötend zu Boden. Warum hat der verdammte Sam bloß immer recht?

»So, Leute, wer will noch mal, wer hat noch nicht?« Westley deutet drohend mit dem Schwert in die Runde, kann aber nicht mehr über einen Mangel an Freiwilligen klagen.

Wir verbringen den Großteil des Tages damit, uns mit den Waffen vertraut zu machen. Ich kämpfe mit drei Kollegen, besiege sie alle und gewinne dadurch ihren Respekt. Ich wünschte, alle Bekanntschaften würden auf diese Weise geschlossen. Es ist viel einfacher, die Leute eine Weile mit dem Schwert herumzujagen, als zu versuchen, sie während der Tortur eines Small Talks davon zu überzeugen, dass ich interessant genug bin, um sich mit mir zu unterhalten.

»Wie hast du das eigentlich gelernt?«, keucht eine meiner Kolleginnen zu meinen Füßen. Bevor ich sie dorthin befördert habe, hat sie mir erzählt, dass sie Erin heißt und dies ihr zweites Jahr in der Ritterschule ist.

»Ich hatte einfach immer zu viel Freizeit«, gebe ich zu und strecke eine Hand aus, um ihr aufzuhelfen. Ihr Blick wandert von der dargebotenen Hand zu dem atemlosen Grinsen auf meinem Gesicht, dann rappelt sie sich ächzend ohne meine Hilfe auf. Ich versuche, mir nicht allzu viel daraus zu machen, und rufe mir in Erinnerung, wie ich mich selbst heute Morgen geweigert habe, Handschweiß mit einem Fremden auszutauschen. Ich wische mir über die Hose und behalte meine lächelnde Miene bei.

Wenn ich den ganzen Sommer über hier bin, sollte ich mich zumindest um ein paar Freundschaften bemühen. Die Vorurteile, die mich bislang davon abgehalten haben, zugänglich zu sein, sind etwas abgeklungen, nachdem ich meine Mitbewohnerin kennengelernt habe und mir klar geworden ist, dass nicht jeder meiner Mitmenschen furchterregend und darauf aus ist, mich zu vernichten. Vielleicht gibt es da draußen ja noch mehr Bobbles. Alenthaea mag zwar eine einsame Wölfin sein, die Fremden misstraut, doch selbst sie gewinnt auf ihren Reisen immer wieder Freunde. All diese Nebenfiguren bereichern den Plot und helfen ihr, an die Orte zu gelangen, die sie erreichen muss. Vielleicht könnte Erin ja mein weiser Zauberer sein, der mich durch das Goblin-Reich begleitet, oder die Feenkönigin, die Ratschläge gibt, wie man am besten über das Abscheuliche Meer kommt.

»Du bist eine gute Gegnerin«, sage ich, um ihr ein Kompliment zu machen.

Wortlos wendet Erin sich ab und geht zum Waffentisch. Ich muss ein Stück rennen, um zu ihr aufzuschließen, und wir legen unserer Schwerter zusammen auf den Stapel. Bevor ich eine weitere freundschaftliche Annäherung machen kann, zieht sie sich in die Gruppe zurück und zeigt dort endlich ein Lächeln, aber es gilt den anderen.

Noch gestatte ich mir nicht, den Stachel der Zurückweisung zu spüren. Westleys Anweisungen folgend, mache ich mich daran, das Camp wieder in einen ordentlichen Zustand zu versetzen, damit wir morgen früh direkt weitermachen können. Das mühselige Aufräumen macht mir nichts aus. Ich habe ein gutes Gefühl, was diesen Tag betrifft, und das Adrenalin von den vielen Schwertkämpfen durchströmt mich wie ein elektrisches Kitzeln.

»Daisy!«

Als ich meinen Namen höre, drehe ich mich um. Ellis, der überaus freundliche Archivar von heute Morgen, steht auf dem Weg, der über den Burggraben führt und einst eine Zugbrücke ersetzt haben muss, und winkt mir zu. Nachdem ich die Geste steif und unbehaglich erwidert habe, kommt er eilig zu mir herunter.

»Wie war dein erster Tag?«, fragt er.

Meine Haare haben sich aus dem Pferdeschwanz gelöst; die meisten kleben an meinem verschwitzten Gesicht. Noch immer bin ich völlig aufgedreht und brenne darauf, von meinen Erlebnissen zu erzählen. All die Worte, die ich eigentlich in der Nachbesprechung mit meinen neuen Kollegen loszuwerden hoffte, sprudeln nun förmlich aus mir heraus, während ich mit Ellis zur U-Bahn-Station gehe.

»Klingt super«, schafft er in meinen Redeschwall hineinzuquetschen. Der Unterschied zu meiner unabsichtlich kühlen Konversation von heute Morgen muss ihn ziemlich überrascht haben. »Ich könnte dich irgendwann ein bisschen im Tower herumführen, wenn du magst«, fährt er fort. »Wir haben eine komplette Waffenkammer und Ähnliches, falls du dich für so was interessierst?«

Zu meinem eigenen Erstaunen nehme ich sein Angebot an, dann verabschieden wir uns, und ich gehe zu meiner Seite des Gleises. Kaum bin ich in meine übliche Schweigsamkeit verfallen und Alenthaea in Form des Adrenalins endlich aus meiner Blutbahn verschwunden, könnte ich im Stehen einschlafen. Das Gespräch von eben hat mich weit mehr angestrengt als ein ganzer Tag voller Schwertkämpfe.

Als ich endlich ins Bett falle, durchzuckt mich ein zaghaftes vorfreudiges Beben beim Gedanken, dass ich morgen nach dem Aufwachen dasselbe tun werde wie heute.

6. KAPITEL

Die nächsten paar Tage folgen demselben Muster. Nun ja, abgesehen davon, dass ich jeden Morgen die Erste bin, nachdem ich die genaue Zeit ermittelt habe, zu der ich in der Bahn mit möglichst wenigen Menschen in Kontakt komme. Und abends bleibe ich länger, um Westley bei den Aufräumarbeiten zu helfen, um die er zwar seine Angestellten gebeten hat, die aber grundsätzlich an ihm hängen bleiben, weil er zu schüchtern ist, um auf irgendwas zu bestehen.

Obwohl ich furchtbares Heimweh habe, darf ich hier nicht scheitern. Wenn dies mein neues Abenteuer sein soll, muss es perfekt ein. Ich habe nur vier Wochen Zeit, allen zu zeigen, wer ich bin und was ich kann, und ich werde alles geben, um zu beweisen, dass ich keine Versagerin bin. Außerdem ist mir nach dem ersten Tag klar geworden, dass ich mich ausreichend beschäftigen muss, um meinem Gehirn keine Chance zu geben, mit meinen Emotionen Schritt zu halten. Ich habe nämlich zunehmend das Gefühl, dass ich in das Maul eines Seeungeheuers geworfen worden bin, mit nichts als einem Paar Armbänder, um mich über Wasser zu halten. Und wenn ich mich jede Minute meines Arbeitstags darauf konzentriere, die perfekte Mitarbeiterin zu sein, habe ich nach Feierabend gerade noch genug Energie, um ein Lebenszeichen in den Familien-Gruppenchat zu texten. Danach falle ich ins Bett, um abzuschalten und mich Tagträumen über Elfen, Ritter und Monster hinzugeben.

Heute Abend steht Bobble in meiner Tür und näht mit der Hand eine falsche Pfauenfeder auf einen flauschigen Fischerhut. »Hast du diese Woche eigentlich irgendwas außer der Arbeit gesehen oder getan?« Leicht betrübt zieht sie die gebleichten Brauen zusammen, nachdem sie mich mit meinem Notebook im Bett vorgefunden hat, so wie jeden Abend seit meinem Einzug.

»Zählt die Tauben-Lady im Park, an der ich auf dem Weg zur U-Bahn vorbeikomme?«

Bobble schüttelt den Kopf.

»Nicht mal, wenn sie jeden Tag eine andere Sorte Geburtstagskuchen verfüttert?«

Ein Ausdruck der Verwirrung huscht über ihre Züge, gefolgt von Besorgnis. Sie hat eins dieser ausdrucksvollen Gesichter, denen man jeden einzelnen Gedanken ablesen kann. Normalerweise verschlägt mir die Angst vor peinlichen Pausen oder der Druck, während einer laufenden Konversation die richtigen Worte zu finden, die Sprache. Aber mit Bobble ist das kein Problem, sie hat genug Worte für uns beide zusammen. Momente der Stille, wenn sie mal Luft holen muss, sind selten, und das ist irgendwie tröstlich. Nicht einmal hat sie Witze darüber gemacht, dass ich nicht schnell genug formulieren kann, um im Rennen zu bleiben, oder mich wegen meiner Schüchternheit geneckt. Sie zwingt mich nicht dazu, extrovertierter zu sein oder es wenigstens zu versuchen. Bobble scheint okay damit, mich so zu nehmen, wie ich bin.

»Welche Sorten?« Ihre Besorgnis weicht der Neugier, und sie kommt in mein Zimmer und lässt sich neben mich aufs Bett fallen. »Victoria Sponge? Zitrone? Schokolade?«

»Bobble, ich habe sie nicht um Kostproben gebeten.« Ich muss lachen. »Aber ich bin ziemlich sicher, dass ich neulich eine von diesen ›Colin the Caterpillar‹-Rollen gesehen habe. Und in dem von heute Morgen steckten ein paar große Lutscher.«

Sie summt anerkennend. »Gute Wahl.« Dann verknotet sie ihre Näharbeit und beißt den Faden mit den Zähnen durch. Sie plustert die Feder noch ein bisschen auf und steckt sich die Nadel in ihren Dutt. Der restliche Faden hängt wie ein lila Wimpel daran. Vielleicht sollte ich ihr zum Geburtstag ein Nadelkissen schenken ... »Warum bist du noch nie in der Stadt unterwegs gewesen?«, fragt sie. »Ich könnte dir ein paar Sachen vorschlagen, wenn du unsicher bist, wohin du gehen sollst.«

Alles, was Bobble vorschlägt, dürfte viel zu laut für mich sein, sowohl was den Lärm betrifft als auch die Farben, aber ich weiß ihre Fürsorge zu schätzen. »Ich bin einfach immer so müde«, erwidere ich. Vielleicht ist es ihre freundliche Miene oder die Art, wie sie mich anschaut, während ich rede, so aufmerksam, als würde sie jedem meiner Atemzüge lauschen, jedenfalls spüre ich den Drang, weiterzumachen, mich ihr zu öffnen. »Es ist, als ob diese paar Stunden im Job zusammen mit dem Pendeln mich einfach platt machen. Dabei ist es nicht mal besonders schwierig, und ich muss mich auch nicht totarbeiten oder so, aber ich empfinde es als unglaublich anstrengend, so lange mit so vielen Leuten zusammen zu sein, ohne die Gelegenheit, zwischendurch zu flüchten, um ein bisschen Ruhe zu finden oder einen Moment zu entspannen. Also schotte ich mich wahrscheinlich ab, sobald ich nach Hause komme. Ich glaube, meine soziale Batterie ist deutlich kleiner als die der meisten Menschen. Jeden einzelnen Wortwechsel plane ich im Voraus, spiele ihn im Kopf durch und stelle mir Fragen dazu, um sicherzugehen, dass ich das Richtige sage. Daher fühlt es sich an, als ob mein Geist schon einen Marathonlauf hinter sich hat, bevor ich auch nur die Lippen bewege.«

Einen Moment lang sagt Bobble nichts, und mein Blutdruck beginnt zu steigen. Warum habe ich ihr das bloß erzählt? Warum sollte sie sich für die seltsame Logik interessieren, nach der mein Gehirn funktioniert und die nicht mal für mich selbst Sinn ergibt?

»Wir könnten am Wochenende einen Spaziergang machen, wenn du magst. Du würdest nicht mit mir reden müssen«, fügt sie hinzu, als könnte sie meine Gedanken lesen. »Ich quassele genug für uns beide.« Ihr Lächeln ist warm. Eine Welle der Ruhe plätschert über mich hinweg. Bobble kichert in sich hinein. »Wir nennen das Projekt ›Stiller Sonntag‹«, sagt sie dann sanft.

Es fühlt sich seltsam an, gleichzeitig merkwürdig traurig und euphorisierend, wenn eine andere Person nicht so reagiert, wie man es automatisch angenommen hat. Wenn man so lange geschwiegen und immer wieder alle Möglichkeiten durchgespielt hat, wie jemand einen zurückweisen oder einem das Gefühl vermitteln könnte, dumm zu sein, nur, weil man den Mund aufgemacht hat, und wenn dieser jemand sich dann einfach nicht so verhält ... Ich kann mich des Eindrucks nicht erwehren, dass es offenbar mein Gehirn ist, das jede Aussicht auf Glück oder auch nur auf Ruhe sabotiert.

»Ja«, erwidere ich. »Das wäre schön.«

Als ich am nächsten Morgen im Burggraben ankomme, ist die Stimmung der letzten Tage merklich umgeschlagen. Bei seiner üblichen Begrüßung verzichtet Westley auf jegliche Theatralik und bemüht sich stattdessen um eine beinahe feierliche Förmlichkeit. Er wird von zwei anderen Männern flankiert. Das Ganze wirkt so, als wäre er ein nervöser Politiker, der sich vor den Medien erklären muss und seine Berater um sich schart, damit die darauf achten, dass er genau das Richtige sagt. Einer der Männer sieht aus wie ein Gangster in einem Guy-Ritchie-Film, gespielt von Jason

Statham. Sein kahler Schädel geht in eine säuerliche Miene über, und obwohl er höchstens Anfang vierzig zu sein scheint, vermittelt sein von tiefen Furchen durchzogenes Gesicht den Eindruck, als hätte er schon ein paar Leben hinter sich. Er mustert uns so misstrauisch, als würde er jeden, der eine falsche Bewegung macht, mit vollem Körpereinsatz zu Boden werfen und dann mit einem Knüppel auf ihn einprügeln.

Der zweite ist auf andere Art bedrohlich. Deutlich jünger – Mitte zwanzig, würde ich sagen. Doch er überragt beide Männer, die neben ihm stehen. Seine vollen, glänzenden Haare sind so dunkel wie seine Augen und fallen ihm, obwohl er ständig versucht, sie mit seinen großen Händen zurückzustreichen, in widerspenstigen Strähnen so weit in die Stirn, dass sie seine dichten Brauen kitzeln. Als es ihm schließlich gelingt, sie zu bändigen, spüre ich einen Anflug von Enttäuschung und warte darauf, dass die vorwitzigen Strähnen sich erneut durchsetzen.

Im Unterschied zu seinem Freund schaut er keinen von uns direkt an. Stattdessen starrt er mit sichtlich verärgerter Miene entweder auf seine Schuhe oder in den Himmel. Was jedoch alle anderen nicht davon abhält, ihn zu studieren wie ein verloren geglaubtes Werk von Michelangelo, das zum ersten Mal der Öffentlichkeit präsentiert wird. Tatsächlich wirken seine Gesichtszüge, als hätte man sie mit der erklärten Absicht gemeißelt, eine Vision männlicher Schönheit zu erschaffen, so perfekt und symmetrisch, dass selbst ich vom Anblick dieses Fremden fasziniert bin.

Nachdem die Gruppe vollständig versammelt ist, räuspert sich Westley und ergreift mit zitternder Stimme das Wort. »Ich möchte euch alle bitten, Mr. Theodore Fairfax in der Schule willkommen zu heißen.« Er deutet auf den größeren, kräftigeren Mann neben sich. »Da er in letzter Minute zu uns stößt und nur noch zwei Tage bleiben, bis die Schüler eintreffen, hoffe ich, dass jemand von euch bereit ist, ihn zu, äh, betreuen und auf den aktuellen Stand zu bringen, was Zeitpläne und Ähnliches betrifft.«

Etliche Hände, die meisten davon den weiblichen Mitgliedern der Truppe zuzuordnen, schießen in die Höhe, doch Westleys Blick fällt auf mich. »Tatsächlich hoffte ich, dass du das übernehmen könntest, Daisy, weil du, glaube ich, von allen hier am wenigsten trainieren musst.«

Man könnte meinen, ich würde beim Parlament der Eulen arbeiten, so schnell, wie sich sämtliche Köpfe in meine Richtung drehen und aller Augen mich anglotzen wie die letzte Maus auf dem Buffet. Mr. Theodore Fairfax selbst unterbricht für einen Moment seinen Versuch, das Gras zu seinen Füßen durch Anstarren zu töten, und richtet seinen durchdringenden Blick auf mich. Mir stockt der Atem, und ich beginne, Mitleid mit dem Boden zu empfinden, der diese stechende, glühende Musterung so lange ertragen musste. Warum weder ich noch der Rasen unter all der Hitze in Flammen aufgegangen sind, ist mir ein Rätsel. Nachdem er endlich zu dem Schluss gekommen ist, dass meine rasant errötenden Züge ihn langweilen, kämpfe ich verzweifelt darum, die Atemluft zurückzugewinnen, derer er mich unwissentlich beraubt hat.

Westley schaut mich flehend an, und ich lasse mir sein Ansinnen durch den Kopf gehen. Die Vorstellung, so viel Zeit damit zu verbringen, mit einem Mann zu reden, der zunehmend so aussieht, als wäre er lieber irgendwo anders, nur nicht hier, ist eher abschreckend. Zumal das Feuer seines Blicks noch immer in mir nachglüht. Aber mit jeder Sekunde, die ohne meine Zustimmung vergeht, tritt Westley unbehaglicher von einem Fuß auf den anderen, und so nicke ich schließlich. Ihm zuliebe, und weil ich diesen Job nun mal bis zum Schluss durchziehen will. Er atmet hörbar auf und scheint allmählich zu sich selbst zurückzufinden.

Mit einem Händeklatschen fordert er unsere Aufmerksamkeit ein und verteilt die Aufgaben für den Tag. Alle gehen an die Arbeit. Mr. Theodore Fairfax macht keinerlei Anstalten, sich mir zu nähern, also gehe ich mit einem Schnauben zu ihm. Da ich, wenn ich es vermeiden kann, beim ersten Treffen nie zuerst das Wort ergreife, bleibe ich abwartend vor ihm stehen und versuche einen Moment lang, seinem Blick standzuhalten. Seine Augen sind so dunkel, dass ich mein verzerrtes Spiegelbild darin erkennen kann, doch nach kaum einer Sekunde schaue ich weg und räuspere mich unbehaglich. Bevor ich einen Einstiegssatz formulieren kann, beginnt er zu reden.

»Ich brauche deine Hilfe nicht.« Sein Ton ist schroff, und für einen Augenblick bringt diese Grobheit mich aus dem Konzept.

Unwillkürlich stelle ich mich aufrechter hin, während ich sein Gesicht mustere – glatt rasiert, aber mit einem dunklen Schatten sehr bald nachwachsender Haare auf den Wangen. Er hat eine kräftige Nase und die klassische Alabasterstirn eines Mannes, der viel von sich hält und so gut aussieht, dass er dämliche Mitmenschen austricksen kann, dasselbe zu glauben.

Die Konfrontation lässt meinen Magen rotieren. Kalter Schweiß bricht mir aus, doch mein Körper entscheidet sich weder für Kampf noch für Flucht. Stattdessen reizt meine Furcht nur die Sturheit von Alenthaea, deren Kraft in meiner Brust prickelt, und ich halte die Stellung. »Hast du das denn schon mal gemacht?«

»Nein.« Er starrt mich durchdringend an, während ich seinen Blick standhaft meide.

»Hast du jemals ein Schwert benutzt?«

»Nein.«

Ich verschränke die Arme vor der Brust. »Dann wirst du meine Hilfe brauchen.«

Er schnaubt spöttisch, und seine Lippen verziehen sich zu einem sarkastischen Lächeln. »Was soll so schwierig daran sein, mit Spielzeug herumzuwedeln, Blümchen?«

Ich schwanke kurz, drauf und dran, Daisy das Ruder zu überlassen, doch Lady A weigert sich, es abzugeben. Mein Herz schlägt so heftig, dass ich spüre, wie das Blut in meinen Adern pulsiert, bis runter zu meinen Beinen.

»Mein *Name* lautet Daisy«, erwidere ich kühl.

Sein höhnisches Grinsen wird breiter, und ich erröte.

»Warum zeigst du es mir nicht, *Teddy*? Wenn es so einfach ist.«

Ich nehme zwei Rapiere vom Waffentisch und werfe eins davon Theodore zu, in der Hoffnung, ihn zu überrumpeln. Er fängt den Degen geschickt auf, und ich fluche innerlich. Der Glatzkopf nähert sich, doch Theodore hebt die freie Hand, und der Mann zieht sich wie ein gehorsamer Hund in seine Ecke zurück. Bei Lichte betrachtet erinnert er tatsächlich ein bisschen an einen haarlosen Mops.

»Das würde ich ja, wenn ich einen Gegner hätte.«

Vielsagend hebe ich meine eigene Klinge.

»Du?« Er versucht nicht mal, seine Belustigung zu verbergen.

»Hast du etwa Angst, dass ich dich fertigmache?«

Statt einer Antwort macht er einen Ausfallschritt, stützt sich auf das vordere Bein und präsentiert seinen Degen, als würden wir gleich anfangen zu fechten.

Sein blindes – und unbegründetes – Selbstvertrauen entlockt mir ein Kichern. Ich senke die Klinge und mache mich bereit für einen Kampf, der nicht ganz so hübsch ausfallen wird wie im Fechtclub von Eton. »Erste Lektion …«

Doch bevor ich die Spitze meines Rapiers auf sein selbstgefälliges Gesicht richten kann, schiebt Westley sich zwischen uns. »Hey, was machst du da?« Eine Schweißperle rollt über seine gerötete Stirn und an seinen nervös zuckenden Augen vorbei.

»Ich zeige ihm, was wir hier machen. Er kann nicht mit dem Schwert umgehen«, gebe ich achselzuckend zurück, die Waffe noch immer einsatzbereit in der Hand.

Theodores verärgerten Widerspruch ignorierend, lehnt Westley sich näher zu mir. »Nicht. Den. Hier«, flüstert er aus einem Mundwinkel. Dann wendet er sich mit einem geradezu schmerzhaft breiten Lächeln und bibbernder Höflichkeit an meinen Gegner. »Keine Sorge, Sir. Unsere Daisy hat sich nur ein bisschen mitreißen lassen. Sie wird nicht *wirklich* mit Ihnen kämpfen.« Erneut dreht er sich zu mir um. Seine Augen sind geweitet, die Brauen angespannt zusammengezogen. »Sie zeigt Ihnen nur, wie man die Waffe hält und erklärt ein paar technische Begriffe. Nicht wahr, Daisy?«

Jetzt bin ich vollkommen verwirrt. Westley hatte die ganze Woche lang keine Probleme damit, mich gegen meine Kollegen antreten zu lassen. Warum stellt er sich jetzt so an? Trotzdem nicke ich bereitwillig. Sosehr ich mich darauf gefreut habe, Theodore sein selbstgefälliges Grinsen auszutreiben – wenn ich in diesem Job eine makellose Bilanz anstrebe, muss ich Anweisungen befolgen.

»Daisy?«, wiederholt Westley und starrt förmlich Löcher in meine Schwerthand, die immer noch den Griff des Degens umklammert.

»Oh … ja, klar.« Ich lege die Waffe zurück auf den Tisch. »Tut mir leid.«

Westley eilt davon, um Robin, einen etwas weniger kompetenten Mitarbeiter der Ritterschule, davon abzuhalten, eine Plastik-Kampfaxt zu schärfen.

Kaum ist er weg, grinst Theodore mich spöttisch an. »So ein Pech aber auch, Blümchen. Da musst du wohl ein anderes Mal versuchen, mich zu schlagen.« Das Zwinkern, das auf seine Worte folgt, entwaffnet mich komplett. Ohne die Unterstützung eines Schwerts in der Hand schwindet Alenthaeas Selbstvertrauen dahin, und ich bin wieder die alte, ängstliche Daisy, die ständig rot anläuft.

»Also los«, murmele ich, ohne ihn anzuschauen, und wir ducken uns in das nächstgelegene Zelt. Das Innere besteht im Wesentlichen aus einem riesigen Perserteppich. Muster und Farben, die einander beißen, bedecken Boden und Wände, dazwischen lugen Grasbüschel hervor. Das Zelt ist breit und rund, aber so niedrig, dass ich gerade noch bequem stehen kann. Theodore hingegen muss seinen Nacken in einem ungünstigen Winkel krümmen – wie ich mit einer gewissen Schadenfreude zur Kenntnis nehme.

Drei lange Tische nehmen den größten Teil des Raums ein. Wir gehen zum ersten, der genau wie die kleineren Tische draußen im Graben mit unterschiedlichen Schwertern aus Westleys Sammlung bestückt ist. Doch diese hier – aus echtem Metall und viel zu schwer für die meisten Erwachsenen, ganz zu schweigen von Kindern – werden nur zur Schau gestellt und für theoretische Erklärungen genutzt.

Um mir keine Gelegenheit zu geben, ihn zu einem weiteren Duell zu fordern, platzt sein kleiner Freund durch den Zelteingang und baut sich drohend neben mir auf. Sobald ich zur ersten Waffe greife und bevor ich auch nur ihre Bezeichnung nennen kann, tritt er vor und nimmt sie mir aus der Hand.

»Entschuldigung?«

Sein Gesicht verzieht sich wie der Hintern eines wütenden Pavians, und ich wünschte, ich hätte nichts gesagt.

»Morton«, beginnt Theodore in gelangweiltem Ton. »Lassen Sie das Mädel mit seinen Spielsachen spielen. Sollte es ihr gelingen, mich mit einer stumpfen Aluminiumplatte zu stechen, dürfen Sie ihr die gerne entreißen wie einem verwöhnten Kind. Ansonsten ist sie völlig harmlos.«

Sofort tritt Morton einen Schritt zurück und nickt seinem Meister devot zu. Wie viel Geld musste dieser arrogante Kerl besitzen, um derart ergebene Angestellte zu haben? Allein die Vorstellung finde ich widerlich. Bummeln reiche Leute jetzt etwa auf diese Weise die gemeinnützige Arbeit ab, zu der sie verurteilt worden sind? Warum sonst sollte jemand mit einem verdammten Leibwächter hier aufschlagen und sich von mir über unechte Waffen belehren lassen?

Mit einer ungeduldigen Geste bedeutet Theodore Fairfax mir, ich möge weitermachen. Schon wieder fällt ihm diese widerspenstige Strähne ins Gesicht. Ich muss den Drang unterdrücken, sie zu berühren, und rufe mir energisch in Erinnerung, warum ich hier bin, eingesperrt in einem Zelt mit zwei unerträglichen Männern, in einer Stadt, in der ich mich niemals zu Hause fühlen werde.

Langsam am Tisch entlanggehend, deute ich auf jede einzelne Waffe und nenne meinem Schützling die entsprechenden Namen. »Langschwert, Claymore, Säbel, Spatha, Dirk, Rapier, Großschwert.« Theodore zeigt wieder seine unbeeindruckte Miene, doch ich fahre mit meiner gemurmelten Lektion fort. »Das Langschwert ist ein Schwert, das beidhändig geführt wird, spätes Mittelalter. Claymore ist die schottische Version davon. Der Säbel ist ein Rückenschwert mit gebogener Klinge, meist zu Pferd eingesetzt und oft mit den Napoleonischen Kriegen assoziiert. Die Spatha ist ein römisches, zweischneidiges Langschwert, der Dirk ein schottischer Langdolch. Das Rapier …«

»Das, womit du mich gerade töten wolltest?«, unterbricht mich Theodore, der offensichtlich besser aufpasst, als ich ihm zugetraut hätte.

»Hm«, stimme ich zu und widme mich den Fakten. »Das Rapier ist ein Hiebschwert mit zweischneidiger Klinge, hauptsächlich zum Stechen gedacht. Das Großschwert ist im Grunde nur eine jüngere Version des Langschwerts. Noch Fragen?«

»Ja. Warum um alles in der Welt macht sich irgendwer diesseits der Industriellen Revolution die Mühe, all das zu lernen?«

Mein Gesicht glüht, als ich zum nächsten Tisch weitergehe, um meinem undankbaren Schüler eine ebenso langweilige Lektion zu den verschiedenen Arten von Schilden zu erteilen, die vor uns ausgebreitet sind.

»In der ersten Unterrichtsstunde nächste Woche geht es um Waffen und die Gestaltung eines Wappens für unsere eigenen Schilde, also wäre es gut, wenn du dich an diese hier erinnerst.«

»Du wirst dabei sein, oder?«

Ich nicke.

»Könntest du das dann nicht einfach erledigen?«

»Na ja schon, aber …«

»Gut. Ich hab nämlich schon wieder alles vergessen.« Er dreht sich auf dem Absatz um und marschiert aus dem Zelt. Ich kämpfe mit dem Bedürfnis, laut loszubrüllen.

»Verdammt, für wen hält er sich eigentlich?«, murmele ich, balle die Fäuste und stürme nach draußen.

»He!« rufe ich ihm hinterher, erneut mit Alenthaea im Blut. »Bleib gefälligst stehen!« Beim Klang meiner Stimme horcht der Rest des Camps verdutzt auf. Viele hier haben mich noch nicht mehr sagen hören als drei Wörter in ebenso vielen Tagen. Nach meinem Ausbruch schrillen sämtliche

Alarmglocken in meinem Kopf, aber ich kann mir nicht leisten, darauf zu hören. Also stehe ich entschlossen da, die Arme verschränkt, und starre Theodore an, der sein Gespräch mit der Bulldogge unterbrochen und sich zu mir umgedreht hat.

Seine dunklen Augen blitzen. »Wie bitte?«, fährt er mich an.

»Du hast mich durchaus verstanden. Man hat mir aufgetragen, dich auf nächste Woche vorzubereiten, und genau das werde ich auch tun, ob es dir gefällt oder nicht.« Nachdem die erste Woche meiner Probezeit fast vorbei ist und ich jeden meiner bisherigen Schritte sorgfältig kalkuliert habe, damit alles so glatt wie möglich läuft, werde ich den Teufel tun und zulassen, dass ein Silberlöffel hortender Goblin mit seiner Arroganz alles ruiniert. Alenthaea würde nicht zulassen, dass der Stolz eines anderen ihrem eigenen Ehrgeiz in die Quere kommt. Der durch die Konfrontation ausgelöste Adrenalinschub mischt sich mit meiner neurotischen Angst vor dem Scheitern, und meine Brust hebt und senkt sich vor Anstrengung, jetzt bloß keinen Rückzieher zu machen.

Er kommt näher, so nahe, dass seine Schuhspitzen meine berühren und ich den Kopf in den Nacken legen muss, um in seine erboste Miene zu schauen. Plötzlich sind all meine Sinne von ihm erfüllt, und mein Herz hat Mühe, mit sich selbst Schritt zu halten, während es einen chaotischen synkopischen Rhythmus trommelt.

»Du wirst schnell, sehr schnell lernen, *Blümchen*, dass ich nichts, absolut nichts von dem tun werde, was du oder sonst wer in dieser Einrichtung mir vorschreibt. Es ist schon lächerlich genug, das hier überhaupt als Job zu bezeichnen. Und es ist noch lachhafter von dir, deine Fantasie-Spielerei so ernst zu nehmen, dass du die Frechheit besitzt, auf diese

Weise mit mir zu reden.« Seine Worte treffen mich wie ein Schlag ins Gesicht, aber ich lasse mich nicht beirren.

»Warum bist du dann hier, *Teddy*? Wenn du glaubst, dass du so viel besser bist als alle anderen?« Wieder verengen sich seine Augen, als er den Spitznamen hört, und nun bin ich an der Reihe, ihn spöttisch anzugrinsen.

Er senkt den Kopf, bis unsere Gesichter nur noch Zentimeter voneinander entfernt sind, doch ich zucke nicht zurück. Theodore holt tief Luft, als ob er etwas sagen will, entscheidet sich in letzter Sekunde jedoch dagegen, richtet sich wieder auf und geht davon. Er schaut weder zurück, noch bleibt er stehen, als Westley ihm hinterherrennt – vielmehr marschiert er auf direktem Weg aus dem Tower, dicht gefolgt von seinem kleinen Freund.

Mir rutscht das Herz in die Hose, als ich sehe, wie Westley ihm nachruft. Der Gesichtsausdruck meines Chefs weckt in mir das Gefühl, einen schrecklichen, schrecklichen Fehler gemacht zu haben.

7. KAPITEL

»Daisy!« Ellis' Stimme reißt mich in der Mittagspause aus meinen Tagträumen. Er kommt über den Rasen und lässt sich neben mir im Schatten der Mauer nieder. Ich habe mir bewusst einen Platz abseits der bevorzugten Picknickstellen im Burggraben gesucht, um den Fragen und unbehaglichen, vermutlich in Zusammenhang mit Theodore stehenden Blicken meiner Kollegen zu entfliehen. Nur ungern werde ich in meiner stillen Einsamkeit aufgestört. Doch der stets fröhliche Ellis hat meine leichte Verärgerung ob der Unterbrechung gar nicht bemerkt.

Also lächele ich ihn an, als er sich setzt, und beiße herzhaft in mein Sandwich, in der Hoffnung, dadurch zu verdecken, was meine allzu offenherzige Miene enthüllen könnte.

»Wie geht's?«, erkundigt er sich und zieht sein eigenes Lunchpaket hervor.

Seine Frage entlarvt meine Sandwich-Strategie als wirklich schlechte Idee. Ich kann entweder versuchen, den gewaltigen Bissen möglichst schnell hinunterzuwürgen, oder mit vollem Mund antworten, auf die Gefahr hin, Ellis mit feuchten Krümeln zu bombardieren. Ich wähle Variante eins und verfluche mich erstens selbst, weil ich mich heute für ein Baguette entschieden habe, und zweitens den Supermarkt, der mir ein lederzähes Exemplar angedreht hat. Zur alternativen Option übergehend, bedecke ich meinen Mund und murmele: »Ganz gut.«

»Ich habe gehört, dass du bei unserem royalen Besucher ziemlichen Eindruck hinterlassen hast«, bemerkt er.

Prompt verschlucke ich mich, und das zähe Baguette bleibt mir im Hals stecken. Ellis springt auf und verpasst mir mehrere Schläge auf den Rücken. Sobald er überzeugt ist, dass ich nicht an meinem Kresse-Ei-Baguette ersticken werde, setzt er sich wieder auf seinen Platz, von dem aus er vermutlich die Hitze spüren kann, die von meinen glühenden Wangen ausgeht.

»Alles klar?«, vergewissert er sich, nachdem ich einen Schluck Wasser getrunken habe, und ich nicke.

»W…was hast du gerade gesagt?«, frage ich. So viel Aufmerksamkeit wie jetzt habe ich ihm in der kurzen Zeit, die wir uns kennen, noch nie geschenkt.

»Was? Ach ja, ich hörte gerade, dass du Theodore Fairfax vor allen Leuten zur Schnecke gemacht hast. Erstaunlich, dass man uns nach diesem Hochverrat nicht befohlen hat, das Schafott herzurichten.« Er lacht leise in sich hinein, offensichtlich stolz auf seinen Scherz.

»Ich meine, was *genau* hast du eben gesagt?«, hake ich nach. In meinem Kopf dreht sich alles.

»Dass du bei unserem royalen Besucher ziemlichen Eindruck hinterlassen hast?«, sagt Ellis langsam und sichtlich verwirrt.

»Royal? Du meinst, er ist einfach einer dieser typischen Elite-Internatszöglinge mit ihrem ›Ich bin König‹-Komplex, oder?« Mein Herz hämmert wie wild, und aus meiner Brust steigt bittere Reue auf und blubbert in meiner Kehle, bis mir schlecht wird. »Das stimmt doch, oder?«, dränge ich verzweifelt.

»Du wusstest das nicht?«

Ich schüttele verzweifelt den Kopf.

»Er ist hauptamtliches Mitglied des Königshauses. Der Neffe des Königs. Der Sohn der Princess Royal. Viscount Fairfax.«

Nein. Oh nein, oh nein, oh nein.

Ellis' Mund bewegt sich, aber ich höre nichts. In meinem pochenden Schädel überschlägt sich ein Übermaß an Gedanken, die ich zu nichts Sinnvollem ordnen kann, abgesehen von einigen Ausdrücken, für die meine Mutter mich tadeln würde.

Als sein amerikanischer Akzent endlich durch die Kakofonie meines inneren Tumults dringt, tragen seine Worte nichts zu meiner Beruhigung bei. »Sie wollten keine große Sache daraus machen, aber da sein Gesicht in letzter Zeit ziemlich oft in der Zeitung war, haben ihn alle schnell erkannt. Ich bin überrascht, dass es dir entgangen ist.«

Ich nicht. Wenn ich mehr auf die Welt achten würde, in der ich lebe, und weniger auf die, die nur in meinem Kopf und auf dem Spielfeld vor dem Gemeindesaal existiert, hätte ich vielleicht nicht so viel Mist gebaut. Plötzlich ergibt Westleys Reaktion erschreckenden Sinn. Was habe ich getan? Beim Versuch, mein Bestes zu geben, um zu zeigen, dass ich eine superkompetente Bilderbuch-Mitarbeiterin bin, habe ich so katastrophal versagt wie nie zuvor. Ich hätte größere Chancen, meinen Job zu behalten, wenn ich meinem Chef einfach nur eine runtergehauen hätte. Die erste Woche ist noch nicht mal vorbei, und schon habe ich mich als Total-Reinfall bewiesen.

Ellis plappert weiter, ohne zu merken, dass ich vor seinen Augen in Stücke gehe. »Man hört ja, dass er ein ziemlicher Idiot ist. Erstaunlich, dass sie ihn nach den letzten Wochen überhaupt wieder in die Öffentlichkeit gelassen haben.«

»Er ist ein richtiges Arschloch«, murmele ich. Das Schuldgefühl, einem Royal auf den Schlips getreten zu sein, kann mein Bedürfnis, ihn hinter seinem Rücken noch weiter zu beleidigen, nicht ganz unterdrücken. Ich kreide das Lady Alenthaea an.

»Ich habe gehört, dass sie ihn vorige Woche in einem Streifenwagen zurück in den St James's Palace gebracht haben und der König persönlich ihm dort die Leviten gelesen hat. Offenbar ist er so was wie ein Partylöwe.«

Plötzlich schnappen mehrere Leute hörbar nach Luft, und diverse Augenpaare richten sich auf uns. Die unerwartete Aufmerksamkeit lässt mich erröten.

Ellis, in seinen Ausführungen unterbrochen, beugt sich näher zu mir. »Ist er das?«, flüstert er. Noch immer sinkt der Himmel auf mich herab, um mich tiefer in die Erde hineinzudrücken, die mich zu verschlingen droht. Das Gefühl von Ellis' Atem an meiner Wange verstärkt nur noch das überwältigende Bedürfnis zu flüchten, mir einen Weg aus der Welt herauszuschlagen, die über mir zusammenbricht. Da ich Angst habe, ihn vor den Kopf zu stoßen und wie eine Verrückte dazustehen, wenn ich jetzt aufspringe, wegsprinte und alles niederwalze, was sich mir in den Weg stellt, versuche ich, ruhig weiterzuatmen und so lange wie möglich durchzuhalten.

In der Hoffnung, dass es mich ablenken wird, folge ich seinem Blick, doch was ich sehe, hat keinerlei besänftigende Wirkung. Theodore schreitet mit seinen hochmütigen Schritten erneut ins Camp. Ich nicke als Antwort auf Ellis' Frage und kann nicht leugnen, dass ich etwas erleichtert bin, ihn nicht endgültig vertrieben zu haben. Hinter ihm trottet Westley, mit hochrotem Gesicht und einem Lächeln, das eher einer Grimasse gleicht. Der Viscount kommt dicht an uns vorbei und entzieht dem Weg vor ihm seine bislang ungeteilte Aufmerksamkeit, um mich niederzustarren. Unwillkürlich halte ich den Atem an. Seine dunkel glühenden Augen bringen mich noch mehr aus dem Gleichgewicht. Ich wende mich wieder meinem Mittagessen zu, doch die Hitze seines intensiven Blicks brennt weiter auf meiner Haut, bis er, gefolgt von Westley, in dem Zelt von vorhin verschwindet.

Endlich ausatmend, behalte ich den Zelteingang angespannt im Auge – wie ein verräterischer Soldat, der darauf
wartet, vor den König gerufen zu werden, um seine Strafe
zu erhalten. Ellis redet weiter, aber ich höre nicht, was er
sagt. Was machen sie da drin? Warum hat keiner irgendwas
zu mir gesagt? Lässt er mich jetzt auf der Stelle feuern?

Meine bangen Gedanken werden unterbrochen, als Erin
und ein paar der anderen Mädchen von der Ritterschule sich
zwischen mich und das Zelt schieben.

»Du musst uns erzählen, was vorhin in diesem Zelt passiert ist!«, ruft eine, mit der ich bislang noch kein Wort gewechselt habe.

»Wie ist er denn so?«, will eine andere wissen.

»Was hat er zu dir gesagt?«, fragt Erin ungeduldig. Ihr
Ton ist schnippisch, ihre blauen Augen starren mich erwartungsvoll an.

Die Stimmen der Mädchen mischen sich zu einem an-
griffslustigen Chor der Neugier. Über uns dröhnt ein tief-
fliegender Jet. Vom Tower Hill hört man Schulkinder lachen. Die Geräusche werden lauter und lauter, bis ich mir
die Ohren zuhalten muss. Es ist zu viel. Ich hätte niemals
herkommen dürfen. Ich hätte es nie versuchen sollen. Ich
hätte in meinem kleinen Haus in meinem kleinen Dorf bleiben sollen, wo ich meine langweilige kleine Welt unter Kontrolle habe.

Ohne zu Ellis, Erin und den anderen zurückzuschauen,
springe ich auf und renne los, immer weiter. Schließlich
schlüpfe ich durch einen abgesperrten Eingang und finde
mich in einem kühlen Steingewölbe wieder. Zu beiden Seiten sind Holztüren mit geschnitzten Graffiti aus mindestens
einem halben Jahrtausend. Ich fahre mit den Fingern über
die eingekerbten Oberflächen, doch die Namen längst toter
und begrabener Vandalen können mich nicht ablenken.

Ich bin hier vollkommen allein, spüre aber dennoch feuchte Hände, die gierig über meinen Körper gleiten, klamme Fingerspitzen, die an mir herumstochern und zerren und mich auseinanderpflücken. Mir ist zu heiß. Meine Kleidung klebt mir am Leib, eine weitere erstickende Schicht, die ich mir verzweifelt abreißen will. Ich will, dass es aufhört. Warum hört es nicht auf? Warum musste ich es versuchen? Alle haben damit gerechnet, dass ich versage, ich habe damit gerechnet, aber warum musste es so schnell passieren? Ich bin sogar noch lächerlicher, als ich dachte.

Um mich zu beruhigen, lege ich die flachen Hände an die kalten Mauern des Gewölbes und atme tief ein und aus. Das warme Lächeln meines Bruders legt sich wie ein weicher Dunst auf mein aufgewühltes Gemüt, der Geist der sanften Küsse, die mein Vater auf meine Stirn drückt, erdet mich, das Phantom-Echo der besänftigenden Worte meiner Mutter erreicht mich, bis der Lärm in meinem Kopf schließlich verstummt und ich wieder denken kann.

»Schau dir das mal an.« Bobble zeigt mir einen Artikel auf ihrem Laptop, mit der Überschrift: *Bogen überspannt: Hat der Viscount die britische Monarchie endgültig zerstört?* »Autsch! Anscheinend mag keiner ihn besonders.«

Nachdem ich deutlich ramponierter als üblich nach Hause gekommen bin, hat sie mir einen ihrer exotischen Tees gebraut und sich zu mir gesetzt, bis ich so weit war, ihr alles zu erzählen. Seitdem liegt sie neben mir auf dem Bett und recherchiert alles, was sie über den Viscount Fairfax finden kann.

Auf meinem Laptop habe ich einen anderen Artikel geöffnet. In diesem heißt es: *Der wilde Viscount bepöbelt nach einer ausufernden Partynacht in Soho schon wieder Fotografen.* Bobble hat recht, jeder einzelne dieser Berichte handelt von seinen exzessiven Feiern, seinen Zusammenstößen mit Paparazzi und der Schande, die er über die königliche Familie bringt. Ganz schon happiges Zeug. Und offenbar steht mir alles, was er seit seiner Zeugung getan hat, zur freien Verfügung, um es in aller Ruhe durchzugehen. Und keine einzige dieser Informationen ermutigt mich dazu, ein positives Urteil über ihn zu fällen.

»Irgendwie tut er mir leid.« Bobble seufzt. »Er wirkt traurig.« Sie dreht ihren Monitor so, dass ich draufschauen kann. Er zeigt ein leicht verschwommenes Foto von Teddy bei einer seiner berüchtigten nächtlichen Touren. Seine Augen sind blutunterlaufen, das dunkle Haar ist zerzaust, das weiße Hemd mit Rotwein befleckt.

»Ich glaube, er ist einfach nur betrunken, Bobble«, erwidere ich, obwohl ich sehe, worauf sie hinauswill. Da ist keine Fröhlichkeit in seinem Rausch, keine beschwipste Freude. Als Gegenmittel für etwaige aufkeimende Empathie rufe ich mir seine Arroganz in Erinnerung. »Er würde dir nicht leidtun, wenn du ihn kennengelernt hättest.«

»Ach, ich wäre sicher auch ein bisschen grantig, wenn mir rund um die Uhr eine Meute verschwitzter Paparazzi auf die Pelle rücken würde und ich mir nicht mal in der Nase bohren könnte, ohne gleich auf der Titelseite irgendeines Magazins zu landen.«

Sie hat nicht unrecht. Angesichts der aberwitzigen Fülle an Artikeln über ihn bin ich ehrlich überrascht, dass es nicht wenigstens einen gibt, in dem er komplett ausrastet und die Sache mit einer Schlägerei endet.

»Du wärst doch bestimmt sofort gefeuert worden, wenn er das wirklich gewollt hätte, oder?«, fährt Bobble fort.

Nachdem ich heute Nachmittag ins Camp zurückgekehrt bin, hat Viscount Fairfax sich nicht mehr blicken lassen. Westley zeigte sich wie üblich dankbar, dass ich länger blieb, um ihm beim Aufräumen zu helfen, und bat mich nur, künftig zu »versuchen, etwas sanfter mit Mr. Fairfax« umzugehen. Allein diese Worte haben erneut den dringenden Wunsch in mir geweckt, Mr. Fairfax zu zeigen, wie »sanft« Lady A sein kann, doch ich bin über meinen Schatten gesprungen und habe Westley versprochen, mein Bestes zu tun.

»Ich frage mich, was er überhaupt im Camp macht«, überlege ich laut. Der Tower ist zwar ein königlicher Palast, aber keine Residenz, die von der royalen Familie tatsächlich genutzt wird – und wohl nicht mal oft besucht, nach der Aufregung zu urteilen, die dieser spezielle royale Gast ausgelöst hat. Und warum sollte er in der Ritterschule arbeiten? Alles, was er für sein täglich Brot zu tun hat, ist, ein paar Hände zu schütteln und in ein paar Kameras zu lächeln. Und da das Zeltlager anscheinend der einzige Ort ist, an dem er nicht von Paparazzi verfolgt wird, kann das Ganze auch keine PR-Aktion sein, um seinen Ruf zu retten.

Seine fast schwarzen Augen starren mich von meinem Bildschirm an, und ich starre herausfordernd zurück, auch wenn es sich nur um ein Foto handelt. Er hat bereits bewiesen, dass er sich nichts aus dem Job macht, und ich habe nicht vor, mir von ihm meine Chance ruinieren zu lassen. Aber es fällt mir so schwer, meine Emotionen zu kontrollieren. Wann immer etwas Ungeplantes passiert, brechen ungebremste Gefühle über mich herein, die sich immer weiter hochschaukeln, bis alle Dämme bersten und ich meine Zunge nicht länger im Zaum halten kann. In solchen Momenten fühlt sich die kleinste Sache wie das Ende der Welt an.

Zum ersten Mal in dieser Woche graut mir davor, zur Arbeit zu gehen.

Gerade als der Gedanke Form annimmt, alles hinzuschmeißen, bevor man mich rauswirft, poppt auf meinem Handy ein Name auf, der mich mit Freude erfüllt.

»Blut von meinem Blut, Gefährte im Schoß meiner Mutter, Stachel in meinem Fleische …«, begrüße ich den Anrufer.

»Schwester, geboren von meiner Mutter und meinem Vater und größte aller Idiotinnen, wie geht es dir? Lebst du noch?« Die Stimme meines Zwillingsbruders wirkt wie ein Beruhigungsmittel; es braucht offenbar nur ein Wort von ihm, um meine innere Anspannung zu lösen. Obwohl er Hunderte von Meilen entfernt ist, fühle ich mich wieder zu Hause.

»Mühsam. Und wie schaffst du es, ohne mich zu überleben?«

»Offen gestanden habe ich keine Ahnung.« Sam stößt einen theatralischen Seufzer aus. »Ich habe versucht, Rob aus dem Büro von meinem LARP-Wochenende zu erzählen. Als ich die Sache mit den Elfen erwähnte, dachte er, ich hätte ein schönes, sonniges Juli-Wochenende damit verbracht, irgendwas für die Weihnachtsmannecke im Gartencenter vorzubereiten. Es ist die *Hölle* hier draußen.«

»Das reicht. Ich komme zurück, um dich von diesen Narren zu erlösen.«

Mein Bruder lacht, und mir geht das Herz auf. Ich habe ihn vermisst – ich habe sie alle vermisst.

»Das wirst du ganz bestimmt nicht tun. Aber was muss ich da über dich hören? Du hast einen Prinzen beleidigt?«

»Er ist kein Prinz«, erwidere ich schnell. »Sondern ein Viscount«, füge ich leiser hinzu.

»Prinz, Viscount, reicher Junge, vornehmer Junge – das ist alles derselbe Quatsch.«

»Aber woher weißt du das überhaupt?« Ein schrecklicher Gedanke schießt mir durch den Kopf. »Oh Gott, es steht doch nicht etwa in der Zeitung, oder?« Schließlich haben unsere Nachforschungen ergeben, dass nichts, was Theodore Fairfax tut und treibt, unentdeckt bleibt. Was, wenn ich für den nächsten über eine Doppelseite gestreckten Klatsch und Tratsch herhalten muss?

»Du könntest einen Maulwurf im Camp haben.« Sam lacht.

»Was?«

»Oder eine Bobble in deiner Wohnung ...«

Ich werfe meiner Mitbewohnerin, die gerade versucht, sich aus dem Zimmer zu schleichen, einen finsteren Blick zu, und sie lächelt schuldbewusst.

»Hm. Ich bin nicht sicher, was schlimmer ist, die Tatsache, dass du Textnachrichten mit meiner WG-Partnerin austauschst oder dass sie mich verpetzt.« Bobble formt ein lautloses »Sorry« mit den Lippen, doch ich signalisiere mit einem Lächeln, dass ich ihr nicht wirklich böse bin. Tatsächlich ist es eher hilfreich, dass jemand anders meine Familie wissen lässt, dass ich noch am Leben bin, da es nie meine Stärke war, telefonisch Kontakt zu halten.

»Also, was war da los?«, hakt Sam nach. »Es handelt sich doch hoffentlich nicht um dein nächstes Skript für die Fellowship, denn ich glaube nicht, dass wir jemanden unter fünfundvierzig finden, der bereit ist, einen Prinzen zu spielen ...«

»Er ist kein Prinz! Aber leider echt. Ich warte auf den Befehl, auf dem Marktplatz vorgeführt und dann wie eine Verräterin auf dem Tower Hill hingerichtet zu werden.« Ich erzähle meinem Bruder, was heute passiert ist, genau wie ich es vorhin bei Bobble gemacht habe, und nachdem er mir eine halbe Stunde schweigend zugehört hat, seufzt er.

»Klingt wie ein richtiger Mistkerl.«

»Ja.«

»Aber ich glaube nicht, dass das, was du zu ihm gesagt hast, *so* schlimm war. Außerdem, woher hättest du es wissen sollen? Wenn jemand von dir erwartet, dass du dich auf bestimmte Weise verhältst, dann sollte er es dir mitteilen. Ich kapiere diesen ganzen unausgesprochenen Höflichkeitskram nicht. Was ist aus den Regeln der Tafelrunde geworden? Geradlinig, ohne viel Aufhebens, schwarz auf weiß niedergeschrieben.«

Ich murmele zustimmend. »Sie machen es uns wirklich nicht leicht, was?«

»Das Leben wäre langweilig, wenn es leicht wäre. Trotzdem finde ich, du solltest diesen Typ nicht anders behandeln als jeden anderen. Offensichtlich ist er nicht als offizieller Royal dort, warum also solltest du dich verbiegen und ihn ehrfürchtig umschwänzeln? Hey, vielleicht solltest du ihm ein bisschen mehr Alenthaea geben, das könnte ihn um ein oder zwei Nummern zusammenstutzen.«

8. KAPITEL

Das heiße Feuer des Schicksalsbergs brodelt in meinem Magen, als ich mich dem Eingang nähere. Auch heute Morgen bin ich die Erste im Camp. Ich mache mich auf die Suche nach Westley und finde ihn in einem der Zelte, wo er mit der Lesebrille auf der Nasenspitze einen Stapel Papiere durchsieht.

»Oh.« Meine Ankunft schreckt ihn auf. »Guten Morgen, Daisy.« Ich gehe davon aus, dass er allein ist, bis hinter mir eine zweite Stimme ertönt.

»Guten Morgen.« Theodores tiefes Timbre verstärkt meine Übelkeit, daher besteht meine Antwort nur aus einem knappen Lächeln. Er lehnt sich auf seinem Stuhl zurück. Sein weißes Hemd steht am Kragen offen, er hat ein Bein lässig über das andere geschlagen und entblößt seine perfekten Zähne zu einem verdächtig breiten Grinsen, das mein Inneres noch mehr in Aufruhr versetzt.

Ich runzele die Stirn und beginne unwillkürlich, am Saum meines T-Shirts zu zupfen, als Westley erneut das Wort ergreift und meine Aufmerksamkeit auf sich zieht. »Tatsächlich bin ich froh, dass du hier bist, Daisy. Ich dachte, es wäre hilfreich, kurz über gestern zu sprechen.« Sein Blick flackert nervös zu der Gestalt hinter mir, und mein Blutdruck steigt mit jeder weitertickenden Sekunde. Das war's dann wohl. Nach fünf ganzen Tagen im Job schickt er mich nach Hause. Verbannt mich, sagt mir, dass ich niemals zurückkehren darf. »Ich habe gehört, dass Lord Fairfax und du keinen so guten Start hatten.«

Ich drehe mich kurz zu besagtem Mann um und sehe, dass er immer noch dieses Grinsen im Gesicht hat. Alenthaea durchbricht meine bröckelnde Fassade und zwingt mich, mit den Augen zu rollen.

»Nun, zum Glück hat er mir versichert, dass er nichts dagegen hat, weiter von dir betreut zu werden«, fährt Westley fort. Erneut schaut er zu Teddy, und obwohl seine Erleichterung greifbar ist, scheint die Furcht vor Konsequenzen nicht ganz verschwunden.

Bei mir löst sich der erstickende Druck des Versagens gerade so weit, dass ich tief durchatmen kann – zum ersten Mal seit meiner Begegnung mit Theodore Fairfax.

»Wie nett von ihm«, murmele ich. Meine eigene Erleichterung reicht nicht ganz aus, das Grauen zu übertünchen, das mich bei der Vorstellung ergreift, noch mehr Zeit in Gesellschaft eines derart überheblichen Mannes verbringen zu müssen. Nachdem die unmittelbare Gefahr nun gebannt ist, beginnt mir erst richtig – und mit aufsteigender Panik – klar zu werden, was das eigentlich bedeutet. Kaum eine Stunde mit Theodore hat gestern die Arbeit, das Selbstvertrauen einer Woche zunichtegemacht. Wie soll ich die nächsten drei Wochen überstehen, wenn er wie ein Alb auf mir lastet? Wie soll ich meine Zunge im Zaum halten, wenn das breite Grinsen dieses Schönlings mich verhöhnt und zum Duell herausfordert? Wie soll ich den Rest meiner Probezeit bestehen und alles richtig machen, wenn ich für den Fortschritt eines Manns geradestehen muss, der lieber meinen Charakter in Verruf bringt und meinen Job niedermacht, als eine winzige Aufgabe zu erfüllen?

Ganz egal, wie sehr ich mich bemühe, egal, ob alles, was ich anfasse, zu Gold wird, meine Zukunft hängt jetzt einzig und allein von Seiner Lordschaft ab. Mein Schicksal liegt in seinen glatten, schwielenlosen, arbeitsscheuen Händen, und dafür hasse ich ihn.

»Was?« Westleys Stimme holt mich zurück in die Gegenwart.

»Das ist ausgesprochen freundlich von ihm«, formuliere ich neu.

»Ja, in der Tat, das ist es. Noch mal vielen Dank, Mr. … Sir …« Errötend bricht er ab.

»Vielen Dank, Mylord.« Ich wende mich direkt an Teddy, merke, dass mein Sarkasmus ihm, anders als Westley, nicht entgangen ist.

»Gern geschehen, Blümchen.« Er zwinkert mir zu, und dieses Zwinkern fährt wie ein Schuss Säure durch mich hindurch und brennt sich in jede Faser meines Körpers ein.

»Nun, Daisy«, sagt Westley, »ich hoffte, du könntest Seiner Königlichen … meinem königlichen …«

»Nennen Sie mich einfach Theodore«, unterbricht der Viscount in gelangweiltem Ton, als Westley erneut über seinen Titel stolpert.

»Vielen Dank, Lord … Theodore.« Wieder errötet er. »Ja, wie ich sagte, ich dachte, du könntest *Theodore*…«, er sagt den Namen, als wäre der ein Diamant, den er auf seiner Zungenspitze balanciert, »… vielleicht die Kostüme zeigen, vielleicht ein eigenes für ihn raussuchen? Wie klingt das?«

Es klang absolut abscheulich. »Perfekt.« Ich versuche erneut, mir ein Lächeln abzuringen.

»Perfekt.« Teddy ahmt meinen Ton nach, aber es reicht, um Westley zufriedenzustellen.

Sobald ich sicher bin, dass mein Boss nichts mehr hinzuzufügen hat, eile ich nach draußen, um etwas von der frischen Luft für mich zu beanspruchen. Seine Nähe im Zelt, die angespannte Atmosphäre des Treffens, meine Angst, den Job zu verlieren – all das hat mir die Brust zugeschnürt, und ich sehne mich nach einem tiefen, mühelosen Atemzug.

Der Moment wird unterbrochen und die Emotionen fluten zurück, als Theodore hinter mir aus dem Zelt kommt. Wie aus dem Nichts taucht auch sein Bulldoggen-Bodyguard Morton auf, und ich erschaudere bei dem Gedanken, dass er die ganze Zeit vollkommen unbemerkt im Hintergrund gelauert haben muss.

»Mylord?« Teddy zieht eine Braue hoch, seine Lippen zucken spöttisch.

»Gewöhn dich bloß nicht daran«, murmele ich, obwohl ich mir geschworen habe, meine Zunge zu hüten, um weitere Probleme zu vermeiden. Doch es scheint, als ob seine Gegenwart jedes bisschen Lady A in mir zum Vorschein bringt, und deren Temperament lässt sich nicht unterdrücken.

Teddy folgt mir zum nächsten Zelt. Dies hier ist mit Reihen von Kleiderstangen vollgestopft, die so eng aneinandergedrängt sind, dass an mehreren Stellen Baumwolltuniken und Schaumstoff-Rüstungen herausragen. Ich gehe an der Sammlung entlang und ziehe ein paar Teile heraus, obwohl die leuchtenden Farben mir nicht zu ihm zu passen scheinen.

»Spar dir die Mühe, Blümchen. Wir sind nur hier drin, um den Trottel da draußen zu besänftigen.« Ich werde nichts von diesem Zeug anziehen. Habe keine Lust, als wandelnder Feuerwerkskörper herumzulaufen mit all dem billigen Nylon. Ich ignoriere ihn und versuche, mich nicht provozieren zu lassen, da ich weiß, dass meine Reaktion ihn nur wieder zu diesem dämlichen Grinsen verleiten würde.

Ich halte ihm einen kakifarbenen Waffenrock hin. »Auf keinen Fall«, herrscht er mich an, bevor ich auch nur ein Wort zugunsten des Kleidungsstücks hervorbringen kann. Vermutlich verrät ihm meine Miene, wie sehr seine harsche

Ablehnung mich überrumpelt hat, denn er spricht in sehr viel ruhigerem Ton weiter. »Ich sehe die Schlagzeilen bereits vor mir. Wenn ich auch nur einen Blick auf irgendwas in dieser Farbe werfe, werden sie mit großer Freude so tun, als hätte ich einen Veteranen auf der Straße angespuckt. *Königliche Familie verhöhnt Britische Armee.* Oder: *Fairfax, der Faschist.* Such's dir aus.« Einen Moment lang verdüstert ein Anflug von Zorn sein Gesicht. Er wendet den Blick ab und befingert ein Gestell mit Gürteln.

»Aber das kann doch nicht sein! Es ist eindeutig ein Kostüm.« Ich nehme den Waffenrock näher in Augenschein. Es wäre wirklich sehr weit hergeholt, ein Kleidungsstück, das so eindeutig für Halloween oder Verkleidungspartys gedacht ist, mit irgendeiner politischen Absicht zu belegen.

Teddy schnaubt geringschätzig. »Sollte man meinen. Aber sie ernähren ihre Familien mit jeder Lüge, die sie verbreiten, und an mir laben sie sich besonders gern.« Ich beobachte ihn, während er seinen düsteren Blick nervös über die Kleiderstangen gleiten lässt, und zum ersten Mal fällt mir auf, wie müde er wirkt. Diesmal macht er keine Witze – er hat tatsächlich Angst.

»Dann ist das alles erfunden?«, frage ich leise. Sein Blick trifft mich mit solcher Wucht, dass ich schwanke.

»Ich bin hier, um mein Gesicht zu wahren, nicht, um verhört zu werden.« Er spricht abgehackt, stakkatoartig, und seine Worte stehen in krassem Gegensatz zu seinem verletzlichen Geständnis. Mein Mitgefühl versiegt.

»Na schön, zieh das hier an.« Ich nehme einen Kleiderbügel von der Stange. »Der Schwarze Ritter. Das sollte deiner Laune entsprechen.« Ich halte ihm das Kostüm an, und er stößt es weg. »Scheint auch gut zu passen.«

»Hast du mich nicht gehört? Ich werde kein Kostüm tragen.« Sein Blick wird noch finsterer, während er ihn vom

Kostüm zur Zelttür schweifen und schließlich auf meinem Gesicht ruhen lässt.

»Oh doch, ich habe dich gehört, allerdings beschlossen, nicht auf dich zu hören, denn das würde dir nur schmeicheln, und das ist hier nicht meine Aufgabe. Man hat mir einen Job gegeben, und den werde ich nicht in den Sand setzen, nur weil du dich zu wichtig nimmst.«

Wieder hebt er eine dunkle Braue.

»Die Umkleidekabine ist da drüben.« Ich deute auf den Vorhang an der hinteren Seite des Zelts und drücke Teddy den Kleiderbügel samt Kostüm in die Hände.

Ich weiß nicht, ob es am Schock liegt, von einem Niemand wie mir herumkommandiert zu werden, aber er folgt tatsächlich meiner Aufforderung. Stille legt sich über das Zelt, während ich darauf warte, dass er wiederauftaucht. Morton, der grimmige Wächter, starrt mich über ein Regal mit Kostümen hinweg an, seine emotionslosen Augen verfolgen mich, als wäre er ein Geist, der einen lebenden Feind heimsucht. »Was guckst du so?«, fahre ich ihn an. »Stehst du auf mich, oder was?« Alenthaea hat zugebissen, und ich bin mir fast sicher, dass ich ein Knurren von ihm höre.

Glücklicherweise, wenn auch mit umwölkter Miene, kommt Teddy nach ein paar Minuten hinter dem Vorhang hervor, in kniehohen Stiefeln und einem schwarzen, knielangen Waffenrock, auf dessen Brustteil ein gestickter roter Drache prangt. Er verschränkt die in Kunstlederhandschuhen steckenden Arme vor der Brust und schaut mich unter gesenkten Augenbrauen an. Ich kann mir ein Lächeln nicht verkneifen.

»Sehr hübsch, Teddy. Steht dir wirklich gut.« Er verdreht die Augen, und ich muss lachen. »So, und jetzt ...« Ich schaue sinnend über die Tische mit den Accessoires. »Ich glaube, du brauchst noch ... ja, genau. Einen Helm. Den hier.« Ich nehme das exzentrischste Modell vom Stapel. Widderhörner umrahmen die Gesichtsöffnung, die gerade groß genug für Augen und Kinn des Trägers ist.

»Hier ziehe ich die Grenze. Das wäre ein gefundenes Fressen für sie.« Den letzten Teil murmelt er so leise, dass ich nicht weiß, ob er überhaupt für meine Ohren bestimmt war. Seine volle Aufmerksamkeit ist auf die Tür gerichtet, sein Kiefermuskel zuckt nervös, und er schaut mich nicht mal an, als er den Helm zur Seite stößt.

Seine Unverblümtheit ruft mir in Erinnerung, dass er kein netter Typ ist, mit dem man einfach Spaß haben kann, und der Funken von Leichtigkeit, der in meiner Seele aufgeflackert war, erstirbt wie die beginnende Glut eines Feuers, das noch nicht genug Luft hatte, um wirklich zu entflammen.

»Na gut.« Ich tausche den Widderhorn-Helm gegen ein schlichtes, traditionelles Modell und werfe es ihm achtlos zu. Teddy schaut einen Moment lang zwischen mir und dem Helm hin und her und überlegt, was er damit machen soll. Dann legt er ihn wieder auf den Tisch und verlässt das Zelt. Ich stoße einen ziemlich theatralischen Seufzer aus, in der Hoffnung, dass er ihn hören kann, und folge ihm nach draußen.

Mittlerweile ist der Rest der Truppe eingetroffen und hat sich offensichtlich bereits im Camp zu schaffen gemacht, bevor Teddy seinen großen Auftritt in voller Montur hat und alles zum Stillstand bringt. Jetzt starren meine Kollegen uns beide fasziniert an und haben definitiv vergessen, was sie gerade erledigen wollten. Grummelnd dreht Teddy ihnen den Rücken zu und scheint sich hinter seinen Armen verstecken zu wollen, als wären die Leute hier keine harmlosen Studentinnen und Studenten im Sommerjob, sondern eine Horde bestialischer Paparazzi, kurz davor, mit ihren Kameras ein Blitzlichtgewitter zu veranstalten. Er schiebt sich an mir vorbei und flüchtet zurück ins Zelt. Sekunden später taucht er wieder auf, in seinem schicken Hemd und der eleganten Hose.

Unser kurzer Moment des normalen Umgangs scheint vergessen. Mit dem Selbstvertrauen eines Königs schreitet er an mir vorbei und wirft mir das verschmähte Kostüm über den Kopf. Nach nur wenigen Minuten an seinem Körper riecht der Stoff schwach nach ihm – nach Bergamotte und schwarzem Pfeffer. Hektisch reiße ich mir das Teil vom Gesicht, als könnte es irgendeine Krankheit übertragen, wenn ich es zu lange dort lasse, und sehe, dass ein paar Zuschauer nur mühsam ihr Kichern verbergen können.

»War das wirklich nötig?« Wieder stelle ich ihn zur Rede, achte allerdings darauf, dabei nicht zu viel Aufmerksamkeit auf mich zu ziehen.

»Du wirkst etwas … elektrisiert.« Süffisant lächelnd schaut er von meinem Gesicht zu meinen Haaren. Hastig und von Paranoia getrieben, versuche ich, die vermutlich statisch aufgeladenen und wild abstehenden Strähnen zu glätten.

Dann lege ich ihm anklagend einen Finger an die Brust, um Alenthaeas unzensierte und politisch ausgesprochen unkorrekte Meinung über den Viscount kundzutun. »Du bist …« In diesem Moment fange ich Westleys Blick auf. Sein Gesicht ist gerötet, seine Stirn besorgt gerunzelt. »… einfach toll«, vollende ich den Satz mit zusammengebissenen Zähnen, versetze Teddy einen sehr viel sanfteren, spielerischeren Stoß als ursprünglich beabsichtigt und ziehe mich zurück, bevor es zu spät ist. *Drei Wochen, Daisy. Drei Wochen, um dich zu beweisen.* Wie ein Mantra sage ich es mir vor, um meinen Ärger zu besänftigen.

Ich mache mich quer über den Graben davon, schnappe mir im Vorbeigehen ein paar Arbeitsblätter vom nächststehenden Tisch und ziehe los, um Ellis unter dem Vorwand, das Kopiergerät benutzen zu wollen, in seinem Büro aufzusuchen.

Nachdem ich ein paarmal falsch abgebogen bin und die Wachleute davon überzeugt habe, dass ich nicht vorhabe, die Kronjuwelen zu rauben, stehe ich schließlich vor dem richtigen Raum. Durch den Glaseinsatz in der Tür kann ich Ellis beobachten. Er kaut am Ende seines Stifts und späht durch eine dick umrandete Brille in ein verstaubt wirkendes Buch. Zum ersten Mal seit ich ihn kenne, hat er kein Lächeln im Gesicht. Seine Miene ist hoch konzentriert, er scheint vollkommen vertieft in seine Lektüre. Sein Kiefer ist so angespannt, dass die sonst so ausgeprägten Grübchen fast verschwinden, die Stirn ist leicht gerunzelt, und er reibt sich geistesabwesend über das stoppelige Kinn. Was immer er da liest, absorbiert ihn mit Haut und Haaren. Nicht nur sein Gehirn und seine Augen arbeiten auf Hochtouren, der ganze Körper scheint am Lesevorgang beteiligt. Mitanzusehen, wie intensiv er in seiner Arbeit aufgeht, ist wirklich faszinierend.

Während ich noch mit mir ringe, ob ich ihn stören soll, blickt er auf, und sein Gesicht verzieht sich zu dem vertrauten Grinsen. Sichtlich erfreut winkt er mir zu, und ich trete ein.

»Was für eine nette Überraschung«, sagt er. Nun, da ich hier bin, herrscht Leere in meinem Kopf, und ich habe keine Ahnung, was ich eigentlich mit diesem Besuch bezwecken wollte. Es schien die einzige Möglichkeit zu sein, etwas Ruhe vor Teddy zu haben, aber Alenthaeas Glut ist mittlerweile erloschen, und ich bin wieder die normale Daisy, der es die Sprache verschlägt, wenn sie es mit einem echten Gesprächspartner zu tun hat.

»Was hast du denn da?« Er rollt mit seinem Stuhl zu mir, nimmt mir die Zettel aus der Hand und überfliegt sie interessiert. »›Gestalte dein eigenes Familienwappen‹, ›Schreibe ein Rätsel‹, ›Entwirf ein mythisches Monster‹.« Er hebt den Blick und lächelt amüsiert.

»Was liest du gerade?«, platze ich plötzlich heraus, mich selbst überraschend. Ellis schaut zu dem Buch, das geöffnet auf seinem Schreibtisch liegt.

»Ach das. Wir suchen nach einem vermissten Yeoman Warder.« Er holt einen gut gefüllten Ordner hervor, und ich ziehe mir einen freien Stuhl an den Tisch und setze mich. Das klingt spannend. Die Yeoman Warders oder Beefeaters sind die Wärter des Towers.

»Als der Duke of Wellington die Kontrolle im Tower übernahm, reformierte er die Beefeaters«, fuhr Ellis fort. »Er stellte die Regel auf, dass sie ehemalige Soldaten sein mussten, in der Hoffnung, dass diese Männer den Job effizienter machen würden. Davor konnte jeder Beliebige sich den Titel kaufen – und ich schätze mal, die Leute legten es darauf an, möglichst wenig zu arbeiten.« Er blättert durch den Ordner und zeigt mir das Foto einer Tafel mit Namen. »Diese Liste befindet sich im Byward Tower. Sie begann mit dem Duke of Wellington, und von da an wurde jeder neue Beefeater mit einer Nummer versehen. Wir sind jetzt bei Nummer 430, aber es gibt weniger Namen als Nummern auf der Liste, und wir haben keinen Schimmer, wer fehlt und warum. Nun ist es mein Job, das herauszufinden.«

Ich schaue mir die Namen und Nummern näher an. Die Liste beginnt 1826 und geht bis zu diesem Jahr. Man müsste sie viele Stunden lang studieren, um auch nur zu bemerken, dass nicht alles seine Richtigkeit hatte. Die Namen sind beinahe so uniform wie die Livreen der Männer und Frauen, die draußen patrouillieren, und ich finde es unglaublich faszinierend, dass es Menschen gibt, die sich derart viel Zeit genommen haben, um ein solches Geheimnis zu erforschen.

»Das ist wirklich interessant.« Ich stelle mir vor, wie Alenthaea durchs Reich stürmt, um einen abtrünnigen Beefeater zu finden, einen, der aus den Akten gestrichen wurde und womöglich Informationen hat, wie sie in ihre Heimat zurückkehren kann. Sie entdeckt ihn in der dunkelsten Ecke einer Taverne. Sein langer Bart ist durchweicht vom Schaum seines Ales, und ihre eigentliche Aufgabe ist es, den hartgesottenen Kerl zum Reden zu bringen. Letztendlich ist es die Spitze ihres verborgenen Dolches, die unterm Tisch in seinen Oberschenkel sticht, die ihm schließlich die Zunge löst. »Aber wenn du es nun niemals herausfindest?«

»Es gibt in der Geschichte vieles, was wir nie mit Sicherheit wissen können – wir stellen fundierte Vermutungen aufgrund der Quellenlage an, aber die exakten Details sind im Strom der Zeit verloren. Das ist das Spannende daran, Puzzleteil um Puzzleteil zu finden, nur um der Wahrheit ein kleines Stückchen näher zu kommen. Und wer weiß, vielleicht gibt es ja nächste Woche neue Indizien oder im nächsten Jahrhundert. Oder es ist einfach nur ein dummer Fehler in den Quellen, der Leute wie mich in den Wahnsinn treibt, während die Geister der Vergangenheit über uns lachen.«

»Ich glaube, das Rätselhafte ist sogar noch spannender – denn da kann man alles hineininterpretieren, was man möchte. Vermutlich nicht in die Archive, die du betreust – aber doch im eigenen Kopf. Sich all die Möglichkeiten auszumalen, in die Gedankenwelten von Menschen einzutauchen, die vor Jahrhunderten gelebt haben – das ist doch unendlich faszinierend, oder?«

Ellis lacht leise. Ich schaue auf die Uhr und stelle fest, dass ich mich schon viel zu lange von meinem Arbeitsplatz entfernt habe. Mein Vorwand wird langsam unglaubwürdig, daher kehre ich, nachdem ich kurz Ellis' Kopiergerät benutzt habe, schleunigst ins Camp zurück – mit ein paar Hundert Blättern mehr und dem Versprechen, ihn heute Abend zur U-Bahn zu begleiten.

Ich versuche, mich unbemerkt unter die Kollegen zu mischen, die sich um Westley versammelt haben, der wieder mal demonstriert, wie man auf einem Steckenpferd ins Turnier reiten kann. »Wo warst du denn?«, flüstert eine tiefe Stimme hinter mir. Betont langsam drehe ich mich zu Teddy um, der sich so weit zu mir runtergebeugt hat, dass sein Atem meinen Hals kitzelt.

Ohne ihm zu antworten, wende ich mich wieder der Gruppe zu.

»Wenn ihr am Dienstag wiederkommt, werden wir zum ersten Mal in diesem Jahr unsere Schultore öffnen«, sagt Westley. »Wir hatten nicht viel Zeit, uns vorzubereiten, aber ich habe vollstes Vertrauen, dass ihr unseren Schülern die ritterliche Erziehung zukommen lasst, die ihnen gebührt, und sie als noch bessere junge Menschen als zuvor wieder ins Leben entlasst.«

Ich versuche, ihm zuzuhören, werde aber durch Teddy abgelenkt, der unruhig hinter mir hin und her läuft und Westleys Ausführungen offensichtlich keinerlei Aufmerksamkeit schenkt.

Entschlossen, mich von seiner Unhöflichkeit nicht länger irritieren zu lassen, konzentriere ich mich wieder auf meinen Chef.

»Wie ihr wisst, sind es nicht nur Schwerter und Kostüme, die uns hier am Herzen liegen, sondern auch das Wohlbefinden aller Beteiligten. Daher muss ich heute Nachmittag mit euch dieses Sicherheitspaket durchgehen, um sicherzustellen, dass Unfälle auf ein Minimum beschränkt bleiben.« Nachdem das kollektive Aufstöhnen verklungen ist, beginnen die Zuhörer, sich auf den umstehenden Bänken zu verteilen, um die angekündigte Lektion über sich ergehen zu lassen. Ich suche mir einen Platz möglichst weit hinten und zücke mein Notizbuch, um mitzuschreiben.

Auf einer Bank in der Nähe hat Teddy sich niedergelassen und plaudert freimütig mit einem anderen Ritter – Alice – über das Leben im Palast. Sie studiert an einer der nahen Universitäten und macht hier eine Art freiwilliges Geschichtspraktikum – ihre Bewertung scheint sie aber im Moment nicht sonderlich zu interessieren, denn sie schenkt dem Viscount ihre volle Aufmerksamkeit, himmelt ihn aus geweiteten Rehaugen an und kichert ein bisschen zu angestrengt über alles, was er sagt. Ich verdrehe die Augen und unterdrücke einen Würgereflex. Die beiden reden nicht laut genug, um Westleys Vortrag zu unterbrechen, sitzen aber innerhalb meiner Hörweite, was mich immer wieder aus dem Konzept bringt, bis meine Aufzeichnungen sich schließlich folgendermaßen lesen: *Kein Kind darf ohne eure Begleitung die Zelte betreten und du hast wirklich einen Butler und all das? Hach, ich hätte auch gern einen Butler. Hat er …*

Nach einem weiteren finsteren Blick in seine Richtung streiche ich etwas zu heftig die sinnlosen Wörter durch. Teddy schaut zu mir hin. Ich starre mit zusammengekniffenen Augen zurück, und er zwinkert mir zu.

9. KAPITEL

»Ich ging also mit meiner Mappe unterm Arm zum Vorstellungsgespräch und dachte, ich hätte mich für eine Stelle im Theater beworben, um Kostüme und Ähnliches auszubessern, und so war es ja auch irgendwie. Ich bekam den Job sofort und konnte direkt anfangen zu arbeiten, und erst als ich in einem riesigen Lieferwagen durch den Eurotunnel gefahren wurde, kam mir das alles etwas merkwürdig vor. Wie sich herausstellte, hatte ich mich aus Versehen bei einem Zirkus beworben. Mit dem bin ich dann den ganzen letzten Sommer über durch Südfrankreich gereist. Das war eigentlich ganz lustig.« Bobble beendet ihre Geschichte mit einem Achselzucken, als ob es sich um ein ganz normales Gespräch handeln würde.

Jetzt, wo ich die erste Arbeitswoche hinter mir habe und die beiden letzten Tage von Theodore Fairfax gequält wurde, hat Bobble darauf bestanden, dass ich an meinem freien Tag tatsächlich die Wohnung verlasse. Also begehen wir unseren ersten Stillen Sonntag miteinander. Während unserer mindestens zwei Runden durch den Regent's Park hat Bobble mir von ihrem Unileben erzählt, von den diversen verrückten Kleidern, die ihre Großmutter getragen hat, selbst wenn sie nur zum Einkaufen in den Laden um die Ecke gegangen ist, und von verschiedenen Anekdoten aus ihrem Gap Year, die für gewöhnlich damit enden, dass sie nackt ist oder so betrunken, dass sie so ziemlich alles klaut, was sie auf der Straße findet. Jetzt ruhen wir uns endlich auf einer Bank am Primrose Hill aus, aber Bobbles Mundwerk zeigt noch keinerlei Anzeichen von Ermüdung, und sie plaudert unverdrossen weiter aus ihrem chaotischen Näh- kästchen.

Sie hat schon so viel erlebt. Wir könnten nicht unterschied- licher sein. Bobble ist frei – frei von sich selbst, von Zweifeln und Ängsten. Sie nimmt die Welt genau so, wie sie ist, und scheint sich vor nichts und niemandem zu fürchten. Ihr zu- zuhören ist so, als lausche man einer märchenhaften Gute- nachtgeschichte. Sie führt ein Leben, das ich weder habe noch möchte, doch es fasziniert mich, beruhigt mich, füllt eine kleine Lücke in mir, die sich nach Aufregung sehnt. Ich lasse meinen Blick schweifen und stelle fest, dass uns ein dichter Keil aus Grün von den Höhen und Tiefen der Metropole trennt. Pärchen faulenzen im Gras, vorwitzige Hunde kom- men angeprescht, um an unseren Beinen zu schnüffeln, und die Stadt sieht so klein, gerade weit genug entfernt aus, dass ich mich zum ersten Mal nicht von ihr bedroht fühle.

»Gibt es eigentlich irgendwas, das du noch nicht gemacht hast, Bob?«, frage ich, hab scherzhaft, halb ehrlich neugierig.

Ein paar Sekunden lang starrt sie ins Leere, ihr erster ru- higer Moment in all den Stunden, die wir heute zusammen verbracht haben, und mein erster richtiger Beitrag zu unse- rer Konversation. »Na ja«, sagt sie dann. »Ich hatte noch nie eine Geburtstagsparty.« Der Blick, mit dem sie ihr trauriges Bekenntnis begleitet, ist unschuldig und ernst, aber nicht bekümmert.

»Niemals? Noch nicht mal als Kind?« Mir kommen die schönen Erinnerungen in den Sinn, wie wir Jahr für Jahr den Gemeindesaal gemietet haben. Ich habe zugeschaut, wie Sam und seine Freunde auf Socken über das Linoleum geschlittert sind, und habe so viele Kartoffelchips gefuttert, dass ich bei jedem Sprung auf der Hüpfburg das Gefühl hatte, mich gleich übergeben zu müssen. Wir haben ein

Spiel nach dem anderen gespielt. Mein Favorit war immer das, bei dem man in voller Wintermontur und nur mit Messer und Gabel bewaffnet so viel Schokolade wie möglich vertilgen musste. Was ziemlich sonderbar klingt, wenn ich heute daran denke.

»Ich war an meinem Geburtstag immer im Internat. Meine Eltern hatten viel um die Ohren, da genossen Geburtstage keine besonders hohe Priorität bei uns zu Hause. Dafür haben sie mich Weihnachten mit zum Skifahren genommen. Oder vielmehr, sie sind mit ihren Geschäftspartnern auf die Piste gegangen, und ich hatte dieses reizende Au-pair namens Elise, das mit mir unten im Tal Schneeballschlachten veranstaltet hat.« Bobble steht lächelnd auf, doch diesmal reicht ihr Grinsen nicht wie üblich bis zu ihren Augen. »So, jetzt sollten wir langsam mal zurückgehen. Ich muss dich mit meinem Geplapper ja regelrecht erschlagen haben.«

Plötzlich tut sie mir so leid, dass sich mir die Brust zusammenschnürt. Bobble hat mir heute erzählt, dass sie das einzige Kind eines Londoner Paares ist und ihre Eltern, die offensichtlich reichlich Geld haben, ihr gleich zum Studienbeginn ein Apartment gekauft haben, damit sie »ausreichend Platz für all ihre Arbeiten« hat. Doch soweit ich das beurteilen kann, herrscht bei ihnen zu Hause nicht unbedingt Raummangel. Die Vorstellung, dass ein so exzentrisches, lebhaftes Kind an seinen Geburtstagen und an Weihnachten allein ist, ohne familiäre Wärme, ohne die innigen Beziehungen, die stets mein größter Schatz waren, zerreißt mir das Herz.

Meine Eltern und Geschwister waren immer der einzige Antrieb für mich, jeden Morgen aufzustehen und jeden Tag zu leben. Sie gaben mir einen Platz, an den ich gehöre, einen sicheren Hafen, wenn die Welt wieder mal zu eckig für mich runden Klotz war. Am liebsten würde ich eine Art Familientausch vorschlagen und Bobble zu Mum und Dad schicken, damit sie sich um sie kümmern, für sie kochen und ihr ein Kinderfest mit Blechkuchen und Partytüten schmeißen. Bobble ist frei wie ein Vogel, keine Frage, aber selbst die ungebundensten Geister brauchen manchmal eine Umarmung von ihrer Mum oder einen Dad, der ihnen sagt, wie stolz er auf sie ist.

»Ganz bestimmt nicht«, widerspreche ich. »Ganz im Gegenteil.« Und ich meine es ehrlich. Ihr Lächeln strahlt wieder echter, und meine Panik, dass ich einen ansonsten perfekten Nachmittag ruiniert haben könnte, legt sich etwas. »Vielen Dank, Bobble.«

Sie kichert amüsiert. »Wofür bedankst du dich?«

Wir machen uns auf den Rückweg. »Dafür, dass du so nett bist«, erwidere ich. »Du kennst mich noch nicht mal zwei Wochen, und doch … verstehst du es. Vermutlich wird es dich nicht unglaublich überraschen, wenn ich dir sage, dass ich normalerweise nicht so viel Glück habe, wenn es darum geht, Freundschaften zu schließen. Ich weiß nicht recht, wie ich das richtig ausdrücken soll, aber ich bin einfach nur froh, dass es dein Apartment war, in dem wir das Zimmer für mich gefunden haben.« Ich versuche, meine Unbeholfenheit mit einem Lachen zu überspielen, und sie stößt mich liebevoll mit der Schulter an, während wir nebeneinander hergehen. Das Schweigen, das für den Rest des Ausflugs zwischen uns herrscht, ist so beruhigend wie Mums Umarmungen.

»Ach, meine Schwester, was für ein hässlicher Anblick in einer so schönen Abenddämmerung.« Sams Grinsen füllt den Großteil meines Displays aus.

»Danke, Bruder. Es ist mir wie immer ein Vergnügen.« Ich mache eine ziemlich vulgäre Handbewegung und lehne mich dann entspannt auf dem Bett zurück. Meine Füße, an denen unser etwas zu ausufernder Stiller Sonntag ein paar Blasen hinterlassen hat, sind dankbar für die Ruhepause. »Wie geht's denn so?«

Es ist ein bittersüßes Gefühl, ihn anzurufen. Sein breites Lächeln und sein mit roten Bartstoppeln bedecktes Gesicht zu sehen, seine Stimme zu hören – all das lässt tiefe Zuneigung in mir aufsteigen, die mir jedoch umso schmerzlicher klarmacht, wie sehr ich ihn vermisse, ihn und die anderen. Die ausgedünnten Frequenzen seiner Stimme, die mich durch die blechern klingenden Lautsprecher des Handys erreichen, sind kein Ersatz für das besänftigende Timbre seines Lachens oder den Duft von Mums Parfum, das sie nicht mehr gewechselt hat, seit ich fünf Jahre alt war, oder den warmen Druck von Dads Hand, wenn er mir übers Haar streicht.

»Alles gut hier. Die Rotkehlchen sind geschlüpft! Und Dad hat Vogelmama für die Küken gespielt, jedenfalls so lange, bis deren eigentliche Mum zurückkam. Und nun behauptet er, dass die Blicke, die sie ihm zuwirft, ihm das Gefühl vermitteln, aus dem Leben seiner Kinder verbannt zu werden … Ich hätte nie gedacht, dass ich meinen Dad mal daran erinnern muss, dass ein paar Babyvögel nicht wirklich seine Kinder sind.« Als ich mir die Szene vorstelle, muss ich kichern. Bei der Verteilung der Empfindsamkeit hat Dad die Ration des gesamten Haushalts abgekriegt. Er ist immer der Erste, der bei den 21-Uhr-Filmen in Tränen ausbricht – schon beim Vorspann eines Animationsfilms ist es um ihn geschehen.

»Wie ist das Leben in der großen Stadt?«, erkundigt sich Sam. »Hast du schon irgendwelche Berühmtheiten getroffen? Ist nicht bald Comic Con? Dann reise ich an, und wir gehen zusammen hin.«

Unwillkürlich taucht Theodore Fairfax' Gesicht vor meinem inneren Auge auf: sein spöttisches Grinsen, sein entwaffnendes Zwinkern. Und seine widerspenstigen rabenschwarzen Strähnen, die er so verzweifelt zu kontrollieren versucht – diese verführerische kleine Unvollkommenheit. Ich überlege, ob ich meinem Bruder von der Angst des Viscounts vor der Presse erzählen soll, von dem kurzen Moment, in dem er etwas anderes war als ein selbstgefälliger Aristokrat. Soll ich Sam gestehen, dass der royale Mistkerl Alenthaea aus mir herauslockt, wie die Motte vom Licht angezogen wird? Oder dass allein beim Gedanken an ihn die Emotionen in mir hochkochen und ich mir nichts sehnlicher wünsche, als ihn aufs Schlachtfeld zu zerren und ihm seinen arroganten Arsch auf dem Silbertablett zu servieren?

Glücklicherweise rettet mich Mums Stimme. »Ist das deine Schwester?«, fragt sie aus dem Hintergrund.

»Daisy ist hier? Wo?« Das ist Dad.

»Nicht hier natürlich. Am Telefon, mit Sam.« Plötzlich tauchen ihre beiden Gesichter auf dem Display auf. Mum quetscht ihre Wange an Sams, Dad schiebt sich vor die beiden, kopfüber, weil er sich von oben über Sams Handy beugt.

»Hey, mein Schatz. Wir vermissen dich!« Dad grinst in die Kamera. Ich spüre ein schmerzliches Ziehen in der Brust. Am liebsten würde ich durchs Display greifen und sie alle umarmen.

»Geh aus dem Weg, Simon, damit wir sie auch sehen können.« Mum versetzt ihm einen sanften Klaps, und er zieht sich neben Sam zurück, der jetzt zwischen den beiden eingeklemmt ist.

Mein Bruder rollt gutmütig mit den Augen. »Ja, kommt nur alle in mein Bett. Das ist überhaupt nicht merkwürdig.«

Ich muss lachen. Mein eigenes Bett fühlt sich viel zu groß an.

»Wie geht es dir? Du musst uns alles erzählen! Hast du irgendwelche attraktiven, heiratsfähigen Junggesellen kennengelernt?« Mum lehnt sich näher zur Kamera.

Vermutlich kann man das Glühen meiner Wangen durch den Monitor spüren. Ich denke an Ellis und erröte noch mehr. Auch ein paar Gedanken an Teddy versuchen, sich ungefragt in meinen Kopf zu drängen. Ich schiebe sie energisch beiseite.

»Keinen einzigen«, erwidere ich, sehr zu ihrer Enttäuschung. Dankenswerterweise scheint Sam nichts über meinen unwillkommenen Schützling ausgeplaudert und auch die Tatsache für sich behalten zu haben, dass es sich dabei um den begehrtesten Junggesellen des Landes handelt. Und wenn's nach mir geht, bleibt es dabei. Ich will nicht, dass sie auf irgendwelche komischen Ideen kommen.

»Oh, es muss doch wenigstens einer dabei sein! Hast du neue Freunde gefunden? Wie geht's Bobble?« Dad schaut suchend aufs Handy, als könnte er dort irgendwo meine Mitbewohnerin erspähen. Sam räuspert sich, sein Gesichtsausdruck ist praktisch identisch zu meinem von eben.

Als ob sie von draußen gelauscht hätte, kommt Bobble in mein Zimmer. »Telefonierst du gerade?«, flüstert sie. Ich nicke. »Mit Sam?« Als ich noch einmal nicke, hüpft sie neben mich aufs Bett und winkt in mein iPhone.

»Bobble!«, sagen Mum und Dad wie aus einem Mund. Dad hat sie zwar noch nie getroffen oder gesprochen, aber von den anderen beiden offenbar schon so viel über sie gehört, dass er sie ebenfalls als weiteres Familienmitglied akzeptiert hat. Ist es überhaupt möglich, ein weiteres Kind zu adoptieren, wenn besagtes Kind schon Mitte zwanzig ist?

Vorige Woche war meine Situation noch so, dass ich seit der holländischen Austauschschülerin, die in der siebten

Klasse an meine Schule gekommen ist, keine neue Freundschaft geschlossen habe. Heute habe ich den ganzen Tag mit einem Mädchen verbracht, das ich gerade mal fünf Minuten kenne, und sie liegt mit mir im Bett und plaudert mit meiner Familie wie meine Schwester – oder vielmehr, wie *eine* Schwester. (Marigold würde sich nie so weit herablassen, mehr mit mir zu tun zu haben als unbedingt nötig ist, wenn man unter demselben Dach lebt.) Am meisten überrascht mich, dass mich diese Nähe nicht irritiert. Ich hoffe nicht im Stillen, dass sie wieder weggeht, ich bin nicht erschöpft von ihrer Gegenwart. Ich fühle mich wohl mit ihr. Ich habe eine Freundin.

Auf ihre extrovertierte Art plappert Bobble ins Telefon. Ich und mein Zwillingsbruder schweigen, allerdings aus sehr unterschiedlichen Gründen. Ich bin heilfroh, dass mir jemand den Druck abnimmt, eine Konversation führen zu müssen. Er ist, ohne jeden Zweifel, einfach nur hypnotisiert von der Art, wie ihre Lippen sich bewegen.

»Ist das Daisy am Telefon?«, dringt Richards Stimme aus dem Lautsprecher.

»Oh, hallo, Richard.« Die drei in Sams Bett wechseln einen verwirrten Blick.

»Tür war nicht abgeschlossen. Ihr solltet sie wirklich verriegeln, man weiß nie, wer so reinspaziert kommt.« Mum verdreht die Augen, und Sam versucht, seine Belustigung zu unterdrücken.

Unser grantiger Nachbar humpelt in den Bildausschnitt und klopft meinem Dad auf die Schulter, damit der zur Seite rückt und er sich hinsetzen kann. Sam wird von seinen Laken und den Fleecejacken meiner Eltern verschluckt. Ich bin mir ziemlich sicher, dass er, mit beiden Elternteilen und unserem siebzigjährigen Nachbarn im Bett, am liebsten für immer unter der Decke verschwinden würde.

»Hallo, junge Dame«, brüllt Richard das Telefon an. »Kennst du uns überhaupt noch oder bist du inzwischen zu vornehm geworden?«

»Hallo, Richard«, erwidere ich gelassen.

»Wer ist das da neben ihr?« Er dreht sich vom Bildschirm weg, begreift aber offenbar nicht, dass ich ihn immer noch hören kann. »Fünf Minuten in London, und sie ist eine …« Ich bin fast sicher, dass er mit den Lippen das Wort »Lesbe« formt, bevor Mum ihn mit Bobble bekannt macht, die zum ersten Mal, seit ich sie kenne, nicht weiß, was sie sagen soll.

»Wo ist Marigold?«, frage ich. Immerhin ist sie die einzige Person innerhalb eines Radius von zwei Meilen rund um mein Elternhaus, die sich nicht in die marineblaue Bettwäsche meines Zwillingsbruders quetscht.

»Ach, sie schwirrt dieser Tage viel umher«, sagt Mum. »Ich glaube, sie ist mit Freunden unterwegs. Sie bereiten sich zusammen auf die Universität vor. Am Wochenende waren sie in Edinburgh, um ein Gefühl für die Stadt zu kriegen. Ich denke, darauf wird es wohl für Marigold hinauslaufen.«

Neid krallt sich in meine Brust, steigt nach oben und setzt sich in meiner Kehle fest. Da nehme ich endlich meinen ganzen Mut zusammen, um mich drei Stunden von zu Hause zu entfernen, und meine kleine Schwester fährt mal eben die doppelte Distanz, nur so zum Spaß am Wochenende. Sie muss mich wirklich für erbärmlich halten, weil ich immer so einen Aufstand mache.

Nachdem ich mich mindestens dreimal verabschiedet habe und noch eine weitere halbe Stunde am Telefon bleibe, um mir die Verletzungen und Beschwerden des gesamten Dorfes anzuhören, lege ich schließlich auf, vollkommen erschöpft – aber auf die bestmögliche Weise.

10. KAPITEL

Heute ist der große Tag.

Ich habe mich sorgfältig angezogen, meine geflochtenen Haare zu einem Dutt aufgesteckt, die Zöpfe mit ein paar Kunstgänseblümchen geschmückt und sogar meine Augen mit einem dunklen Eyeliner umrahmt, um den erwünschten mysteriösen Effekt zu erzielen. Nachdem mich Bobble freundlich darauf hingewiesen hat, dass ich aussehe »wie Batman, wenn er die Maske abnimmt«, hat sie sich der Sache beim Frühstück angenommen, sodass mein Look jetzt weniger an die Drei Musketiere erinnert und mehr an eine knallharte Bikerbraut. Allerdings bin ich nun auch dermaßen mit Glitter bedeckt, dass ich jedes Mal, wenn ich blinzele, winzige Körnchen sehe, die sich in meinen Wimpern spiegeln, und mir beinahe vorkomme wie eine Zeichentrickfigur, die ein bisschen zu hart auf den Kopf geschlagen wurde.

Als die U-Bahn an meiner Station einfährt, ist sie so voll, dass sie fast aus allen Nähten platzt. Männer in Anzügen benutzen ihre Aktentaschen, um mich beiseitezustoßen und ihre Körper in den überfüllten Waggon zu rammen. Ohne Rücksicht darauf, wen sie berühren oder in wessen Intimsphäre sie eindringen, schieben und schieben sie, bis die Rockschöße ihrer Jacketts den Zähnen der zuschnappenden Türen entkommen sind. Mir bleibt keine andere Wahl, als auf die nächste Bahn zu warten, und dann die nächste und die nächste. Jedes Mal, wenn ein Zug durch den Tunnel einrumpelt und die Flut der aussteigenden Pendler mit dem Tsunami der aufs Gleis strömenden Menschen kollidiert, mit mir in der Mitte, zittern meine Hände heftiger, und ich kämpfe darum, nicht unterzugehen. Die Angst vor den Menschen, der Lärm, der Gedanke an ihre erdrückende Berührung, die Hitze, kombiniert mit der unerbittlich weitertickenden Uhr, all das erschlägt mich.

Lady Alenthaea würde sich niemals von einem solchen Meer des Egoismus verschlingen lassen. Jeder Mann, der auch nur in ihre Richtung zu atmen wagte, würde den Griff ihres Schwerts nicht mal kommen sehen, bevor er ihm das Nasenbein zertrümmerte. Aber ich kann ja wohl schlecht Geschäftsleute in der Londoner U-Bahn attackieren, oder?

Ich darf nicht zu spät kommen. Ich darf nicht versagen. Wenn ich privat unterwegs wäre und die U-Bahn nur nehmen müsste, um etwas für mich zu erledigen, würde ich in dem Moment, in dem ich erkenne, wie unglaublich überfüllt der Bahnsteig ist, zurück in die Wohnung rennen und mich unter meiner Bettdecke verstecken.

Aber die Sache ist die: Sobald es darum geht, jemanden im Stich zu lassen, einem anderen eine Enttäuschung zu bereiten, stellt sich diese unbegründete Sturheit ein, ein geradezu trotziges Pflichtgefühl, das mich dazu zwingt, das Korsett enger zu schnüren und mein Ding durchzuziehen – und wenn das bedeutet, dass ich mich auf dem U-Bahn-Gleis in einen Mülleimer übergebe.

Genau das mache ich dann auch. Und wie von Zauberhand teilt sich das Menschenmeer. Statt sich grob an mir vorbeizudrängen, machen alle einen Bogen um mich und meinen zweckentfremdeten Mülleimer, und ich kann gerade genug durchatmen, um mich in den nächsten einfahrenden Zug zu schieben. Mit fest zugekniffenen Augen harre ich aus, bis meine Haltestelle angesagt wird.

Als ich den Tower erreiche, habe ich einen beißenden Geschmack im Mund, meine Finger sind schwarz, nachdem ich mir die Augen gerieben habe, und ich werde mit einer Fanfare begrüßt. Buchstäblich. Ein paar Mitarbeiter der Ritterschule hatten schon seit Tagen trainiert, mit einem Horn Lärm zu erzeugen, und als ich auf dem Weg ins Camp an ihnen vorbeikomme, richten sie sich auf und zeigen, was sie können, um meine Ankunft gebührend anzukündigen.

Offenbar gehen alle davon aus, dass mein verschmiertes Make-up ein bewusstes Stilmittel ist. Ich weiß nicht, ob ich deshalb beleidigt sein soll, weiß aber zu schätzen, dass keiner irgendwelche dummen Bemerkungen macht. Sogar Teddy enthält sich jeglichen Kommentars. Kein süffisanter Spruch, kein spöttisches Grinsen – er schaut nur ausdruckslos zu, wie ich im nächstbesten Zelt verschwinde, um mich erst mal wieder einzukriegen. Nur Augenblicke später ordert mich die Fanfare zurück in die Menge. Die Eröffnung der Ritterschule wird verkündet.

Ein schlaksiger junger Mann, aus dessen leuchtend blauem Bonnet eine riesige Feder aufragt, kommt mit einer Pergamentrolle in der Hand herbeigelaufen. In der Mitte des Burggrabens bleibt er stehen und entrollt das Schriftstück. Eine Reihe von Kindern trottet zwischen den aufgerichteten Instrumenten der Fanfarenbläser hindurch. Sie schwanken, als ob ihre Rucksäcke genauso viel wiegen wie sie selbst. Einige der winzigen Gesichter sind von Ehrfurcht erfüllt, aber ein kleiner Junge in der Mitte der Gruppe bricht in Tränen aus und versucht zurückzurennen, dabei ruft er laut nach seiner Mutter. Der Stadtschreier mit der Schriftrolle räuspert sich und beginnt, die Namen (und Titel) der Kinder auszurufen, die an ihm vorbeigehen.

»Abdallah Arun Esquire, Nia Adebayo Esquire, Lily Davies Esquire.« Als Lily ihren Namen hört, quietscht sie begeistert auf, stürzt sich auf den Stadtschreier und schlingt ihm ihre Ärmchen um die Beine. Er fällt nur einen Moment aus der Rolle, um zu lachen, dann räuspert er sich erneut und fährt mit aller gebotenen Ernsthaftigkeit fort, seine Liste abzulesen.

Als er bei »Tristan Huntsford Esquire« ankommt, tritt ein etwa zehnjähriger Junge vor. Sein dunkles Haar ist glatt zurückgegelt, und er trägt bereits eine Plastikrüstung, die bei jedem seiner kurzen Schritte klappert. Tristan baut sich vor dem Mann auf, der seinen Namen ausgerufen hat und der ihn um mehr als das Doppelte überragt, verschränkt die Arme (soweit das über dem wuchtigen Brustharnisch möglich ist) und zieht die Augenbrauen hoch.

»Ich bin Sir Tristan Huntsford, Ritter des Reiches, einge-schworener Beschützer von Prinzessinnen und Schlächter von großen, schrecklichen Drachen.« Der Junge wirkt min-destens einen Meter achtzig größer, als er ist, und spricht, von der kindischen Aussprache mal abgesehen, mit dem Selbstvertrauen eines Menschen, der dreimal so alt ist. Un-willkürlich lasse ich meinen Blick über die Gruppe der Kol-legen wandern. Ich suche nach einem bestimmten Gesicht, weil ich sehen will, ob er ebenfalls eine gewisse Ähnlichkeit zwischen sich selbst und diesem mutigen neuen Ritter er-kennt. Doch es scheint, dass Teddy Fairfax beschlossen hat, uns nicht mit seiner Anwesenheit zu beehren.

»Ah, noch nicht, guter Herr«, widerspricht Westley. »Diejenigen, die meine Schule betreten, sind gleichberech-tigt, und erst wenn Ihr meine Lektionen absolviert und Euch bewährt habt, werdet Ihr Euren Titel so stolz tragen, wie Ihr es jetzt begehrt.« Er streicht sich über den Magen, während er zur Musterung der Kinder schreitet, deren Auf-merksamkeit sich zwischen ziemlich vielen unterschied-lichen Dingen aufteilt. Ein Mädchen schaut sogar in die komplett entgegengesetzte Richtung zu allen anderen und starrt eine leere Mauer an.

»Meine Mum sagt aber, dass ich ein Ritter bin«, beharrt Tristan stur.

»Und das wirst du auch sein.« Westley legt ihm eine Hand an die Schulterplatte und schiebt ihn sanft zum Rest der Truppe, an die er sich jetzt wendet. »Willkommen, Kinder des Reiches. Ich begrüße euch heute hier im königlichen Palast und der Festung Seiner Majestät im Tower of London. Vor euch«, er deutet auf uns, die hinter ihm stehen, »seht ihr die besten Ritter unseres Königreichs …« Erst jetzt fällt mir auf, dass alle außer mir in voller Montur sind. Während Westley mit seiner Einführung fortfährt, schiebe ich mich unauffällig aus der Gruppe und husche ins Kostümzelt.

»Stiehlst du dich schon wieder davon?«, begrüßt mich Teddys Stimme. Er sitzt an einem der Tische und scrollt durch sein Smartphone. Einen Moment lang vergesse ich, warum ich hier bin – der einzige Gedanke, der durch mein ansonsten leeres Gehirn trudelt, beschäftigt sich mit der Tatsache, dass es wirklich nicht viel Sauerstoff in diesem Zelt gibt.

»Ich muss mich umziehen, und du solltest das auch tun.« Wie üblich sind sein Hemd und seine Hose aus so feinem Material, dass er Macht und Reichtum förmlich ausdünstet, auch wenn er lässig am Tisch herumlungert. Ohne auf seine Antwort zu warten, schnappe ich mir mein Kostüm von der Stange und schlüpfe hinter den Umkleidevorhang. »Dein kleines Haustier hängt jetzt nicht in irgendwelchen dunklen Ecken herum, um zu spannen, oder?«, frage ich, während ich mir das T-Shirt über den Kopf ziehe und in plötzlicher Panik meine Blöße mit dem Stoff bedecke.

»Bilde dir bloß nichts ein«, erwidert Theodore. »Ich hatte ihn eigentlich um fünf Minuten für mich allein gebeten, um mich in Ruhe auf das, was kommt, vorbereiten zu können. Aber, tja, nun bist du hier.«

Ich mache mir nicht die Mühe nachzuhaken oder auch nur zu antworten. Da ich immer noch halb befürchte, dass der wachsame Bodyguard des Viscounts in irgendwelchen Schatten lauern könnte, ziehe ich mich so um wie früher im Schwimmunterricht – unter einem Handtuch zappelnd (oder in diesem Fall einem alten Stück Vorhang, das ich gefunden habe) und hektisch nach allen Richtungen spähend, um sicherzugehen, dass niemand guckt.

»Wie kommt es denn, dass die kleine Miss Perfect heute zu spät zur Arbeit gekommen ist?« Ich kann sein spöttisches Lächeln beinahe hören, als seine Stimme in die Umkleidekabine dringt.

»Und wie kommt es, dass Lord ›Keiner sagt mir, was ich tun soll‹ immer noch hier ist, um sich sagen zu lassen, was er tun soll?«, gebe ich zurück, als ich höre, wie er einen Kleiderbügel von der Stange nimmt und den Reißverschluss seiner Hose öffnet.

Teddy antwortet nicht sofort. Nur ein frustriertes Grunzen ist von seiner Seite zu hören, vermutlich kämpft er damit, den Waffenrock über seinen Dickschädel zu kriegen.

»Nicht mehr lange«, erwidert er schließlich nach einem weiteren Ächzen und einem Seufzer.

»Hoffentlich«, murmele ich, während ich die letzten Feinheiten meines Kostüms justiere.

»Das habe ich gehört.«

»Gut.« Ich trete hinter dem Vorhang hervor und finde Theodore etwas ramponierter vor, als ich ihn vor ein paar Minuten zurückgelassen habe. Da ihm das Schwarzer-Ritter-Kostüm, das ich das letzte Mal für ihn ausgesucht hatte, offenbar nicht genehm war, hat er versucht, sich in eine Ritterrüstung zu zwängen. Metall-Schulterplatten hängen schief von seinen Schultern, und der Brustharnisch ist ungleichmäßig an den Seiten befestigt.

»Lass mich raten, du hast auch jemanden, der dich in deinem Palast anzieht, stimmt's?« Ich gehe zu ihm und zupfe und schiebe an den schweren Metallteilen herum, bis alles gerade sitzt und er nicht mehr ganz so aussieht, als wäre er kopfüber in einen Haufen toter Ritter vor den Füßen eines schnaubenden Drachen gefallen.

»Es wird dich überraschen, aber wir ziehen nicht mehr in Rüstungen durch die Lande, um Turniere auszufechten, daher vergib mir bitte, dass ich kein Experte bin.«

Ich ziehe die Schnallen an seiner Taille etwas fester als nötig, und er stößt ein weiteres tiefes Ächzen aus, versucht aber, es als Husten zu tarnen.

»So.« Zufrieden klopfe ich einmal an seinen Brustharnisch und gehe dann wieder nach draußen, um zur Schule zurückzukehren – diesmal angemessen gekleidet und zu allem bereit.

Nun ja, vielleicht doch nicht zu *allem*.

Ins grelle Sonnenlicht blinzelnd, höre ich das laute Kreischen, noch bevor ich die Situation, in die ich hineingeraten bin, genau analysieren kann. Als die tanzenden Punkte vor meinen Augen verschwunden sind, sehe ich eine Szene wie aus »Herr der Fliegen«, allerdings eine, die aus moralischen Gründen herausgeschnitten wurde. Westleys unbeschuhte Füße, die nur noch in hellblauen Socken stecken, lugen aus einem Kreis winziger Körper heraus, die um ihn herumhüpfen. Der Rest meiner Kollegen ist über den Graben verteilt und jagt weitere Schüler, die sich in den Besitz verschiedener Waffen gebracht haben und nun vor ihren Verfolgern fliehen. Zum Glück waren auf dem Tisch, der geplündert wurde, nur Plastikschwerter und Kunststoffschilde ausgelegt, trotzdem kommt es mir so vor, als hätten wir es nach knapp fünf Minuten bereits mit einem massiven Putsch zu tun.

Man brauchte kein Genie zu sein, um den Anführer der Revolte auszumachen. Offensichtlich hat Sir Tristan es nicht gut aufgenommen, dass sein Titel von seinem Lehrmeister nicht respektiert wurde. Jetzt steht er auf einem Stuhl in der Mitte des Camps, das Schwert triumphierend über dem Kopf erhoben.

»Bei Odin«, murmele ich entnervt. Ich hatte gehofft, so wenig wie möglich mit den Kindern zu tun zu haben, abgesehen davon, dass ich ihnen beibringe, wie man sein Geschwisterchen sicher mit einem Plastikschwert schlägt, versteht sich. Aber nun sieht es so aus, als müsste ich eingreifen, bevor der Tower zum ersten Mal in seiner tausendjährigen Geschichte besetzt wird ... von einer Bande Neunjähriger.

Als ich mich erneut ins Zelt schleiche, um in meiner Tasche zu kramen, öffnet Teddy den Mund, um etwas zu sagen, höchstwahrscheinlich etwas Nervtötendes, aber ich schnappe mir das Ding, das ich brauche, und flüchte, bevor er die Chance hat, auch nur eine Silbe über die Lippen zu bringen. Die Nähe zu ihm lockt Alenthaea verlässlich an die Oberfläche, als wäre sie tatsächlich *ich*. Bei seinem Anblick beginnt mein Herz zu rasen, angetrieben von demselben Adrenalin, das sie benötigt, um sich auf unsere Kämpfe in einem, wie sie weiß, sehr langen Krieg vorzubereiten. In diesem Moment bin ich dankbar für ihr Selbstvertrauen, das ich von Teddy weglenke und auf den Tumult im Lager richte.

In einer Hand halte ich, fest umklammert, ein Horn, das wie ein elfenbeinerner Stoßzahn geformt ist; der glatte, perlmuttfarbene Kunststoff wölbt sich nach oben und ist in der Mitte ausgehöhlt. Die gesamte Außenseite ist von aufgemalten Wildblumen in Pastelltönen bedeckt, und ein lilafarbenes Band sorgt dafür, dass ich mir das Instrument im Kampf über die Schulter hängen kann. Ich stülpe meine Lippen über das dünnere Ende des Horns und blase kräftig hinein, was am anderen Ende einen tiefen, tragenden Ton erzeugt.

Stille senkt sich über den Burggraben, und aller Augen sind auf mich gerichtet. Gesichter spähen über die Mauern des Towers, um die Quelle des Lärms zu entdecken. Westley nutzt den Moment der Ruhe, um hinter mehreren Paaren Spider-Man-Sneakern und quietschbunten Lelli-Kelly-Schuhen hervorzuspähen. Seine braunen Augen sind schreckgeweitet.

Ich erstarre kurz unter all der Aufmerksamkeit, unsicher, was ich als Nächstes tun soll, doch als ein paar Stimmen wieder beginnen, Radau zu machen, kehrt Alenthaea zurück, um den Job abzuschließen.

Mit dem einzigen auf dem Tisch verbliebenen Schwert deute ich auf eine mit Kissen bestückte Rasenfläche, und als ich das Wort ergreife, scheint meine Stimme von irgendwo tief aus meinem Inneren zu kommen: »ALLE ANGEHENDEN RITTER MÜSSEN DEN BEFEHLEN IHRER ANFÜHRER GEHORCHEN. JEDER KNAPPE, DER BEI ZUWIDERHANDLUNGEN ERTAPPT WIRD, MUSS SICH MIT NICHTS ALS EINEM SCHILD BEWAFFNET DEM GROSSEN ROTEN DRACHEN STELLEN. WENN ICH MEIN HORN EIN ZWEITES MAL ERKLINGEN LASSE, MÜSST IHR EUCH AUF DEN KISSEN VOR MIR EINFINDEN, UM EURE NÄCHSTE AUFGABE ZUGETEILT ZU BEKOMMEN.«

Noch einmal blase ich kraftvoll ins Horn. Die Kinder – gefolgt vom Personal – kommen über den Rasen angetrabt und setzen sich mit gekreuzten Beinen, verschränken Armen und schuldbewussten Mienen vor mir hin. Sam hatte recht: Diese Bande hier ist wirklich nicht anders als die Fellowship. Sobald man ihnen mit einem Drachen droht, tun sie, was man will.

11. KAPITEL

Nachdem alle kleinen Möchtegern-Ritter wieder versammelt sind, übernimmt Westley erneut die Bühne. Ganz der Schauspieler, der er im Herzen ist, schreitet er theatralisch auf dem Grasstreifen auf und ab, als hielte er einen Monolog vor gefesseltem Publikum.

»Was macht einen Ritter zum Ritter?«, beginnt er. Viele der Kinder legen die Köpfe schief, während sie versuchen, zu verstehen, was er ihnen sagt. »Bist du ein Ritter ob deiner Familie? Oder aufgrund der Goldmünzen in deiner Börse? Nein, ein Ritter ist nur ein Ritter, wenn er mehr Ehre als Münzen hat, mehr Prinzipien als Stolz, und mehr Liebe für die Menschen als für sich selbst.« Als er in die verwirrten Gesichter seiner Zuhörer schaut, scheint Westley zum ersten Mal klar zu werden, dass er vor einer Horde Grundschüler spricht und nicht vor der Somerset Jousting Association. Ich für meinen Teil bin jedoch vollkommen gebannt. Ich suche mir einen Platz zwischen zwei kleinen Jungen, die mehr daran interessiert sind, Grashalme auszurupfen, und komme mir vor, als ob all meine Tagträume wahr werden.

Ich fühle mich kindlicher als all diese Mädchen und Jungen hier, die geboren wurden, nachdem der letzte Harry-Potter-Film ins Kino kam – ein Gedanke, der mich sowohl anwidert als auch erschreckt. Während ich Westley zuhöre, steht mir der Mund vor Faszination offen, und mir juckt es in den Fingern, nach dem Schwert zu greifen. Je länger er spricht, desto mehr werde ich an all die Gutenachtgeschichten erinnert, die uns stundenlang wach hielten, während Mum und Dad sich für uns komplette Fantasiewelten ausdachten und am Fußende unserer Betten Schwertkämpfe nachstellten, Hochzeiten abhielten und Magie anwendeten. Bei jedem Wort, das mein Boss spricht, fühle ich mich mehr zu Hause als seit dem Tag meines Aufbruchs.

»Der Ritterkodex ist eine Überlieferung, an die sich die Ritter seit Jahrtausenden halten. Noch bevor deine Hände mit Waffen beschwert werden, musst du dich als würdiger Chevalier erweisen und zeigen, dass du eine zuchtvolle Seele besitzt.«

Wie um mich zu testen, schickt das Universum mir meinen Gegenspieler. Theodore Fairfax tritt endlich vor das Zelt und fährt sich mit einer Hand durch sein dunkles Haar. Der Blick seiner onyxfarbenen Augen gleitet gleichgültig über das Geschehen vor ihm. Vielleicht ist er derjenige unter uns, der eine Lektion in Ritterlichkeit am nötigsten hätte, damit er lernt, höflich zu sein, diszipliniert und »mehr Liebe für die Menschen zu haben als für sich selbst«.

Doch die Rolle des Schurken gefällt ihm offenbar besser. Kaum hat er mich entdeckt, lächelt er süffisant und kommt um die Menge herum auf mich zu. Ich verdrehe die Augen und versuche, mich wieder auf Westley zu konzentrieren, der gerade beginnt, die ritterlichen Gebote aufzuzählen. Ich hoffe, dass Teddy irgendwo einen Freund entdeckt, der genauso unausstehlich ist wie er. Dann ändert er vielleicht seinen Kurs, um ihn anzusteuern.

»Eines der vielleicht wichtigsten Gebote lautet ›Schütze die Ehre deiner Mitritter‹. Jeder, der jetzt hier auf diesem uralten Boden sitzt oder steht, ist ein Gleicher. Wenn du in Schwierigkeiten steckst, wenn ein Tag kommt, an dem du die Hilfe eines Freundes benötigst, werden deine tapferen Kameraden für dich da sein, aber nur, wenn du zuerst für sie in ihrer Zeit der Not da gewesen bist.«

Ich spüre Teddys Gegenwart, bevor ich ihn sehe. Sein dunkler Schatten fällt auf mich und verdrängt den Sonnenschein. Selbst anhand dieser gesichtslosen Silhouette kann ich mit Sicherheit sagen, dass er sein dämliches selbstgefälliges Grinsen aufgesetzt hat und auf meine verärgerte Reaktion wartet.

Da ich ihm diese Genugtuung nicht gönne, fokussiere ich mich weiter auf Westley, wenn auch mit Mühe.

Vermutlich enttäuscht über die mangelnde Resonanz auf seinen ach so einschüchternden Auftritt, zieht sein Schatten sich zurück. Doch seine Präsenz bleibt. Ich höre das Knirschen seiner Rüstung, als er sich hinter mich kniet. Dann beugt er sich vor, bis sein Gesicht auf einer Höhe mit meinem ist, während unsere Blicke sich auf Westley richten. Sein dickes Haar kitzelt meine Ohren. Es läuft mir eiskalt über den Rücken, und ich muss mich fest an meinen Stolz klammern, um nicht aufzuspringen und vor seiner Nähe zu fliehen.

»Ein edler Ritter darf niemals eine Herausforderung ablehnen, und wenn er ein Wagnis eingegangen ist, muss er es bis zum Ende durchhalten. Ein guter Ritter gibt im Angesicht von Widrigkeiten niemals auf.«

»Holst du dein Horn öfters raus?«, flüstert Teddy mir zu. »Oder nur zu besonderen Gelegenheiten?« Seine Herausforderung entzündet Alenthaea wie Feuer und Schwefel, und sie brennt in mir. Ich setzte mich aufrechter hin und drücke meine Schultern an seine Brust. Die Geste ist als Konfrontation gedacht – ich weigere mich, auf seine eindeutige Willensprobe einzugehen.

»Warum? Willst du eine Privatvorführung?«, frage ich, mühsam beherrscht, durch zusammengebissene Zähne.

Als er lacht, spüre ich seinen heißen Atem an meinem Nacken. »Nein, ich frage mich nur, was du sonst noch in dieser

Tasche versteckt hast, Königin Susan. Vielleicht Pfeil und Bogen oder gar Aslan selbst?«

»Sehr witzig«, gebe ich zurück und versuche, mich wieder auf den Vortrag zu konzentrieren. Niemand sonst scheint zu registrieren, wie nah Teddy mir auf die Pelle rückt, aber schließlich kann auch niemand hören, wie mein Herzschlag durch mein Knochengerüst vibriert. Er tippt dem Jungen vor sich auf die Schulter und bedeutet ihm, zur Seite zu rücken. Das Kind gehorcht seinem Befehl und räumt den Platz neben mir, auf den Teddy sich schiebt, bevor ich genug Luft holen kann, um zu protestieren. Jetzt ist er mir so nahe, dass seine breiten Schultern sich an meine pressen und der Zauber seiner Berührung mich paralysiert.

Er neigt sein Gesicht zu meinem. »Was lernen wir gerade?«

»Wenn du zuhörst, findest du es vielleicht raus.«

»Ein edler Ritter darf niemals lügen. Er muss sich stets bemühen, die Wahrheit zu sagen, koste es, was es wolle«, fährt Westley fort.

»Wenn das stimmt und du ein edler Ritter bist, dann musst du mir ehrlich sagen, was du gerade denkst«, drängt Teddy.

»Ich denke gerade, dass ich gerne meinen persönlichen Freiraum zurückhätte, am liebsten mit dir in deinem kleinen königlichen Zelt da drüben.«

»Jetzt komm schon, Blümchen. Ich versuche bloß, freundlich zu sein.«

»Hast du nicht zugehört? Edle Ritter dürfen nicht lügen.«

»Ich habe nie behauptet, edel zu sein.«

Darauf fällt mir keine passende Erwiderung ein. Während ich um Worte ringe, starre ich ihn an. Er blickt stur nach vorn, obwohl ich weiß, dass er keine Silbe von dem hört, was Westley sagt.

Zufrieden, dass es ihm gelungen ist, mich aus der Fassung zu bringen, steht er auf.

Alenthaea hat nur wenige eigene Regeln. »Überlebe um jeden Preis« verwischt so ziemlich alle Grenzen der Moral und macht die meisten anderen Gebote überflüssig. Aber eines davon, eins der wichtigsten, habe ich soeben gebrochen: »Lass dich nie von einem Mann ablenken.«

Energisch konzentriere ich mich wieder auf Westley.

»Das letzte unserer heutigen Gebote lautet: ›Wende deinem Feind niemals den Rücken zu.‹«

Natürlich suche ich an dieser Stelle den Burggraben nach meinem royalen Kontrahenten ab, in Erwartung eines weiteren Überraschungsangriffs. Doch ich sehe ihn in sicherer Distanz neben Morton stehen. Sein Gesicht wirkt wie versteinert – kein freches Lächeln, kein neckisches Zwinkern in Sicht. Beide Männer stehen schweigend da, als wären sie zwei Freunde, die auf den Bus warten. Aus der Ferne betrachtet sieht er genauso aus wie in den Zeitungsartikeln. Derselbe kalte Blick, als ob ein einziges falsches Wort ihn ausrasten lassen könnte. Unwillkürlich frage ich mich, ob Morton ihm irgendwelche unangenehmen Neuigkeiten überbracht hat, eine neue Schlagzeile vielleicht? Teddy hatte wohl zu Recht Angst, hier von der Presse erwischt zu werden. So gesehen ist es wahrscheinlich ganz gut, dass er das Kostüm des Schwarzen Ritters verschmäht hat. Da hätte die Meute sich garantiert mit Freuden draufgestürzt, jede Menge Monty-Python-Kalauer inklusive.

Der Gedanke entlockt mir ein leises Kichern, und für einen kurzen Moment begegnen sich unsere Blicke. Die Intimität des Augenblicks trifft mich wie ein Blitz, und hastig richte ich meine Aufmerksamkeit wieder auf Westley. Das Herz schlägt mir bis zum Hals.

»Für unsere Ritter des einundzwanzigsten Jahrhunderts bedeutet das allerdings: ›Freunde dich mit deinem Feind an.‹ Denn normalerweise ist es unser Feind, der unsere Hilfe am meisten braucht. Sei denjenigen ein Freund, die dich wegstoßen.«

»Wohin schleichst du dich denn jetzt schon wieder?« Wenn ich meine Augen weiter derart oft verdrehe, bleiben sie irgendwann so stecken, dessen bin ich mir sicher. Teddy muss ein paar Schritte rennen, um vor dem Bell Tower zu mir aufzuschließen.

Da ich immer noch kein Fan davon bin, mich in meiner halbstündigen Mittagspause mit meinen Kollegen zu unterhalten, hatte ich geplant, mir ein ruhiges Plätzchen im Turm zu suchen. Heute, mit dem zusätzlichen Lärm der vielen Kinder, brauche ich diese Ruhe mehr denn je.

»Was glaubst du, wer du bist, mein Leibwächter?«, gebe ich zurück. Teddys Schultern streifen meine, da er sich dicht bei mir halten muss, um durch die Menschenmenge nicht wieder abgehängt zu werden. Sein eigener Bodyguard trottet ein paar Meter hinter uns, darauf bedacht, außer Hörweite zu bleiben.

»Ich will nur sicherstellen, dass du mich nicht allein auf all der Arbeit sitzen lässt.«

»Nun mach mal einen Punkt.« Ich schnaube spöttisch. »Du wüsstest ja nicht mal, was das Wort Arbeit bedeutet, wenn man es dir auf einem deiner Silbertabletts reichen würde.«

»Komm schon, es ist nun mal ein Fulltime-Job, derart attraktiv zu sein.« Wir bleiben vor dem Traitors' Gate stehen, und ich starre ihn einen Moment schweigend an. Er legt sich eine Hand an die Wange, zeigt ein jungenhaftes Grinsen und klappert mit seinen langen Wimpern wie ein Preispony.

Ich kann das Lachen, das in mir hochblubbert, nicht unterdrücken.

»Das ist es also, wofür wir Steuerzahler bluten müssen, was?« Immer noch seine affektierte Pose haltend, versucht er zu nicken. »Ich will mein Geld zurück«, erkläre ich.

Er senkt die Hand, nimmt seine übliche starre Haltung ein und runzelt die Stirn. »Ich bin sicher, dass das irgendwo als Verrat gilt«, sagt er, kann sich aber ein leichtes Lächeln hinter seiner gespielten Ernsthaftigkeit nicht verkneifen.

»Nun, da sind wir ja am richtigen Ort.« Ich deute auf das Traitors' Gate hinter mir. Ein Porträt von Lady Jane Grey, wie sie mit verbundenen Augen zum Hinrichtungsblock geführt wird, ist auf ein Schild gedruckt. Unter ihr sieht man das trübe Wasserbecken – eine melancholische Erinnerung an all die Unschuldigen, die vor Jahrhunderten durch dieses Tor gingen, um niemals zurückzukehren.

»Ach du meine Güte. Das ist der Neffe des Königs«, flüstert eine Stimme hinter uns hörbar. »Du weißt schon, der immer in der Zeitung steht und so gerne feiert. Ich bin ziemlich sicher, dass er mit dieser Sängerin geschlafen hat, die du so magst. Wie hieß sie doch gleich?«

Teddys Züge verhärten sich. Sein angespannter Kiefer verrät, dass er mit den Zähnen knirscht. Er schaut mich weiter an, doch jeder Anflug von Belustigung ist aus seinem Blick verschwunden, stattdessen wirkt seine Miene auf einmal erschreckend gefühllos. Schatten fallen über seine hohen Wangenknochen, seine dunklen Augen werden noch dunkler, während sie gleichzeitig vor Zorn glühen – jetzt sieht er aus wie seine tyrannischen Vorfahren, mächtig und rücksichtslos. Er sieht aus wie ein König.

»Komm.« Ich packe sein Handgelenk und manövriere ihn durch die Menge, die begonnen hat, sich um uns herum zu bilden. Wenn mich sein Schweigen und seine eisige Miene nicht leicht nervös machen würden, hätte ich wahrscheinlich Mitleid mit ihm.

Nachdem wir unter dem Torbogen des Bloody Tower hindurchgeeilt sind, stehen wir vor dem White Tower, dem größten Turm der Festung. Da wir leider keine Zeit haben, seine Schönheit auf uns wirken zu lassen, schieben wir uns hastig weiter durch die Leute, bis wir St. Peter ad Vincula erreichen. Der Beefeater, der den Eingang der Kirche bewacht, steht halb von seinem Stuhl auf, als er sieht, wie zwei Ritter in seine heiligen Hallen stürmen – eine Szene, die an die Ermordung von Thomas Becket erinnert. Doch offenbar hat er keine Lust, sich mit der Möglichkeit auseinanderzusetzen, dass jemand versuchen könnte, ein Attentat aus dem zwölften Jahrhundert nachzustellen, denn er lässt sich zurücksinken und schlägt wieder seine Zeitung auf.

Die Kapelle ist eher winzig, wirkt aber dennoch hell und luftig. Ich bin nicht sicher, was ich erwartet habe, aber ganz gewiss hätte ich nicht damit gerechnet, dass ein Gebäude, das über den Gebeinen entehrter, kopfloser Königinnen, Verräter und anderer Unseliger errichtet wurde, so … freundlich wirken würde. Für meinen Geschmack hätten es zumindest ein paar gotische Bögen sein dürfen, definitiv eine Handvoll Spinnweben, vielleicht sogar das aus düsteren Ecken leuchtende Ektoplasma eines verärgerten Geistes. Ehrlich gesagt, bin ich enttäuscht.

Statt klassischer Kirchenbänke säumen gleichförmige Holzstühle den Weg zum Altar. Wortlos gehen Teddy und ich zwischen ihnen hindurch. Seit wir so rüde unterbrochen wurden, hat er keine Silbe von sich gegeben, doch er wehrt sich auch nicht gegen meine Gesellschaft. Obwohl wir beide spürbar angespannt sind, scheint er mir zu vertrauen und folgt exakt jedem meiner Schritte.

Die Stille ist mein Freund. Kein Lärm, kein Druck, ein Gespräch führen zu müssen – in solchen Momenten kommt mein sprunghafter Geist zur Ruhe. Doch in Teddy scheint es zu brodeln. Seine dunklen Augen starren ins Leere, seine Kiefermuskeln zucken, sein ganzes Gesicht gleicht einem Zerrbild des Schmerzes.

»Magst du blutige Geschichten?«, frage ich in das Schweigen hinein, das über der Kapelle liegt wie ein besänftigender Schleier. Teddy schaut mich an, als hätte er meine Stimme in einem Traum gehört, und sagt nichts. »Das Wappen dort drüben …«, ich deute auf den Boden neben dem Altar, »… ist der Grabstein von James Scott, dem Duke of Monmouth.«

Ich habe in meiner Freizeit ein bisschen recherchiert, in der Hoffnung, dann besser mithalten zu können, wenn Ellis mir Geschichten über den Tower erzählt. Nun ja, »ein bisschen« ist leicht untertrieben. Bei Recherchen mache ich keine halben Sachen, daher habe ich die letzten beiden Nächte damit verbracht, mich bis zum Morgengrauen durch die unendlichen Weiten von Google zu arbeiten. Nachdem ich das nun zugegeben habe, wird mir selbst klar, wie peinlich es ist.

»Er war unglaublich beliebt, ein illegitimer Sohn des gleichfalls äußerst beliebten Königs Charles II. – du weißt schon, der aus ›Horrible Histories‹«?

Teddy schaut mich nur herablassend an.

»Nein? Schon gut. Leuchtet ein, dass das nicht unbedingt die geeignete TV-Serie für den Palast ist. Egal. Also, besagter Charles starb ohne legitimen Erben, und sein katholischer Bruder bestieg den Thron. Scott brach eine Rebellion vom Zaun, die letztlich scheiterte und dazu führte, dass er eben hier in dieser Festung und diesem Gefängnis Quartier bezog. Dazu gäbe es noch mehr zu sagen, aber das ist nicht der interessante Teil.«

Teddy scheint sich für nichts von dem, was ich erzähle, zu interessieren. Er hebt kaum den Blick vom gemusterten Steinboden. Ehrlich gesagt, habe ich keine Ahnung, warum ich, wenn auch nicht besonders erfolgreich, versuche, seine Laune zu heben. Wahrscheinlich, weil ich weiß, wie es sich anfühlt, von außen beurteilt zu werden. Wie berechtigt oder unberechtigt das Urteil in seinem Fall ist, entzieht sich meiner Kenntnis, aber ob von königlichem Geblüt oder nicht, keiner verdient es, die Deutungshoheit über seine eigene Geschichte zu verlieren.

»Das, was wirklich in die Geschichte einging, war seine Hinrichtung. Obwohl er als Verräter verurteilt wurde, war Scott immer noch extrem beliebt, weshalb sich sämtliche Henker Londons geweigert haben, ihn zu enthaupten. Also übertrug man diese Aufgabe Jack Ketch, Teilzeit-Henker, Teilzeit-Schlachter und Vollzeit-Trunkenbold. Es lief ungefähr so gut, wie man unter diesen Umständen erwarten konnte. Der Held der Protestanten wurde regelrecht in Stücke gehackt, doch selbst nach fünf Schlägen war sein Kopf noch immer mit dem Körper verbunden. Da eine Enthauptung aber erst dann als legal galt, wenn der Kopf abgetrennt war, musste der Metzger sein Messer zücken, um den Job zu beenden. Erst im Nachhinein wurde den Verantwortlichen klar, dass Scott als Königssohn dazu verpflichtet war, sich porträtieren zu lassen, also mussten sie ihn wieder zusammennähen, damit er für den Maler sitzen konnte.«

Etwas zu sehr dem Blutrausch verfallen und noch begeisterter, mein frisch erworbenes Wissen an den Mann zu bringen, schaue ich Teddy grinsend an und warte auf seine Antwort.

Sekunden vergehen. Mein Gesicht schmilzt zu einer hochroten Masse, während seines praktisch vereist. »Warum erzählst du mir das?«, fragt er und scheint mit jedem überdeutlich ausgesprochenen Wort größer zu werden, bis er schließlich verachtungsvoll über mir aufragt.

Erst jetzt wird mir klar, dass ich mich in den letzten paar Minuten nicht auf Alenthaea verlassen habe. Ganz allein, ohne ihre Unterstützung, bin ich in allzu tiefes Wasser gewatet, habe mein Selbstbewusstsein wachsen lassen, und nun erinnert sein Ton mich daran, dass ich nicht schwimmen kann. »Ich ... ich dachte nur ...« Mehr bringe ich nicht heraus, bevor er weiterspricht, mit einer Stimme so hart und kalt wie eine Stahlklinge, die in einen warmen, weichen Bauch gestoßen wird.

»Du dachtest, ich brauche dein Mitleid?« Seine Worte, seine Blicke triefen förmlich vor Gift, als sei er von einem der arroganten Geister besessen, die diese Mauern bewohnen.

»Mitleid? Nein, nein, es ist nur eine Geschichte. Ich ...« Doch es schert ihn nicht, was ich zu sagen habe, und er lässt mich am Altar stehen wie eine verschmähte Braut.

12. KAPITEL

»Wenn es in der Schlacht etwas gibt, das noch wichtiger ist als die Fähigkeit, wegzulaufen, dann ist es die Fähigkeit, sich verteidigen zu können. Kann mir nun jemand sagen, was das Wichtigste für einen guten Ritter ist, etwas, das er auf gar keinen Fall missen darf?« Auf Westleys Frage hin schießen etliche Hände in die Höhe. Die kleine Lily wedelt so aufgeregt mit ihrer, dass ich schon fürchte, sie hebt gleich ab.

Teddy ist gestern nicht wiederaufgetaucht. Nach seinem kleinen Ausbruch, der ihn vom »arroganten Mistkerl« zum »echten Arschloch« befördert hat, ist er verschwunden, um das zu tun, was ein Royal an einem Dienstagnachmittag so tut. Sein Foto prangte heute Morgen auf der Titelseite einer Zeitung, die jemand auf dem Sitz neben mir in der U-Bahn liegen gelassen hat. Unter der Schlagzeile *Bevorzugt Fairfax Blondinen?* war zu sehen, wie der Viscount seine Arme um die Taille besagter Blondine schlingt und mit dem vertrauten Ausdruck der Abscheu in die aufdringliche Kamera starrt.

Nachdem er weg war, ging der Nachmittag glücklicherweise ohne größere Probleme zu Ende – abgesehen davon, dass das ungute Gefühl, das sich in mir ausgebreitet hat, nachdem er so unvermittelt aus der Kapelle marschiert ist, sich noch immer nicht ganz gelegt hat. Ich weiß, dass er jetzt hier irgendwo ist, und zucke zusammen, wann immer jemand an mir vorbeigeht. Bislang hat er sich jedoch nicht in meiner Nähe blicken lassen. Der Unterricht läuft ohne ihn weiter, und ich bin dankbar für die Ablenkung.

»Ja, du, junge Herrin«, sagt Westley. Zum Glück nimmt er Lily dran, bevor die sich noch einen Muskel zerrt. Sie muss erst mal wieder zu Atem kommen, ehe sie antworten kann.

»Ein Pony«, japst sie, noch immer keuchend vor Aufregung.

»Nun, das edle Ross – ein Pferd – ist ein wesentlicher Bestandteil des Rittertums, da hast du recht, aber es gibt etwas, das sogar noch wichtiger ist. Hat noch jemand eine Idee?«

»*Natürlich* ist das ein Schwert«, erklärt Tristan in gelangweiltem Ton, ohne sich die Mühe zu machen aufzuzeigen.

»Nein, es ist nicht das Schwert. Ein Ritter muss erst lernen, sich zu verteidigen, bevor er angreift. Es hat keinen Sinn, das Schwert zu zücken, wenn der Gegner seine Klinge zuerst schwingt und man nicht weiß, wie man sie abwehren kann. Und jeder gute Ritter muss auch lernen, die Hand zu heben, wenn er vor der Versammlung sprechen will.« Westley fixiert Tristan mit einem strengen Blick und zeigt damit eine Seite von sich, die ich bislang noch nicht kannte – die mit dem Rückgrat. Der kleine Ritter schnaubt abfällig und verschränkt die Arme vor der Brust. Ich kann mir vorstellen, dass sein nächster Putschversuch nicht lange auf sich warten lassen wird.

»Das Wichtigste, was ein Ritter mit sich führen muss, ist sein Schild«, fährt Westley fort. »Unterschätzt niemals die Macht eines Schildes. Wenn ihr auf dem Schlachtfeld seid und von oben ein Schwarm Pfeile auf euch niederregnet, dann ist es euer Schild und nicht euer Schwert, das euch retten kann. Und wenn ihr im Kampf hinfallt, was nützt es euch, mit dem Schwert herumzufuchteln, wenn ihr den Feind, der über euch steht, nicht erreichen könnt. In solchen Situationen ist euch ein Schild von allergrößtem Wert. Deshalb werden wir heute unsere eigenen Schilde anfertigen. Und für jedes dieser Schilde werden wir ein Familienwappen entwerfen und dafür Bilder von Dingen verwenden, die eure Familien am besten repräsentieren. So könnt ihr mit der ständigen Erinnerung daran, warum eure Tapferkeit siegen muss, in die Schlacht reiten.«

Jeder aus der Lehrertruppe nimmt einen Stapel Blätter, die mit dem Umriss eines Schilds bedruckt sind, und verteilt sie an die Kinder. Dann gehen alle zu den Picknicktischen hinüber.

Und endlich kommt auch Teddy Fairfax aus seinem königlichen Zelt und schließt sich der Gruppe an. Er sieht ein wenig mitgenommen aus und starrt hinter seiner dunklen Sonnenbrille, die seine Augen komplett verdeckt, nahezu ununterbrochen auf sein Handy. Den Versuch, seine langen Beine unter die Tischplatte zu quetschen, gibt er schnell auf und setzt sich stattdessen rittlings auf die Bank, wobei er dem Schüler, der neben ihm sitzt, den breiten Rücken zuwendet. Es ist ein schüchterner Junge, ein bisschen jünger als die anderen Kinder, und er hat das Pech, bei dieser Aufgabe ein Team mit Teddy bilden zu müssen. Wenn ich mich recht erinnere, ist sein Name Barley. Er sieht aus, als würde ihm schon das Stück Papier, das er vor sich hat, eine Heidenangst einjagen. Mit seinen wuscheligen blonden Haaren und dem sommersprossigen Gesicht ist er der Inbegriff kindlicher Unschuld. Bei jedem Blick, den er in Teddys Richtung wirft, scheint er den Tränen näher zu sein.

»Daisy? Würdest du mir einen großen Gefallen tun?« Westley, der plötzlich hinter mir auftaucht und in gedämpftem Ton auf mich einredet, unterbricht meine Observierung des Viscounts.

»Ja, klar, alles, was du willst«, erwidere ich etwas zu überschwänglich – die Streberin in mir ist erpicht darauf, sich ein weiteres Mal zu beweisen.

»Könntest du während der Unterrichtsstunden bei Mr., äh, Vis... Lord Fairfax bleiben? Ich glaube, er braucht ein bisschen Ermutigung, um sich einzubringen, und seit eurer kleinen Meinungsverschiedenheit scheint ihr euch ja ganz gut zu verstehen.«

Ganz gut? Westley ist wirklich ein hoffnungsloser Optimist. Oder unfähig, eine Situation richtig einzuschätzen. Vermutlich beides.

Ich verfluche meine ewige Furcht, Erwartungen zu enttäuschen. »Äh, ja, mache ich.« Ich kann nur hoffen, dass der Viscount seine Pläne, sich hier vom Acker zu machen, schleunigst in die Tat umsetzt oder dass er wie durch ein Wunder eine komplette Persönlichkeitsveränderung erfährt, die den Willen und die Befähigung zu harter Arbeit einschließt, sodass ich nicht mal zwei Worte an ihn richten muss. *Ich mache das nur, bis ich meine Probezeit bestanden habe, nur, bis ich mich bewährt habe ...* Egal, wie oft ich mir das vorpredige, ich kann mich einfach nicht entspannen.

Breit lächelnd klopft Westley mir auf den Rücken. »Ich wusste, dass ich auf dich zählen kann.« Er schwirrt davon, um seinen Unterricht fortzusetzen.

Ich schwinge meine Beine über die winzige Bank, setze mich *ihm* gegenüber hin und versuche mich zu beschäftigen, indem ich das kleine Mädchen neben mir beobachte, das gerade etwas in seine Vorlage hineinmalt, das ich als Elefant oder vielleicht auch Esel interpretiere.

»Du kannst mir einfach nicht widerstehen, was?« Teddy beugt sich vor, sodass seine verschränkten Arme gegen meine drücken. Er ist zu seinem üblichen neckischen Ton zurückgekehrt, als ob der gestrige Tag gar nicht stattgefunden hätte.

»Bilde dir bloß nichts ein.« Ich verwende seine Worte von gestern gegen ihn. »Man hat mir aufgetragen, dich zu beauf-

sichtigen. Als eine Art Babysitterin, wenn du so willst.«
Alenthaea übernimmt.

»Ist das so?«

»Ja. Irgendwer muss dich ja in Schach halten.«

»Mach dir keinen Kopf, Blümchen, das versuchen die
Leute schon seit Jahren.« Er lehnt sich über den Tisch und
flüstert so nah an meinem Ohr, dass uns beim besten Willen
niemand belauschen kann: »Falls du eins dieser Mädchen
bist, die nach einem kaputten Kerl suchen, den sie reparie-
ren können, dann kannst du es gerne versuchen, aber du
verschwendest nur deine Zeit.« Grinsend richtet er sich
wieder auf und wendet Barley erneut den Rücken zu, um
sich wieder seinem ach so interessanten Smartphone zuzuwenden.

Erschrocken lässt Alenthaea mich einen Moment lang im
Stich, und ich bleibe wie erstarrt sitzen und mustere ihn von
der Seite. Die Farbe seiner Augen ist so intensiv, dass es mir
trotz der Distanz, die er zwischen uns gebracht hat, so vorkommt, als müsste ich nur zucken, um mit meinen Lippen
auf seinen zu landen. Kopfschüttelnd versuche ich, die Gedanken zu verdrängen, die meine Wangen zum Glühen
bringen. Ich rufe mir in Erinnerung, was ich Westley versprochen habe, und versuche mich, so gut es geht, zusammenzureißen.

»Du musst ihm helfen, weißt du«, sage ich und deute auf
den kleinen Jungen, dessen Augen sogar noch größer werden, als ich für möglich gehalten hätte. Teddy schaut ihn an
und legt ihm eine Hand auf die Schulter, wobei gleich das
ganze Schlüsselbein mit in seiner Handfläche verschwindet.
»Du kommst schon allein klar, junger Mann, was? Du
brauchst meine Hilfe gar nicht, stimmt's?« Barley schüttelt
heftig den Kopf, nickt dann und versucht schließlich eine
Art Nicken-Schütteln.

Da ich nicht noch mehr Interaktionen fördern möchte, die zu einem weinenden Kind an meinem Tisch führen könnten, erlaube ich Teddy, sich wieder in sein Handy zu vertiefen, in der Hoffnung, dass Westley einfach davon ausgeht, dass er hier mitmacht, wenn er nicht gerade irgendwo anders ist. Außerdem ist es ganz angenehm, nicht seine Stimme hören zu müssen. Doch je weniger er spricht, desto eingehender starre ich auf seine Lippen und warte darauf, dass sie sich wieder bewegen.

Um mir die Sorgen darüber, in welche Schwierigkeiten er uns beide bringen könnte, aus dem Kopf zu schlagen, versuche ich, mich auf meine eigene Schülerin Fatima zu fokussieren. Nachdem sie ihren Schild vollgemalt hat, ist aus dem Elefant-Esel-Hybrid so etwas wie eine betrunkene Katze geworden. In einer anderen Ecke prangt eine Erdbeere, in der dritten eine pink- und orangefarbene Blume, und ein Schloss vollendet die Gesamtkomposition. Alles in allem kein schlechtes Ergebnis, auch wenn ihre kreative Betätigung kunterbunte Filzstiftspuren auf der hölzernen Tischplatte hinterlassen hat.

Sobald Fatima losgesprintet ist, um ihr Meisterwerk an die Pinnwand zu hängen, höre ich, wie Barley mit kleinlauter Stimme einen zittrigen Satz hervorstößt. »Ist d...das hier okay, S...Sir?«

Teddy schaut nicht mal in seine Richtung. »Bring es einfach zu den anderen«, murmelt er gleichgültig.

Das lässt Barley sich nicht zweimal sagen. Hastig rutscht er von der Bank und pinnt sein Bild an die Tafel.

»Du könntest dir wirklich etwas mehr Mühe geben«, sage ich scharf.

»Blümchen, ich könnte dir sofort mindestens hundert wichtigere Dinge aufzählen, die meiner Mühe tatsächlich wert wären.«

»Nun, warum erledigst du sie dann nicht?«

»Weil ich hier bin.«

»Und warum bist du hier?«

Bevor er antworten kann, zieht ein lauter Aufschrei, der von der Pinnwand kommt, meine Aufmerksamkeit auf sich. Die Kinder haben sich dort versammelt, um die Werke ihrer Mitschüler zu begutachten. Westley steht bei ihnen, sein Gesicht ist ein Bild des Grauens. Ich springe auf und renne zum Ort des Verbrechens. Sobald ich ihn erreiche, erkenne ich, was das Problem ist – und kann nur sprachlos hinstarren.

Genau in der Mitte der aufgereihten Schilde findet sich eins, dessen Hauptmotiv ziemlich pink, ziemlich detailliert und unglaublich phallisch ist. Westley reißt die Zeichnung herunter und verlangt laut nach dem Namen des Künstlers, woraufhin der süße, unschuldige Barley die Hand hebt. Mein Boss zögert einen Moment, vermutlich war er wie ich der Meinung, dass es sich bei dem Übeltäter nur um den widerspenstigen Ritter Tristan handeln könne.

»Komm mal her, mein Junge.« Wir drei gehen zurück zu dem Tisch, den Barley und ich gerade verlassen haben, und Westley platziert das Bild vor Teddys Nase. Der wirft einen Blick darauf, stutzt und erstickt fast an seinem unterdrückten Lachen, bevor er sich wieder einkriegt.

»Was ist denn das, was du da gemalt hast?«, erkundigt sich Westley vorsichtig.

»Eine Schlange«, piepst Barley, und ich und der Verhörleiter atmen erleichtert auf. »Meine Mummy hat eine in ihrem Schlafzimmer, aber nur sie darf damit spielen, sagt sie. Sie kann sich sogar bewegen und macht ein Geräusch!«

Die Stille ist ohrenbetäubend.

Selbst Teddy fehlen die Worte.

Mit untertassengroßen Augen schaut Barley von einem zum anderen und wartet ängstlich auf irgendeine Antwort.

Schließlich räuspert Westley sich. »Ich glaube, wir werden Mummy heute Abend dieses Bild zeigen müssen. Und du bist jetzt ein braver Junge und gehst zurück zu den anderen.« Barley gehorcht, fügsam wie immer, und beschäftigt sich damit, ein paar Gänseblümchen zu pflücken.

Meine Wangen brennen wie Feuer. Ich kann nicht sagen, ob meine Verlegenheit von der obszönen Zeichnung kommt, die auf dem weißen Papier regelrecht zu glühen scheint, oder von dem enttäuschten Blick meines Chefs. Unbehaglich starre ich auf den Rasen und verfolge, wie eine Schweißperle, die sich einen kitzelnden Pfad über mein Gesicht gebahnt hat, zu Boden tropft und zwischen den Grashalmen versickert. Ich wünschte, ich könnte es ihr gleichtun.

»Ich kann nicht glauben, dass das passiert ist«, beginnt Westley. »Hat denn keiner daran gedacht, ihn zu fragen, was er da malt? Hat niemand ihn beaufsichtigt?«

Ich schaue auf und sehe, dass Westleys Aufmerksamkeit und Worte mir gelten. Sein Gesicht ist ebenso rot wie meins. Auch ihm fällt es schwer, Blickkontakt zu halten. »Ich hätte mehr von dir erwartet, Daisy. Wenn noch jemand etwas davon mitgekriegt hätte, wären wir beide in hohem Bogen gefeuert worden. Wir können nur beten, dass keins der anderen Kinder das seinen Eltern erzählt.«

Mir wird die Kehle eng. Ich bin sicher, dass ich einen Schlag in die Magengrube besser verkraftet hätte. Es fühlt sich ohnehin schon an wie einer.

Westley redet weiter, meine innere Selbstgeißelung unterbrechend. »Ich fürchte, das wird deine erste offizielle Abmahnung, Daisy. Denk dran, die Firmenrichtlinien besagen, dass ich nach drei Abmahnungen dein Arbeitsverhältnis zum Ende der vierwöchigen Probezeit beenden muss.«

Wie kann ich ihm erklären, dass ich ohnehin an nichts anderes denke als daran, diesen Job zu behalten, und dass dieser Gedanke mir nachts den Schlaf raubt, während ich in Ungnade gefallen vor ihm stehe?

Er seufzt. »Oh, und ihr beide bleibt heute länger, um die Uniformen für morgen zu waschen.« Seine Stimme klingt unendlich weit entfernt und gleichzeitig so laut, als würde er in mein Ohr schreien.

Das Einzige, was den unmittelbaren Nervenzusammenbruch verhindert, der bei mir normalerweise zwingend auf Niederlagen folgt, ist Teddy Fairfax. »Ich glaube nicht, dass das nötig sein wird«, erklärt er. »Das Ganze ist allein meine Schuld.«

Nicht nur seine Stimme überrascht mich, sondern vor allem das, was er sagt. Es stimmt zwar. Aber von ihm hätte ich nicht erwartet, dass er das tatsächlich zugibt.

»Ich hatte Daisy gebeten, diesen Tisch zu beaufsichtigen, Sir. Ich fürchte, ich muss mich an die Vorgaben halten.« Unfähig, die übliche fröhliche Fassade aufrechtzuerhalten, kehrt er ohne ein weiteres Wort zu seinem Unterricht zurück. Die Enttäuschung ist ihm deutlich von der Stirn abzulesen.

Und er hat ja recht. Er hat mir eine Aufgabe übertragen, und ich habe versagt – nur aus Trotz.

»Daisy, ich …«, beginnt Teddy, aber ich drehe mich um und gehe zurück zu der Schülergruppe.

Den restlichen Nachmittag bringe ich keinen Ton heraus. Westleys Worte hallen durch meinen Kopf. *Ich hätte mehr von dir erwartet.* Es ist schlimmer, als wenn die Eltern einem sagen, sie sind »nicht böse, nur enttäuscht«.

Mein einziger Erfolg in den letzten fünf Jahren war, diese Stelle zu bekommen, und ich habe mich nicht mal selbst dafür beworben. Und jetzt bin ich erst ein paar Tage hier und hätte sie schon mehrfach fast wieder verloren. Ich wollte nicht herkommen. Ich wollte mein Zuhause nicht verlassen. Wäre ich nicht hergekommen, würde ich jetzt nicht gegen die nächste Panikattacke in einer neuen Stadt ankämpfen müssen, weil ich an einem Job gescheitert bin, den ich nicht mal wollte. Ich bin längst daran gewöhnt, eine Versagerin zu sein, diejenige, die nie irgendwas gebacken kriegt, und nun fühle ich mich wie eine Idiotin, weil ich zu hoffen gewagt habe, dass es diesmal anders sein könnte.

Als der Nachmittag sich dem Ende zuneigt, habe ich immer noch kein Wort gesprochen. Schweigend beobachte ich die Kinder und achte darauf, dass sich so ein »Schlangen-Desaster« nicht wiederholt. Alenthaea hat sich endgültig in den Äther zurückgezogen. Teddy ist im Kostümzelt verschwunden, und ich kann mich nicht dazu durchringen, nach ihm zu fahnden, zumal das anhaltende Pochen in meinem Magen es mir ohnehin nicht erlauben würde. Da ich nach wie vor Westley nicht in die Augen blicken kann, gestaltet der Tag sich einsam. Alles ist genau so, wie ich es in meinen schlimmsten Momenten befürchtet hatte.

13. KAPITEL

»Alles, was ihr tun müsst, ist, diesen Korb hier in die Waschküche an der Mint Street zu rollen und den Inhalt in die Waschmaschine und den Trockner zu stecken. Danach bringt ihr das Zeug zurück und hängt es wieder auf die Stange. Ganz einfach. Es könnte eine Weile dauern, aber ihr schafft das schon.« Westley reicht mir eine XXL-Packung Waschmittel-Tabs und klopft einmal an die Seite des Wäschewagens.

Ich nicke, noch immer außerstande, auch nur ein Wort herauszupressen. Zufrieden greift Westley zu seiner Kuriertasche und salutiert, bevor er davongeht und mich wieder einmal mit Teddy allein lässt. Der hat keinen weiteren Versuch unternommen, mit mir zu reden. Noch immer an seinem Handy klebend, spricht er in abgehackten Sätzen und scharfem Ton. Der Bodyguard tut so, als sei er gerade erst hergekommen, um Teddy einzusammeln, so wie die anderen Eltern, die ihre Kinder hier abholen, aber ich habe ihn den ganzen Tag über in den Torbögen des Middle Tower und an stillen Ecken des Burggrabens lauern sehen, von wo aus er seinen Schützling im Blick behalten hat.

Ohne darauf zu warten, dass er mir noch mehr Ärger macht, werfe ich das Waschmittel zur Wäsche in den Rollkorb und versuche, das Ganze übers Gras zu schieben. Allerdings sind fünfundzwanzig Ritterkostüme deutlich schwerer, als ich dachte. Dem Zustand der Räder nach zu urteilen, würde es mich nicht überraschen, wenn dieser Wagen noch aus der Zeit stammt, als das hier eine viktorianische

Garnison war und von Dienstmädchen benutzt wurde, um Hunderte roter Mäntel zu den Waschhäusern zu karren. Die Speichen sind stark verrostet, die Reifen derart abgenutzt, dass ich das Gefühl habe, sie durch Teer zu schieben.

Die meisten Leute würden mich nicht für sonderlich fit halten, aber unter den weichen Oberschenkeln, dem sichtbaren Bauchansatz und Armen, die eine Kleidergröße mehr brauchen als der Rest meines Oberkörpers, verbergen sich eine Menge Muskeln, die allein dadurch gezüchtet wurden, dass ich das Schwert schwinge, seit ich fünf Jahre alt war. Keiner aus meiner Familie hat je auch nur einen Fuß in ein Fitnessstudio gesetzt; ich glaube, jeder von uns würde lieber mit einer Suppenkelle gegen eine Armee von Barbaren antreten als den aufgepumpten Gym-Bro an der Rezeption um eine Mitgliedschaft zu ersuchen. Wir stählen unsere Leiber auf dem Schlachtfeld – der Kampf gegen die eigenen Angehörigen ist definitiv eine hervorragende Körperertüchtigung. Der einzige Grund, warum wir nicht allesamt mit superdefinierten Bauchmuskeln aufwarten können, ist mein Dad. Er kocht einfach zu gut und geht viel zu großzügig mit dem Knoblauchöl um.

Einen Moment lang bin ich Alenthaea. Nachdem ich meine Pferde in den mörderischen Gefilden des Berges Oldrid verloren habe, schiebe ich meinen Wagen eigenhändig den Rest des Gipfels hinauf. Ich könnte aufgeben und zusehen, wie das Gefährt an der steilen Felswand abstürzt und in tausend Teile zersplittert, bevor es unter der Wolkendecke verschwindet. Aber ich habe den Bergelfen versprochen, ihnen Vorräte, magische Heiltränke und Waffen zu bringen, im Austausch gegen Informationen über den Aufenthaltsort der Orks und die Zusage, sich mit mir zu verbünden, wenn ich meinen Thron zurückerobere. Ich werde sie nicht im Stich lassen.

Die blockierten Räder schneiden durch den Rasen, während ich bei jedem kräftigen Stoß mehr ins Schwitzen komme. Meine feuchten Hände rutschen immer wieder von den Griffen ab, aber nachdem ich einmal schnell über meine Hosenbeine gewischt habe, schaffe ich es bis zu der Betonrampe, die aus dem Graben führt. Als ich kurz stehen bleibe, um nach Atem zu ringen, schließt Teddy endlich zu mir auf. Es gelingt ihm, sich zwischen mich und den Wagen zu bringen, den er anschließend mit Leichtigkeit die Steigung hinaufschiebt. Oben hält er an und blickt mir selbstgefällig entgegen.

»Nett von dir, mir zu helfen, nachdem ich das Schwerste schon erledigt habe«, murre ich, noch immer nach Luft schnappend.

»Mach dir nichts vor, Blümchen – du hättest den Karren nie hier hoch gekriegt. Ich kann dich bis hierher schwitzen sehen.«

Ich spiele mit dem Gedanken, die Rampe hochzusteigen und den Wagen wieder nach unten rollen zu lassen, nur, um ihm das Gegenteil zu beweisen. Leider verhindert mein leichter Anflug von Asthma diese kindische Aktion.

»Du kannst mich mal.« Mit einem etwas keuchend klingenden Schnauben haste ich an ihm vorbei. Wenn er hier schon den edlen Ritter spielen will, dann bin ich eine viel zu schwache und zarte Maid, um ihm zu helfen.

Der Wagen rumpelt den unebenen Pfad entlang, bei jeder Umdrehung knirscht das Metall der Räder auf dem Asphalt. Als ich ein paar Schritte nach vorn laufe, um die Tür der Waschküche aufzustoßen, verstummt das quietschende Geräusch abrupt. Da ich sicherstellen will, dass der Viscount nicht weggelaufen ist, um seine Tiara zu polieren, drehe ich mich um und sehe, wie er sich abmüht, den Wagen über die kleinen Hubbel im Kopfsteinpflaster zu manövrieren.

Einen Moment lang beobachte ich ihn. Das perfekt gestylte Haar fällt ihm in die Stirn, und mit einem frustrierten Schnaufen krempelt er die Ärmel seines makellosen Hemds hoch und öffnet die beiden obersten Kragenknöpfe – vermutlich, um die Röte zu vertreiben, die in sein erhitztes Gesicht gestiegen ist. Seine Haut glänzt vor Schweiß. Tatsächlich wirkt er in diesem Augenblick regelrecht menschlich – im Vergleich zu dem herzlosen, rückgratlosen, hochnäsigen Arsch, als der er bislang aufgetreten ist.

Während ich mir den Anblick noch ein paar Sekunden länger gönne, erhasche ich einen Blick auf mein Spiegelbild in den Fenstern der Mint Street und stelle fest, dass sich in diesem abscheulichen Moment der Schwäche ein breites Lächeln auf mein Gesicht geschlichen hat. Energisch führe ich mir vor Augen, wer er ist, wer ich bin und kehre zu meiner verärgerten Ernsthaftigkeit zurück. Außerdem beschließe ich, ihm zu helfen – allerdings nur, wenn er zugibt, dass er mich braucht …

»Mein lieber Schwan, ich kann dich von hier aus schwitzen sehen«, sage ich hämisch.

Teddy schaut mich durch seine Wimpern verärgert an, gibt aber nicht auf. Statt zu antworten, stemmt er den Wagen weiter, ächzend vor Anstrengung.

»Herrje, pass auf, dass du dir nicht diese teuren Hosen verknitterst.«

Wieder funkelt er mich finster an.

»Weißt du, du könntest einfach zugeben, dass du das allein nicht hinkriegst. Du musst doch daran gewöhnt sein, jede Menge Hilfe von Mummy und Daddy zu bekommen.«

Wortlos packt er die Seiten des Wäschewagens, hebt das ganz Ding über die störenden Hubbel und lässt es mit einem nachhallenden Knall runterkrachen. Dann schiebt er den Karren schweigend zum Eingang der Waschküche, wischt sich mit einem Taschentuch über die Stirn, streicht seine Haare zurück und verlässt, ohne mich eines weiteren Blickes oder Wortes zu würdigen, den Tower of London.

Wie angewurzelt bleibe ich auf dem Kopfsteinpflaster stehen. Die hohen Mauern des Bell Towers zu meiner Rechten scheinen sich noch mehr zu erheben und die Wärme der Sonne zu blockieren. Was ist gerade passiert? Du hast es zu weit getrieben, rügt eine kritische Stimme in meinem Hinterkopf, und ich kann ihr nur recht geben. Es sieht mir überhaupt nicht ähnlich, so … fies zu sein, oder zumindest dachte ich das bisher. Aber ich war so absorbiert von diesem Job, von Teddys anmaßendem Verhalten, von meinem Bestreben, bloß keinen Fehler zu machen, dass ich offenbar genau das geworden bin – ein fieses Wesen.

Aber es ist seine Schuld, dass wir beide jetzt Ärger haben, rufe ich mir mit einem Anflug von Selbstgerechtigkeit in Erinnerung. Und jetzt hat er mich auf der ganzen Arbeit sitzen lassen. Mein Schädel fühlt sich so eng an, dass es mir vorkommt, als könnte ich mein Gehirn spüren. Was soll ich bloß tun? Was ist das Richtige? Ich sollte mich von ihm fernhalten, so viel ist sicher, aber wie kann ich das, wenn ich jeden Tag mit ihm arbeiten muss und ihn außerdem noch babysitten soll, damit er überhaupt irgendwas macht?

Da ich weiß, dass mir in diesem Moment nichts anderes übrig bleibt, als die anstehende Aufgabe zu erledigen – damit ich meinen Lapsus wenigstens irgendwie bei Westley wiedergutmachen kann –, schleppe ich einige der Kostüme zu der riesigen Waschmaschine, folge sämtlichen Anweisungen und schaue dann zu, während die Trommel sich dreht und dreht. Dabei grübele ich über alles und nichts und wünsche mir, ich könnte mein Gehirn in einen Kochwaschgang stecken, um all die Verschmutzungen zu entfernen, die meine Gedanken durcheinanderbringen. Das Waschmittel wäre hoffentlich stark genug, um den Schandfleck eines gewissen Viscounts zu eliminieren.

Zwei Stunden später trete ich vor die Tür der Waschküche, mit so vielen kleinen Kostümen im Arm, wie ich tragen kann, und stolpere über Ellis.

»Daisy? Was machst du denn um diese Zeit noch hier?«

»Wäschedienst«, schnaufe ich.

»Warte, ich helfe dir.« Bevor ich protestieren kann, nimmt er mir den Nylonberg ab, der so hoch ist, dass Ellis' Lachgrübchen gerade noch sichtbar sind.

»Danke«, murmele ich. Obwohl ich so erledigt bin, dass der Gedanke an eine Unterhaltung mich normalerweise abschrecken würde, bin ich heute tatsächlich erleichtert, Ellis zu sehen. Ich hole die restlichen Kostüme, und wir gehen, die Arme voller bunter Klamotten, die Water Lane hinunter, unter dem Fallgitter des Byward Towers hindurch zurück zum Burggraben.

»So, jetzt erzählt mal, warum der Ritter zum Knappen degradiert wurde«, sagt Ellis.

Nachdem ich ihm in aller Ernsthaftigkeit die Fakten erläutert habe, versucht er vergeblich, ein Lachen zu unterdrücken.

»Das ist nicht komisch. Das ist eine Katastrophe!«, stelle ich klar, kann mich aber angesichts seiner nun vollends durchschlagenden Belustigung selbst eines Lächelns nicht erwehren.

»Gib's zu, ein bisschen komisch ist es schon«, japst er zwischen zwei Lachern, und ich ertappe mich dabei, wie ich mitlache, bis wir uns schließlich beide in einem Kostümzelt mitten in hysterischer Heiterkeit winden. Das Licht der untergehenden Sonne hüllt Ellis' Gesicht in einen warmen Goldton und lässt seine Augen wie flüssigen Honig leuchten.

»Okay, okay.« Ich schnappe nach Luft. »Ein bisschen vielleicht.« Dann starre ich seufzend auf den Haufen Ritterkostüme am Boden des Zelts. Ich werde hier noch mindestens eine Stunde brauchen.

»Ich nehme mal an, dein Auftrag lautet nicht, einen Stoffberg auf dem Zeltboden zu errichten?«, neckt Ellis. Entnervt schüttele ich den Kopf, bücke mich nach dem ersten von vielen Kostümen und hänge es auf einen Bügel. Der grinsende Amerikaner folgt meinem Beispiel.

»Nein, nein, das musst du wirklich nicht tun«, sage ich abwehrend. »Du solltest jetzt nach Hause gehen.« Schuldgefühle, weil ich ihn in meine Strafarbeit hineingezogen habe, steigen ungefragt in mir auf und manifestieren sich in Form eines roten Glühens auf meinem Gesicht.

»Ich teile mir mein Apartment mit drei Typen. Da verbringe ich meinen Abend ehrlich gesagt lieber mit dir beim Wäscheaufhängen, als sehen und riechen zu müssen, was sie diese Woche auf dem Küchentresen hinterlassen haben.«

Ich lache leise und bedanke mich, nehme mir aber im Stillen vor, keine Einladung zu Ellis nach Hause anzunehmen – nicht, dass ich jemals eine erwartet hätte, das versteht sich wohl von selbst. Ich merke, wie ich schon wieder rot werde.

»Was hat dich denn heute überhaupt so lange im Büro festgehalten?«, erkundige ich mich.

»St. Michael, der Erzengel«, erwidert er mit dem entzückten Lächeln eines Mannes, der mehr als glücklich ist, wenn er sich nicht nur den ganzen Tag über, sondern auch abends noch in seine Arbeit vergraben kann.

»Ich weiß, dass es hier Geister gibt, aber Engel?«

»Ja, ich bin ziemlich sicher, dass sich in meinem Büro tatsächlich ein Geist herumtreibt. Wann immer ich irgendwas verlege und den ganzen Tower danach absuche, liegt es bei meiner Rückkehr brav auf meinem Schreibtisch, als hätte es irgendwer für mich dorthin gelegt.«

»Bist du sicher, dass du nicht einfach nur eine neue Brille brauchst?«

Wir lachen beide, und ich spüre, wie meine Schultern nach unten sinken und mein Kiefer sich lockert.

»Klar, das könnte es natürlich auch sein.« Grinsend hebt er ein weiteres Kostüm auf, und ich mache mich ebenfalls wieder ans Werk.

»Also, was hat es mit diesem St. Michael, dem Erzengel, auf sich?« Ich bin wirklich erpicht darauf, seinen Geschichten zuzuhören, und schaue ihn interessiert an, während der Kleiderstapel schnell abnimmt. Als ich mich nach dem nächsten Kostüm bücke, scheinen sich meine Gliedmaßen plötzlich wie in Zeitlupe zu bewegen – offensichtlich lege ich es unbewusst darauf an, dieses Beisammensein so lange wie möglich auszudehnen.

»Es handelt sich um ein katholisches Gemälde aus dem vierzehnten Jahrhundert, das man im Byward Tower gefunden hat – wunderbar erhalten, eins der schönsten Beispiele jener Zeit, die ich je gesehen habe … Alles in Ordnung? Hast du dir den Rücken verrenkt?«, unterbricht er sich, als ich erneut betont langsam in den Kleiderstapel greife und dabei versuche, Ellis weiterhin unverwandt ins Gesicht zu schauen. Als mir klar wird, wie idiotisch das aussehen muss, richte ich mich hastig zu voller Höhe auf, straffe die Schultern und wende die Augen ab, als könnte sein Blick mich in Stein verwandeln. Auf jeden Fall würde er die Hitze, die mir ins Gesicht steigt, noch verstärken. Vielleicht wäre es ja besser, wenn Ellis tatsächlich eine Gorgone wäre; dann würden meine Wangen jetzt wenigstens nicht glühen wie die Leuchtfeuer von Gondor.

»Nein, nein, alles in Ordnung, nur ein Zwicken«, lüge ich

und reibe mir das Kreuz, wie ich es bei meiner Großmutter gesehen habe, wenn die sich allzu weit strecken musste, um ihre Tasse Tee zu fassen zu kriegen. »Und er, der Engel, meine ich, sitzt einfach da drüben herum, und Leute wie wir können ihn seit siebenhundert Jahren anschauen?« Ich trete vor das Zelt und starre zum Byward Tower hinüber, hinter dem die Sonne inzwischen untergegangen ist. Seine weißen Steine glänzen im Mondschein.

»Das Bild war tatsächlich über mehrere Jahrhunderte hinweg verdeckt, wahrscheinlich wegen des verpönten katholischen Götzenkults. Als England protestantisch wurde, hätte es eigentlich zerstört werden müssen, aber irgendjemand hat sich offensichtlich große Mühe geben, um sicherzustellen, dass dieser Engel hier überlebt.«

Ich schaffe es nur, ein leises »Wow« hervorzubringen, bevor er weiterspricht.

»Ich muss mich jetzt auf den Weg machen, aber ich könnte dir das Bild irgendwann zeigen, wenn du magst.«

Ich nicke und traue mich endlich wieder, ihm ins Gesicht zu blicken. Auch Ellis scheint nun im Licht des Mondes zu leuchten, dessen Scheibe sich funkelnd in seinen dunklen Augen spiegelt. Obwohl mein Verstand mir sagt, dass ich von seiner Freundlichkeit und von der objektiven Schönheit, die er ausstrahlt, bezaubert sein sollte, ziehen meine Gefühle nicht so ganz mit.

Aber ich kann meinen Gefühlen nie trauen, schon gar nicht nach den vergangenen zwei Wochen und der Art und Weise, wie mein Körper und mein Geist auf einen Mann reagiert haben, der so eindeutig nur auf die Welt gekommen ist, um mich auf die Palme zu bringen. Also antworte ich Ellis mit dem emotionalen Eifer, den ich verspüren *sollte*. »Bald?«

»Bald.«

14. KAPITEL

»Du hast so was von ein Date!«, ruft Bobble begeistert. Als ich vorhin in ihr Zimmer gekommen bin, saß sie noch in der Ecke über ihre Nähmaschine gebeugt, in der Hand ein Stück Stoff, das aussah, als hätte sie gerade das Honigmonster gehäutet. Jetzt, da meine Zusammenfassung des Tages ihren Höhepunkt erreicht hat, hüpft sie in der Mitte des Raums auf und ab, und das Kleid, das sie sich aus sechs Ballett-Tutus zusammengenäht hat, wippt mit ihr.

Ich werde schon wieder rot, leugne ihre Interpretation der Dinge aber energisch. »Er will nur nett sein, weil ich mich für das Gemälde interessiert habe. Definitiv kein Date. Glaube ich. Na ja, eigentlich habe ich keine Ahnung. Er ist älter als ich, viel intelligenter und scheint sein Leben im Griff zu haben. Ich wäre auf keinen Fall sein Typ ...« Einen Moment lang schweigen wir uns an, und mich überkommt ein leiser Anflug von Stolz bei dem Gedanken, dass auch nur die winzigste Möglichkeit besteht, ein Mann wie er könnte sich für mich interessieren. »Woher willst du überhaupt wissen, dass es sich um ein Date handelt? Er hat nicht gesagt, dass es eins ist oder so.«

»Daisy, heutzutage müssen Männer nicht mehr bei deinem Vater vorsprechen, um ihn wissen zu lassen, dass sie dir den Hof machen. Es fängt immer so an wie bei dir und Ellis. Man hängt allein zusammen rum, unternimmt irgendwas ... Es würde mich nicht wundern, wenn er jetzt schon plant, wie er das Ganze mit einem Kuss besiegeln kann.« Sie wackelt vielsagend mit den Brauen.

»Oh Gott, nein.« Schon der Gedanke lässt mein Gesicht vor Verlegenheit pochen. »Wenn er das vorhätte, würde er mich doch gewiss nicht zu einem alten religiösen Gemälde ausführen, oder? Ich kann mir nicht vorstellen, dass es besonders sexy ist.« Ich erschaudere über meine eigenen Worte. »Nö, kein Date«, murmele ich. »Definitiv kein Date.«

»Daisy, Daisy, Daisy. Du süße, unschuldige Seele.« Bobble lächelt versonnen. Ich versuche, den tieferen Sinn ihrer Aussage zu begreifen, und scheitere.

»Na komm schon«, fährt sie fort. »Du musst doch ein paar romantische Handlungsstränge für Lady A geschrieben haben, oder? Hat sie nicht mal was mit einem sexy Elfen oder so gehabt? Musste sie ihn vielleicht nach einer leidenschaftlichen Nacht zum Wohle ihres Reiches aufgeben?«

»Sie ist sehr auf ihre Mission ... fokussiert. Keine Ablenkungen.« Ich bin fast so peinlich berührt wie damals, als Mum versucht hat, mir zu erklären, wie Sex funktioniert – im Kontext der Erschaffung des Minotaurus. Das hieß, weniger Blumen und Bienen, dafür mehr verkorkste griechische Mythen von bestraften Ehefrauen und weißen Opferstieren. Über die Details möchte ich jetzt nicht weiter nachdenken.

»Nun, vielleicht sollte sie zwischendurch auch mal ein bisschen leben und ihre Abenteuer genießen. Auch eine Protagonistin, die versessen auf Macht und Rache ist, braucht eine kleine, erlösende Romanze – selbst, wenn diese zu ihrem Schwachpunkt werden sollte.« Bobble legt sich die Hände an die Brust und setzt eine sentimentale Miene auf.

»Hast du je daran gedacht zu schreiben, Bobble?«, frage ich, während sie tiefer und tiefer in der Fantasie zu versinken scheint, die sich momentan in ihrem Kopf abspielt.

Abrupt in die Wirklichkeit zurückgekehrt, schaut sie mich vorwurfsvoll an. »Lenk nicht vom Thema ab. Du gehst auf ein Date mit dem heißen amerikanischen Geschichts-Geek. Das wird dir garantiert Spaß machen. Andernfalls esse ich meinen Hut.« Die einzige Kopfbedeckung in Reichweite ist eine Filzmütze auf ihrem Arbeitstisch, die aussieht wie ein Frosch mit Zungenpiercing.

»Um zu sehen, wie du den da isst, würde ich viel Geld bezahlen.« Ich deute auf die Punk-Rock-Amphibie, und sie drückt das Ding schützend an ihre Brust.

Nach einem Moment vorweggenommener Trauer nimmt sie den Gesprächsfaden wieder auf. »Ich hatte mal ein Date mit einem Mädchen, von dem ich dachte, es käme aus Georgia. Ich hoffte auf ein süßes Südstaaten-Cowgirl, du weißt schon, mit diesem schrägen Dialekt … Doch dann stellte sich raus, dass sie gar nicht aus Georgia kam, sondern aus Georgien.« Sie stößt einen dramatischen Seufzer aus. »Ich hätte nie gedacht, dass ich es jemals bereuen würde, meine hinreißenden rosa Cowboystiefel bei einem Date zu tragen, aber es gibt für alles ein erstes Mal.«

»Ich schätze mal, es kam nicht zu einem zweiten Date«, mutmaße ich kichernd.

»Wahrscheinlich war alles vorbei, als ich sie fragte, ob sie dort unten wirklich ›Yippie Yeah‹ sagen oder ob das nur in Filmen vorkommt. Jedenfalls ist sie ziemlich schnell auf der Toilette verschwunden, um mich dort zu unmatchen.« Lachend schüttelt sie den Kopf.

»Nach der Geschichte glaube ich nicht, dass ich irgendwelche Ratschläge von dir annehmen sollte.«

»Vermutlich hast du recht, aber ich fürchte, ich bin deine einzige Hoffnung.«

Sie setzt sich wieder auf ihren Stuhl. Ich lasse mich in den futuristisch anmutenden Egg Chair gegenüber fallen und stelle fest, dass er viel tiefer ist und eine weit nachgiebigere Lehne hat, als ich angenommen habe. Das ganze Ding beginnt sich unter meinem Gewicht unkontrolliert zu drehen. Nachdem Bobble eine Weile amüsiert beobachtet hat, wie ich mit meinen langen Beinen herumzappele, um festen Boden unter die Füße zu bekommen, streckt sie die Hand aus, um das unwillkommene Karussell zu stoppen.

»Ich kann nicht aufhören, an Teddy zu denken«, platze ich unvermittelt heraus. Ich wollte das gar nicht sagen, es muss wohl am Drehschwindel liegen. Aber ich kriege einfach nicht aus dem Kopf, was ich heute zu ihm gesagt habe und welchen Ausdruck sein Gesicht daraufhin angenommen hat. Mein Gehirn kann offenbar nicht entscheiden, ob es sich auf Schuldgefühle oder Zorn einpendeln soll. »Ich meine, ich muss immer daran denken, welchen Ärger er uns beiden gemacht hat und dass er mich dann die Strafarbeit hat allein erledigen lassen«, füge ich hastig hinzu, um Bobbles anzüglichem Grinsen das Wasser abzugraben.

»Er geht dir wirklich unter die Haut, was?«

»Wie bitte? Nein. Überhaupt nicht. Der Typ ist einfach nur ein Klotz an meinem Bein. Er ist drauf und dran, dafür zu sorgen, dass ich den Job verliere.« Noch immer schmerzen Westleys Worte, als er mir meine erste Abmahnung angekündigt hat. Ich habe mich überwunden und bin in diesen Zug eingestiegen, der nun unaufhaltsam aufs Scheitern zurast. Und es ist Theodore Fairfax, der die Bremsen gelöst und mein Schicksal besiegelt hat.

»Wie es klingt, ist seine Familie so was wie ein wunder Punkt für ihn«, sinniert Bobble, jetzt ganz ernsthaft. »Eigentlich war das, was du gesagt hast, gar nicht *so* schlimm, aber auch, wenn man eine Stichwunde nur kitzelt, tut sie noch weh, oder?« Mitgefühl schwingt in ihrer Stimme mit.

»Du findest, ich sollte mich entschuldigen?« Ich kann sie

nicht ansehen. Stattdessen spiele ich im Kopf durch, wie das wohl ablaufen würde. Zweifellos würde er auf jegliche Entschuldigung meinerseits mit seinem unerträglichen Sarkasmus reagieren. Und warum sollte ich mich überhaupt entschuldigen? Was er getan hat, wiegt deutlich schwerer als irgendeine beiläufige Bemerkung von mir – wie hätte ich schließlich ahnen sollen, dass ihn so was verletzen würde?

»Nun, das ist deine Entscheidung. Ich kann dir nicht sagen, was du tun sollst, ich muss nicht täglich mit dem Typen klarkommen. Ich muss mir nur anhören, wie du *ununterbrochen* über ihn redest.« Sie verdreht die Augen, aber rasch wird ein Zwinkern draus.

»Ich rede nie über ihn! Ich kenne ihn doch gerade mal zwei Wochen.« Sich in diesem merkwürdigen Sience-Fiction-Möbel aufrecht hinzusetzen, gestaltet sich deutlich schwieriger, als ich dachte. Noch immer halb eingeklemmt und gegen die unnatürliche Position ankämpfend, in die es mich hineinzwingt, versuche ich mich zu verteidigen, doch Bobble lässt mich nicht zu Wort kommen.

»*Teddy will sein Kostüm nicht tragen. Ächz, Teddy hat heute dieses gesagt. Teddy hat das und das gemacht. Kannst du dir vorstellen, dass Teddy* … Muss ich weitermachen?« Sie beendet die ärgerlich exakte Nachahmung meiner abendlichen Tiraden und lächelt vielsagend.

»Nein«, murmele ich beschämt. Hitze kriecht meinen Hals hinauf und breitet sich über mein ganzes Gesicht aus. »Okay, vielleicht rede ich über ihn. Aber nur, weil er mich zum Wahnsinn treibt.« Seufzend lehne ich mich wieder zurück. »Er kommt mir in die Quere.«

»Vielleicht solltest du ihn flachlegen, um diese ganze Anspannung abzubauen.« Ich hasse es, wie begeistert sie diesen Vorschlag vorbringt.

»Das werde ich nicht mal einer Antwort würdigen.«

»Na komm! Das wäre doch die perfekte Geschichte! Eine lustvolle Nacht mit dem königlichen Feind, den du zur Strecke bringen sollst. Der ganze Frust entlädt sich in einer …«

»Nein, nein, nein«, unterbreche ich sie hastig, als sie aufsteht, um einen, wie ich mir vorstellen kann, ziemlich kräftigen Stoß zu demonstrieren. »Ich würde ihn lieber bis zum Tod bekämpfen.«

»Hmm.« Langsam setzt sie sich wieder hin, und ihr Blick lässt keinen Zweifel daran, dass sie im Geiste immer noch all meine sexuellen Eskapaden durchplant, zu denen es *definitiv* nie kommen wird. »Er klingt für mich jedenfalls wie ein echter Aufreißer. Vielleicht solltest du ihn einfach mit seinen eigenen Waffen schlagen. Ihm in die Suppe spucken, so, wie er in deine spuckt.«

»Reizendes Bild, Bob. Du solltest das alles wirklich mal aufschreiben, das wird garantiert ein Bestseller.«

Sie wirft mir eine ihrer jüngsten Hutkreationen an den Kopf. Ich setze sie lächelnd auf. Das Teil ist aus dem Honigmonster geschneidert, an dem sie die ganze Zeit herumhantiert hat, und kitzelt mir an den Ohren.

»Jetzt mal im Ernst.« Tatsächlich ist ihre Miene untypisch nüchtern. Warum muss sie ausgerechnet jetzt diese neuen Töne anschlagen, wenn ich eine Mütze trage, die mich viel zu sehr an die Schamhaare eines Yetis erinnert?

»Ich glaube, er wird oft falsch eingeschätzt«, fährt sie fort. »Vielleicht solltest du etwas nachsichtiger mit ihm sein? Ich bezweifle, dass er dich bewusst in Schwierigkeiten bringen wollte.«

»Was ist an einem arroganten Arschloch schon falsch einzuschätzen?«, murre ich.

»Daisy.« Sie bedenkt mich mit einem strengen Blick. »Gib ihm eine Chance, vielleicht überrascht er dich ja.« Ich habe ihr nicht von der Kapelle erzählt, von den Leuten, die über ihn geredet haben, als wäre er kein Mensch aus Fleisch und Blut, als ob sie ihn und seine innersten Gedanken und Gefühle kennen würden. Und ich habe auch nicht erwähnt, wie harsch er mein Mitgefühl und meine Versuche, ihn abzulenken, zurückgewiesen hat. Teddy braucht keine Chance, ich habe ihm bereits eine gegeben. Er ist die Art Mann, die in einer ganz eigenen Welt lebt, distanziert, über alles und jeden erhaben. Keine noch so große Empathie wird ihn auf den Boden der Tatsachen zurückholen. Was er wirklich braucht, ist eine Herausforderung.

Da ich so lange nichts sage und mein Gesicht zweifellos meine Rachepläne preisgibt, wirft Bobble mir einen weiteren scharfen Blick zu. »Na schön«, gebe ich nach, als ihre feinen Gesichtszüge immer bedrohlicher werden. »Ich werde ihm eine Chance geben.«

Sofort lässt sie die ernste Miene fallen wie eine Maske und lächelt breit. »Hey, was halten Ritter eigentlich von Fell?«, fragt sie, als hätte unser Gespräch von eben gar nicht stattgefunden. »Wie würde dir ein flauschiger Helm gefallen? Oh, oder ein flauschiges Kettenhemd?« Eifrig spinnt Bobble an weiteren Möglichkeiten, mir ein komplett neues Outfit aus ihren geliebten hochentzündlichen Synthetikstoffen zu schneidern. Die Kurzwaren-Tyrannin lässt mich erst vom Haken, als ich einwillige, sie ein paar meiner Maße nehmen zu lassen. Danach darf ich endlich die Ruhe und Stille meines eigenen Zimmers genießen.

Bei meinem Zugeständnis habe ich mir ein Hintertürchen offen gelassen. Nur, weil ich mich bereit erklärt habe, ihm eine Chance zu geben, heißt das noch lange nicht, dass Alenthaea es mir gleichtun muss. Ich hole mein Notizbuch aus der Schublade, wobei ich die Zimmertür argwöhnisch im Auge behalte. Dann setze ich mich hin, schlage eine leere Seite auf und kritzele oben hin *Die Geißel des Schwarzen Ritters*.

Bis zum frühen Morgen schreibe ich eifrig auf, wie Alenthaea, die rechtmäßige Elfenkönigin, gegen den Schwarzen Ritter antreten muss, einen Schurken aus der menschlichen Königsfamilie, der ihrem Reich den Krieg erklärt hat und alles bedroht, was sie aufgebaut hat.

Versteckt im tiefen Schatten des Waldes sah Lady Alenthaea ihren Gegner zum ersten Mal von Angesicht zu Angesicht. Der Mann, für den sie Kontinente durchquert hatte, der Mann, von dessen Tod sie monatelang geträumt hatte, befand sich endlich in Reichweit ihres Breitschwerts. Mit dem Rücken zu seiner Jägerin lehnte der Schwarze Ritter am Stamm der uralten Eiche und fuhr mit den Fingern über die Druidenrunen, die in die Rinde geritzt waren.

Wie oft hatte sie in Gedanken dasselbe dichte schwarze Haar, das sie nun so wild, ungebändigt und frei über seine Schultern fallen sah, durch ihre Finger gleiten lassen. Alenthaeas Finger pochten vor Verlangen, endlich diese weichen Strähnen mit der Faust zu packen, seinen Kopf zurückzureißen und seine nackte Kehle dem Wind auszusetzen. Der Gedanke erregte sie. Lust durchzuckte sie wie ein Irrlicht, während sie sich schnell an ihn heranpirschte. Die Elfenerbin hätte einen der Zaubersprüche anwenden können, die sie von den Blutmagiern auf dem Rabengipfel gelernt hatte, und ihn mit einem Fingerschnalzen töten können, so blitzartig, dass nur das Rascheln der Blätter darauf hingewiesen hätte, dass etwas nicht stimmte. Doch sie wollte ihm nahe sein, wollte hören, wie er tief aus seinem Innersten heraus stöhnte, wenn sie ihre Hände auf seine Haut legte.

Leise wie ein Atemzug zückte sie das Schwert und holte zum Schlag aus. Doch der Schwarze Ritter war nicht so arglos, wie sie vermutet hatte. Vielmehr war ihm ihre Anwesenheit von dem Moment an bewusst gewesen, in dem sie den Boden betrat, auf dem er stand. All die Monate über hatte sie in ihm gelebt, so, wie er in ihr gelebt hatte. Im rauschhaften Hochgefühl der Vorfreude prallte sein Schwert auf das ihre. Die Waffen gekreuzt, beugte er sich vor und presste sich an sie, so wie sie sich an ihn presste.

»Was hat dich so lange aufgehalten?« Die Klingen, die sein Gesicht umrahmten, spiegelten das Lächeln ihres Feindes wider. Alenthaea wusste, dass sie angreifen sollte. Wenn sie ihren Stahl nur ein wenig bewegte, hielte sie alsbald seinen Kopf in Händen, und das Leben wäre aus seinen tiefschwarzen Augen gewichen. Aber etwas hielt sie davon ab. Dies hier war geweihter Grund, durchtränkt von Magie, doch was sie in diesem Moment fühlte, war keine elfische Verzauberung. Ihr Schwert fiel klirrend zu Boden, und sie packte ihren Erzfeind am Hals und presste ihre Lippen heftig auf ...

Hastig klappe ich mein Notizbuch zu und starre es mit geweiteten Augen an. Mein Herz klopft so wild, als wäre es von einer den Seiten entsprungenen Bestie attackiert worden. Ich sollte das Buch aus dem Fenster werfen oder in Brand stecken. Voller Angst vor meinem eigenen Geist, vor dem Werk aus meiner Hand, krieche ich voll bekleidet ins Bett und bete zu allem, was mir wohlgesonnen ist, dass meine Träume sich nicht auch zu weit von aller Vernunft entfernen werden.

15. KAPITEL

»Heute beschäftigen wir uns mit Turnierkämpfen, den sogenannten Tjosten«, verkündet Westley den Kindern vor ihm.
Neben ihm stehen zwei Vollblüter. Eins der Pferde findet
großen Gefallen an seiner Kappe, und Westley muss das
Tier wegstoßen, damit es sich nicht die Schmuckfeder einverleibt. »Eine der Lieblingsbeschäftigungen eines jeden
Ritters, eine Gelegenheit, sich vor Publikum zu beweisen
und vielleicht die Gunst einer schönen Maid oder eines edlen Herrn zu gewinnen.«

Wie üblich schenken die Kinder Westley nicht besonders
viel Aufmerksamkeit. Stattdessen starren sie die Pferde an,
einige ehrfürchtig, die anderen mit angstvollen Gesichtern.
Die braune Stute, die an Westleys Feder geknabbert hat, hat
weiße Flecken auf dem Rücken, und in ihre Mähne sind
grüne und blaue Bänder geflochten. Die andere ist komplett
schwarz und steht so stoisch da, dass man, wenn sie nicht
manchmal blinzeln würde, denken könnte, sie wäre nicht
echt.

Den Vormittag haben wir damit verbracht, entlang des
Burggrabens ein Turnierfeld abzustecken. Blumenbänder
markieren die Grenzen, und an den Mauern des Towers
sind Schaumstofflanzen aufgereiht. Teddy hat sich seit jenem Abend nicht mehr blicken lassen. Auch wenn unsere
Wäschestrafe nun schon ein paar Tage zurückliegt, will das
Schuldgefühl sich nicht legen, das seither in meiner Magengegend drückt und darauf beharrt, dass seine Abwesenheit
irgendwie meine Schuld ist. Auch ein anderes seltsames Ge

fühl hat sich in mir verankert, seit ich mein Notizbuch geschlossen und nicht wieder angeschaut habe, aber ich kann es nicht recht einordnen. Ich will es nicht einordnen. Allein der Gedanke daran lässt mich schon wieder erröten wie eine Großmutter, die sich durch die etwas gewagteren Beiträge auf Wattpad liest.

»Wusstet ihr, dass Heinrich VIII. selbst ein begeisterter Tjostier war? Ihr kennt vielleicht alle das berühmte Porträt, das ihn als korpulenten, mürrischen Monarchen zeigt.« Westley drückt seinen Bauch heraus und bemüht sich um eine finstere Miene, die allerdings von allzu vielen Lachfältchen konterkariert wird. Ein paar der Kinder kichern. »Aber davor war er einer der besten Sportsmänner Englands, er liebte Fußball, damals, als die Bälle noch aus einer Schweinsblase gefertigt wurden!«, ruft Westley, und seine jungen Zuhörer verziehen halb bewundernd, halb angewidert den Mund. »Und wenn es ums Tjostieren ging, dann war der große, athletische junge Heinrich jemand, mit dem man rechnen musste. Allerdings bin ich mir nicht sicher, dass viele gewagt haben, gegen ihn anzutreten – ich kann mir kaum vorstellen, dass sie sich mit der Möglichkeit anfreunden konnten, den König zu verletzen. Eben jenen König, der später zwei seiner Ehefrauen enthaupten ließ!«

Nun hat er die volle Aufmerksamkeit seiner Schüler. Offensichtlich lernen Kinder bereitwilliger, wenn Schweineorgane und Enthauptungen auf dem Stundenplan stehen. Und ich scheine doch mehr mit Grundschülern gemeinsam zu haben, als ich anfangs dachte …

»Am Ende war es das Tjostieren, das ihm zum Verhängnis wurde und ihn zu dem gewaltigen Tyrannen machte, als den wir ihn heute kennen«, fuhr Westley fort. »Er fiel während eines Turniers vom Pferd, das Tier – in voller Rüstung – stürzte auf ihn und zerschmetterte ihm beide Beine. Sie sind nie wieder vollständig geheilt. Das war das Ende von Heinrichs sportlichen Erfolgen und der Beginn ständiger Schmerzen, die jenen Zorn befeuerten, der viele seiner besten Freunde das Leben gekostet hat.« Die Kinder tauschen angstvolle Blicke. Vielleicht hat Westley seine Geschichte etwas gar zu lebhaft ausgeschmückt, vor allem, wenn man bedenkt, dass wir uns gerade in unmittelbarer Nähe zweier ziemlich großer Pferde befinden.

»Aber fürchtet euch nicht …« Westley verschwindet in einem Zelt und taucht nur Sekunden später mit vier Steckenpferden in den Händen wieder auf. »Der heutige Tag wird keine tyrannischen Könige oder Königinnen mehr hervorbringen. Heute dürft ihr euch auf dem Turnierfeld gegenseitig herausfordern, aber anstatt zu versuchen, einander lebensbedrohliche Verletzungen zuzufügen, werden wir uns bemühen, so viel Lachen und Freude wie möglich in euer Leben zu bringen.«

»Tja, und damit ist dann der ganze Spaß dahin«, bemerkt Teddys Stimme hinter mir. Ich zucke erschrocken zusammen.

»Musst du dich immer hinterrücks anschleichen?« Wie üblich drehe ich mich nicht zu ihm um. Ich muss erst warten, bis die Hitze aus meinem Gesicht gewichen ist. Er soll nicht mitkriegen, dass es ihm gelungen ist, mich zu überrumpeln – was zweifellos seine Absicht war. Ich bin froh, dass er mein Herz nicht so laut hämmern hören kann wie ich. Mein Puls braucht immer etwas länger, um sich wieder zu beruhigen.

Schließlich wende ich mich ihm doch zu.

»Man sollte seinen Feinden niemals den Rücken zuwenden«, erwidert er. »Ich stelle dich eben gern auf die Probe.« Er grinst, als wäre alles in bester Ordnung. Als hätte ich ihn nicht beleidigt, als wäre er nicht erbost davongestürmt, als hätte ich mich nicht seit Tagen gefragt, wo er abgeblieben ist.

Tritt einfach so wie gewohnt zum Dienst an. Was für mich leider bedeutet, dass er wieder ganz der Alte ist – nervtötend und allzeit bereit, mich zur Weißglut zu treiben.

»Ist mir noch gar nicht aufgefallen.« Ich verdrehe die Augen und versuche, meine Überraschung zu verbergen – weniger über die Tatsache, dass er sich selbst als meinen Feind bezeichnet, als vielmehr, weil er sich die Regeln gemerkt hat.

»Dann muss ich mich wohl mehr anstrengen.« Er schließt zu mir auf. Da er sich heute nur in die Hälfte seines Kostüms gezwängt hat, leuchtet sein strahlend weißes Hemd unter den Schulterplatten hervor. Diese Ritterkluft ist ziemlich schwer, eine der wenigen in unserer Sammlung, die nicht aus lackiertem Leder oder Plastik besteht, sondern aus echtem Metall. Doch er trägt das Gewicht mit Leichtigkeit. Sein eng anliegendes Hemd spannt sich um seine muskulösen Oberarme und betont jede einzelne Kontur seiner Figur, zur Freude oder zum Neid unserer Kollegen, die uns mittlerweile mehr Aufmerksamkeit schenken als Westleys Anleitung, wie man ein Steckenpferd reitet.

»Du hofftest wohl, heute die Gelegenheit zu bekommen, mich von einem ein Meter achtzig hohen Ross zu stoßen«, necke ich.

»Absolut nicht«, wehrt er ab (ohne mich hundertprozentig von seinen lauteren Absichten zu überzeugen). »Ich habe mich darauf gefreut, mitanzusehen, wie du versuchst, mich zu schlagen.«

»Wie ich *versuche*, dich zu schlagen?« Ich schnaube geringschätzig. »Glaubst du wirklich, du hättest eine Chance gegen mich?«

»Es wäre nicht mal ein echter Wettbewerb«, prahlt er. Kampfgerede. Entweder hat dieser Idiot es geschafft, in den wenigen Wochen, die er mich kennt, meine Trigger-Punkte herausgefunden, oder er wurde mir schlichtweg von einem missgelaunten Karma vorbeigeschickt, um mich zu quälen. Jedenfalls funktioniert es. In seiner Nähe bin ich kaum noch Daisy; beim geringsten Hauch seines Aromas oder selbst, wenn ich nur an ihn denke, tobt Alenthaea in voller Stärke in mir.

»Warum nicht? Etwa weil es läuft wie bei Heinrich dem VIII. und dein kleiner Freund da drüben mich verschwinden lässt, sobald ich nur ein einziges Haar auf deinem perfekt frisierten Haupt krümme?« Ich deute mit dem Kopf auf den unvermeidlichen Begleiter, der Teddy wie ein übler Geruch folgt und auch jetzt nur ein paar Meter hinter uns lauert.

»Morton? Der sorgt eher dafür, dass ich verschwinde oder mich zumindest vor ihm verstecke«, murmelt er. »Bisschen penetrant, der Mann, oder?«

»Nur ein kleines bisschen.«

Mit einer Handbewegung verscheucht Teddy seinen Schatten – nun ja, er scheucht ihn drei Meter weiter weg, auf die andere Seite der Kindergruppe, von wo aus er uns immer noch im Auge behält wie der Jäger seine Beute.

»Er beobachtet dich wohl auch beim Schlafen, was?«

»Nur an Werktagen.« Der Anflug eines echten Lächelns umspielt seine Lippen. Was hat er vor? Welchen bösartigen Plan hat er ausgebrütet? Will er mich in Sicherheit wiegen, um mich dann feuern zu lassen, wenn ich es am wenigsten erwarte? Warum ist er so … normal? Nach seinem dramatischen Abgang vor der Waschküche hätte ich zumindest etwas Kälte erwartet. Vielleicht fordert er mich ja heraus? Sollte ich ihn zuerst herausfordern? Was würde Alenthaea tun? Ich weiß es kaum noch, obwohl ich ihre Stärke in mir spüre.

Westley beendet seine Vorführung und kommt zu uns hinüber, meine gedanklichen Ränkespiele unterbrechend. Er grüßt Teddy mit einer Art Mittelding zwischen Verbeugung und Knicks. »Ich muss jetzt zu einem Teamleiter-Meeting drüben im Waterloo Block. Es sollte nicht länger als eine halbe Stunde dauern, aber ihr wisst ja, wie so was läuft. Egal, kann ich mich darauf verlassen, dass ihr beide das Turnier beaufsichtigt, bis ich wieder da bin? Die anderen Lehrer sind damit beschäftigt, die Nachstellung der Schlacht von Bosworth heute Nachmittag vorzubereiten.« Nervös mustert er Teddy.

»Na klar kannst du dich auf mich verlassen, immer«, stoße ich so inbrünstig hervor, als würde ich ihm mein Leben verschreiben. Er vertraut mir immer noch. Noch ist nicht alles verloren. Nach dem Vorfall mit der »Schlange« hat er kaum noch mit mir geredet. Zwar wirkte er nach meinem Vortrag über die Geschichte der Ritterrüstung beinahe angetan, aber nicht genug, um den Eindruck zu vermitteln, ich hätte seinen Respekt zurückgewonnen. Dies hier ist meine Chance, diesen Job nicht nur zu behalten, sondern ihn auch gut zu machen.

»In Ordnung. Vielen Dank, Daisy. Enttäusche mich nicht.«

»Ich würde mir lieber das Gift eines Basilisken in die Augen träufeln, als dich zu enttäuschen«, rufe ich ihm hinterher, als er seinen Aufstieg aus dem Graben beginnt.

»Das Gift eines Basilisken?« Langsam dreht Teddy sich zu mir, und sein machiavellistisches Lächeln verspottet erneut meinen Eifer.

»Halt den Mund«, ist der einzige Konter, den ich zustande bringe. Dann nehme ich meinen Platz vor den Kindern ein. Ich beschwöre so viel wie möglich von Alenthaea herauf und stelle mir vor, ich müsste meine Truppen darauf einstimmen, das Mutterland anzugreifen und die Krone zurückzuerobern. »Ihr dürft euch jetzt euer edles Ross und eure Lanze aussuchen. Wählt weise.«

Sofort springen die Kinder auf, um sich auf die ausgelegten Utensilien zu stürzen.

»Ich will das da!«, schreit eine schrille Stimme über das Turnierfeld.

»Das kriegst du aber nicht, es ist meins«, brüllt eine zweite, was die erste zu einem durchdringenden Kreischen animiert. Ein Junge und ein Mädchen stehen einander in Patt-Stellung gegenüber, die plumpen Händchen um ein und dasselbe Steckenpferd geklammert.

»Hey, hey, hey«, versuche ich zu intervenieren und bringe als Friedensangebot ein zweites identisches Pferd mit, das ich dem kreischenden Mädchen hinhalte. »Warum nimmst du nicht das hier, Janey? Es sieht genauso aus.« Sie mustert mich so angewidert, als hätte ich ihr eine Gewürzgurke statt eines Schokoplätzchens angeboten.

»Ich will aber das da«, schnieft sie.

»Aber das ist meins«, beharrt ihr Kontrahent.

Janey starrt ihn derartig erbost an, dass ich ernsthaft befürchte, sie könnte einen Faustkampf vom Zaun brechen, um ihr Reittier zu gewinnen.

»Aber es sind exakt die gleichen Pferde«, sage ich, unfähig, mich auf ihre kindlichen Kapriolen einzulassen. »Janey, nimm jetzt das hier, sonst hast du keine Zeit mehr, dir eine Lanze auszusuchen. Oder willst du lieber ohne Waffe ins Turnier ziehen?« Dieses Argument scheint sie zu überzeugen, jedenfalls reißt sie mir das Steckenpferd aus der Hand, allerdings nicht, ohne mir vorher die Zähne zu zeigen und zu fletschen wie ein wilder Hund. Ich kann mich zwar nicht daran erinnern, dass in meiner Stellenbeschreibung stand: »Mach dich darauf gefasst, dass dir eine Neunjährige, die noch die Hälfte ihrer Milchzähne hat, an die Gurgel geht«, aber so ist es nun mal.

Teddy lungert im Hintergrund und schüttet sich aus vor Lachen über die Szene, die er beobachtet hat.

Ich stoße einen entnervten Seufzer aus. »Ich bin echt nicht für die Arbeit mit Kindern geschaffen.«

»Dem kann ich nur voll und ganz zustimmen«, bekräftigt er, immer noch grinsend.

Der Blick, den ich ihm zuwerfe, erinnert stark an Janeys von eben, aber das Lächeln in seinen dunklen Augen besänftigt mich etwas. »Aber immer noch besser als du.« Ich weiß nicht, was mich dazu treibt, nach seiner Reaktion von neulich schon wieder gegen ihn zu sticheln, aber es fühlt sich merkwürdig natürlich an.

Sein Lächeln wird breiter. »Bist du da ganz sicher?« Er hebt eine Braue.

Ich nicke und straffe herausfordernd die Schultern. »Erst glaubst du idiotischerweise, dass du mich in einem Tjost besiegen könntest, und jetzt behauptest du auch noch, du könntest besser mit Kindern umgehen. Ich finde, du solltest deinen Worten endlich mal Taten folgen lassen.«

»Forderst du mich etwa zu einem Tjost heraus, Blümchen?« Teddy lehnt sich näher zu mir und mustert belustigt mein Gesicht.

»Keine Ahnung. Tue ich das?« Alenthaea in mir ist sehr angetan. Mein ganzer Körper vibriert vor Adrenalin, mein Herz hämmert vor Aufregung und Lust am Risiko. Teddy ist mir jetzt so nah, dass sich seine Brust bei jedem Atemzug gegen meine presst. Einen Moment lang frage ich mich, ob ich durch die Seiten meines Notizbuchs gefallen bin oder ob der Schwarze Ritter aus meinen Aufzeichnungen entkommen ist, um mich nun auch leibhaftig heimzusuchen. Eins jedoch weiß ich mit Sicherheit: Ich fühle mich viel zu wach und lebendig, als dass dies hier ein Traum sein könnte.

Ich öffne den Mund, bringe aber keinen Ton heraus. Seine schwarzen Augen sind auf meine Lippen gerichtet. Diese schattigen Tiefen geben nichts preis und locken doch alles in ihren unwiderstehlichen Sog – in der Hoffnung, das Sternenlicht in der dunklen Nacht ihres Blicks zu finden. Eine

Sekunde lang bin ich mir sicher, einen Schimmer zu erkennen. Doch so schnell, wie er aufgeflackert ist, erlischt er auch wieder, und Teddy zieht sich zurück, geht auf Distanz zu mir, wendet sich ab. Die dicke Luft legt sich erstickend auf meine Lunge, und ich kann nicht mitansehen, wie er davonschreitet.

Stattdessen richte ich meine Aufmerksamkeit – jedenfalls so viel, wie ich aufbringen kann – wieder auf die Jungen und Mädchen, die sich inzwischen auf dem Rasen verteilt haben und ungeduldig darauf warten, einander mit einer Langwaffe eins überzubraten. Ich kann mir ein Grinsen nicht verkneifen und wende mich mit neuem Enthusiasmus an meine Schutzbefohlenen. »Ihr brennt darauf, zu tjosten? Dann lasst mich euren Schlachtruf hören!« Ich recke meine Faust, in der Erwartung, dass sie meiner Aufforderung ebenso begeistert folgen, wie sie eben ihre Waffen zusammengesucht haben, doch mein Elan verpufft, als mir nur schwacher Jubel antwortet – genau genommen handelt es sich eher um ein peinlich berührtes Murmeln. Verlegen hustend gebe ich meine mentale Motivationsstrategie auf und wende mich stattdessen direkt der anstehenden Aufgabe zu; die Kinder wollen offensichtlich einfach nur loslegen.

»Also, wer will der erste tapfere Ritter sein, der sich der Herausforderung stellt? Sir Alfred vielleicht? Oder wie wär's mit Sir Ryan?« Keiner meldet sich freiwillig. »Nun kommt schon, wer von euch ist mutig?« Die Hälfte der Schüler schaut mich nicht mal an. Meine selbstbewusste Fassade bröckelt. Niemand warnt einen vor, wie entsetzlich kritisch Kinder sein können. Während ich versuche, die Situation unter Kontrolle zu bringen, kehrt die wahre, unverstellte Daisy zurück.

»Wie wär's, wenn wir ihnen zeigen, wie es geht?« Getreu unserer mittlerweile etablierten Tradition höre ich Teddy, bevor ich ihn sehe. Um ihm keinen Anlass zu geben, sich erneut für besser zu halten als mich, ignoriere ich ihn und das Hämmern in meiner Brust. Ich reibe mir mit schwitzenden Handflächen über den Waffenrock, suche nach einem Weg, meine Fassung zurückzugewinnen, und wende mich an das erstbeste Kind, auf das mein Blick fällt.

»Äh … ähm … Fatima. Könntest du … äh … hierherkommen?«

Doch die Erleichterung darüber, dass ich wieder Worte produzieren kann, währt nicht lange. Denn Fatima schenkt mir keinerlei Beachtung. Genauso wenig wie die anderen. Sämtliche Kinder starren an mir vorbei, die kleinen Münder vor Faszination geöffnet. Es ist wie dieser klassische Filmmoment, wenn die Gruppe gerade einem Monster entkommen ist und die liebenswerte dämliche Nebenfigur ein albernes Tänzchen hinlegt, ahnungslos, dass die Bestie direkt hinter ihr steht. Während ich mich langsam umdrehe, bereite ich mich darauf vor, den Atem eines Drachen zu spüren oder den Sabber eines Ogers.

Es ist viel, viel schlimmer.

Bevor ich irgendwas anderes sehe, sehe ich Beine. Sechs Beine. Vier: knochig, glatt, schwarz, mit Hufen. Zwei: gespreizte Schenkel, ein knapper Meter über dem Boden.

»Was in Odins Namen machst du da?« Ich versuche, leise zu sprechen, aber das ist fast unmöglich, da Teddy nun auf dem größeren der beiden Pferde sitzt wie der Duke of Wellington im Zentrum von Glasgow. Oh, wie sehr ich mir jetzt einen Pylon wünsche, um nach ihm zu werfen.

»Tjosten«, erwidert er, als ob es das Normalste der Welt wäre, eine Horde Grundschüler inmitten eines verdammten Burggrabens vom Sattel aus zu beaufsichtigen.

»Hast du den Verstand verloren?« Der Schweiß läuft mir an der Innenseite meines Waffenrocks hinunter. Ich werde gefeuert, ganz sicher. Was, wenn er ein Kind zu Tode trampelt? Würde ich ins Gefängnis kommen? Oh Gott, dort könnte ich niemals bestehen. Ich kenne mich mit dem Edelstahlschwert aus, nicht mit irgendwelchen Behelfsklingen. »Steig ab, Teddy. Du könntest jemanden umbringen. Kinder, tretet zurück. Geht ins Zelt, los.« Keiner von ihnen rührt sich vom Fleck.

»Jetzt mach dich mal nicht verrückt. Ich kann mit Pferden umgehen.« Seine Ruhe bringt mich umso mehr auf die Palme. Am liebsten würde ich zu ihm hochspringen, freundlich seine Schultern umfassen, mich sanft an ihn lehnen und ihn dann brutal zu Boden stoßen. Selbst das Pferd scheint er in Bann geschlagen zu haben, es steht stoisch still.

»Wir haben eine Aufgabe zu erledigen. Eine einzige Aufgabe! Und zu der gehört gewiss nicht, ein echtes, lebendes Pferd zu besteigen. Bist du so wild entschlossen, alles kaputt zu machen? Komm jetzt da runter, los!« Das Herz schlägt mir bis zum Hals, es fühlt sich an, als bliebe es in meiner Kehle stecken, und ich verschlucke mich an dem bisschen Luft, das ich einzuatmen imstande bin.

Unbeeindruckt von meinen Anweisungen stößt Teddy dem Pferd seine Hacken in die Seiten und lenkt es gekonnt von der Gruppe weg. Sobald ihm niemand mehr im Weg ist, treibt er die Stute zum Galopp an, und beide verschwinden zwischen den Wildblumen.

Ich setze ihm nach, doch meine Lungen brennen, noch bevor ich die erste Kurve erreicht habe, und Teddy ist längst weg. Zu Fuß habe ich keine Chance, ihn einzuholen. Ich weiß, was Alenthaea in dieser Situation tun würde, aber sie ist rücksichtslos. Ich hingegen kann es mir nicht leisten, leichtsinnig zu sein; ich darf mir keinen weiteren gedankenlosen Fehler leisten, indem ich mich auf seine Spielchen einlasse. Aber wer weiß, wie weit er gehen wird, wenn ich ihn

nicht aufhalte, wenn ich mir die Kontrolle nicht zurück-
hole? Ich renne zurück ins Camp.

»Beibt, wo ihr seid«, rufe ich den Kindern zu, während
meine Hände wie von selbst Alenthaeas unvernünftigen
Ideen gehorchen und ich nach den Zügeln des zweiten Pferdes greife, um es von dem Pfosten loszumachen, an dem bis
vor wenigen Minuten noch beide Tiere sicher angebunden
waren. »Tut so, als ob ihr in die Höhle des Drachen einge-
drungen wärt. Wenn ihr euch bewegt, sieht er euch, und ihr
seid verloren!«

Natürlich konnte ich nicht aufwachsen, ohne zu lernen,
wie man reitet. Welcher elfische Adelige kann nicht reiten?
Es wäre dumm gewesen, es nicht zu lernen. Außerdem hielt
unsere alte Nachbarin Mrs. Lacey Pferde, die öfter in unseren Garten eindrangen und die Fettkugeln fraßen, die wir
für die Vögel aufgehängt hatten. Als Entschuldigung ließ sie
mich, Sam und Marigold donnerstagnachmittags auf ihnen
reiten. Allerdings stellte ich mich am ungeschicktesten dabei an.

Ich brauche fünf Anläufe, um mein Bein über den Rücken der braunen Stute zu schwingen. Als ich endlich oben
im Sattel sitze, bin ich außer Atem, und mein spontaner
Schwindelanfall erinnert mich daran, dass Höhe wirklich
nicht meine Freundin ist. Das Hyperventilieren ist auch
nicht unbedingt hilfreich.

Doch die Gewissheit, dass ich ihn aufhalten muss, bevor
Westley zurückkehrt, spornt mich an. Ich muss Teddy einholen, bevor er alles kaputt macht. Das Pferd hat jedoch
andere Vorstellungen. Die störrische Kreatur reagiert nicht,
egal, wie heftig ich an den Zügeln zerre. Als letzten Versuch
mache ich es Teddy nach und klopfe mit dem Fuß sanft gegen die Flanken. Die Stute sprintet so schnell los, dass ich
meine Hände in die Zügel wickele, die Augen fest zukneife

und nur noch an all die Dinge denke, die ich in meinem Leben hätte tun sollen, bevor ich unter den Hufen eines durchgehenden Pferdes zu Tode gekommen bin. Dankenswerterweise folgt die Stute der Richtung ihrer Artgenossin, prescht jedoch, anstatt auf dem Weg zu bleiben, geradewegs durch die Büsche und über die Wiese. Dornen zerreißen meine Hose und bohren sich dann in meine nackten Knöchel.

Als ich mich schließlich dazu zwinge, die Augen zu öffnen, sehe ich, dass Teddy mich vom anderen Ende des Grabens aus beobachtet. Zum Glück befinden wir uns nun beide jenseits der Biegung, sodass wir für keinen mehr sichtbar sind. Genauer: für keinen, der sich im Inneren des Towers befindet. Draußen vor der Mauer hingegen rotten sich die Touristen zu einem beachtlichen Publikum zusammen. Wenn ich dieses Ding unter mir zum Anhalten bringen könnte, käme es jetzt zu einer handfesten Auseinandersetzung, doch das dumme Vieh trabt im Zickzack durch die Blumen, was so ziemlich das Gegenteil von dem ist, was ich mir vorgenommen hatte.

»Teddy«, brülle ich über den Graben. »Bring verdammt noch mal das verdammte Pferd zurück!« Meine Stimme hallt im Tal zwischen den Mauern wider.

Endlich hört der Viscount auf mich und galoppiert zielstrebig auf mich zu. Auf mich zu. Auf mich. Zu. Natürlich beschließt mein durchgeknallter Gaul, dass dies exakt der richtige Moment ist, um damit aufzuhören, unkontrolliert durch die Vegetation zu springen. Instinktiv suche ich Zuflucht in der Dunkelheit, kneife erneut die Lider zu, vergrabe den Kopf in der geschmückten Mähne und denke an zu Hause. Als der gefürchtete Aufprall ausbleibt, öffne ich vorsichtig ein Auge, um zu sehen, was um alles in der Welt gerade passiert ist, und um sicherzugehen, dass ich nicht soeben ins Jenseits befördert wurde. Teddys Lachen hallt von den Wänden wider. Ruhig trabend umkreist er mich. Sämtlicher Sauerstoff scheint der Atmosphäre entzogen worden zu sein. Mein Herz schlägt unregelmäßig und schnell, doch in meinem Kopf scheint alles in Zeitlupe zu schwirren. Jetzt bloß keinen Nervenzusammenbruch kriegen. Bloß keinen Nervenzusammenbruch. Nicht in seinem Beisein.

»Ich schätze mal, das macht mich zum Helden?«, spöttelt er mit der üblichen, fröhlichen Herablassung. »Haben wir endlich Sir Daisys Schwachpunkt gefunden?«

Ich treibe das Pferd wieder an, will nur noch so weit weg von ihm wie möglich. Niemals hätte ich mich auf diese geisteskranke Verfolgungsjagd einlassen dürfen. Warum bloß habe ich seinen Köder geschluckt? Meine Stute folgt der Einladung, sich weiter danebenzubenehmen, und nimmt ihre unberechenbaren Sprünge durch den Burggraben wieder auf.

Doch bevor sie ihren Pfad der Zerstörung mit dem alten Elan fortsetzen kann, wird sie aufgehalten. »Hey, hey«, sagt Teddy besänftigend. Er ist jetzt neben mir. Seine kräftige Hand greift nach dem Zügel neben ihm, und sein Bein drückt gegen meins, das zwischen den beiden Pferden eingequetscht ist. »Die Lady hier hat ziemlich viel Feuer.« Er streichelt ihre Mähne, und sie schmiegt sich enger an ihn. »Bist du in Ordnung?«

Ohne ihm zu antworten, klopfe ich mit den Fingern einen gleichmäßigen Rhythmus auf meine Handfläche, im Bemühen, mich zu beruhigen und die Kontrolle über meine Atemzüge und meine Gedanken zurückzugewinnen. Mit der anderen Hand kratze ich mir über den nicht eingequetschten Oberschenkel, starre geradeaus und will einfach nur alles verdrängen. In Alenthaea verschwinden, wo ich mich schützen und stark und mächtig sein kann.

»Hier, kannst du dein Bein hier rüberschwingen?« Teddy klopft auf seinen Sattel und unternimmt den Versuch, eine Hand sanft an meinen Arm zu legen, doch bevor seine Fingerspitzen auch nur Kontakt herstellen können, zucke ich zurück. Das Klopfen wird schneller. Das Kratzen auch. »Daisy? Wenn du es schaffst, dich zu mir rüberzuschieben, schaffen wir es noch vor Westley ins Camp zurück.«

Westley. Mein Job. Meine Verantwortung. Ich füge mich, hieve mein Bein über das andere Pferd und ziehe dann den Rest meines Körpers hinterher, sodass ich hinter ihm im Sattel zu sitzen komme. Teddy redet freundlich mit den beiden Pferden, die brav denselben Weg zurückgehen, den sie gekommen sind.

»Nicht so fest, ein paar meiner Knöpfe sind schon recht strapaziert«, sagt er, und ich merke zum ersten Mal, dass ich meine Hände tief in Teddys Hemd gekrallt habe. Die glatte Baumwolle spannt sich unter meinem panischen Griff. Sofort gebe ich ihn frei, heilfroh, dass er mir den Rücken zuwendet, aber ich weiß, dass er den feuchten Fleck spüren kann, den meine schwitzenden Finger hinterlassen haben. Als das Pferd auf eine unebene Stelle tritt und sich schüttelt, ertappe ich mich dabei, wie ich die Arme schon wieder um Teddys Taille lege und mich an ihn drücke. Ich weiß, dass er mich während dieses temporären Waffenstillstands beschützen wird.

Für einen Moment bin ich dankbar, dass er da ist. Sobald ich wieder festen Boden unter den Füßen habe, werde ich mich, und ihn, wieder hassen.

16. KAPITEL

Wir hören es, bevor wir es sehen. Gemetzel.

Während unserer Abwesenheit haben die Kinder das Gesetz selbst in die Hand genommen und beschlossen, das Turnier auf ihre Art fortzusetzen – ohne Pferde, ohne Regeln, dafür umso begeisterter mit Schaumstofflanzen, mit denen sie aufeinander einschlagen. Meine Kollegen, die offenbar auftauchten, als sie den Aufruhr hörten, sind zwischen alle Fronten geraten. Bei jedem Versuch, die rebellierenden Ritter zu entwaffnen, werden sie mit deren angeblich »kindersicheren« Waffen vermöbelt. Teddy bringt beide Pferde zum Stehen und springt leichtfüßig aus dem Sattel, um die Tiere wieder dort festzubinden, wo sie vor dem Tumult der letzten halben Stunde waren. Ich versuche, mein eines Bein über den Rücken der Stute zu heben und mich selbstständig zu Boden gleiten zu lassen, bleibe aber mit einem Fuß im Steigbügel stecken und bin zu beschämt, zu stur, um nach Hilfe zu rufen.

Einen Augenblick lang schaut Teddy sich an, wie ich praktisch kopfüber am Sattel hänge, wobei dieses allzu vertraute Grinsen um seine Lippen spielt. »Brauchst du eine helfende Hand?«, erkundigt er sich dann. Selbstgefälliges Arschloch!

Er hat keine Ahnung, dass ich lieber hier hängen bleiben würde, bis ich zu einem staubigen Skelett zerfallen bin, als ihn zu bitten, irgendwas für mich zu tun. »Nein, danke. Ich gewähre dir nur zehn Sekunden Vorsprung, um dich zu verstecken, bevor ich hier runterkomme, Lily Davies' Lanze stehle und Hochverrat begehe.« Ich lächele so lieblich, wie es möglich ist, wenn einem das Blut gerade komplett in die falsche Richtung fließt.

Teddy hebt nur belustigt die Brauen und wendet sich ab, um mich in Ruhe hängen zu lassen. Nachdem er endlich aus dem Weg ist, kann ich mich auf das Kribbeln in meinem Bein konzentrieren und angemessen würdigen, dass eins der Kinder mich nun als Zielscheibe auserkoren hat und mir sein Schaumstoffschwert immer wieder über den Schädel zieht.

Als das Gefühl komplett aus meinem Unterleib zu schwinden beginnt und ich mich mit dem Gedanken anfreunde, dass ich auf diese Weise das Zeitliche segnen werde, spüre ich einen Druck, der meinen ganzen Körper umschließt, und mein eingeklemmter Fuß ist plötzlich frei. Teddy hält mich im Arm. Er hat mich aus einer persönlichen Hölle erlöst, um mich gleich in die nächste zu katapultieren. An seine Brust gepresst, bleibt mir keine andere Wahl, als mich ihm zu unterwerfen, ihm zu erlauben, jeden meiner Sinne zu infiltrieren. Obwohl er gerade ein menschliches Wesen trägt, das fast ein Meter achtzig groß und entsprechend gebaut ist, scheint er sich nicht anstrengen zu müssen. Fest und unnachgiebig steht er da, und ich spüre jeden Muskel seines Körpers, der an mich gedrückt ist. Meine Kehle fühlt sich staubtrocken an, und ich schlucke verzweifelt, um so viel Bewegungsfreiheit zurückzuerlangen, dass ich zumindest meinen klaffenden Mund schließen kann. Noch nie bin ich jemandem so nahe gewesen.

Ich kann meinen Blick nicht von seinen Zügen losreißen, die nur Zentimeter entfernt sind. Ich erkenne jede Linie, jedes perfekte Detail. Zum ersten Mal fällt mir auf, dass er ein wenig Concealer unter den Augen trägt. Etwas davon hat sich verwischt, darunter kommt ein müder, dunkler

Schatten zum Vorschein, und während ich mich in seinen stygischen Augen spiegele, bemerke ich, dass auch sie schwer vor Erschöpfung zu sein scheinen. Mich durchzuckt der Impuls, sein Gesicht zu berühren, zu liebkosen und ihm zu versichern, dass alles in Ordnung ist, dass *er* in Ordnung ist.

Ein weiterer Schlag auf den Kopf bringt mich wieder zur Vernunft, und hastig springe ich aus seinen Armen. Da meine Beine noch immer taub sind und prickeln – natürlich nur wegen meiner kleinen Hängepartie auf dem Pferd –, taumele ich und muss mich nach ein paar unsicheren Schritten an der Stute abstützen. Nachdem ich mich bei dem Kind bedankt habe, das mir wieder etwas Verstand eingebläut hat, torkele ich davon, mich mühsam auf den Beinen haltend.

»Gern geschehen«, ruft Teddy mir lachend nach, doch ich bin zu sehr damit beschäftigt, nach Luft zu ringen, um mich zu ihm umzudrehen.

Zurück auf dem Schlachtfeld plane ich meine Attacke. Die Situation ist unübersichtlich. Ein paar kleine Tyrannen haben Erin in ihre Gewalt gebracht und an der Außenmauer des Towers eingekesselt. Eine andere Bande hat einen Bürgerkrieg unter sich ausgerufen, die Kinder rennen kreischend im Kreis herum, um zwei meiner Kollegen, Robin und George, zu jagen, von denen sie ihrerseits gejagt werden. Die etwas braveren Kinder kauern in einem der Zelte, ihre runden, geröteten Gesichter lugen ab und zu hinter der Klappe hervor. Ich bin nicht sicher, ob selbst Alenthaea mir jetzt noch helfen kann.

Hektisch schaue ich mich nach Verstärkung um, muss aber feststellen, dass ich auf mich allein gestellt bin. Das Geschrei der Kinder mischt sich mit dem leisen Grollen der Flugzeuge, die über uns vorüberziehen, und alles zusam men gesellt sich zu dem Sirenengeheul, das beim Gedanken an Westleys unmittelbar bevorstehende Rückkehr in meinem Kopf ausbricht, bis all der Lärm sich in eine wütende Kakofonie verwandelt, laut genug, einem das Gehirn wegzublasen.

Zu allem Übel kommt jetzt auch noch Teddy angeschlendert, das übliche Lächeln auf den Lippen.

»Was willst du denn jetzt wieder?«, fahre ich ihn an, meinen ganzen Frust und meine Angst an ihm auslassend.

»Meine Befehle erwarten … um zu helfen?«

Argwöhnisch beäuge ich ihn. Jetzt tut er also nett und unschuldig, als wäre das alles hier nicht seine Schuld?

In diesem Moment brechen bei mir alle Dämme. »Hast du nicht schon genug angerichtet? Ich werde alles verlieren, wofür ich gearbeitet habe, meine einzige Chance, mich nicht als Versagerin zu fühlen, zu beweisen, dass ich mehr bin als eine einzige Enttäuschung. Und warum? Weil einem Typ, der alles, was man sich nur wünschen kann, auf dem Silbertablett serviert bekommt, langweilig ist und er das ganze Leben wie ein Spiel behandelt. Ich brauche deine Hilfe nicht, ich will einfach nur, dass du mich in Ruhe lässt.« Die Worte sprudeln aus mir heraus, bevor ich sie zurückhalten kann, und ich zucke unwillkürlich zusammen, als ich höre, wie grausam sie klingen.

Teddy Lächeln ist wie weggewischt, und seine Züge verhärten sich, um ihn von meinem Zorn abzuschirmen. Während um uns herum Krieg und Chaos toben, stehen wir uns im Niemandsland gegenüber und durchbohren einander mit Blicken. Schon steigen wieder Schuldgefühle in mir auf, prallen auf meine überbordende Panik, bis beide Emotionen sich verbünden, um mich endgültig zu Fall zu bringen.

Bevor meine Entschlossenheit mich komplett verlässt, wende ich mich wieder dem anstehenden Problem zu. Den

Kindern. Mehr oder weniger ziellos renne ich umher, rufe sie zur Ordnung, flehe sie an, mit ihrem Unfug aufzuhören – aber nichts funktioniert. Außerstande, auch nur in Teddys Richtung zu schauen, geschweige denn, sein Hilfsangebot anzunehmen, hetze ich durch den Graben, genauso kopflos wie meine Kollegen, und meine Kehle brennt vor aufsteigenden Tränen. Wie kommt es, dass ich mich einer Schar Neunjähriger geschlagen geben muss?

Und dann, gerade als mein Blickfeld vor lauter Verzweiflung und Enttäuschung zu verschwimmen beginnt, werden sie plötzlich still. Als hätte man sie verhext, so wie vorhin mein durchgehendes Pferd, hören sie auf, einander zu schikanieren, lassen die Waffen fallen und marschieren alle in dieselbe Richtung.

Verblüfft frage ich mich, ob jemand irgendwo einen Zombieschalter umgelegt hat, der all diese Kinder zu ihrem außerirdischen Herrscher zurückruft. Mir bleibt nichts zu tun übrig, als tatenlos zuzuschauen, wie sich alle am Eingang des Zeltes versammeln.

Wo Teddy sie erwartet. Zunächst kann ich nicht erkennen, mit welcher Art Magie er sie belegt hat, aber sie wuseln um ihn herum wie hungrige Tauben und wechseln kaum ein Wort. Und dann sehe ich, was es war, das eine Armee wilder, entfesselter Kinder gezähmt und ein Bataillon von Unheilstiftern zum Schweigen gebracht hat – eine einzige Dose Kekse.

Nachdem die Miniatur-Monster abgefüttert sind, nehmen sie wieder ihre menschliche Gestalt an und lassen sich, leise plappernd, zu Teddys Füßen nieder. Ich will wütend auf ihn sein, seine Selbstgefälligkeit verfluchen, doch mein Herzschlag beruhigt sich endlich. Nach meiner ersten Abmahnung hätte ich, wenn Westley auch nur einen Moment früher zurückgekommen wäre, keine Chance gehabt, meinen Job zu behalten. Hätte er mich und Teddy auf den Pferden gesehen oder mitgekriegt, wie Erin von Spielzeugwaffen in Schach gehalten wurde, hätte er mich in den ersten Zug nach Hause gesetzt. Ich war so nah dran, alles zu verlieren, und irgendwie erntet nun ausgerechnet derjenige, der das Feuer gelegt hat, die Lorbeeren, es gelöscht zu haben.

Kaum fünf Minuten später taucht Westley im Graben auf, mit der gewohnt fröhlichen Miene, und zum ersten Mal seit einer Stunde kann ich wieder richtig durchatmen. Teddy hat sich ins Zelt zurückgezogen, ein paar der anderen Lehrkräfte haben seinen Platz vor der Gruppe übernommen und versuchen nun, den kleinen Rittern, wie ursprünglich geplant, zumindest ein bisschen was über das Tjosten beizubringen.

Von außen betrachtet, ist alles gut.

»Was für eine vorbildliche Klasse!«, lobt Westley. »Hervorragende Arbeit, Daisy. Jetzt bin ich wirklich traurig, dass ich einen so aufregenden Vormittag verpasst habe.« Er klopft mir anerkennend auf die Schulter, und ich verschlucke mich an meinem eigenen Speichel – zumindest vermute ich, dass es sich um meinen Speichel handelt und nicht um den pferdegroßen Schuldkloß, der in meinem Hals steckt. Da ich ohnehin keinen Ton herausbringe, bin ich froh, dass Westley, ohne auf eine Antwort zu warten, zu einem der Tische hinübergeht, um seine Kuriertasche abzulegen.

Als ich gerade zu glauben beginne, ungeschoren davongekommen zu sein, zeigt mir das Universum, dass mein Karma-Konto noch längst nicht ausgeglichen ist. Ein Beefeater, einer der Wärter des Tower of London, beehrt unser Camp. Seine Uniform ist makellos gebügelt. Das auf die Brust genähte Wappen des Königs erstreckt sich bis zu seinem runden Bauch, und der große Tudor-Hut auf seinem Kopf ist dank einer durch Jahre beim britischen Militär antrainierten kerzengeraden Haltung perfekt ausbalanciert. Allein sein Erscheinen ist schon ein seltenes Ereignis hier im Graben. Noch bemerkenswerter wird der Anblick allerdings durch den kleinen Jungen – präziser: Tristan –, der über seiner Schulter hängt und noch immer mit einem Schaumstoffschwert herumfuchtelt.

»Ich nehme an, der hier gehört zu dir, Wes? Habe ihn entdeckt, als er sich mit den Raben angelegt hat. Er kann von Glück sagen, dass ich rechtzeitig gekommen bin, sonst hätten die ihn in Vogelfutter verwandelt.« Der Beefeater lässt Tristan zu Boden gleiten. Beschämt über den demütigenden Transport, stürzt der kleine Lord sich auf den stämmigen Mann, der mit seinen schwieligen Händen den Kopf des Kleinen umschließt und jedem Schlag gekonnt ausweicht, was Tristan nur noch mehr erbost.

Westley rührt keinen Finger, um den Beefeater – der die Situation perfekt unter Kontrolle hat – von seinem Angreifer zu erlösen. Stattdessen starrt er mich an. Seine gute Laune ist wie weggeblasen. Er stößt einen tiefen Seufzer aus und schüttelt dann betrübt den Kopf. Er könnte mich auch an die Zinnen hängen und mit Pfeilen durchlöchern – die Wucht seiner Enttäuschung würde immer noch schwerer wiegen als jeder physische Schmerz.

»Ihr könnt von Glück sagen, dass niemand ernsthaft verletzt worden ist, ansonsten würden wir jetzt eine sehr andere Unterhaltung führen. Eigentlich müsste ich euch beide sofort feuern, aber ich habe dir drei Chancen angeboten, Daisy. Und Lord Fairfax, ich habe Ihren Eltern versprochen, Sie hierzubehalten und einen besseren Menschen aus Ihnen zu machen, und ich bin ein Mann, der zu seinem Wort steht.« In Westleys Ton schwingt eine Verachtung mit, derer ich ihn nie für fähig gehalten hätte.

Nachdem wir ihm unsere Sünden gebeichtet haben, stehen wir vor ihm wie ein Paar unartiger Schulkinder. Teddy schaut mich unverwandt an, ich spüre seinen Blick auf meinem Hals und meinem Gesicht brennen, während ich meinerseits auf meine Schuhe starre. Wie konnte ich nur so schrecklich versagen? Mir steht noch eine Woche Probezeit zu, aber genauso gut könnten sie mich jetzt schon entehrt nach Hause schicken. Hoffnungslosigkeit breitet sich in mir aus wie ein Erdloch und zieht alles, was ich bin, in den Abgrund, bis ich nur noch als leere Hülle hier stehe. Wer bin ich? Wer soll ich in den nächsten sechzig Jahren meines Lebens sein, wenn ich nicht mal vier kurze Wochen erfolgreich durchhalten kann?

»Unsere vierbeinigen Gäste haben eine ziemliche Schweinerei hinterlassen«, fährt Westley fort und deutet auf diverse Pferdeäpfel, die im Graben verstreut sind. »Ich möchte, dass es hier, wenn ich morgen früh ankomme, wieder blitzsauber ist. Dazu gehört auch, dass die Blumen, die ihr beide so egoistisch niedergetrampelt habt, wieder ordentlich eingepflanzt werden. Noch irgendwelche Fragen?«

Keiner von uns antwortet. Ich bin bereits unter den Teppich gekrochen, um meine Reue zu bekunden. Und Teddy ist natürlich vollkommen ungerührt, hat ohne Weiteres alles zugegeben, wie schon beim letzten Mal, als ob er es regelrecht darauf angelegt hätte, erwischt zu werden.

Mit einem letzten Stoßseufzer lässt Westley uns wieder allein. Ohne auf Teddy oder irgendwas, das er zu sagen haben könnte, zu warten, schnappe ich mir einen Spaten, werfe ihn in eine Schubkarre und mache mich an die Arbeit. Von meinem Abenteuer zu Pferde tun mir alle Knochen weh, jedes Mal, wenn ich mich bücke, brennt mein Kreuz wie Feuer, aber das macht mir nichts aus. Ich verdiene diese Schmerzen. Ich schaufele den Mist so hastig in die Schubkarre, dass sich auf meiner Stirn Schweißperlen bilden und ich außer Atem gerate. Ich merke, dass ich weine, mit tiefen, erstickten Schluchzern.

Teddy packt den Griff des Spatens und zwingt mich dadurch, mein hektisches Treiben auszusetzen.

»Daisy?« Wieder mustert er mein Gesicht, registriert meine Tränen, lacht wahrscheinlich innerlich über mich. Ich versuche, ihm die Schaufel zu entreißen, doch er kommt unter meinen Attacken nicht mal ins Schwanken und hält den Griff weiter unnachgiebig fest. Schließlich gebe ich mit einem frustrierten Laut nach. Der königliche Nichtsnutz übernimmt die Aufgabe, bringt sie mit aufgekrempelten Ärmeln und unerschütterlichem Ernst zu Ende, während ich mich auf den Boden plumpsen lasse und das Gefühl habe, immer tiefer im Rasen zu versinken.

Als er fertig ist, wirft Teddy den Spaten in die Schubkarre und setzt sich neben mich. Nach einem Moment des Schweigens seufzt er. »Warum ist das alles hier dir so wichtig?«, fragt er dann, so leise, dass ich ihn kaum verstehe.

»Was kümmert es dich?« Noch immer schauen wir einander nicht an.

»Tut mir leid«, murmelt er. Es klingt so, als ob er diese Worte zum allerersten Mal über die Lippen bringt.

»Nein, tut es nicht«, blaffe ich ihn an und bohre meine Finger frustriert in die weiche Erde.

»Okay, es tut mir nicht leid. Bist du jetzt glücklich? Du willst, dass ich deiner kleinen Fantasiewelt den Bösewicht spiele? Na schön. Du bist genau wie alle anderen.« Das Letzte flüstert er nur noch, während er sich rücklings ins Gras fallen lässt.

Ich wirbele zu ihm herum. »Aber du bist der Bösewicht«, beharre ich nachdrücklich. »Du machst mein Leben hier unerträglich. Du willst wissen, warum dieser Job mir so viel bedeutet? Nachdem ich mit der Schule fertig war, habe ich das Haus zwei Jahre lang nicht verlassen. Die Welt da draußen hat mir Angst gemacht, und je mehr Angst sie mir machte, desto mehr schämte ich mich, bis der einzige Ort, an dem ich Trost fand, mein Zuhause war. Die letzten drei Jahre lief es etwas besser. Ich habe es aus meinem Dorf in die nächstgelegene Stadt geschafft, ich spiele meine dumme kleine Fantasiewelt vor Publikum, ich helfe im Laden meines Dads aus. Um dies alles tun zu können, musste ich mir eine komplett neue Person ausdenken, die in meinem Kopf lebt. Ich musste jemand anderes sein, irgendwer, der nicht ich ist. Aber ich habe nichts geleistet, weder in meiner Familie noch irgendwo sonst. Ich war eine Last. Man stelle sich eine über Zwanzigjährige vor, die immer noch überallhin von ihren Eltern begleitet werden muss, weil ihr schon bei der Vorstellung, allein mit dem Bus zu fahren, körperlich übel wird. Jeden einzelnen Tag zwinge ich mich dazu, aus dem Bett aufzustehen und in einer Welt zu leben, die keinen Sinn für mich ergibt, in einem Körper, der mir auf Schritt und Tritt Widerstand leistet. Dies hier war meine erste Chance, mich zu beweisen und zu zeigen, dass ich keine Versagerin bin, die sich bis in alle Ewigkeit hinter den Mauern ihres Elternhauses verschanzt. Und ich hab's tatsächlich getan! Verdammt, ich bin sogar allein nach London gezogen, eine unfassbare Leistung für mich. Aber du. Du! Deinetwegen habe ich meine letzte Warnung kassiert, und du brauchst nur noch einmal Mist zu bauen, dann bin ich wieder da, wo ich angefangen habe – mit der Gewissheit, nichts, aber auch gar nichts erreicht zu haben.«

Erschöpft von meinem Ausbruch, meiner Offenheit, lasse ich mich neben ihn ins Gras sinken. Noch nie habe ich all das jemandem gegenüber zugegeben. Eine lange Weile herrscht Schweigen. Dann spüre ich, wie Teddy sich auf die Seite dreht, um mich anzuschauen.

»Ich wollte dich da nicht reinziehen …«, beginnt er.

»Also bin ich nur ein Kollateralschaden für dich?« Ich stütze mich auf die Ellbogen und starre ihn an. Teddy erwidert meinen Blick. Seine Augen glühen, kaum einen Atemzug von mir entfernt.

»Lässt du mich bitte mal ausreden?«, zischt er frustriert. »Dein Weg aus dem Mist ist es, hier erfolgreich zu sein. Meiner verlangt, dass ich hier scheitere.« Sein heißer Atem, den ich auf meinem Gesicht spüre, verschlägt mir die Sprache, und kann nicht die Worte finden, ihn zu unterbrechen.

»Wenn ich allen beweise, dass ich ein hoffnungsloser Fall bin, gibt es nichts mehr von Wert, das meine Familie aus mir heraussaugen kann. Man wird mich aus der Familiengeschichte herausschreiben und, wenn du es so formulieren willst, in die Verbannung schicken, damit ich den Rest meiner Tage in größtmöglicher Distanz zu den britischen Medien verbringe.«

Ich runzele verständnislos die Stirn. Sollte er sich nicht eher von seiner besten Seite zeigen, um zu vermeiden, aus der »Firma« zu fliegen? Offenbar hat Teddy gemerkt, wie unglaublich langsam die Rädchen in meinem Gehirn sich gerade drehen, und dass ich Mühe habe, ihm zu folgen.

»Weggeschickt und enterbt zu werden kommt für mich dem, was Freiheit ist, am nächsten, Daisy«, erklärt er, und plötzlich wird mir alles klar.

Dieser ganze kindische Plan ist einfach nur ein höchst aufwendiger Versuch, von einer der mächtigsten Familien der Welt verstoßen zu werden.

Ich werde im Zuge eines königlichen Komplotts zu Fall gebracht.

»Störe ich?« In der angespannten Situation hat keiner von uns Ellis' Ankunft bemerkt, bis er direkt vor uns steht, beide Hände in den Hosentaschen vergraben. Ich springe so hastig auf, als hätte er mich in einer weitaus heikleren Situation ertappt, als es tatsächlich der Fall ist. Teddy lässt sich einfach wieder auf den Rücken fallen, ohne Ellis' Anwesenheit zur Kenntnis zu nehmen.

»Nein, nein, überhaupt nicht. Wir sind gerade fertig geworden«, stammele ich händeringend und ignoriere Teddy ganz bewusst. Erst jetzt fällt mir auf, dass Ellis einen staubigen Overall trägt. »Neue Uniform?« Ich deute auf seine verschmutzten Hosenbeine.

»Ah, ja, ausnahmsweise mache ich mir mal die Hände schmutzig.« Er lacht. »Bei Renovierungsarbeiten in einem der Beefeater-Häuser haben sie eine Schmiede aus der Tudorzeit entdeckt.« Seine Wangen glühen vor Aufregung. »Natürlich musste ich da sofort mit reingehen und es mit eigenen Augen sehen. Hast du wieder Ärger gekriegt?«, fügt er hinzu und schaut vielsagend in Teddys Richtung. Der Viscount macht noch immer keine Anstalten, sich vorzustellen.

»Sieht so aus.«

Er wechselt das Thema. »Ich habe dir ein Date versprochen.«

Vor Schreck verschlucke ich mich. Bobble hatte tatsächlich recht. Ich und ein Date? Ein belustigtes Schnauben dringt nur gedämpft durch meinen Hustenanfall, aber ich bin ziemlich sicher, dass es aus der Richtung des Viscounts kam, der sich jetzt zu voller Höhe aufrichtet und zu einem der nächstgelegenen Zelte stolziert. Da meine Wangen mittlerweile so hochrot glühen, dass sie problemlos die Dämmerung zurückdrängen könnten, die sich allmählich über uns legt, bin ich dankbar, dass er sich samt seinem kritischen Blick aus meinem Einzugsbereich getrollt hat.

»Es muss kein Date sein … wenn du das nicht willst«, unterbricht Ellis meine Grübelei, offensichtlich besorgt, weil ich mir mit der Antwort so viel Zeit lasse.

Ein Date ist einfach nur ein Date, oder? Keine Erwartungen? »Es könnte … ruhig ein Date sein.« Ich nehme nichts anderes wahr als das zertrampelte Gras zu meinen Füßen.

»Super. Wollen wir?« Er deutet auffordernd zum Ausgang des Camps. Ich gehe voraus und schaue nicht zurück. Doch obwohl ich weiß, dass er längst weg ist, meinem Blickfeld entschwunden wie ein Schatten um Mitternacht, bleibt Teddy mir auf den Fersen. Etwas in seinem Gesicht lässt mich nicht los. Die Verletzlichkeit in seinen müden Augen, dieser Moment der Schwäche zwischen uns, all das verfolgt mein Unterbewusstsein und rüttelt durch meinen Brustkorb.

Ich kann mich nicht dazu durchringen, Ellis' Grübchenlächeln zu erwidern.

17. KAPITEL

Ellis legt einen schlanken Finger an seine Lippen, um mich zur Ruhe zu ermahnen. Er braucht sich keine Sorgen zu machen. Ich habe keinen Ton über die Lippen gebracht, seit wir das Camp verlassen haben. Meine Zunge ist immer noch gefesselt durch die vier Buchstaben, aus denen das Wort »Date« besteht, und meinen Verstand habe ich irgendwo im Gras des Burggrabens zurückgelassen.

»Eigentlich dürfen wir hier so spät gar nicht mehr rein, also müssen wir besonders leise sein«, flüstert Ellis. »Oben befindet sich ein Apartment, in dem kein Geringerer als der stellvertretende Gouverneur des gesamten Towers wohnt, und direkt unter uns sind das Büro des obersten Yeoman Warders und der Wachraum, der rund um die Uhr von Beefeaters bewacht wird. Da sollte es doch ein Kinderspiel sein, nicht erwischt zu werden, oder?«

Als ich ihm zu einer schmalen Treppe folge, wird mir klar, dass er dieses Date genau hier und jetzt haben will, während wir beide noch die Spuren eines harten Arbeitstages an unseren Kleidern und unter unseren Fingernägeln tragen. Diese Erkenntnis, addiert mit dem zusätzlichen Risiko, ertappt zu werden, löst eine unmittelbare Welle der Panik in mir aus, aber es bleibt keine Zeit mehr, meine Meinung zu ändern.

Wenn das Ziel einer Verabredung darin besteht, das Herz des anderen mit allen Mitteln zum Rasen zu bringen, dann hat Ellis gerade vollen Erfolg. Allerdings weiß ich nicht, ob er in seine Überlegungen einbezieht, wie sehr mein Leben vom Kampf-oder-Flucht-Reflex bestimmt wird. Womöglich hält er mich ja aufgrund meiner jüngsten Bestrafungen für einen dieser Adrenalin-Junkies, die Spaß daran haben, sämtliche Regeln zu brechen. In dem Fall könnte er falscher nicht liegen. Alle meine Gedanken kreisen in diesem Moment um Beefeater, die uns mit erhobenen Stangenwaffen umzingeln und in ihre Arrestzellen eskortieren, wenn wir ihren heiligen Kunstwerken zu nahe kommen.

Als Ellis merkt, dass ich wie angewurzelt am Fuß der Treppe stehen geblieben bin, dreht er sich um und lächelt mir aufmunternd zu. »Keine Sorge, ich bringe dich nicht in Schwierigkeiten. Die Leute sind daran gewöhnt, dass ich ständig hier herumhänge.« Etwas beruhigter erklimme ich die Stufen.

Er stößt eine verkratzte alte Holztür auf, und das unheimliche Knarren, das uns empfängt, passt zu der Szenerie vor mir. Der Raum ist leer. Nackte Holzdielen treffen auf nackte Steinwände, und keins von beidem strömt auch nur einen Hauch Wärme aus. Ein Schauder durchläuft meinen Körper wie ein eisiger Strom, und ich muss ein Zittern unterdrücken. Ich weiß nicht genau, was mir die Haare zu Berge stehen lässt – der kühle Luftzug, der uns entgegenschlägt, oder das überwältigende Gefühl, dass in diesem Zimmer jemand gestorben ist und sein Geist noch immer hier weilt. Auf jeden Fall ist es ziemlich unheimlich. Ich stelle mir Alenthaea bei einem Raubzug durch eine alte Krypta vor, wie sie verzauberten Stolperfallen ausweicht, um ein magisches Artefakt zu erreichen, das ihr dabei helfen wird, für ihren Thron und ihre Familie zu kämpfen. Ich folge Ellis in den Raum, wobei ich es sorgfältig vermeide, auf die Risse in den Dielen zu treten, um keine schwingenden Streitäxte auszulösen.

Im hinteren Teil des Raumes ist der bröckelnde Umriss einer gemauerten Esse zu sehen, aber die Hauptsache befindet sich an den Wänden drum herum, unter deren schwindender Farbe, einem verblassten, oxidierten Kupfer, dunklere Flecken zum Vorschein kommen – ein Kunstwerk, das der Zeit zum Opfer gefallen ist. Über dem schiefen Kamin wacht der Engel von Byward. Zwar ist sein ursprünglicher Glanz lange dahin, doch die Wandmalerei beeindruckt auch noch in ihrem jetzigen, verblassten Zustand. Als ich mich ihr nähere, denke ich nicht mehr an Stolperfallen und magische Artefakte aus meiner Fantasiewelt. Dies hier ist echt, dies hier ist wundervoll. Ich lasse Ellis zurück und trete voller Bewunderung vor den Erzengel. Hinter seinem gekrönten Kopf breiten sich rosafarbene Flügel aus, dichte kupferrote Locken umrahmen das blasse, stille, engelhafte Gesicht, ein Gesicht, das göttlichen Odem durch den Raum zu atmen scheint.

»St. Michael, der Erzengel«, flüstert Ellis, während ich mich bemühe, so lange wie möglich die Luft anzuhalten, aus Angst, das fragile Werk noch mehr zu beschädigen. »Was er in der Hand hält, ist eine goldene Waage, mit der er die Seelen der Toten wiegt.« Als ich meinen Blick von seinem Gesicht losreiße, bemerke ich die verblassten Hände des Engels. Die schiere Zahl an Seelen, die er gleich hinter dem Tor, über dem er sitzt, wiegen musste, hat offensichtlich ihre Spuren hinterlassen. Die schweren Seelen von Frauen, denen Unrecht getan wurde, die leeren Seelen von Verrätern und Verschwörern.

Er musste es nicht allein tun. Drei weitere Gesichter und eine Schar Vögel umgeben ihn, doch es ist allein sein Antlitz, das leuchtet. »Der da ganz links …« Ellis deutet auf den nur halb zu erkennenden Mann in der Ecke, »… ist Johannes der Täufer. Er hält ein Lamm. Johannes war der Schutzheilige von König Richard II., daher glaubt man, dass dieses gesamte Wandgemälde gegen Ende seiner Regentschaft im vierzehnten Jahrhundert entstanden ist.«

Ich finde keine Worte, bin versunken in der Geschichte, in einem Bild, das Hunderte Jahre älter ist als der Akzent, mit dem mein Begleiter es mir gerade erklärt. Noch eine weitere halbe Stunde lang setzt er seinen halb gewisperten Vortrag fort, während ich mir fasziniert jedes Detail des Werks einpräge. Ich spüre deutlich, dass keine Fantasie und keine Verheißungen von Magie oder Fabelwesen sich mit dem Gefühl messen können, in einer Welt zu leben, in der es Dinge gibt, die sich jeder Vorstellungskraft entziehen.

Während die Nacht hereinbricht und Kälte in den Raum sickert, fällt es immer leichter sich auszumalen, wie kopflose Geister aus schattigen Ecken auftauchen. Wir machen uns auf den Weg, um den Abend bei einem Drink im nahe gelegenen Pub ausklingen zu lassen.

»Wie bist du eigentlich an diesen Job gekommen?«, erkundige ich mich, nachdem wir draußen vor dem Byward Tower stehen und ich endlich meine Sprache wiedergefunden habe. Bislang habe ich ihm nicht viele persönliche Fragen gestellt. Mir wird klar, dass ich praktisch nichts über ihn weiß.

»Ich habe in den Staaten Geschichte studiert. Die USA haben eine interessante Vergangenheit, aber ich fand ältere Geschichte immer spannender. Zunächst waren es die Tudors, und dann habe ich einfach immer weitergemacht, bis ich mich schließlich im mittelalterlichen Europa wiederfand und wusste, dass ich all diese Orte, über die ich gelesen hatte, dringend sehen muss. Also bin ich für ein Auslandsjahr hergekommen, und bislang konnten sie mich nicht wieder loswerden.« Er lacht. »Natürlich war der Tower die Hauptattraktion, buchstäblich das Epizentrum der britischen Geschichte des vergangenen Jahrtausends, also habe ich mich für jede Stelle beworben, die ich in diesem Umfeld finden konnte, und … na ja.« Er zuckt abwehrend mit den

Schultern. Wir setzen uns in Bewegung, und ich will ihn noch mehr fragen, als ein gedämpftes Licht im Burggraben meine Aufmerksamkeit auf sich zieht. Ich gehe zum Geländer und spähe nach unten.

Er ist immer noch da.

Teddy kauert über einem Blumenbeet, das in den Schein einer Taschenlampe getaucht ist. Mit einem kleinen Spaten in der Hand lockert er die Krume, bevor er die von Pferdehufen aufgerissenen Lücken mit neuen Blumen auffüllt. Als ich ihn so sehe, bis zu den Knien in Muttererde versunken, durchfährt mich das Schuldgefühl wie ein Dolchstoß. Er hat da unten neben mir gelegen und sich mir geöffnet, seine Fehler eingeräumt, mir zugehört, als ich von meinen erzählte, und dann habe ich ihn bei der ersten Aussicht auf ein Date sitzen lassen – und, noch schlimmer, mit dem Rest unserer Strafarbeit. Und das, nachdem ich die ganze Zeit auf meine moralische Überlegenheit gepocht habe, ohne mir klarzumachen, dass ich im Grunde auch nicht besser bin als er.

Dein Weg aus dem Mist ist es, hier erfolgreich zu sein. Meiner verlangt, dass ich hier scheitere. Warum ist er dann geblieben? Warum bringt er diesen Job zu Ende, wenn das seinen erklärten Absichten zuwiderläuft?

»Kommst du?«, ruft Ellis, der inzwischen das Haupttor am Middle Tower erreicht hat. Ein Wachmann steht neben ihm und wedelt ungeduldig mit dem Schlüsselbund.

Ich schaue von ihm zu dem schwachen Licht im Graben. Erwäge ich allen Ernstes das erste Date meines Lebens sausen zu lassen, um dem Mann zu helfen, der all meine Probleme überhaupt erst verursacht hat? Und der kurz davor ist, dafür zu sorgen, dass ich gefeuert werde – nur, weil er irgendeine blödsinnige, egoistische Fehde mit seiner Familie am Laufen hat. Mit der königlichen Familie.

Es ist auch meine Strafe. Ich bin auf die Idee gekommen, ihm hinterherzureiten, im Glauben, ich könnte eine Heldin sein. Ich habe bisher all meine Pflichten vernachlässigt, um aus dieser seltsamen Rivalität zwischen uns als Siegerin hervorzugehen.

»Ich muss noch schnell was erledigen«, rufe ich zurück. »Was ich total vergessen hatte … warte auf mich, es dauert nicht länger als fünf Minuten, höchstens.«

»Dann, äh, warte ich einfach drinnen auf dich.« Ellis' Lächeln verblasst, aber bevor seine betrübte Miene meine Meinung ins Wanken bringen kann, haste ich zurück ins Camp. Je weiter ich in den Graben vordringe, desto undurchdringlicher wird die Dunkelheit. Teddys Taschenlampe ist erloschen, und ich bin auf die über die Mauer fallenden Lichter der Stadt angewiesen, um mich zu einem der Zelte vorzutasten.

»Oh Mist. Oh Mist. Shit.« Der Anblick von Teddys nacktem, durchtrainiertem Oberkörper trifft mich wie ein Schlag ins Gesicht. Ich drehe mich so schnell um, dass ich fast ein Schleudertrauma bekomme, und bin nur froh, dass er noch dabei war, den Gürtel seiner verdreckten Hosen zu öffnen, und ich nicht versehentlich bei einem Royal gespannt habe. »Tut mir leid, ich wollte nicht … Oh Gott, ich habe nicht …« Ich breche ab und verschwinde aus dem Zelt, bevor ich irgendwas zu sehen kriege, wofür die »Daily Mail« einen siebenstelligen Betrag hinblättern würde.

»Was willst du?« Teddys Stimme klingt monoton und gänzlich unbeeindruckt von meinem Erscheinen.

Ihm (und dem Zelt) immer noch den Rücken zukehrend, versuche ich, mich wieder auf mein eigentliches Anliegen zu besinnen. »Ich wollte nur Danke sagen … und dass es mir leidtut.«

»Ich höre dich nicht, komm wieder rein«, sagt er brummig, und ich schlurfe rückwärts, bis ich an die sittlich fragwürdige Seite des Zeltes stoße. Dann schlucke ich einmal schwer und beginne noch einmal. »Ich bin hier, um mich zu entschuldigen.«

»Dreh dich um«, befiehlt er. Ich gehorche. Die dreckigen Hosen sind wieder sicher befestigt, das Hemd fehlt immer noch. »So, und jetzt erklär mir, was so wichtig ist, dass du hier reinplatzen und mir beim Ausziehen zugucken musst?«

»Ich wusste nicht, dass du dich … dass du so …« Ich verschlucke mich fast an meiner Zunge. Er hat ein Tattoo. Ein scharf aussehender Dolch schneidet quer über seine linke Brust, die Spitze streift drohend sein Herz, nur Zentimeter vom Todesstoß entfernt. »Tut mir leid, ich hätte nicht weggehen dürfen. Ich hatte die Blumen total vergessen.«

»Wie war dein Date?« Er mustert mich amüsiert. Ich spüre, wie ich rot werde.

»Danke, dass du bis zum bitteren Ende geblieben bist und alles erledigt hast.«

»Dass ich bis zum bitteren Ende deines Dates geblieben bin? Jederzeit, Blümchen.«

»Dass du dich bis zum bitteren Ende um die Blumen gekümmert hast.« Ich weiß, dass er weiß, was ich gemeint habe. Sein belustigtes Grinsen verrät ihn. Nachdem er eine neue Hose aus einer Kleidertasche gezogen hat, macht er sich erneut an seinem Gürtel zu schaffen. Ich nehme das als Stichwort, mich davonzumachen, und flüchte aus dem Zelt, dankbar für die Dunkelheit, die das Glühen meiner Wangen verschluckt.

Ich versuche, das Bild von eben aus meinem Kopf zu löschen – seine Brust, sein Tattoo, seine Gürtelschnalle …

Nun reiß dich mal zusammen. Ich klatsche mir leicht auf die Wangen und ringe verzweifelt um Fassung. Auf keinen

Fall werde ich das Date mit Ellis wiederaufnehmen, während die nackte Brust eines anderen, wesentlich nervigeren Mannes vor meinem geistigen Auge herumschwirrt. Ich stöhne innerlich auf. Bobble wird sich gar nicht wieder einkriegen.

Nachdem ich es aus dem Burggraben geschafft habe, ohne dass meine Wangen vor Hitze schmelzen, setze ich ein Lächeln auf und mache mich bereit, mein Date fortzusetzen.

Als ich das Haupttor erreiche, unterbricht der Wachmann, der die Kunst beherrscht, bedrohlich zu wirken, ohne ein einziges Wort zu sagen, sein Candy-Crush-Spiel. Ellis ist nicht bei ihm und auch sonst nirgends zu sehen. Ich erinnere mich, dass er sagte, er wolle drinnen auf mich warten, und wende mich wieder in Richtung des Byward Towers. Kaum habe ich einen Schritt gemacht, hält das Grunzen des Wachmanns mich auf. »Der Tower ist geschlossen.«

»I… ich arbeite hier«, erwidere ich zaghaft. »Ich will nur schnell meinen Freund holen. Der, mit dem ich vorhin hier war.«

Der Wächter starrt mich unbeeindruckt an. »Der Tower ist geschlossen«, wiederholt er, als ob sein Drehbuch keinen anderen Text vorsieht.

»Sie haben mich doch gerade mit ihm gesehen. Kann ich ihm wenigstens eine Nachricht hinterlassen? Sonst denkt er doch, dass ich ihn versetzt habe.« Wenn jetzt ein Krake aus der Themse aufsteigen und mich mit Haut und Haaren verschlucken würde, wäre mir das sehr recht.

»Nein«, beendet der Redekünstler seine Ausführungen. Was nun? Soll ich hier stehen bleiben und auf Ellis warten? Alenthaea würde direkt an der Wache vorbeimarschieren und zum Byward Tower gehen. Aber als ich die finstere Miene sehe, mit der der Mann mich taxiert, beschließe ich, doch lieber hier zu warten, bis Ellis von sich aus auftaucht, und ihm dann alles zu erklären.

Aber würde er tatsächlich noch mal hierherkommen, um mich zu suchen? Was ist, wenn er schon gegangen ist oder gar nicht erst auf mich gewartet hat? Aber das würde er doch gewiss nicht tun, oder? Dazu ist er zu nett, viel zu nett. Ich bin sicher, dass er das alles versteht. Aber wenn nicht? Wenn er sauer wird?

Zwanzig Minuten vergehen. Keine Spur von Ellis. Ich kriege Panik, dass Teddy mich hier vorfindet, wenn ich noch länger ausharre, mit einem Jackett-bedeckten Tattoo und einem wissenden Grinsen auf den Lippen. Ich fürchte seinen Spott, weil ich hier allein zurückgelassen wurde. Meine Gedanken kreisen um ihn, sein Bild wirbelt durch meinen Kopf, bis ich nicht sicher bin, wie lange meine Beine mich noch aufrecht halten. Also wanke ich zur U-Bahn-Station und fahre nach Hause – mit dem nagenden Gefühl, heute keine einzige gute Entscheidung getroffen zu haben.

Die nächsten Tage verbringe ich wie auf Autopilot. Obwohl ich weiß, wie versessen Bobble darauf ist, jedes Detail zu hören, habe ich ihr nichts von meinem Date, Teddys Geständnis oder seiner nackten Brust erzählt. Zu peinlich berührt, diese Momente auch nur in meinem eigenen Kopf wieder aufleben zu lassen, kann ich mich erst recht nicht dazu durchringen, sie jemandem anzuvertrauen, der nicht mal im Traum auf den Gedanken käme, dieselben Fehler zu machen.

Ellis hat meinen Namen seit Tagen nicht mehr über den Graben gerufen. Ich habe versucht, ihn telefonisch zu erreichen, bin sogar zu seinem Büro gegangen, in der Hoffnung, ihn anzutreffen und mich ausgiebig entschuldigen zu können, aber all meine Anrufe landen auf seiner Mailbox, und es scheint, als hätte er sich neuerdings angewöhnt, tatsächlich pünktlich Feierabend zu machen. Sogar Teddy ist verstummt, hat keine einzige spöttische Beleidigung oder ärgerliche Stichelei für mich übriggehabt.

Ich verspüre eine überwältigende Sehnsucht nach der Friskney Fellowship. Im Nachhinein wird mir klar, dass ich in den vergangenen Tagen, während ich alles andere verdrängt habe, um Teddy nachzujagen und zu versuchen, irgendeine Form von Ordnung in meinem Leben aufrechtzuerhalten, kaum an sie gedacht habe. Doch in diesem Moment wünsche ich mir nichts sehnlicher, als zwei Stunden lang das Schwert gegen Sam zu schwingen und Richard anzumeckern, weil er mitten in der Schlacht ein Schinken-Käse-Sandwich futtert. Stattdessen tippe ich meinen Stift auf eine leere Seite und versuche, meiner Fantasie eine Geschichte für Lady A zu entringen, für eine neue Schlacht, neue aufregende Abenteuer – aber mir will und will nichts einfallen.

Das Summen der Klingel unterbricht meine kreativen Bemühungen. Ich mache mir nicht die Mühe, zur Tür zu gehen, es wird doch nur wieder eine von Bobbles Mode-Kommilitoninnen sein, die ihre Nähmaschine benutzen möchte, um einen Schal aus Schlangenlederimitat oder so was Ähnliches fertigzustellen. In dieser Beziehung erinnert meine Mitbewohnerin mich ein bisschen an Marigold, die ebenfalls immer von Freundinnen umgeben ist und für die es eine schreckliche Vorstellung ist, allein Zeit verbringen zu müssen. Allerdings würde meine Schwester sich bei uns im Dorf niemals in einem anderen Outfit blicken lassen als ihre Freundinnen. Sie alle tragen exakt das gleiche; eher uninspirierte Sachen, die keine allzu große Aufmerksamkeit erregen. In Marigolds Zimmer gibt es einen ganzen Schrank voller Sachen, die sie nur im Haus anzieht: bestickte Mieder, die sie selbst genäht hat, eine Haube, die wie ein Fliegenpilz aussieht, perlenbesetzte Diademe aus geflochtenem Draht. Vielleicht würde sie sich ja in der Freiheit einer Großstadt nicht dafür schämen müssen, anders zu sein als die anderen.

Bevor ich komplett in der bodenlosen Grube unguter Erinnerungen versinken kann, klopft es leise an meiner Zimmertür.

»Herein.«

Die Tür öffnet sich ein Stück, und Dad steckt seinen Kopf durch den Spalt.

Bevor er auch nur ein Wort sagen kann, bin ich schon von meinem Schreibtischstuhl aufgesprungen und zu ihm geeilt. Wenn ich sein Gesicht sehe, die Narbe am Kinn, wo er sich beim Versuch, einen Schild in der Hand zu drehen, selbst geschlagen hat, dann möchte ich vor Freude weinen. Dad ist der einzige Mensch auf der Welt, der einem durch seine bloße Nähe den Tag erhellen kann. Erst jetzt, da er vor mir steht, merke ich, wie sehr ich ihn brauche.

»Lady Alenthaea, ich habe Euch eine wichtige Botschaft von der Königin der Orks zu überbringen …« Er kommt ins Zimmer und verbeugt sich tief. Seine rote Tunika ist mit einer Kette gegürtet. Seine kniehohen Lederstiefel geben den Blick auf braune Pantalons frei.

»Dann will ich sie sofort hören.« Ohne nachzudenken, schlüpfe ich in meine Rolle, kann mir aber ein Lächeln über Alenthaeas ernsthaftes Gebaren nicht ganz verkneifen.

»Sie lässt Euch ausrichten, dass Ihr ausreichend Obst und Gemüse essen müsst, und droht damit, Euch ein Heer ihrer besten Orks zu senden, wenn ihr nicht jeden Tag einen Raben mit einer Nachricht schickt.«

»Dann hat sie mein Wort. Ich werde mein Bestes geben.«

»Noch eine letzte Sache …«

»Sprich, junger Knappe.«

»Sie sagt, Ihr müsst Euren Vater so fest umarmen, dass sie die Abdrücke um seine Taille sehen kann, wenn er zu ihr zurückkehrt.« Wir brechen beide ein. »Komme her, Kleine.« Ich schmiege mich an ihn und schlinge die Arme ganz fest um ihn, wie mir befohlen wurde.

»Ich bin so froh, dass du da bist.« Jetzt kann ich Daisy sein, wenn ich mit ihm rede.

»Der Laden war so ruhig ohne dich, daher dachte ich, ich schließ ihn für ein, zwei Tage und steige in den Zug, um dich zu überraschen. Ich hoffte, du könntest mir vielleicht ein paar Sehenswürdigkeiten zeigen?« Er grinst erwartungsvoll und klatscht auf mein Nicken hin mit kindlicher Freude in die Hände. Dann wirft er seinen Rucksack auf mein Bett.

»Wie geht's im Laden denn so?«, erkundige ich mich.

»Alle vermissen dich.« Dad setzt sich an meinen Schreibtisch und blättert durch mein schmuddeliges Notizbuch. »Willow ist frech wie immer und mogelt auf Teufel komm raus. Die Jungs von der Griffin Academy haben gerade eine neue Kampagne gestartet, das hält sie auf Trab.«

Immer wieder driftet meine Aufmerksamkeit zur Tür, in der heimlichen Hoffnung, dass er noch jemanden mitgebracht hat. Doch nur ein Luftzug aus dem Flur folgt ihm ins Zimmer, und ich muss aufstehen und die Tür schließen, bevor mir kalt wird.

»Und zu Hause?« Aus irgendeinem Grund bin ich nervös bei dieser Frage. Vielleicht ist es das nagende Gefühl, dass sie besser dran sind, wenn ich nicht wieder zurückkomme, um mitzuspielen. Der Gedanke, dass ihr Leben einfach so weitergehen könnte, als ob nichts fehlen würde, als ob ich nichts zu ihrem Alltag beitrage, hat mich schon umgetrieben, bevor ich überhaupt aufgebrochen bin. Sie sind alles für mich, daher ist die Vorstellung, dass sie auch ohne mich prima zurechtkommen, vielleicht meine größte Angst.

»Sie sind traurig, dass sie nicht mitkommen konnten. Mum und Sam haben dieser Tage im Job viel um die Ohren, sie arbeiten abends lange, da bleibt nicht viel Zeit für gemeinsame Abendessen. Mari ist wie immer, ihre eigene kleine unabhängige Herrin. Und inzwischen ein richtiger Teenager – sie findet alles, was ich mache, superpeinlich.« Er gluckst leise, aber sein Lächeln wirkt zögerlich. Mir sinkt das Herz. Ich wusste, dass Sam und Mum arbeiten müssen, aber Marigold … sie hat die Schule beendet, steht vor einem langen Sommer ohne Verpflichtungen – aber vermutlich ist ihr nicht mal in den Sinn gekommen, mich zu besuchen.

»Der Laden kommt mir riesig vor, wenn du nicht da bist, um mit mir zu malen.« Das holt mich für einen Moment aus meiner Enttäuschung heraus, nur, um mich daran zu erinnern, was ich am meisten vermisse.

Den Großteil unserer Tage im Geschäft haben wir damit zugebracht, nebeneinander auf dem Fußboden zu sitzen und Mini-Figuren zu bemalen. Oft fiel stundenlang kein Wort zwischen uns, aber es war schön, Dads Gegenwart zu spüren. Hin und wieder bat er, mit meinen »jungen Augen« ein besonders winziges Detail zu überprüfen, aber davon abgesehen nahmen wir einander kaum zur Kenntnis. Zusammen allein zu sein, das sind die Situationen, in denen ich mich am wohlsten fühle.

»Na komm, lass mal sehen, ob deine Werke ohne mich gelitten haben«, sage ich, um unser Gespräch in andere Bahnen zu lenken – bevor wir uns noch beide in den Zug setzen und nach Hause fahren, um nie wieder irgendwohin aufzubrechen. Bereitwillig holt Dad sein Handy hervor und zeigt mir Fotos seiner jüngsten Fantasy-Kreationen. Ab und zu mache ich eine neckend-kritische Bemerkung, aber das hebt seine Laune nur.

Genau das habe ich gebraucht.

18. KAPITEL

Dad zu sehen, immer noch in seiner Gewandung, einge-
rahmt von der pulsierenden, Graffiti-verzierten Hochhaus-
kulisse Londons, fühlt sich bizarr an. Er gehört einfach
nicht in dieselbe Dimension wie die leeren Lachgas-Ballons,
die im Rinnstein liegen. Mein Vater ist im Grunde ein großer Junge. Sein Gesicht leuchtet permanent vor einer Art
kindlichem Erstaunen, doch jetzt, als wir über den Trafalgar
Square laufen, nehmen seine großen Augen die Hälfte seines Gesichts ein, sein offen stehender Mund erledigt den
Rest. Hingerissen starrt er zur Spitze der Nelsonsäule hoch
und stolpert mitten in eine Gruppe spanischer Touristen hinein, die gerade eine Führung machen. Nachdem er sich
höflich entschuldigt hat, schließt er zu mir auf und bricht in
fröhliches Gelächter aus, in das ich, nicht ganz so überzeugend, einstimme.

Für mich sind hier viel zu viele Menschen. Ständig stoße
ich mit fremden Leuten zusammen, und ich muss mir noch
die Hände waschen nach unserer U-Bahn-Fahrt. Der Tag ist
heiß, und mit jeder Person, die sich an mir vorbeischiebt,
gerate ich mehr ins Schwitzen. Wäre ich allein unterwegs,
hätte ich längst aufgegeben. Doch der Anblick meines Vaters, der mit echter Landei-Begeisterung alle neuen Eindrü-
cke in sich aufsaugt, gibt mir Kraft. Ihm zuliebe ziehe ich
mich in meinen Kopf zurück und denke *was würde Lady
Alenthaea tun?* Wenn Lady A die Möglichkeit hätte, auch
nur einen weiteren Tag mit ihrer Mutter zu verbringen,
könnten weder der Himmel noch die schwärzeste Magie sie

davon abhalten. Ein paar Touristen zu viel und Straßenhändler, die ihr an einem sonnigen Tag Regenschirme andrehen wollen, würden ihr nicht das Geringste anhaben können. Und die Bakterien, die ich im Geiste über meine Hände krabbeln sehe, sind keine große Sache mehr, wenn ich Dads Lächeln sehe. Ich möchte auch so strahlen.

»Warst du wirklich noch nie in London?« Ich weiß, dass er zu meinen Lebzeiten nie hier war, denn mein erstes Mal war der Tag, als ich bei Bobble eingezogen bin, daher haben wir ziemlich sicher nie einen Familienausflug in die Hauptstadt gemacht. Aber bislang war ich immer davon ausgegangen, dass er in den fünfundzwanzig Jahren, die er jetzt mit Mum zusammen ist, sie wenigstens einmal begleitet hat. Schließlich fährt sie ständig für die Arbeit nach London und ist dort so gut integriert, als wäre sie eine dieser Frauen, die in der U-Bahn Sneakers zu ihrem Business-Kostüm tragen und ihre Louboutins in der Tasche haben.

»Ich habe einmal ein Mittelalter-Festival in Guildford besucht, als ich ungefähr in deinem Alter war. Zählt das?« Er meint das vollkommen ernst, und ich kann nicht anders als ihn noch mal zu umarmen. »Wofür war das denn?«, fragt er lachend, als ich ihn wieder freigebe.

»Ich freue mich so, dass du hier bist.«

»Ich mich auch. Und machst du bitte ein Foto von mir, das aussieht, als ob ich einen dieser Löwen halte, damit ich es deiner Mum schicken kann?« Nach zehn Minuten und mindestens ebenso vielen Posen hat er den perfekten Schnappschuss, und wir schlendern in einvernehmlichem Schweigen die Mall entlang.

Am Straßenrand stehen gleichförmig beschnittene Bäume, und Union Jacks säumen unseren Weg wie eine Ehrengarde, die den König grüßt. In der Ferne ist eine Art Hochzeitstorte aus gestapelten weißen Steinen zu sehen, gekrönt von einer güldenen geflügelten Braut: das Queen Victoria Memorial. Die große Königin selbst, verewigt wie die Nachwehen des Gorgonenblicks, starrt uns von ihrem ewigen Thron aus an, als bewache sie den hinter ihr liegenden Buckingham Palace vor Eindringlingen.

In jedem zweiten Gesicht, das uns entgegenkommt, erkenne ich eine Schwester. Frauen, Freundinnen, Schwestern, Mütter lächeln einander über die Hortensien im St. James' Park hinweg an. Es ist etwas Besonderes, eine ganz spezielle Art von Freude, jemanden zu haben, mit dem man sich über die Komplexität der weiblichen Existenz austauschen kann, der versteht, was es heißt, in dieser Form in dieser Welt zu existieren. Ich weiß, ich hatte immer Sam, aber ein Leben ohne Schwesterlichkeit ist einsam. Erst jetzt, da ich Bobble kenne, wird mir klar, wie viel ich verpasst habe.

»Dad«, sage ich nach einer Weile, seine bewundernden Blicke auf alles und jeden, an dem wir vorbeikommen, unterbrechend. Er brummt etwas, wirkt aber immer noch abgelenkt. »Glaubst du, dass Marigold Lust hat, mich hier mal zu besuchen?«

Ich weiß nicht, was für eine Antwort ich von ihm erwartet habe, aber er bleibt mitten auf dem Weg stehen und streicht mir sanft übers Haar. »Ich wüsste nicht, warum sie das nicht tun sollte. Warum rufst du sie nicht einfach an und fragst sie?« Eine offensichtliche Lösung, gewiss, aber eine, zu der ich mich nicht recht durchringen kann. Schweigend gehen wir weiter zum Buckingham Palace.

Ich hatte gehofft, dass Marigold mich nach meinem Umzug in die große Stadt tatsächlich interessant finden könnte, dass sie sich nicht mehr für eine Schwester schämen würde, die sechs Jahre älter ist als sie, aber keinerlei Lebenserfahrung hat, die sie mit ihr teilen könnte. Große Schwestern sind eigentlich diejenigen, die beschissene Beziehungen und peinliche Erfahrungen sammeln sollten, damit sie ihren kleinen Schwestern beibringen können, nicht dieselben Fehler zu machen. Eigentlich müsste sie zu mir aufblicken, aber was habe ich ihr schon zu geben? Ich dachte, London wäre eine Möglichkeit, das zu ändern, aber ich habe hier nicht wirklich geglänzt und muss ehrlich einräumen, dass sie vermutlich ohne meinen grässlichen schwesterlichen Rat besser dran ist. Was könnte ich ihr schon zeigen, wenn sie herkäme? Den Mülleimer auf dem U-Bahn-Gleis, in den ich hineingekotzt habe, weil ich mich vor so ziemlich jedem Aspekt der menschlichen Gesellschaft halb zu Tode fürchte?

Dad reißt mich aus meinen Gedanken. »Ich wollte mich eigentlich bei dir entschuldigen«, sagt er leise. Seine Miene ist so anders als die der letzten paar Stunden, dass ich wieder nervös werde.

»Entschuldigen?«

»Ja. Ich habe dich gedrängt, und ich mache mir Sorgen, dass ich dich vielleicht zu sehr gedrängt habe. Hierherzukommen, meine ich.« Er schaut auf, als eine rollende Bar, die von ihren Gästen per Pedale fortbewegt und manövriert wird, um die Ecke kommt, ein Anblick, bei dem wir beide ungläubig lachen. »Siehst du, was ich meine?«, fährt er fort. »Ich weiß, dass du bei uns an seltsame und wunderbare Dinge gewöhnt bist, aber ich glaube, ich habe unterschätzt, wie sehr dieser Ort hier einfach eine andere Welt ist.«

»Ich glaube, wenn du mich nicht gedrängt hättest, wärst du mich nie losgeworden«, erwidere ich und lächele, obwohl ich einen Kloß im Hals habe.

»Ich bin so stolz auf dich, das weißt du.«

Die Kondensstreifen eines Flugzeugs kreuzen sich am Himmel, als hätte jemand versucht, die klare Sommerluft mit Wolken zu füllen. Ich kann Dad nicht anschauen, sonst würde ich die Fassung verlieren.

Mein Zuhause ist schon immer ein sicherer Hafen für mich gewesen. Wenn die Dinge zu schwierig, zu überwältigend werden, habe ich dort alles, was ich jemals brauchen könnte. Mein Zuhause ist voller Liebe, und da diese Liebe in so ziemlich allen anderen Bereichen der Welt fehlt und diese Welt mir nie viel Freundlichkeit gezeigt hat, ist dieses winzige Häuschen mitten im Nirgendwo der größte Reichtum, den ich mir vorstellen kann. Der Gedanke, etwas so Sicheres zu verlassen und nicht zu wissen, ob man Ähnliches jemals wiederfindet, ist, als wäre man in einer Schatztruhe geboren worden und würde dann alles zurücklassen und sich auf hohe See wagen, um nach etwas zu suchen, das womöglich kaum halb so gut ist wie das, was man hatte.

»Aber Dad, ich weiß nicht, was ich tue«, platze ich heraus. »Ich habe das Gefühl, dass jede Entscheidung, die ich treffe, falsch ist. Ich mache ständig alles falsch.«

»Daran erkennt man, dass man auf dem richtigen Weg ist.«

19. KAPITEL

Am nächsten Tag sitzt Dad sicher im Zug, der ihn zu seiner ruhigen ländlichen Existenz zurückbringt, und ich muss mich wieder der Realität stellen.

»Heute werden wir alle mit den Füßen – und auch dem Hintern – fest auf dem Boden bleiben.« Westley schaut vielsagend zu mir herüber, und ich entwickele plötzlich großes Interesse an den Blumen zu meinen Füßen. Offenbar hat er die Vorfälle der vergangenen Woche noch immer nicht *ganz* überwunden. »Heute wird der Malstift euer einziges Schwert sein.«

Alice, eine der Praktikantinnen, beugt sich zu mir und grinst neckisch. »Ich fürchte, heute wirst du ihn hier nicht finden. Er hat deutlich Besseres zu tun.«

»Wer?«, erwidere ich betont gelangweilt, aber mir ist natürlich klar, wen sie meint. Offensichtlich hat sie meinen Versuch, Westleys missbilligendem Blick auszuweichen, falsch gedeutet. Da er der ständige Dorn in meinem Auge ist, war mir seine Abwesenheit natürlich sofort aufgefallen. Allein schon deshalb, weil mein Blutdruck noch nicht auf ein ungesundes Niveau katapultiert wurde.

»Ach, du weißt schon.« Sie lacht gekünstelt und streift mit den Fingerspitzen über meinen Arm. Heftiger als beabsichtigt ziehe ich ihn aus ihrer Reichweite. Eine Sekunde mustert sie mich verblüfft, ihr falsches Lächeln droht zu erlöschen, wird dann aber noch breiter als zuvor. »Hier, hast du das nicht gesehen?«

Sie reicht mir ihr Handy und beobachtet meine Reaktion,

während ich den Artikel überfliege, den sie geöffnet hat. *Seine Belle de jour: Viscount im heißen Flirt mit Supermodel Belle Immington* lautet die heutige schäbige Schlagzeile über einem Foto von Viscount Fairfax mit einer Frau, die so unfassbar schön ist, dass man sie für eine KI-Kreation halten könnte. Er umfasst ihre Taille mit einer allzu vertrauten Geste. Sein Rücken ist der Kamera zugewandt, doch es ist zweifellos Teddy, vom goldenen Schimmer des Siegelrings an seinem kleinen Finger bis zu seinem kunstvoll zerzausten Schopf schwarzer Haare. Miss Immington kann ihre Freude über die intime Nähe nicht verbergen, ihr atemberaubendes Gesicht erstrahlt in einem Hollywood-Lächeln, das feine blonde Haar ist am Hinterkopf elegant hochgesteckt, sodass man das Hochgefühl förmlich sehen kann, das ihr aus allen Poren sickert – in Form eines attraktiven Glimmers, versteht sich, nicht auf die vulgär schwitzende Art. Ich bin froh, dass er eine Frau gefunden hat, die es ertragen kann, ihm körperlich so nahe zu sein. Sie ist keine schlechte Wahl für ihn.

»Er wirkt total verliebt«, unterbricht Alice meine Foto-Analyse und schaut mich prüfend an, als ob sie auf etwas wartet. Ich lese die Schlagzeile noch einmal und muss an den Vorfall am Traitors' Gate denken, daran, wie die Leute über ihn getratscht haben und wie er praktisch zerbröselt ist und dann umso kälter und abweisender wurde. Er hat keinen Hehl daraus gemacht, dass die Paparazzi sein Leben ruiniert haben, warum also wirkt dieser Schnappschuss dann so gestellt, so gewollt? Vielleicht hat er ja nichts dagegen, der Welt das richtige Mädchen zu zeigen?

Einen Moment lang gebe ich mich meinen Spekulationen hin, dann fühle ich mich schuldig, dass ich über so etwas nachdenke, dass ich solche Schlagzeilen überhaupt zur Kenntnis nehme und mich in seine Privatsphäre einmische.

Es geht mich nichts an, ganz egal, wie sehr sich mir angesichts des Fotos der Magen umdreht.

»Du weißt schon, dass die Lektüre solcher Klatschblätter dir das Hirn zerfrisst«, fahre ich Alice an, bevor ich mir die bissige Antwort verkneifen kann. Dabei ist sie völlig harmlos, kaum älter als Marigold, total naiv, was die ganze Situation betrifft. Wahrscheinlich wollte sie nur ein bisschen über ihre Vorstellung von einem Märchenprinzen tratschen. Doch mein unkontrollierbares Mitleid mit dem Feind zwingt mich dazu, ihn selbst gegen diese harmlosen Spekulationen über sein Privatleben zu verteidigen. Er mag ein Arschloch sein, aber er hat das Recht, ein Arschloch zu sein, ohne dass alle Welt über ihn herzieht.

»Bist du etwa eifersüchtig, Dais?« Da ich keine Lust habe, mich auf ihre kindischen Spiele einzulassen, lasse ich sie samt ihrer selbstgefälligen Miene sitzen, verteile die Arbeitsblätter für den Tag und blockiere jeden einzelnen Gedanken, der versucht, sich in mein Gehirn zu schleichen.

Vermutlich gehört das einfach zu seinem Plan. Warum sollte er sich die Mühe machen, den Unterricht zu stören, wenn er genauso gut einfach schwänzen und sich mit Supermodels herumtreiben kann? Dadurch gewinnt er in jeder Hinsicht – schließlich gibt es für einen Royal keine bessere Methode, sich als untragbarer Nichtsnutz zu outen, als mit einem medienbekannten Gesicht anzubandeln. Ehe Teddy sichs versieht, sitzt er mit seiner Freundin im nächsten Flieger auf die entlegenste Insel des Commonwealth, und man wird nie wieder von ihnen hören, zumindest bis zur schmutzigen Scheidung von besagtem Supermodel, das anschließend zur Primetime aus dem Nähkästchen plaudern wird, um Millionen zu kassieren.

Ich frage mich, worüber die beiden so reden. Was hat Teddy tatsächlich zu sagen, wenn seine Gesprächsbeiträge sich nicht darin erschöpfen würden, so nervtötend wie möglich zu sein? Offenbar hat es mit dem Blockieren lästiger Grübeleien nicht so geklappt wie erhofft, denn ich hänge den ganzen Vormittag über derlei Fantasien, wobei man fairerweise sagen muss, dass mich nichts Spannendes in der realen Welt davon abhält, mir ein komplettes künftiges Leben für den verdammten Teddy auszumalen. Ich bin wirklich nicht besser als Alice oder die Schmierfinken, die diese Artikel schreiben. Aber auch, wenn ich es höchst ungern zugebe – ohne ihn und seine Dramen ziehen die Tage im Burggraben sich wie Kaugummi. Plötzlich wird mir klar, dass er, während ich mich damit beschäftigt habe, ihn zu hassen, mein einziger Freund hier geworden ist.

Nachdenklich suche ich mir einen Platz zwischen den stillen Schülern und mustere meine erwachsenen Kollegen. Mein Blick fällt auf Erin. Sie hat, genau wie meine Schwester, diese Leichtigkeit und Coolness an sich, die mir meilenfern liegen. Obwohl wir nun denselben Job in derselben Stadt machen, gibt es anscheinend keinerlei Gemeinsamkeiten zwischen uns.

Sie schaut auf, und ich merke, dass ich sie angestarrt habe wie ein Perversling, obwohl ich in Wahrheit nur auf sämtliche peinliche Dinge konzentriert bin, die in Endlosschleife in meinem Kopf ablaufen – wie ein Film, der eigens dazu gedreht wurde, mich vor Scham erschaudern zu lassen.

Doch zu meiner Verblüffung steht Erin auf und kommt zu mir herüber. »Beachte Alice gar nicht«, sagt sie ungefragt. »Sie kommt ein bisschen wie eine dumme Kuh rüber, ist aber harmlos.«

Unsicher, was ich darauf antworten soll, sage ich leise Danke. Ihre plötzliche Freundlichkeit verwirrt mich, da sie mir bislang eigentlich immer aus dem Weg gegangen ist. Hat sie womöglich irgendwelche Hintergedanken? Ich beschließe, wachsam zu bleiben.

Ganz offensichtlich war ich so auf meine Rivalität mit dem Royal konzentriert, dass er der Einzige ist, den ich hier kenne. Und nicht mal ihn kenne ich wirklich – ich weiß nur, wie man ihn auf die Palme bringen kann, und nur er weiß, wie man mich zur Weißglut treibt. Doch bei all dem habe ich, wie mir nun klar wird, von meinen anderen Kollegen kaum Notiz genommen, keinerlei Versuch gemacht, mich zu integrieren. Im Grunde habe ich sie genauso oberflächlich beurteilt, wie ich es von ihnen mir gegenüber befürchtet hatte.

»Erin«, beginne ich zaghaft. »Soll ich dir bei Gelegenheit vielleicht mal zeigen, wie man eine Stangenwaffe einsetzt? Du weißt schon, einen Sponton oder Speer?« Ich übermittele mein Freundschaftsangebot auf die einzige Art, die mir einfällt.

Einen Moment lang wirkt sie perplex, als wüsste sie nicht genau, ob sie mein Ansinnen positiv oder negativ auffassen soll. »Wenn nicht, dann nicht«, füge ich hastig hinzu.

»Ich habe es voriges Jahr gelernt. Ich glaube, ich kriege das schon hin, danke«, sagt sie schnippisch und wendet sich ab, um zu ihren Freundinnen zurückzugehen. Ich reibe mir übers Gesicht und zerbreche mir den Kopf darüber, wie ich es schon wieder hingekriegt habe, alles zu vermasseln. Was bin ich doch für eine Idiotin.

Um das Erlebnis abzuschütteln und meine Scham zu verbergen, versuche ich, mich in die Arbeit zu stürzen. Doch wie üblich kehren meine Gedanken unaufhaltsam zu *ihm* zurück. Warum ist es einfacher, sich einen Feind anzulachen, noch dazu einen royalen, als Freundschaften zu schließen?

Mein Blick fällt auf eine vertraute Gestalt, die durchs Westtor über den Burggraben Richtung Tower geht. Schlagartig wird mir klar, dass ich, genau wie Alenthaea, zu viel Zeit damit verbracht habe, meine Feinde zu jagen, und darüber das Gute vernachlässigt habe, das die ganze Zeit da war. Ellis.

Ungeduldig fange ich an, mit einem Bein zu wippen, eine zwanghafte Bewegung, die sich qua kinetischer Energie auf den ganzen Tisch überträgt und das ganze Ding zum Wackeln bringt. Eine der emsigeren Schülerinnen schaut finster von ihren Buntstiften auf, als ihr Blatt anfängt zu zittern.

»Entschuldigung«, murmele ich und rufe meine unbotmäßigen Gliedmaßen zur Ordnung. Als Westley uns endlich in die Mittagspause entlässt, springe ich als Erste auf, schiebe mich durch die Kinderschar, verlasse den Burggraben und mache mich auf die Suche nach dem Archivar.

Wie schon in den vergangenen Tagen ist sein Büro verlassen. Doch heute werde ich nicht aufgeben, bevor ich ihm sagen kann, was ich zu sagen habe. Ich gehe den Flur entlang und spähe durchs Fenster jedes Büros auf dieser Etage. Mein Herumschnüffeln bleibt weitgehend unbemerkt; die meisten Leute starren ausdruckslos auf ihre Computerbildschirme. Allerdings gibt es auch einige, die augenscheinlich nicht damit rechnen, in den dunkleren Ecken des Waterloo Blocks aufgestört zu werden. Ein Paar, das sich offenbar besonders nahesteht und beschlossen hat, seine Münder während der Mittagspause mit anderen Dingen zu füllen als ihren mitgebrachten Sandwiches, vertreibt mich mit einer Auswahl wüster Schimpfwörter und sehr, sehr roten Gesichtern.

Meine Hartnäckigkeit wächst proportional zu meinem neu erworbenen Wissen über Sexualpraktiken. Meine glühenden Wangen ignorierend, versuche ich es ein Stockwerk höher. Der Klang von Stimmen lockt mich zu einer Tür am Ende des Flurs. Wie ein Kind, das in das Fenster eines Süßwarenladens schaut, spähe ich durch die verglaste Tür. Als

Erstes sehe ich Rot. Viel Rot. Die leuchtend scharlachfarbenen Waffenröcke der King's Guard verteilen sich im Raum, manche am Mann, andere auf Kleiderbügeln, die an den Türrahmen der Nachbarzimmer hängen. Ahnungslos, dass sie beobachtet werden, wuseln die Soldaten herum, und ihre tiefen Stimmen dröhnen gegen die Holztür, an der ich lehne und von der ich mich offenbar nicht losreißen kann.

Mitten im Raum steht einer von ihnen mit freiem Oberkörper und reibt sein Horn. Nein, das ist kein Euphemismus. Der Mann poliert das lange Instrument sorgfältig mit einem Tuch und überprüft das Ergebnis, indem er sich in der silbernen Oberfläche spiegelt. Ein anderer Wachmann beugt sich über ein Paar glänzender Stiefel und wird von einem Kameraden getriezt, der sich mit einer Sprühflasche hinter ihn schleicht und das frisch geputzte Leder mit Wasser bespritzt. Als der Geschädigte sich hektisch nach der Quelle des unerwarteten Schauers umschaut, aber nicht fündig wird, muss ich ein Lachen unterdrücken.

»Daisy?«

Beim Klang meines Namens fahre ich erschrocken zusammen – und knalle prompt mit dem Kopf gegen die Tür. Was wenig überraschend die Aufmerksamkeit der Wachleute weckt, die ihre jeweiligen Tätigkeiten ruhen lassen, um mich verdutzt anzustarren. Mein Gesicht dürfte jetzt ungefähr dieselbe Farbe haben wie ihre Uniformen. Ich winke steif durch die Scheibe, die sich unter meinen hektischen Atemzügen zu trüben beginnt, und setze das falscheste Lächeln der Weltgeschichte auf. Verwirrt hebt der Stiefelputzer eine Hand, um zurückzuwinken, doch ich wende mich ab, um zu fliehen, bevor ich mich noch lächerlicher mache.

Natürlich musste es Ellis sein, der mich beim Gaffen erwischt hat. Jetzt steht er am Ende des Flurs und schaut mich unter erhobenen Brauen fragend an.

»Es ist nicht das, wonach es aussieht«, platze ich heraus, woraufhin seine Brauen sogar noch höher klettern.

»Bist du sicher? Also, für mich sieht es danach aus, als ob du ein lüsternes Auge auf die King's Guard riskiert hättest.« Um seine Lippen zuckt ein Lächeln, trotzdem fühle ich mich bis auf die Knochen blamiert.

»Nein, nein«, versichere ich gepresst. »Ich habe nach dir gesucht.«

»Dachtest du, ich hätte über Nacht Job und Nation gewechselt und wäre in die britische Armee eingetreten?«

Ich könnte jetzt wirklich, wirklich ein bisschen Lady A gebrauchen, doch sie lässt mich im Stich. Ich bin auf dem von Tritten schwerer Soldatenstiefel verschlissenen Teppich auf mich allein gestellt.

Ellis wippt auf seinen Fußballen. »Nun, jetzt hast du mich gefunden. Mission erfüllt?«

»Ich wollte mich entschuldigen. Es war nur ein blöder Fehler.«

»Ich weiß, du hast dich unbehaglich gefühlt. Das habe ich mitgekriegt. Ich hätte dich nicht drängen sollen …«

»Nein, nein, du hast mich zu gar nichts gedrängt. Kein bisschen. Ich meine, es war ein blöder Fehler, weil der Wachmann sich geweigert hat, mich wieder reinzulassen. Ich habe versucht, am Ausgang auf dich zu warten, doch dann bin ich panisch geworden. Aber ich hatte die feste Absicht, unser Date fortzusetzen, wirklich.«

Einen Moment lang mustert Ellis mich, doch ich merke, dass er in Wahrheit mit seinen eigenen Gedanken beschäftigt ist. Seine Miene wird weicher, dann wieder härter, während er wortlos mit sich selbst ringt. Doch plötzlich verändert sich sein Gesichtsausdruck, und er starrt mich so entgeistert an, dass ich fast sicher bin, dass mir unvermittelt ein zweiter Kopf gewachsen ist. Mit zitternden

Fingern streiche ich über mein Haar und mein Gesicht, um mich zu vergewissern, doch es scheint alles in Ordnung zu sein. Ich wende mich ab, weil ich diesen Blick nicht länger ertragen kann.

Und dann sehe ich, was ihn so aus dem Konzept gebracht hat. Im Fenster hinter mir sind zwei Köpfe aufgetaucht; ein blonder und ein brünetter Guard quetschen sich Wange an Wange, um den besten Blick auf Ellis und mich zu erhaschen.

»Komm hier lang, dann können wir ohne Publikum reden.« Ellis funkelt die Wachmänner finster an, die sich daraufhin hastig vom Fenster zurückziehen. Ein Geräusch, das man nur als Kichern beschreiben kann, dringt durch den Spalt unter der Tür.

Ellis führt mich durch einen Gang, der neben einem Porträt in dickem Goldrahmen kaum auffällt, jedenfalls war er mir auf meinem Weg hierher entgangen. Anders als im übrigen Gebäude gibt es hier keine verglasten Bürotüren. Sie sind alle aus undurchdringlichem Holz und sehen aus, als ob sich dahinter ganze Welten verbergen. Im Vorbeigehen streiche ich mit den Fingerspitzen über die glatten Mahagoniflächen, eine Geste, die das Zittern mildert, das mir durch sämtlich Gliedmaßen bebt.

Auf halber Höhe des Korridors öffnet Ellis eine der schweren Türen und hält sie auf, um mir den Vortritt zu lassen. Der Raum wirkt, als sei hier eine Bombe aus Literatur explodiert. Überall häufen sich lose Pergamentseiten, dicke, ledergebundene Bücher stapeln sich zu bedenklicher Höhe, zum Teil so schief, dass ich schon befürchte, der leichte Lufthauch der sich schließenden Tür könnte ausreichen, um sie auf den Teppich purzeln zu lassen. Wobei ich nur vermuten kann, dass sich irgendwo unter diesem Chaos ein Teppich befindet. Im Moment müssen wir uns allerdings über einen improvisierten Pfad aus Holzkisten bewegen, um zu Ellis' Schreibtisch zu gelangen, der gleichfalls in Papierkram versinkt.

Abgelenkt von der Offenbarung eines solchen Raums legt sich meine Nervosität, und ich traue mich, etwas zu sagen. »Ich nehme mal an, dass der Brandschutzbeauftragte nicht weiß, dass dieses Zimmer existiert?« Ein einziger Funke hier würde das ganze Haus in Flammen aufgehen lassen.

Lachend schiebt er ein paar Unterlagen zur Seite, um so viel Platz zu schaffen, dass wir uns setzen können. »Nicht viele Leute wissen, dass es diesen Raum gibt. Und so soll es auch bleiben. Ich weiß immer ganz genau, wo hier alles ist, daher wäre es eine Schande, wenn hier irgendwer irgendwas verkramt.« Sanft nimmt er mir das Notizbuch aus der Hand, nach dem ich gegriffen habe, weil die handgeschriebenen Worte auf dem Einband *Der Tower of London vs. Die deutsche Luftwaffe* mich so neugierig gemacht haben, dass ich nicht widerstehen konnte. Ich murmele eine Entschuldigung und setze mich in einen der frisch geräumten Ledersessel, während Ellis sich mir gegenüber hinter seinem breiten Schreibtisch niederlässt.

»Hier hast du dich also die letzten Tage versteckt?«, frage ich leise.

»Irgendwie schon …«, räumt er ein. Hinter seinem breiten Schreibtisch, einem Podest aus Büchern und Papieren, erscheint er mir wie ein Professor. Ich mustere ihn, wie er so dasitzt, von Intelligenz umrahmt. Seine bronzefarbene Haut schimmert vor den vergilbten Seiten, die uns umgeben, und er verströmt Macht. Er ist der König und Befehlshaber in diesem vollgestopften Raum.

Unwillkürlich schrumpfe ich auf meinem Sitz zusammen. »Ich habe nach dir gesucht.« Jedes einzelne dieser Worte leistet Widerstand. Sie klammern sich an meine Zunge wie Kletterpflanzen an einen Felsen, aber ich zwinge sie alle über meine Lippen. Sie müssen gesagt werden.

»Ich könnte von dem ein oder anderen gehört haben, dass jemand nach mir gefragt hat.«

»Du bist mir aus dem Weg gegangen?« Es ist eher eine Feststellung als eine Frage – schließlich kenne ich die Antwort. Als er nickt, wird mir trotzdem das Herz schwer und rutscht wie ein Stein in meinen Magen.

»Tut mir leid.« Mehr bringe ich jetzt nicht heraus.

»Du magst *ihn*, stimmt's?« In seiner Frage schwingt kein Ärger mit. Er lächelt sanft und traurig.

»Du meinst Ted… Theodore Fairfax?« Ich unterdrücke den Impuls, ihm ins Gesicht zu lachen. Wieder nickt er. »Du denkst, darum geht es hier?« Noch ein Nicken. Diesmal halte ich meine Heiterkeit nicht zurück. Das Lachen blubbert unkontrolliert durch mich hindurch, bis der altersschwache Sessel unter mir zu wackeln beginnt. »Kein bisschen«, japse ich schließlich. Endlich zeigt Ellis sein vertrautes Grinsen, und mit Erleichterung sehe ich seine berühmten Grübchen zurückkehren. Nachdem ich ihm die ganze Geschichte erzählt habe – nun ja, abgesehen von der Sache mit dem nackten Oberkörper und dem Brust-Tattoo –, lehnt er sich sichtlich entspannt in seinem Stuhl zurück, und ich denke, dass er mir verziehen hat.

Wenn es irgendetwas gibt, woran sich nicht rütteln lässt, dann ist es die Tatsache, dass ich Seine Lordschaft Teddy Fairfax absolut und unwiderruflich nicht mögen kann und mögen will.

20. KAPITEL

Der Regen trommelt gegen die Zeltplane, und ich verliere mich in seinem hypnotischen Rhythmus. Von hier drinnen könnte es das Geräusch von Hunderten von Stiefeln sein, die nur ein, zwei Meilen von unserem Lager entfernt in die Schlacht marschieren, stetig und unerschütterlich, im Gleichschritt gehalten von den unermüdlich geschlagenen Trommeln. Links, rechts, links, rechts, das Tempo bedächtig und doch drängend, während sie immer näher kommen, lauter, lauter …

Als die Zeltklappe aufgestoßen wird, bin ich so gefangen in meiner Fantasie von mörderischen Armeen, dass ich mich zu Tode erschrocken auf eine brutale Plünderung gefasst mache. Doch es ist keine anrückende Armee, die die Schwelle überschreitet, sondern, noch schlimmer, Teddy Fairfax. Das normalerweise sorgfältig gestylte Haar hängt ihm tropfend über Augen und Ohren. Ein fetter Tropfen fällt aus einer rabenschwarzen Strähne auf seinen Hals, rollt über die Kurve seines Adamsapfels und verschwindet dann in seinem Kragen. Das weiße Hemd ist transparent vor Nässe, und als er den durchweichten Blazer abstreift, wird der dunkle Umriss seines Tattoos sichtbar.

Ich huste, um ihn auf meine Anwesenheit aufmerksam zu machen, bevor er sich in seinem offensichtlichen Zorn noch weitere Kleidungsstücke vom Leib reißt. Seit Bekanntwerden seiner neuen Beziehung hat er sich zwar ein paarmal in der Ritterschule blicken lassen, mich dabei aber stets konsequent ignoriert. Jedes Mal, wenn sein Blick über mich hinweggleitet, als würde ich gar nicht existieren, überkommt mich ein gänzlich unvertrautes Gefühl der Leere. Auf eine Weise, die ich nicht wirklich begreifen kann, erscheint es mir, als wäre ich gar nicht vorhanden, wenn Teddy Fairfax mich nicht zur Kenntnis nimmt.

Jetzt schaut er auf und fährt sich, als er mich sieht, seufzend durch seine triefenden Haare. Seine Augen sind schwarz und so stürmisch wie das Gewitter da draußen. Hastig beschwöre ich Alenthaea, ich brauche sie jetzt, brauche ihr Selbstvertrauen und ihre Härte, um den merkwürdigen Aufruhr zu überspielen, der in meinem Inneren wütet.

»Hattest du heute Morgen niemanden, der den Schirm für dich gehalten hat?« Meine flapsige Bemerkung ist der Versuch, die Spannung zu lockern, die mit ihm durch die Zelttür hereingekommen ist. Doch er starrt mich nur ausdruckslos an. »Ich dachte, wir kriegen dich hier gar nicht mehr zu sehen«, fahre ich fort und denke an den Artikel, an das Supermodel, an seinen Trotz.

»Und ich hätte nicht gedacht, dass du die Klatschpresse liest.«

Ich werde rot. Von seinem üblichen süffisanten Grinsen ist nichts zu sehen, und sein Verhalten macht klar, dass er sich nicht mehr so auf mich einlassen will, wie er es in den vergangenen Wochen getan hat. Er wirkt immer noch müde, aber heute scheint er seine Erschöpfung nicht durch Heiterkeit kaschieren zu wollen. Vielmehr kommt es mir vor, als hätte er endlich begriffen, dass die Realität seines Lebens weit über das kleine Spielchen hinausgeht, das wir hier gespielt haben. Wahrscheinlich liegt es auch daran, dass er so durchnässt ist, aber er sieht wirklich aus wie ein kleiner ertrinkender Junge, ein Junge, der sich nicht mal mehr bemüht, den Kopf über Wasser zu halten.

Ich greife nach meiner Tasche und wende mich zum Gehen, ohne genau sagen zu können, warum ich so enttäuscht bin, dass er nicht mal versucht, mich auf irgendeine Weise zu beleidigen.

Doch ich bin noch nicht ganz am Zeltausgang angekommen, als Westleys fröhliches Gesicht durch die Klappe lugt. »Planänderung, werte Damen und Herren«, verkündet er, seine gute Laune offenkundig ungetrübt von dem Niederschlag, der sich in seinen Stirnfalten sammelt. Dann bemerkt er Teddy und räuspert sich. »Äh, Hoheit?«, fügt er hastig hinzu. Ohne ihn eines Blickes zu würdigen, geht Teddy zu einem der Kostümständer, um sich trockene Sachen zu suchen. »Wir werden heute tanzen«, trompetet Westley und kichert vor Freude über diese Offenbarung. »Eigentlich wollte ich diese Lektion ja für eine Art Ball zum Abschluss der Zeit hier aufheben, aber da das Wetter nicht mitspielt, werden wir uns schon heute in die New Armouries begeben und unsere Tanzschuhe anziehen. Und wir wollen keine Kettenhemden oder grasbefleckten Hosen sehen, nur festliche Gewänder.« Damit macht er sich davon, höchstwahrscheinlich, um die Begeisterung über den tollen Plan mit den anderen zu teilen. Zurück bleiben seine vermutlich unenthusiastischsten Untertanen und verzweifeln an der Idee.

»Ich hoffe, du kannst besser tanzen als reiten«, bemerkt Teddy. Zum ersten Mal klingt das tiefe Timbre seiner Stimme wieder so, wie es sollte – belustigt und herausfordernd. Und obwohl er noch immer nicht ganz er selbst ist, kann ich mir ein Lächeln nicht verkneifen. Vielleicht wäre das Tanzen ja gar nicht so schlecht, wenn man es mit einem kleinen Wettkampf verbinden könnte.

Nein, rufe ich mir sofort in Erinnerung. Ich habe schon zwei Abmahnungen, ich darf mich nicht noch einmal zu irgendwelchem Blödsinn hinreißen lassen, nur, um es ihm zu zeigen – und dann womöglich von hier verbannt zu werden und als Versagerin nach Hause zurückzukehren.

»Ehrlich gesagt, empfehle ich jedem, der das Unglück hat, mir als Tanzpartner zugeteilt zu werden, ein Paar Schuhe mit Stahlkappen«, gebe ich zu.

»Dann werde ich mich fernhalten«, murmelt er.

»Ja, das ist vermutlich das Beste.« Irgendwie klingt das Trommeln des Regens jetzt anders. Weicher, weniger gehetzt, wie melancholisches Weinen.

Ich trete neben Teddy an den Kleiderständer und durchstöbere wortlos die aufgereihten Outfits. Er trägt immer noch die Sachen, in denen er hereingekommen ist, und mein Arm wird jedes Mal feucht, wenn unsere Schultern in Kontakt kommen. Teddy nimmt keine Notiz davon, und auch von mir nicht, bis er schließlich ein langes schwarzes Kleid hervorzieht und über den Stoff streicht.

»Schwarz ist definitiv deine Farbe. Ich bin aber nicht ganz sicher, ob du die richtigen Hüften für dieses Modell hast«, witzele ich.

Er schnaubt unamüsiert. »Das ist für dich, Daisy.« Ohne mich anzuschauen, drückt er mir das Teil in die Hand.

Es mutet immer merkwürdig an, meinen Namen aus seinem Mund zu hören. So korrekt, so perfekt ausgesprochen, als ob jeder andere, der ihn bislang benutzte, es falsch gemacht hätte. Da mir kein Widerspruch einfällt, nehme ich ihm den Kleiderbügel ab. Noch immer meidet er meinen Blick, wofür ich dankbar bin, denn so kriegt er nicht mit, dass mir jeder einzelne Tropfen meines Bluts zu Kopf gestiegen ist.

Welches Spiel spielt er jetzt? Warum kümmert es ihn plötzlich, wie ich mich kleide? Hat er eine komplette Persönlichkeitsveränderung durchgemacht, seit ich das letzte Mal mit ihm gesprochen habe? Oh Gott, die Royals haben doch nicht etwa auf eine Art Foltertherapie zurückgegriffen, oder? Das könnte diese erschöpfte Gelassenheit erklären.

Ich halte das Gewand sehr still, befürchte beinahe, es könnte explodieren, wenn ich mich zu schnell bewege, und das Ganze ist nur ein aufwendiger Streich.

»Es ist nur ein Kleid, es wird dich schon nicht beißen«, fügt der Viscount hinzu, als er sieht, wie perplex ich den glatten Stoff anstarre.

Was würde Lady A in einer solchen Situation tun, frage ich mich. Zweifellos würde sie ihm das Kleid an den Kopf werfen und ihre eigene Entscheidung treffen. Wenn sie seine Wahl akzeptierte, würde sie Schwäche zeigen. Doch heute, so kurz vor Ende meiner Probezeit und mit bereits zwei Verwarnungen auf dem Buckel, bin ich nicht mal mehr sicher, ob ich überhaupt noch auf sie hören sollte.

»Äh, danke.« Unsicher in sämtlichen anderen Aspekten meines Daseins, ziehe ich mich in die Umkleidekabine zurück, um zu tun, was man mir sagt. Geschützt hinter dem Vorhang, lasse ich meinen bisher zurückgehaltenen Emotionen freien Lauf, in chronologischer Abfolge: erst Verwirrung und Entrüstung, dann, in der nächsten Welle, Scham und Verwunderung. Und schließlich ein klein wenig … Erregung.

Nein. Auf keinen Fall. *Nimm dich zusammen.* Um mich in die Realität zurückzuholen, klatsche ich mir leicht auf die Wangen, und wieder steigt so etwas wie Empörung in mir auf.

»Du weißt doch sicher, wie man ein Kleid anzieht?«, tönt Teddys Stimme durch den Vorhang. Meine Reglosigkeit muss mein Zögern verraten haben. Nur ein dünner Stoffstreifen trennt uns. Ich kann seine leisen Atemzüge deutlich hören, da können ihm auch meine angespannten nicht entgehen.

»Selbstverständlich«, gebe ich schnippisch zurück und entledige mich rasch meines Waffenrocks.

»Das trifft sich gut, denn ich hatte nicht vor, reinzukommen und dir Nachhilfe zu erteilen.« Mit jedem Wort klingt er vertrauter, wie der Teddy, an den ich gewöhnt bin. Und prompt fällt mir auch wieder ein, warum ich ihn nicht ausstehen kann.

»Wenn du auch nur eine Wimper durch diesen Vorhang steckst, schnalle ich dich an eine Zielscheibe und benutze dich fürs Bogenschießen.« Angetan von dieser Drohung, macht Alenthaea eine Stippvisite.

Um ihm keine Gelegenheit zu geben, meinen Bluff zu durchschauen, ziehe ich mich rasch aus, werfe dann das Kleid über, ziehe die Schnüre des Korsetts fest und lasse den langen Rock an meinem Körper hinuntergleiten, wobei sich der weiche Stoff um jede Kurve schmiegt. Ich achte kaum auf den Sitz. Es gibt keinen Spiegel in der Kabine, und ich habe den Anblick meiner breiten Schultern und kräftigen Arme in solch zarten Roben noch nie besonders geschätzt. Ich sehe sehr viel lieber, wie sie ein ritterliches Pauldron ausfüllen. Daher versuche ich, nicht an meine Erscheinung zu denken, während ich meine abgelegten Sachen aufsammele.

»Dann wirst du dir um ganz andere Dinge Sorgen machen müssen als um eine dritte Abmahnung, Blümchen«, erwidert er.

»Und natürlich wäre wieder alles Eure Schuld, Euer Hochwohlgeboren.« Ich trete aus der Umkleidekabine. Er hat sich ebenfalls umgezogen und trägt nun ein nach mittelalterlicher Mode besticktes schwarz-weißes Wams. Um seine Taille ist ein dicker Ledergürtel geschlungen, an dem eine leere Schwertscheide hängt. Die schwarzen, knöchellangen Hosen stecken in abgewetzten braunen Stiefeln.

Teddys feuchte Haare, befreit von den üblichen Zwängen der Perfektion, locken sich leicht an den Enden.

»Wow, du siehst ja geradezu königlich aus«, stoße ich hervor, nachdem ich jeden Zentimeter seiner herausgeputzten Gestalt mit den Augen verschlungen habe.

»Willst du damit etwa andeuten, dass ich nicht jeden Tag königlich aussehe?« Prince Charmings böser Zwilling hebt süffisant eine Braue und breitet die Arme aus, damit ich einen noch besseren Blick auf seine Figur werfen kann.

»Wenn dem so wäre, wärst du nicht hier«, kontere ich, ohne nachzudenken. Sofort zucke ich innerlich zusammen. Ich habe es schon wieder getan, habe es zu weit getrieben und meine tollpatschigen Hände in seine offene Wunde gepresst. »Tut mir leid, das hätte ich nicht …«

»Touché.« Er überrascht mich mit einem Grinsen. Du liebe Zeit, was um alles in der Welt ist mit dem Teddy Fairfax passiert, den ich kannte? Zum ersten Mal lässt er jetzt seinen Blick von meinem Gesicht über meinen Körper gleiten, um sein Werk zu begutachten. Sofort verschränke ich die Arme vor meiner eingeschnürten Taille, und die langen, wogenden Ärmel bedecken mich locker und retten mich vor seiner forschenden Inspektion.

»Na los, sag mir schon, dass ich hässlich bin oder so was. Ich sehe doch, dass du darauf brennst, mir irgendwas Beleidigendes an den Kopf zu werfen.«

»Warum sollte ich dir sagen, dass du hässlich bist?« Unter der Ernsthaftigkeit seiner sonst so spöttischen Miene erstarre ich regelrecht. »Du siehst verd… gut aus. Ohne die ganzen Waffen und Rüstungen wirkst du sogar beinahe umgänglich.« Damit dreht er sich um und entlässt mich aus der Musterung.

»Tja, gewöhn dich besser nicht dran.« Mein Mund ist trocken, und ich kämpfe mit dem Drang, rauszulaufen und mein Gesicht in den Regen zu halten. Stattdessen nutze ich die Gelegenheit, ihn verstohlen zu mustern. Teddys Haltung ist vermutlich das Majestätischste an ihm. Egal in welcher Situation, seine Schultern bleiben straff, nie scheint er den Rücken zu krümmen oder eine auch nur ansatzweise bequeme Position einzunehmen. Ich wäre nicht überrascht, wenn man ihm Metallstangen in die Wirbelsäule gebohrt hätte, um jegliche Nachlässigkeit zu unterbinden. Unwillkürlich stelle ich ihn mir als Kind vor, als frechen kleinen Jungen, der zur Vornehmheit erzogen wird, indem man ihn zwingt, mit großen schweren Büchern auf dem Kopf durch herrschaftliche Räume zu schreiten.

Kerzengerade wie eh und je steht er jetzt vor einer Reihe Zierschwerter, um ein passendes für sich herauszusuchen.

Da er mir eben mit etwas geholfen hat, bei dem ich mich nicht besonders auskenne, ist das vielleicht meine Chance, mich zu revanchieren. »Der Säbel wäre wahrscheinlich die beste Wahl«, sage ich. »Durch die gekrümmte Klinge ist er beim Tanzen weniger im Weg.«

Zögernd greift Teddy nach einem Degen. Tief durchatmend nehme ich seine Hand, um sie zu der richtigen Waffe zu führen, und zu meiner Verblüffung lässt er es zu, weist meine Berührung nicht zurück. Schweigend nimmt er den Säbel und schiebt ihn in das Futeral an seinem Gürtel.

Unfähig, dem verlockenden Tisch zu widerstehen, suche ich mir eine eigene Waffe aus. Ein zierlicher Dolch, der zu so einem eleganten Kleid passt, sollte genügen. Ich lege mir einen dunklen Gürtel um die Taille, befestige die leichte Klinge daran und fliehe aus dem Zelt, bevor ich in der immer dicker werdenden Luft ersticke.

Sofort prasselt der Regen auf mich ein. Dicke Tropfen gleiten über mein Gesicht, und ich bin dankbar, dass sie meine brennenden Wangen kühlen, allerdings nicht ganz so glücklich darüber, wie sie anschließend vorn an meinem Kleid und bis zum Bauchnabel herunterrinnen. Doch so schnell, wie ich nass wurde, bin ich plötzlich wieder im Trockenen.

Teddy steht neben mir und hält einen großen Regenschirm über uns beide. »Ist das deine Art, dagegen zu protestieren, dass ich nett zu dir bin?« Er starrt während seiner Frage geradeaus, aber es ist klar, dass er von dem Kleid spricht, das ich fast ruiniert hätte.

»Ich, äh, hatte vergessen … dass es regnet.«

Zusammen machen wir uns auf den Weg zu den New Armouries. Ich muss meinen langen Rock raffen, damit der Saum nicht über den aufgeweichten Boden schleift.

»Weißt du, du brauchtest nur die Rüstung abzulegen, nicht dein Gehirn«, entgegnet er.

»Ich dachte schon, du hättest den echten Teddy in einem eurer Paläste eingesperrt, aber da ist er ja wieder.« Ich hoffe, dass er das Lächeln, mit dem ich ihn bedenke, während wir Seite an Seite weiterlaufen, nicht bemerkt, aber er schaut mich bereits an, ein ähnliches Grinsen im Gesicht.

Ein greller Blitz unterbricht unsere Verbindung, und ich schnappe keuchend nach Luft – unsicher, ob der Stromstoß am Himmel mir den Atem geraubt hat oder der Stromstoß, der gerade durch meinen Körper jagt. Um zu überspielen, wie sehr Teddy mich innerlich aufwühlt, schaue ich nach oben und plappere ungebremst los. »Blitze faszinieren mich. Ich fand Gewitter schon immer ziemlich romantisch. Donner und Blitz sind wie ein tragisch liebendes Paar. Die beiden verpassen einander ständig. Sie sind sich so nah und können doch nie zusammen sein.« Ich weiß selbst nicht so genau, worauf ich mit dieser Überlegung hinauswill.

»Ich fürchte, das war kein Blitz«, murmelt Teddy tonlos und senkt den Schirm, um mehr von uns zu bedecken. Einen Moment lang schaue ich ihn verwirrt an, dann blitzt das blendende Licht wieder auf, und zwar nicht am Himmel, sondern in den Händen von drei kleinen Männern, die über der Mauer des Burggrabens hängen.

»Arschlöcher«, zische ich mit zusammengebissenen Zähnen. Jetzt, da ich ihnen gegenüberstehe, fühle ich mich stark, bereit zurückzuschlagen, bereit zu kämpfen, für ih… dafür, dass sie nicht ungefragt Fotos von mir schießen. Der Regen prasselt mir erneut ins Gesicht, als Teddy weitergeht, den Kopf gesenkt. »Ich werde euch verdammten …« Ich bin drauf und dran, mich auf die Paparazzi zu stürzen, als Teddy, dem endlich aufgefallen ist, dass ich stehen geblieben bin, meinen Arm packt und mich zurück unter den Schirm, an seine Seite zieht.

»Sie sind es nicht wert«, sagt er knapp. Noch immer hält er mich fest, seine Körperwärme vertreibt die Kälte, die die Regentropfen auf meiner Haut hinterlassen haben. Tatsächlich presst Teddy mich fast verzweifelt an seine Brust. Er muss wirklich Angst haben, dass ich jeden Moment weglaufen könnte, um den Dreckskerlen das scharfe Ende meines Dolchs zu zeigen und für weltweite Schlagzeilen zu sorgen. Doch seine Züge sind nicht so hart und eisig wie bei anderen Gelegenheiten, wenn dieser Menschenschlag aufgetaucht ist, und auch nicht so versteinert wie noch vor wenigen Minuten. Er mustert mich eindringlich, eine Art Leuchten geht von ihm aus, um seine Lippen spielt ein leichtes Lächeln.

Errötend löse ich mich aus seiner Umklammerung und starre auf den gepflasterten Weg. Als ich unwillkürlich schneller gehe, prasselt der Regen mir erneut in den Nacken, und ich erschaudere, als kalte Tröpfchen meine Wirbelsäule entlangrinnen. Teddy schließt zu mir auf, und wir legen den Rest des Weges schweigend zurück.

»Ritter sind vor allem für ihre Leistungen auf dem Schlachtfeld bekannt, doch um ein wirklich erfolgreicher Ritter zu sein, muss man auch die Bewunderung und Freundschaft der anderen Höflinge erringen. Und wie könnte man die Lords und Ladys besser beeindrucken, als mit einem anmutigen Tanz?« Westleys Stimme hallt von den hohen Decken wider. Wir befinden uns in einer Mansarde über dem Café des Towers. Die wenigen Möbel sind an den Rand des Raums gerückt worden, in dessen Mitte sich nun die gesamte Ritterschar versammelt hat, alle gehüllt in ihre mittelalterlichen Sonntagskleider und mit sehr unterschiedlichen Reaktionen auf Westleys begeisterte Ansprache.

»Tanzen ist was für Mädchen.« Das ist, natürlich, Tristan der Große (Nervtöter). Bevor Westley oder sonst wer ihn korrigieren können, tritt Teddy, im Grunde die größere Version von Tristan, auf den Plan.

Er beugt sich zu dem Jungen herunter, bis ihre Gesichter auf gleicher Höhe sind. »Hör mal zu, Tristan«, befiehlt er, und nicht nur der kleine Störenfried gehorcht aufs Wort, auch der Rest der Truppe kuscht. »Du willst doch ein Ritter sein, stimmt's?«

Vorsichtig nickt der Junge.

»Und glaubst du wirklich, dass tapfere Ritter sich darum scheren, wer seinen Körper zu Musik bewegen darf und wer nicht? Nein, tapfere Ritter sind viel zu sehr damit beschäftigt, Drachen zu töten und Menschen in Not zu helfen. Und in diesem Moment, junger Sir, helfen Eure Kommentare überhaupt keinem.«

Tristan läuft tiefrot an, sagt aber nichts.

»Und du hast Sir Westley mit einer sehr selbstbewusst vorgebrachten falschen Aussage unterbrochen. Würdest du dich bitte entschuldigen?«

Tristan nickt zögernd. »T…tut mir leid.«

»Danke, Tristan.« Westley wirkt genauso schockiert wie die anderen Lehrkräfte. Was um alles in der Welt ist in den bis dato desinteressierten Viscount gefahren, der mehr dazu beigetragen hat, dass die Kinder sich danebenbenehmen, als ihnen irgendwas Sinnvolles beizubringen?

»Nun, normalerweise würden wir in den Zeiten der Ritter und Edelleute einen Tanz namens Carole tanzen, bei dem sich alle an den Händen halten und im Kreis herumtanzen«, fährt Westley fort. »Doch leider habe ich heute mein Orchester nicht mitgebracht, und ohne die richtige Musik können wir es auch genauso gut bleiben lassen. Daher werden wir uns mit etwas begnügen, dass eher dem Regency-Stil entspricht. Tristan, du hast die Ehre, mein Partner zu sein.«

Der unartige Ritter fügt sich in sein Schicksal, lässt beschämt den Kopf hängen und trottet zu Westley nach vorn.

Wie sich herausstellt, ist Teddy ein besonders begehrter Tanzpartner. Mehrere meiner Kollegen, Männer wie Frauen, beäugen ihn hungrig in der Hoffnung, von ihm erwählt zu werden. Alice pirscht sich schüchtern an ihn heran und himmelt ihn durch ihre langen Wimpern an. Da ich kein Interesse daran habe, einer Szene beizuwohnen, die an einen Viehmarkt erinnert, bei dem jeder um die Hand des Viscounts bietet, trolle ich mich. Vielleicht braucht ja irgendein einsamer kleiner Ritter eine Partnerin auf dem Parkett.

Westley beginn seine Vorführung mit einem unenthusiastischen Tristan an seiner Seite. Nachdem ich einem verloren wirkenden Schüler die Hand geboten habe und mit einem verächtlichen Blick, der mich an meine Grundschul-Discotage erinnert, abgewiesen wurde, ziehe ich mich in den Hintergrund des Geschehens zurück und mache, was ich am besten kann: Sachen umräumen, die nicht umgeräumt zu werden brauchen.

Jemand taucht neben mir auf. Da ich mit dem Rücken zur Gruppe stehe, sehe ich nicht, wie die Gestalt sich nähert und auch nicht ihr Gesicht, aber ich bin mittlerweile recht vertraut mit dieser schleichenden Silhouette, mit der Art, wie sie mich überragt und mir immer gerade nah genug kommt, dass meine Schultern ihren Bizeps streifen.

»Wo ist dein Partner?«, fragt die Silhouette. Man hört das Lächeln in ihrer Stimme.

»Ich glaube, das Wissen um meine überlegenen Tanzkünste hat sich verbreitet, und nun wagt sich niemand an die Herausforderung, mit mir mitzuhalten«, scherze ich, und Teddy lacht leise. »Was ist mit dir?«, erkundige ich mich. »Als ich das letzte Mal hingeschaut habe, musstest du sie dir praktisch mit Gewalt vom Leibe halten.«

»Du hast jetzt ein Auge auf mich, Blümchen?«

Ich stoße ihm den Ellbogen in die Seite, und er grinst mich an.

»Ich bin ein treuer Mann«, beginnt er, »auch wenn die Presse und Menschen wie du gern etwas anderes glauben möchten. Und ich habe mich heute so gekleidet, um dem Gewand einer Dame zu entsprechen. Sie ist die Einzige, mit der ich tanzen werde.« Ich suche den Raum nach einem Kleid ab, das zu seinem schwarz-weißen Wams passen würde, und stelle fest, dass wir bereits von mehreren Augenpaaren beobachtet werden.

»Oh, du willst mich wohl auf den Arm nehmen«, platze ich heraus. Der Groschen ist endlich gefallen. Er meint mich. Das Kleid, das er mir ausgesucht hat, sein verändertes Verhalten, all das ergibt plötzlich Sinn. Er will mit mir tanzen und mich dann vor allen Leuten in irgendeiner Form demütigen. »Ich bin die Glückliche, stimmt's?«

Er nickt, das verfluchte spöttische Lächeln auf den Lippen. Seine Augen glitzern amüsiert.

»Und ich habe keine andere Wahl in dieser Angelegenheit?«

»Ich fürchte nicht, Blümchen.« Er bietet mir die Hand. Ohne sie zu nehmen, starre ich darauf, in der Hoffnung, dass meine nicht vorhandenen telekinetischen Kräfte mich auf wundersame Weise so weit von hier wegtragen wie nur möglich.

»Sir Daisy, Sir Theodore, wollt Ihr Euch zu uns gesellen?« Westleys Aufforderung lenkt nun wirklich jeden Blick auf uns, und mir bleibt nichts übrig, als Teddys Hand zu ergreifen und ihm zu gestatten, mich aufs Parkett zu führen. Wir ziehen in die Schlacht.

21. KAPITEL

Nahkampf war schon immer meine Stärke. Mittendrin im Getümmel zu sein, dem Gegner so dicht auf die Pelle zu rücken, dass man bei jedem Schlagabtausch seinen Atem auf der Wange spürt … Die einzige Gelegenheit, bei der ich einem Mann in die Augen blicken kann, ist, um zu sehen, wie das Leben aus seinem Blick weicht. Das gebietet die Höflichkeit. Ein Handgemenge ist letztlich nur ein Tanz, und tanzen ist nur ein Handgemenge.

Allerdings haben die einzigen Nahkämpfe, die ich je ausgefochten habe, unter kontrollierten Bedingungen stattgefunden; nach Drehbuch und gespielt. Jetzt gibt es kein Skript, es gibt nur Teddy Fairfax, und nur der Himmel weiß, was er als Nächstes tun wird.

Ich brauche Lady A. Ich muss alles sein, was sie ist. Wie soll ich dies hier als ich durchstehen?

»Der Dolch an meinem Gürtel mag aus Plastik sein, aber wenn du nicht sofort deine Hand da wegnimmst, zeige ich dir, wie leicht man damit dein Auge ausstechen kann.«

Hastig zieht Teddy die Hand weg, die an meiner Hüfte lag, streicht glättend über seine bereits makellosen Hosen und murmelt eine Entschuldigung.

»So«, erklärt Westley. »Für diesen Tanz müssen wir uns paarweise in einer Reihe aufstellen, und zwar in dieser Ausgangsposition.« Er positioniert sich und Tristan so, dass sie einander anschauen und ihre rechten Unterarme sich in der Mitte ganz leicht berühren. »Unsere ersten Schritte sind ganz einfach, nur eine Drehung im Uhrzeigersinn.« Die beiden machen es vor, wobei sich ihre Arme immer noch kaum berühren. Dann wechseln sie die Richtung, gegen den Uhrzeigersinn. Westley demonstriert jede einzelne Bewegung, dann verbeugt er sich vor seinem Partner und fordert den Rest der Gruppe auf, es ihm gleichzutun.

Ich bin es, die den ersten Schritt macht, und ich biete Teddy meinen Unterarm wie ein silberglänzendes Schwert, das ich meinem Gegner präsentiere. Er nimmt die Herausforderung an. Sein Arm trifft meinen in der Mitte. Das Aufeinanderprallen der konkurrierenden Waffen vollzieht sich in Form eines sanften, streichelnden Drucks. Wie die Spitze einer Klinge streichen seine Fingerspitzen über meine, nicht so lange, um etwas von seiner Wärme auf mich zu übertragen, doch gerade lange genug, um das durch die zarte Berührung ausgelöste Prickeln durch meinen ganzen Körper zu jagen. Teddy beugt sein Gesicht näher zu mir. Der dunkle Bartschatten schmiegt sich um sein kantiges Kinn, seine dunklen Augen blinzeln nicht einmal. Wir sind zum Duell angetreten.

»En garde«, flüstere ich. Da unsere Gesichter einander so nah sind, habe ich keine Wahl, als seinem Blick standzuhalten.

»Oh, so ist das also, Blümchen?« Das verdammte spöttische Lächeln zuckt um seine Mundwinkel und schleicht sich in meinen Tunnelblick.

Wir schauen einander unverwandt an. Der Raum dreht sich während unserer Schritte langsam um uns, doch sein Gesicht bleibt still, unbewegt, der einzige Fixpunkt in meinem Sichtfeld. Längst haben wir die Musik vergessen, bewegen uns nur zur Melodie unserer Körper und der Harmonie, die zwischen uns summt. Keiner von uns führt, wir sind perfekt aufeinander abgestimmt. Jeder Schritt auf ihn zu ist ein Angriff, den er mit Anmut hinnimmt. Er genießt jeden Schlag, der sanft auf ihm landet, und erwidert ihn zärtlich. Ich bettele geradezu um ein Gefecht, um Widerstand, flehe ihn an, sich gegen mich zu wehren, wie er es seit Wochen getan hat, und meine nächste Attacke ist härter, inbrünstiger, doch er filtert meine Leidenschaft für den Kampf in unseren Tanz und wirbelt uns übers Parkett. Während wir uns drehen, verfängt sich mein Kleid an seinen Fesseln, und der kühle Wind, der mir unter den Rock fährt, überzieht meine Beine mit Gänsehaut.

Warum wehrt er sich nicht?

»Welches Spiel spielst du?«, murmele ich in die schrumpfende Distanz zwischen uns.

»Spiel?« Er verzieht keine Miene. Wir bewegen uns wie zuvor. Noch immer starre ich ihm direkt in die Augen.

»Nun, ich weiß, dass du seit Wochen versuchst, alles, was ich mache, zu sabotieren, in der Hoffnung, dann verbannt zu werden. Aber heute ... das Kleid, dieser Tanz, du bist tatsächlich ... erträglich. Also, was ist dein Spiel? Willst du dich mit mir vertragen? Aber wozu? Oder ist das hier eine dieser Geschichten, in denen du das bis dato ungeküsste Mädchen dazu bringst, sich in dich zu verlieben, damit du dein Ego fütterst und ihr das Herz brechen kannst?«

Als Gegenangriff gibt er die starre Armhaltung auf und schlingt eine Hand um meine Taille. Die Berührung bringt mich kurz aus dem Gleichgewicht, doch er fängt mich mühelos auf. Er hat die Kontrolle übernommen. Immer schneller schweben wir durch den Raum. Nach wie vor ist es allein sein Gesicht, das mein Sichtfeld füllt, alles andere ist in einem Nebel verschwunden und lange vergessen.

»Warum, läufst du etwa Gefahr, dich in mich zu verlieben?« Er scheint jetzt näher denn je, als hätte er sich komplett in mich hineingeschoben, und mein Herz macht Überstunden, um uns beide mit Blut zu versorgen.

»Ich habe mein Leben lang solche Gefahren gemieden, und daran wird auch die Tatsache, dass du einen Tag lang ungewohnt nett zu mir bist, nichts ändern.«

Der Tanz führt Teddy nun weg von mir und quer durch den Saal, doch sein Blick lässt mich nicht los, als fürchte er, ich würde weglaufen, wenn er nur einen Moment wegschaut. Vielleicht hat er recht.

»Du bist noch nie geküsst worden?«, fragt er, als er wieder bei mir ist. Die Hitze, die er verströmt, lässt Schweißtropfen an meiner Wirbelsäule hinabrinnen. Ich hätte mir dieses Detail nicht entlocken lassen sollen. Dadurch habe ich ihm eine weitere Waffe an die Hand gegeben, die er nutzen kann, um mich zu demütigen. Die dreiundzwanzigjährige Jungfrau. Jetzt senkt er den Kopf, sodass unsere Lippen auf einer Höhe sind. Ich kann ihn in jeder Faser meines Körpers spüren.

»Na mach schon«, zische ich leise. »Lach mich aus.« Angespannt warte ich auf seine Attacke. Doch sie kommt nicht. Stattdessen senkt der Blick seiner dunklen Augen sich auf meinen Mund. Ich muss hier weg.

Ich werde unruhig in seinem Griff, meine Haut brennt bei jedem Pulsschlag, und ich rufe mir in Erinnerung, dass wir nicht tanzen, sondern kämpfen. Erneut versuche ich einen Angriff. Er presst seine Hand fester an meinen Rücken, und ich kann ihn bis tief in meinen Körper hinein spüren, bis ich jegliche Selbstbeherrschung verliere.

»Danke für die Herausforderung«, haucht er mir übers Gesicht.

»Ich verabscheue dich«, presse ich zwischen zusammengebissenen Zähnen hervor.

»Ich weiß.«

Als die Musik ihren Höhepunkt erreicht, bin ich so durcheinander, dass ich ihm aus Versehen mit voller Wucht auf den Fuß trete, und plötzlich bin ich von seiner Nähe erlöst. Eine kühle Leere füllt die Stelle aus, wo er noch vor einer Sekunde stand, während er sich einen Schritt von mir entfernt vor Schmerzen krümmt.

»Du hast nicht übertrieben, als du das mit den Stahlkappen-Schuhen gesagt hast, was?«, sagt er ächzend, und bevor er sich wieder zu seiner vollen Größe aufgerichtet hat, bevor er die Chance bekommt, mich erneut gefangen zu nehmen, laufe ich davon.

Ich habe Alenthaea erlaubt, die Führung zu übernehmen. Das hier bin nicht ich. Die Nähe, der Blickkontakt, die *Berührungen*. Indem ich mich ihres Selbstvertrauens bediente, habe ich meinen wahren Charakter vergessen. Wann immer ich mit Teddy zusammen bin, weiß ich nicht, wo Daisy aufhört und Alenthaea beginnt.

Ich fliehe vor den erdrückenden Blicken meiner Kollegen, vor ihm, in den Hof des Towers hinaus. Keuchend halte ich einen Moment inne, um die Aussicht auf mich wirken zu lassen. Der White Tower steht in all seiner Pracht vor mir, leuchtet vor dem Hintergrund des sturmumtosten London wie eine dem Himmel entstiegene Göttin. Das weiße Mauerwerk glänzt im Regen wie Marmor, und die vielen bunten Schirme, die darum herumwuseln, können meine Aufmerksamkeit nicht von der majestätischen Turmkuppel abziehen. Wie viele Frauen mögen im Laufe der Zeit dort hochgestarrt und um göttliches Einschreiten gebetet haben?

Mit gerafftem Rock laufe ich durch den Wolkenbruch, weiche Scharen von Touristen aus, während ich die Stufen der Promenade hinunterstolpere, unter den Bogengängen des von Geistern heimgesuchten Bloody Towers hindurch, am Traitors' Gate vorbei und weiter in den Burggraben, wo ich völlig durchnässt ins Kostümzelt stolpere. Meine Schuhe tropfen, das Haar klebt mir im Nacken und im Gesicht.

Hastig reiße ich mir das Kleid vom Leib – oder versuche es zumindest. Wie verhext klebt der Stoff an mir, als wolle er mich für immer in seinen Spitzen und Rüschen gefangen halten. In diesem Moment steht dieses Kleid für Teddy, verkörpert ihn geradezu. Und ich muss es loswerden.

Nachdem ich ein paar Minuten mit dem Gewand gerungen habe, bin ich endlich frei. Erschöpft vom Kampf, bleibe ich einen Augenblick in meiner Unterwäsche sitzen und lausche erneut dem Rhythmus der Regentropfen auf der Zeltplane, um meine rasenden Gedanken und meinen unberechenbaren Körper zu beruhigen.

Kurz darauf reißen mich Stimmen von draußen aus meinem mühsam errungenen Gleichgewicht. Eilig ziehe ich mich an und geselle mich, nun in meinen eigenen beruhigenden Gewändern, zu der Kindergruppe, die mittlerweile ebenfalls ins Camp zurückgekehrt ist.

Westley bemerkt mich fast sofort. »Wohin bist du denn so schnell verschwunden?«, fragt er. »Ich wollte dir und Mr. ... Sir ... Theodore gerade ein Kompliment machen. Das war eine fabelhafte Vorführung von euch.« Bei der Vorstellung, dass er uns beobachtet und mitbekommen hat, wie ich mich in Gesellschaft eines Viscounts so spektakulär blamiere, rutscht mir das Herz in die Hose.

Getrieben von der Angst, wieder mal beim Schwänzen ertappt zu werden und den Job zu verlieren, in dem ich mich immer wieder als Niete erwiesen habe, verlege ich mich aufs lügen. »Ich, äh, musste ganz dringend auf die Toilette. Magen verdorben«, füge ich noch mit gesenkter Stimme hinzu, und dankenswerterweise hakt mein Chef nicht weiter nach und widmet sich wieder seinen kleinen Schülern.

»Ich hoffe, du hast das hübsche Kleid nicht beschmutzt«, bemerkt Teddy, der plötzlich neben mir auftaucht. Mein royaler Stalker hat offenbar gelauscht und weiß nun über meine nichtexistenten Verdauungsprobleme Bescheid. Na toll.

Obwohl er knapp einen Meter von mir entfernt steht, überwältigt mich die Erinnerung an seine Nähe, an das Gefühl, seinen warmen Atem auf meinem Hals zu spüren, und ich weiß nicht, was ich erwidern soll. Inzwischen hat es aufgehört zu regnen, die Sonne bricht durch die Wolken und mir wird heiß.

Warum ich? Warum musste ausgerechnet ich dazu auserkoren werden, mich mit ihm auseinanderzusetzen? Warum habe ich zugelassen, dass er sich in meinen Kopf schleicht?

Teddy öffnet den Mund, doch zu meiner Erleichterung schneidet eine neue Stimme ihm das Wort ab. »Ist das etwa der kleine Lord Fairfax, den ich da sehe? Mir sind Gerüchte zu Ohren gekommen, dass du auf meinem Territorium mächtig Ärger machst.«

Wir drehen uns beide zur Quelle der Stimme um. Eine hochgewachsene Gestalt kommt auf uns zu, mit einem Lächeln, das angesichts ihrer scharlachroten Uniform der King's Guard etwas fehl am Platze wirkt. Teddy blickt ihr lachend entgegen. Statt der üblichen Bärenfellmütze trägt der Wachmann einen leichten Hut aus Filz. Auch von der unbewegten, strengen Miene, die er und seine Kollegen normalerweise zur Schau tragen, fehlt bei seiner lebhaften Begrüßung eines offensichtlich alten Freundes jede Spur.

»Wie muss ich dich denn jetzt anreden?«, fragt Teddy, während die Männer einander herzlich die Hand schütteln. »Captain Freddie Guildford, stimmt's?«

»Inzwischen nur noch Wachmann Guildford, alter Junge. Lange Geschichte«, fügt er fröhlich hinzu, als er den verdutzten Blick des Viscounts bemerkt. »Ah, hier kommt besagte Geschichte gerade.« Er winkt einem roten Haarschopf zu, der sich durch die vielen Touristen schiebt, die es im

Nachgang des typisch britischen Sommerregens zum Tower gezogen hat. Als sich die Menschenmenge schließlich teilt, taucht unter der wilden Mähne eine junge Frau auf, die beim Anblick des Wachmanns so strahlend lächelt, dass es schwerfällt, sich nicht von ihrer Freude anstecken zu lassen. Freddy Guildford hat es definitiv längst erwischt. Völlig selbstvergessen schaut er zu, wie sie über den durchweichten Boden auf uns zu stolpert.

Sie küsst ihn auf die Wange und begrüßt dann erst mich und dann Teddy mit einem freundlichen »Hallo«.

»Das ist Maggie«, stellt Wachmann Guildford sie vor und wendet sich an die Frau. »Maggie, das hier ist mein alter Freund und Internatskumpel Theo Fairfax. Und das hier ist, wenn ich mich nicht irre, Tom.«

»Tom?«, fragt Teddy, offensichtlich ebenso verwirrt wie ich.

»Genauer: Peeping Tom. Ich habe diese junge Lady vor ein paar Tagen dabei erwischt, wie sie heimlich die Jungs im Wachraum beobachtet hat.« Freddie zwinkert vergnügt, und Teddy beäugt mich mit hochgezogenen Brauen und frischer Munition, mit der er mich triezen kann. Wie üblich erglühen meine Wangen in einer bis dato unbekannten Rotschattierung.

Die Männer brechen in Gelächter aus.

»Ich habe nur nach einem Freund Ausschau gehalten«, murmele ich.

»Beachte ihn gar nicht.« Die Rothaarige versetzt ihrem Freund einen gut gezielten Rippenstoß und verdreht die Augen. »Ihr beide müsst unbedingt mal zum Essen zu uns kommen«, fährt sie dann fort. »Ich will alle peinlichen Geschichten aus Freddies Schulzeit hören.«

»Oh, wir sind nicht ... nein ...« Ich lache unbehaglich. »Wie sind nicht zus...«

»Es wäre uns ein Vergnügen«, fällt Teddy mir ins Wort und schenkt Maggie ein blendendes Lächeln, nachdem er mir zuvor unauffällig zugezwinkert und damit jeglichen Widerspruchsgeist zum Erliegen gebracht hat.

»Prima, das wäre also abgemacht«, sagt Wachmann Guildford fröhlich, seine Liebste mit einem langen Arm umschlingend. »So, jetzt gehe ich besser mal wieder diese Kronjuwelen bewachen, schließlich lassen sie heutzutage jeden beliebigen Gauner hier rein.« Er klopft Teddy auf die Schulter, sie teilen das erinnerungsselige Lachen zweier ehemaliger Internatszöglinge, dann zieht das glückliche Paar seiner Wege.

Sobald die beiden außer Hörweite sind, wende ich mich dem Viscount zu und starre ihn aus zusammengekniffenen Augen an.

»Was?«, fragt er betont unschuldig. »Sie wollte nur nett sein, und Guildford ist ein guter Kerl. Außerdem weiß er, dass ich auf keinen Fall jemanden wie dich daten würde oder könnte, daher dürfte ihm klar sein, dass ich die Einladung nur angenommen habe, um seine Freundin in keine blöde Situation zu bringen.« Teddy sagt das so beiläufig, dass der Schlag sich umso tödlicher anfühlt.

»Jemanden wie mich?«, wiederhole ich pikiert. Es ist typisch für die Wohlhabenden, von uns normalen Menschen zu reden, als gehörten wir einer völlig anderen, niederen Spezies an. Und offenbar glaubt er, mir in Erinnerung rufen zu müssen, dass ich nicht in seiner Liga spiele. Was mich aber nicht wirklich stört. Schließlich könnte er völlig mittellos sein und würde mich trotzdem keines zweiten Blickes würdigen. Jungs wie Teddy Fairfax stehen auf Supermodels, und ich könnte die Welt eher davon überzeugen, eine magische Elfe zu sein als eines dieser ephebischen Laufsteg-Wesen.

Klar, vom Gesetz her steht er gesellschaftlich natürlich

über mir, und angeblich ja auch nach göttlichem Recht. Aber in allererster Linie ist er kein Royal, sondern ein Mensch. Und ich bin in allererster Linie keine Durchschnittsbürgerin, sondern ein Mensch.

»Du weißt, was ich meine.« Der Viscount versucht, meine Bemerkung mit einem Lächeln abzutun.

»Ach ja?«, gebe ich spöttisch zurück.

Ihm wird sichtlich heiß unter dem Kragen seines Kostüms. »Ja, du weißt schon, weil du, nun ja, du bist … Ich wollte nicht sagen …« Zum ersten Mal sehe ich ihn nach Worten ringen und seine selbstsichere Fassade bröckeln. Und ich muss zugeben, dass ich es, zumindest ein bisschen, genieße, wie er sich windet.

»Oh, ich verstehe schon, sehr gut sogar. Du glaubst, du bist etwas Besseres als ich, daher findest du den Gedanken abstoßend, mit einem Bauertrampel wie mir in Verbindung gebracht zu werden. Und Gott behüte, dass irgendwer auf die Idee kommt, du könntest ›jemandem wie mir‹ romantisches Interesse entgegenbringen.« Ich feuere meine Vorwürfe wie Gewehrkugeln auf ihn ab. Unter dem Aufprall verzerrt sich seine Miene. Mein Magen fühlt sich an, als wäre er von Querschlägern meiner Attacke durchlöchert worden.

»Nein, natürlich nicht, Daisy, jetzt komm schon …«

»Erlaubt Ihr mir, mich zurückzuziehen, Mylord?« Ich warte seine Antwort nicht ab und höre auch nicht hin, als er mir frustriert hinterherruft.

Ich hatte gehofft, dass es weniger schmerzen würde, wenn ich derart giftig auf seine Beleidigung reagiere, eine Beleidigung, von der ich nicht mal weiß, warum sie mir überhaupt so schrecklich wehtut. Doch als ich jetzt mit schnellen Schritten davongehe, kann ich meinen Sieg nicht feiern, mich nicht darüber freuen, dass meine Worte ihn ebenso tief getroffen haben wie seine mich. Alles, was ich spüre, ist Schmerz.

22. KAPITEL

»Wir gehen alle auf ein Feierabendbier in den Pub, und ich wollte fragen, ob du vielleicht Lust hast mitzukommen?« Wie aus dem Nichts ist Erin neben mir im Zelt aufgetaucht, wo ich gerade das Letzte der Kostüme weghänge, die unsere kleinen Ritter mir vor ihrem hektischen Aufbruch hinterlassen haben.

»Meinst du mich?« Dumme Frage, ich bin die Einzige hier. Allerdings hätten nach meiner bisherigen Erfahrung die Geister des Towers mehr Chancen als ich, zu einem After-Work-Drink eingeladen zu werden.

»Ja, dich.« Ihr Lächeln wirkt ehrlich, frei von der gewohnten Geringschätzung. Ich erwidere es vorsichtig und warte darauf, dass das Kleingedruckte ausgerollt wird. Erst vor Kurzem hat sie meine Annäherungsversuche zurückgewiesen. Warum sollte sie jetzt auf mich zukommen? Ein Sinneswandel? Immerhin habe ich ihr seit einigen Tagen nicht mehr die Arbeit erschwert oder sie mit rebellierenden Neunjährigen konfrontiert. Das könnte meiner Sache zuträglich sein, nehme ich an.

Als keinerlei »Wenns« und »Abers« folgen, sage ich zögernd zu. »Ich mache das hier nur eben noch fertig und komme dann nach.«

Ein weiteres Mädchen kommt ins Zelt und legt den Kopf auf Erins Schulter. »Hast du gefragt?« Ihre gebräunten Züge verziehen sich zu einem kecken Grinsen.

»Ja, Daisy kommt nach, sobald sie hier fertig ist«, erwidert Erin.

»Nein, ich meine, hast du sie gefragt wegen …« Sie reißt die Augen auf und wackelt mit dem Kopf, was eine eher unbequeme Art sein muss, etwas anzudeuten, was man nicht laut aussprechen will. Aha, hier kommt also das Kleingedruckte.

Erin schüttelt verneinend den Kopf und schiebt mit einer ungeduldigen Bewegung das Kinn der anderen von ihrer Schulter.

»Was solltest du mich fragen?« Eigentlich habe ich keine große Lust, mir die Bedingungen erläutern zu lassen, an die meine Einladung gekoppelt ist. Aber da es ganz klar Hintergedanken gibt, die über die bloße Freundlichkeit, eine Kollegin zum Mitkommen aufzufordern, hinausgehen, kann ich mir genauso gut anhören, was die Leute von mir wollen.

Die Mädchen wechseln einen Blick. Wieder schüttelt Erin den Kopf, doch ihre Freundin lässt sich nicht abwimmeln. »Na ja«, beginnt sie zaghaft. »Du bist doch mit Lord Fairfax befreundet, oder?«

Es geht um Teddy, was für eine Überraschung. Selbst wenn er sich nicht in irgendwelchen dunklen Ecken herumdrückt, kann ich ihm nicht entkommen. »Nein, nicht direkt«, ist die netteste Antwort, die ich zu bieten habe.

»Nun, auf jeden Fall hast du von uns allen am meisten mit ihm zu tun.« Ich erwidere nichts (vor allem, weil ich verzweifelt versuche, nicht spontan die Augen zu verdrehen, was sich als äußerst schwierig erweist). Sie versteht das offenbar als Ermutigung, weiterzureden. »Wir dachten nur, du könntest ihn vielleicht fragen, ob er auch mitkommen will? Wir glauben, dass er tatsächlich darüber nachdenken würde, wenn die Aufforderung von dir käme. Dem Rest von uns schenkt er ja keinerlei Beachtung.«

»Warum um alles in der Welt wollt ihr mit jemandem etwas trinken gehen, der euch nie anders als unhöflich behandelt hat?« Ich kann mir die Frage nicht verkneifen.

Sie errötet. »Er ist nicht unhöflich ... er ist einfach nur ein Royal.« Sie flüstert das letzte Wort, als verriete sie ein dunkles Geheimnis.

Ich schaue zu Erin hin. Ein kleiner Teil von mir hofft, dass sie mich überrascht und mir versichert, dass auch meine Gesellschaft erwünscht ist. Doch sie weicht meinem Blick aus und schaut ziellos im Zelt herum.

Meine eigene Meinung über Teddy darf mir jetzt nicht in die Quere kommen. Dies ist meine Chance, neue Freunde zu finden, daher erkläre ich mich widerstrebend bereit. Erins Freundin stößt einen kleinen Freudenschrei aus und stürmt übermütig davon.

»Du musst das nicht tut«, murmelt Erin, sobald das andere Mädchen außer Hörweite ist. »Wenn du nicht willst.« Ich weiß nicht, ob sie meint, dass ich auch ohne ihn willkommen bin oder dass ich gar nicht mitzukommen brauche. Aber so, wie diese ganze Sache sich angelassen hat und bei meiner bisherigen Erfolgsbilanz, was freundschaftliche Kommunikation betrifft, kommt mir Letzteres wahrscheinlicher vor.

»Ist schon okay«, sage ich leise.

Ich finde Teddy an seinem üblichen Platz, an Westleys breitem, majestätischem Schreibtisch in einem der wenigen Zelte mit beschränktem Zutritt. Dorthin zieht er sich an den meisten Abenden zurück, um auf die elegante Limousine zu warten, die ihn zurück in seinen Palast bringt. Normalerweise starrt er dabei derart intensiv auf sein Handy, dass man fürchten muss, das Ding würde unter seinem strengen Blick jeden Moment in tausend Stücke zerspringen. Doch heute hat er die Nase in einem Buch vergraben.

»Ich wusste gar nicht, dass du lesen kannst«, necke ich etwas ungelenk, um seine Aufmerksamkeit zu wecken. Es funktioniert. Grinsend hebt Teddy einen Finger, liest noch bis zum Ende der Seite und schaut dann auf.

»Es gibt vieles, das du nicht über mich weißt, Blümchen.«
Er lehnt sich im Stuhl zurück und mustert mich forschend.

»Und dabei würde ich es auch gern belassen«, gebe ich
zurück.

»Was kann ich für dich tun? Oder bist du nur gekommen,
um meinen Intellekt in Zweifel zu ziehen?« Er steht auf,
geht um den breiten Tisch herum, lehnt sich an die Vorder-
seite und verschränkt die muskulösen Arme vor der breiten
Brust.

»Man hat mich in den Pub eingeladen.«

»Glückwunsch.«

»Man hat mich in den Pub eingeladen, unter der Bedin-
gung, dass ich dich dazu überreden kann, ebenfalls mitzukommen. Offenbar investierst du so viel Energie, um mir
auf die Nerven zu gehen, dass dir keine Zeit für die anderen
bleibt. Sie haben daher zu viel Angst, sich selbst mit ihrem
Anliegen an dich zu wenden.«

»Weißt du, wenn du mit mir ausgehen willst, brauchst du
dir keinen so umständlichen Vorwand auszudenken. Du
könntest mich einfach fragen.«

Ich schnaube abfällig. »*Jemand wie ich* würde an so was
nicht mal denken.« Die Erinnerung an seine erst ein paar
Stunden zurückliegenden Worte verstärkt das Kältegefühl,
das schon den ganzen Nachmittag in meiner Brust brennt
und sticht. »Sie wollen dich dabeihaben, und mich haben sie
nur deshalb eingeladen, weil sie glauben, dass du dann ebenfalls kommst. Wenn ich also überhaupt irgendwelche
Freundschaften schließen will, bleibt mir nichts anderes übrig, als dich zu fragen.«

Einen Moment lässt er sich meine Worte durch den Kopf
gehen und streicht sich nachdenklich übers Kinn.

»Kommst du nun mit oder nicht?« Ich werde immer ungeduldiger und wende mich schließlich zum Gehen, um den

anderen mitzuteilen, dass ich mein Bestes gegeben habe. Doch da schnappt Teddy sich seinen Blazer vom Garderobenhaken und marschiert aus dem Zelt. Ich bin so verblüfft, dass ich ein paar Sekunden lang wie angewurzelt stehen bleibe.

»Kommst du nun mit oder nicht?« Er steckt seinen Kopf durch die Zeltklappe, und trotz aller Vorbehalte folge ich ihm nach draußen.

»Wie ist der König denn so? Kannst du einfach so mit ihm reden wie mit einem normalen Menschen?« Teddy sitzt am Kopfende des Tisches, wie es einem Lord zukommt, und die anderen bombardieren ihn seit fünfzehn Minuten mit Fragen. Überraschenderweise antwortet er bereitwillig, mit einer vermutlich durch lebenslanges Training im Umgang mit den Medien erworbenen Gelassenheit. Fragen, die leicht zur Schlagzeile von morgen werden könnten, wehrt er geschickt ab.

»Er ist ein interessanter Mann und unglaublich wettbewerbsorientiert. In den letzten zehn Jahren ist es keinem gelungen, ihn bei der Scharade an Weihnachten zu schlagen.« Das befriedigt den Pöbel, der auf jede seiner vagen Antworten so ehrfürchtig reagiert, als hätte er gerade die Existenz des Ungeheuers von Loch Ness offiziell bestätigt.

Mit mir hat noch keiner ein Wort geredet. Ich kauere auf dem letzten Stuhl, der am weitesten vom Viscount entfernt ist, und bin, nachdem sich meine Nützlichkeit darin erschöpft hat, einen wichtigeren Gast anzuschleppen, nicht mehr von Interesse. Allerdings kann ich mich kaum beklagen, schließlich habe auch ich keinen Versuch unternommen, mit irgendwem ins Gespräch zu kommen. Offen gestanden weiß ich selbst nicht, warum ich überhaupt herkommen wollte, schließlich ist heitere Geselligkeit nicht unbedingt mein Lieblingshobby.

Erins Freundin, die Mei heißt, wie ich weiß, seit sie Teddy ihren Namen auf Nachfrage praktisch ins Gesicht geschrien hat, erkundigt sich ein weiteres Mal, ob der Viscount Zugriff auf die Kronjuwelen hat. Ich nehme das zum Anlass, mir ein neues Getränk von der Bar zu holen. Es wird wohl kaum jemanden überraschen zu hören, dass meine Erfahrung mit Kneipen sich in Grenzen hält. Allerdings habe ich bereits mehrere Abende in Tavernen verbracht, wo geheimnisvolles Ale in die Krüge gezapft wurde und die Barkeeper seltsame Hybrid-Wesen waren, halb Mensch, halb Tier. Doch dabei könnte es sich möglicherweise um Low-Budget-Szenen improvisierter LARPs gehandelt haben.

Dieser Pub hier würde gut in eine mittelalterliche Kulisse passen. Die Holzböden sind schräg, sodass die niedrigen Decken immer niedriger werden, je weiter man hineingeht. Ähnlich wie bei uns zu Hause verschwinden die Wände unter allen möglichen dekorativen Elementen, allein der Weg vom Tisch zur Bar gestaltet sich zu einer Art Zeitreise durch die Geschichte des Lokals, mit Schwarz-Weiß-Fotos, vergilbten Porträts und verblichenen Aufschriften. Ich gehe schnell an Morton vorbei, der allein an einem Tisch sitzt, ein unangetastetes Glas vor sich, als würde ihn das unauffälliger machen. Dabei hat die schwarz gekleidete Bulldogge seit unserer Ankunft jeden einzelnen Gast mit drohenden Blicken durchbohrt. Als ich den leicht schiefen Bartresen erreiche, werde ich dort bereits erwartet.

»Ist wohl deine Runde, Blümchen?«, fragt Teddy leise.

»Du bist hier doch derjenige mit einem Gewölbe voller Juwelen, oder nicht?« Da die Bartenderin uns noch nicht zur Kenntnis genommen hat, passe ich meine Lautstärke der seinen an, damit er noch ein paar Momente Anonymität genießen kann.

»Hm, da hat wohl jemand nicht zugehört, als ich es unserer netten Freundin erklärt habe, was? Ich fürchte, ich darf nicht einfach den Rubin des Schwarzen Prinzen in der Hosentasche herumtragen und gegen paar Gläser Bier und eine Tüte Schweinekrusten eintauschen.«

»Es ist gänzlich ausgeschlossen, dass du oder sonst wer aus deiner Familie jemals eine Schweinekruste gegessen hat.« Ich muss unwillkürlich lachen, als ich mir vorstelle, wie sein Onkel, der König, auf einem knusprigen Stück Schweineschwarte herumkaut.

Teddy grinst belustigt. »Ich sollte dich meinen Cousins vorstellen – du wärst überrascht.« Er lacht leise, und ich glaube, erst die sich vertiefende Röte meiner Wangen macht ihm klar, was er da gerade gesagt hat. Seine verlegene Miene wechselt schnell wieder zu stoischer Ernsthaftigkeit, als die Barfrau sich endlich nähert.

»Was kann ich euch bringen?« Wenn man in einem Pub arbeitet, der einst von Charles Dickens frequentiert wurde, ist die Anwesenheit eines Royals offensichtlich nichts Besonderes, jedenfalls schenkt die schon etwas reifere Bedienung Teddy zum Glück keine gesteigerte Aufmerksamkeit.

»Drei Gläser IPA, einen Cider und einen Orangensaft, bitte«, bestellt Teddy. »Und du, Daisy?«

Ich platze mit dem einzigen alkoholischen Getränk raus, das mir einfällt. »Einen Met? Bitte?« Met? Wer zum Teufel hat diesseits des Mittelalters schon mal einen kleinen Feierabend-Met geordert?

Schmunzelnd gibt Teddy meinen Wunsch an die Barfrau weiter und bezahlt dann – mit einer Bankkarte, keine Smaragde in Sicht.

Mit einem Tablett voller Gläser kehren wir zum Tisch zurück. Der Viscount sorgt für ergriffene Aufregung, als er jedes Getränk eigenhändig serviert.

»Euer Met, Herrin.« Grinsend setzt er das kleine Glas vor mir ab. Jetzt steht nur noch der Orangensaft auf dem Tablett, er greift danach und lässt sich dann auf den freien Stuhl neben mir fallen. Sofort richtet sich die allgemeine Aufmerksamkeit auf uns, und ich bereue ein wenig meinen früheren Unmut, weil niemand mit mir geredet hat – ihre Blicke rufen mir nur allzu deutlich in Erinnerung, warum ich seit jeher introvertiert bin.

»Daisy, ich habe das Gefühl, dass wir praktisch nichts über dich wissen.«

Ich springe fast vom Stuhl, als Erin das laut rausposaunt. »Du bist immer so still«, fährt sie fort. »Du bist aus dem Nichts hier aufgetaucht und bist uns allen mit dem Schwert haushoch überlegen. Was ist deine Geschichte?«

»Äh, na ja …« Ich war noch nie gut darin, von mir selbst zu erzählen. Um Vorstellungsgespräche mit der Androhung einer Teambildungs-Übung habe ich mich immer gedrückt, also bin ich völlig unvorbereitet auf so eine Frage. Vor allem, wenn sie von Erin kommt, die mich jedes Mal, wenn ich versucht habe, eine Freundschaft anzuknüpfen, ohne nähere Erklärung hat auflaufen lassen. Jetzt, da ich kalt erwischt worden bin, habe ich keine Möglichkeit, mir eine Antwort zu überlegen, die ihr gefallen und sie tatsächlich für mich einnehmen könnte. Wie kann man höflich und auf interessante Weise vermitteln, dass sein Gehirn einen seit Jahren davon abhält, etwas Sinnvolles zu tun, und man deshalb die wohl langweiligste und unerfahrenste Dreiundzwanzigjährige der Welt ist?

»Ich komme aus einem Dorf in Lincolnshire«, beginne ich. »Ein ganz kleines, ruhiges Nest. Ich wohne noch bei meinen Eltern, und mein Dad führt einen tollen kleinen Hobby-Shop, wir nennen ihn das Nerd-Paradies.« Als ich von meiner Familie erzähle, wächst mein Selbstvertrauen. Sie ist schließlich das Interessanteste an mir. »Er ist zum Platzen gefüllt mit allem, was irgendwie ein bisschen bescheuert ist: Fantasy-Landkarten, Mini-Figuren, Zaubertränke, Dracheneier – natürlich keine echten. Ich arbeite bei ihm, aber die Arbeit hält sich in Grenzen, es ist halt eine Nische. Ich habe einen Zwilling …«

»Es gibt zwei von deiner Sorte?«, unterbricht Teddy mich. Die anderen lachen über seinen impulsiven Ausbruch, und diesmal ist er es, dem die Röte in die Wangen steigt.

»*Sein* Name ist Samwise«, fahre ich fort. »Ich habe auch eine jüngere Schwester. Sie ist viel cooler als ich«, bekenne ich kichernd, doch niemand stimmt in meine Heiterkeit ein. Verlegen nippe ich an meinem Drink.

»Aber was ist mir *dir*?«, mischt Mei sich ein. »Los, wir wollen die saftigen Details hören. Freund? Freundin? Katzen?«

Ich verschlucke mich an meinem Met, was weniger mit ihren direkten Fragen zu tun haben könnte als mit dem hochprozentigen Alkohol in meinem Glas. Hustend und nach Luft ringend, bringe ich nicht mehr als ein paar unverständliche Vokale heraus.

In meiner Not schaue ich zu Teddy, in der Hoffnung, er könnte irgendwas Hilfreiches beisteuern, bereue es aber fast sofort. Was ist, wenn er meine momentane Schwäche ausnutzt und ausplaudert, was ich ihm während unseres Tanzes verraten habe. Er könnte mich so tief demütigen, dass ich auf der Stelle aufbrechen müsste. Doch das tut er nicht. »Nein, was ich wirklich wissen will, ist, woher und warum du weißt, wie man einen Mann mit einem Plastikschwert in Stücke haut«, fragt er in beinahe ehrfürchtigem Ton, und ich könnte ihn küssen – was ich ihm aber definitiv nicht sagen werde.

Neugieriges Raunen folgt seinen Worten, und ich atme tief durch. Immerhin geht es hier um meine besondere Spezialität – da fällt es nicht so schwer, meine Zunge zu lösen. »Die besten Schwerter sind tatsächlich aus Schaumstoff und Carbon, verdammt hart, können ein paar Finger brechen, zerspringen aber nicht so schnell wie Plastik. Meine ganze Familie, wir, äh, LARPen.«

»LARPen?«, wiederholt George perplex. Aus dem Augenwinkel sehe ich, wie Teddy lächelt. Noch einmal hole ich tief Luft, dann antworte ich.

»Das ist die Kurzform für Live Action Role Playing oder auch Live-Rollenspiel. Im Prinzip das, was wir in der Ritterschule machen, nur dass meine Familie und ein paar andere aus dem Dorf sich als unterschiedliche Figuren verkleiden und dann auf dem Spielfeld vor dem Gemeindesaal miteinander kämpfen. Das Ganze läuft nach einem Drehbuch ab, dem sogenannten Skript, es gibt verschiedene Plots und Handlungsstränge, und wir trainieren auch und so. Es geht nicht einfach nur darum, seinen Nachbarn eins überzubraten, tatsächlich ist es sogar relativ streng reglementiert. Es gibt eine weltweite Community von Leuten, die so was machen.« Meine Stimme wird leiser, und einen Moment lang befürchte ich, dass sich alle innerlich vor Lachen ausschütten – es wäre nicht das erste Mal.

»Das klingt total verrückt«, sagt Robin und schüttelt lächelnd den Kopf. Bei seinen Worten beginnt mein Selbstvertrauen zu bröckeln, und ich merke, wie meine Augen glasig werden, bevor er hastig weiterspricht. »Auf die denkbar beste Art. Also, ihr verkleidet euch als Elfen und so Zeug und kämpft dann miteinander?«

Erleichtert grinse ich. Sie wollen tatsächlich noch mehr hören! Sie haben mich nicht ausgelacht!

»In gewisser Weise schon. Sam und ich sind Elfen, meine

Mum spielt einen Ork, Dad ist ihr Knappe und mein schon etwas älterer Nachbar ein Zauberer.« Ich kichere amüsiert, und diesmal stimmen meine Kollegen ein. »Wir trainieren gerade für ein großes Turnier im September. Die meisten LARP-Gruppen des Landes kommen zu diesem Fantasy-Festival, und dann treffen alle in der Großen Schlacht aufeinander. Da wird es dann ernst.« Nervös schaue ich zu Teddy, voll darauf eingestellt, seiner verwirrten, herablassenden Miene zu begegnen, doch stattdessen beobachtet er mich mit einem merkwürdigen Glitzern in den Augen. Es ist die Art Blick, mit der man etwas anschaut, auf das man stolz ist, etwa, wenn man einen selbst gebackenen Kuchen glasiert hat oder seine Rüstung so lange poliert hat, bis sie glänzt wie neu. Ich bin froh, als die Unterhaltung um uns herum wieder auflebt, damit ich mich seinem Bann entziehen kann.

»Also deshalb hat nie jemand von uns eine Chance gegen dich gehabt?«, fragt Erin kopfschüttelnd und lächelt mich an, ein echtes Lächeln diesmal.

»Tut mir leid, dass ich euch allen den Hintern versohlt habe«, versuche ich zaghaft zu scherzen und bin erleichtert, als ich dafür freundliches Gelächter ernte.

»Es ist schon lustig. Ich habe das ganze letzte Jahr damit verbracht, zu lernen, wie man den Degen schwingt, und als du dann gekommen bist und mich aufgeschlitzt hast wie einen Kürbis an Halloween, dachte ich, ich hätte meine Zeit verschwendet. Dabei hatte ich sogar im Winter in meinem Garten trainiert.« Sie lacht etwas zu bemüht, und zum ersten Mal habe ich das Gefühl, sie ein bisschen zu verstehen.

»Du solltest anfangen zu LARPen«, sage ich aufgeregt. »Das solltet ihr alle. Erin, ich habe noch niemanden so souverän eine Heerschar kleiner Goblins abwehren sehen, und du, George, kannst super mit dem Streithammer umgehen. Ihr solltet eure eigene Gruppe gründen!« Noch immer schaut Teddy mich unverwandt an, und als unsere Blicke sich treffen, ist sein Gesicht von einem strahlenden Lächeln erhellt, und ich ertappe mich dabei, es vorbehaltlos zu erwidern.

Nach ein paar weiteren Fragen bin ich vollkommen enthusiasmiert, total mitgerissen und in akuter Gefahr, so viel zu reden, dass wir bis Mitternacht hier sitzen. Bevor ich mich noch weiter hineinsteigere und womöglich anfange, alle über Weihnachten zu mir nach Hause einzuladen, entschuldige ich mich auf die Toilette.

Während ich mir langsam die Hände wasche, begutachte ich mich im Spiegel. Meine Wangen sind gerötet, aber nicht auf die übliche, chronisch verlegene Art, nein, ich leuchte regelrecht. Und ja, es könnte hauptsächlich am Alkohol liegen, aber ich komme mir seltsam erfüllt vor, als ob mein Herz plötzlich mehr Raum in meiner Brust einnimmt. Meine Haare schwingen um mein Gesicht, meine Augen wirken heller, das Dunkelgrün meiner Iris wogt förmlich vor Leben. Ich sehe lebendig aus, und ich fühle mich lebendig. Und das Beste: In diesem Augenblick bin ich Daisy. Ich benötige Lady As Eingreifen nicht, ich muss mich nicht dazu zwingen, mich einzubringen, zu reden, zu lächeln. Und da ich hier und jetzt niemanden brauche, nicht meine Eltern, nicht Sam, nicht die Stimme in meinem Kopf, habe ich das Gefühl, alles im Griff zu haben. Ich bin vollkommen, ganz und gar ich selbst, und zum ersten Mal im Leben macht mir das nicht das Geringste aus. Das hier ist, wer ich bin – und wer ich sein will.

Als ich aus der Toilette komme, läuft Teddy auf dem kleinen Flur davor auf und ab und fährt mit zitternder Hand durch sein dunkles Haar. Er bleibt abrupt stehen, als er die

255

Tür knarren hört, und fixiert mich wie durch das Zielfernrohr eines Heckenschützen. Dann macht er zwei bedeutungsschwere Schritte auf mich zu.

»Du hast wohl Gefallen daran gefunden, Mädchen vor Toiletten aufzulauern, oder was …« Bevor ich den Satz vollenden kann, umfasst er mein Gesicht sanft mit beiden Händen und senkt seinen Mund auf meinen.

Theodore Fairfax küsst mich.

Theodore Fairfax küsst *mich*. Das echte mich. Nicht die Frau, die ich mir zu sein wünsche, nicht die Person, die ich manchmal vorgebe zu sein, einfach nur mich. Wie ein Schwert in die Scheide gleiten unsere Lippen ineinander, als wäre das ihr einziger Sinn und Zweck.

23. KAPITEL

Wie ich es nach Hause geschafft habe, weiß ich nicht mehr genau. Ich erinnere mich nur noch, dass ich wie betäubt dort stehen geblieben bin, wo er mich zurückgelassen hat, und seither wie ein Zombie auf meiner Bettdecke liege und den Moment wieder und wieder in meinem Kopf durchspiele, versuche, zu begreifen, was vorgefallen ist. Aber ich glaube, es wäre einfacher, die Enigma-Codes zu entschlüsseln als zu verstehen, was *das* nun war.

Er hat mich geküsst. *Er* hat *mich* geküsst. Und er war es, der anschließend weggerannt ist wie der Teufel vor dem Weihwasser. Wortlos. Sein verschreckter Blick, nachdem er sich von mir gelöst hat, die panisch geweiteten Augen eines Rehs im Scheinwerferlicht, waren der einzige Hinweis, dass wir beide, ganz egal, was als Nächstes passiert, bis zum Hals in der Tinte sitzen. Warum bin ich ihm nicht nachgelaufen? Warum habe ich ihn nicht angebrüllt, ihm Vorwürfe gemacht, weil er meinen ersten Kuss gestohlen hat? Warum habe ich es zugelassen?

Weil es dein Herz schneller schlagen ließ, und weil, wenn er es nicht getan hätte, ein Teil von dir bereit gewesen wäre, selbst den ersten Schritt zu machen, ruft meine innere Stimme mir in Erinnerung. Ich habe den Klang dieser Stimme immer verabscheut, aber heute hasse ich sie regelrecht, weil sie mich mit der demütigenden Wahrheit konfrontiert.

Das Schlimmste daran? Von der Sekunde an, als seine Lippen mit meinen verschmolzen sind, hätte ich jeden Drachen erschlagen für einen weiteren Kuss, für ein weiteres Kapitel in dieser Geschichte.

Jetzt schleppe ich mich zum Tower wie eine gerichtete Frau. Lady Jane Grey, Margaret Pole, Anne Boleyn, Jane Boleyn, Catherine Howard, sie alle wurden in diesen Mauern verflucht, wurden ruiniert von den Männern in ihrem Leben. Ich stelle mir vor, wie die Beefeater mich am Tor erwarten, mit gekreuzten Hellebarden, um mich in meine Zelle zu schaffen, male mir aus, wie der König selbst kommt, um mich als Hure zu verdammen oder, noch besser, als Hexe, die den Viscount mit schwarzer Magie verführt hat. Es wäre nicht das erste Mal, dass man eine Frau für die Fehler eines mächtigen Mannes zur Rechenschaft zieht.

Doch am meisten fürchte ich mich davor, *ihn* zu sehen. Verstohlen schleiche ich durch den Tower, spähe in jede dunkle Ecke, schaue in jedes vorbeiziehende Gesicht. Das Herz schlägt mir bis zum Hals. Unbehelligt erreiche ich die Frontlinie, den Burggraben, doch auch dort tritt er nicht in Erscheinung, abgesehen davon, dass meine ängstliche Fantasie ihn in jeder männlichen Gestalt erblickt, die sich zu uns gesellt.

Erst zwei Tage später, am bislang heißesten Tag des Jahres, dem letzten Tag meiner Probezeit, lässt Teddy sich wieder blicken. Nachdem ich achtundvierzig Stunden lang einen Magen voll glühender Lava mit mir herumgetragen hatte, war ich am Morgen mit dem erleichternden Gedanken erwacht, dass er seine Exil-Pläne beschleunigt haben könnte und ich ihm nie wieder begegnen muss. Doch nun steht er da, so dicht neben Morton, dass es wirkt, als hätte der Bodyguard den Viscount an der Leine. Noch hat er mich im Torbogen des Middle Tower nicht bemerkt, wo ich schwankend kauere und meine feuchten Handflächen an den rissigen Steinen abstütze. Kurz erwäge ich, mich der französischsprachigen Gruppe anzuschließen, die sich hinter mir versammelt. Vielleicht kann ich sie ja überreden, mich mit zurück nach Paris zu nehmen.

Doch ich habe schon genug Ärger. Wenn ich heute schwänze, kann ich mir den Job endgültig abschminken und verliere die einzige Sache, die ich für mich vorweisen kann. Mir bleibt keine Wahl, als in den sauren Apfel zu beißen und inständig zu hoffen, dass Teddy mich schlichtweg ignoriert.

Schweiß sammelt sich in meinen sämtlichen Körperöffnungen. Die Londoner Sommerhitze ist drückend, der verglaste Zylinder des *Shard*-Wolkenkratzers sendet feuerrote Strahlen über den Fluss. Sie prallen von der geschwungenen Fassade des klotzigen *Walkie-Talkie* in der Fenchurch Street ab und blenden jeden, der es wagt, auf die Themse zu blicken. So ein Sommertag in London fühlt sich an, als würde ein Kind, das erstmals seine sadistischen Tendenzen auslebt, ein Brennglas über einen Ameisenhaufen halten. Und ich bin eine der unglückseligen Ameisen.

»Vor wem versteckst du dich denn?«, fragt Ellis, der unvermittelt neben mir auftaucht. Ich habe ihn nicht kommen sehen, da ich ausschließlich auf Teddy und meine schweißtriefenden Achselhöhlen konzentriert war. Als ich erschrocken auffahre, ist sein Gesicht so nah, dass meine feuchte Wange die seine streift und ich binnen einer Woche nur Zentimeter von meinem zweiten unverhofften Kuss entfernt bin. Lachend fängt Ellis mich auf. »Tut mir leid, ich konnte es mir nicht verkneifen. Wohin starren wir denn so angelegentlich?«

Nervöser denn je ringe ich um Worte. Doch meine Zunge lässt mich im Stich. Ich kann ihm nicht ehrlich antworten, die Wahrheit muss ich mit ins Grab nehmen, aber je länger wir so dastehen und je erwartungsvoller er mich mit seinen

Bernhardineraugen anschaut, desto panischer suche ich nach einer plausiblen Ausrede. »Äh, ich plane nur die schattigste Route …«, Ellis blinzelt perplex, »… damit ich keinen Sonnenbrand kriege.«

Er grinst ungläubig. »Einen Sonnenbrand? Auf den hundert Metern bis zu dem Pavillon da unten?«

Ich nicke schweißüberströmt.

»Warte kurz hier.« Immer noch vor sich hin lachend, verschwindet er kurz im Middle Tower. Als er zurückkommt, hat er einen Regenschirm in der Hand. »Mylady.« Er ahmt einen vornehmen englischen Akzent nach und öffnet den Schirm, um ihn galant über mich zu halten. Aus der Nummer komme ich nun nicht mehr raus.

Es gibt wohl keine todsicherere Methode, die allgemeine Aufmerksamkeit auf sich zu ziehen, als an einem staubtrockenen Tag in Begleitung eines gut aussehenden Amerikaners unter einem Regenschirm durch den Burggraben einer weltberühmten Sehenswürdigkeit zu laufen. Praktisch jeder, an dem wir vorbeikommen, nimmt Notiz von mir, doch Teddy schaut erst auf, als ich fast auf seiner Höhe bin. Seine Züge wirken schärfer, zorniger, strenger. So, wie er durch mich hindurchstarrt, ist nicht klar, ob er mich überhaupt wahrnimmt. Ich kann meinen Blick nicht von ihm losreißen, er schlägt mich selbst aus der Distanz in seinen Bann. Angesichts der Bedrohung, die von ihm ausgeht, der Gefahr, die er für alles darstellt, was ich bin, was ich glaube, zu sein, pulsiert mein ganzer Körper. Dennoch ziehe ich in den Kampf.

»Ma'am …« Zu seinen amerikanischen Wurzeln zurückkehrend, liefert mich Ellis mit dick aufgetragenem Südstaaten-Dialekt und einer übertrieben tiefen Verbeugung unter dem weit aufgespannten Sonnendach im Camp ab. »Sind Sie jetzt ausreichend beschattet?« Seine Grübchen sind so tief, dass ich mich frage, ob er dadrin regelmäßig Bräunungsstreifen bekommt.

Angespannt bedanke ich mich, in der heimlichen Hoffnung, dass er es eilig hat, zu seiner Arbeit zurückzukehren. Sosehr ich ihn mag – dieses öffentliche Spektakel, die Furcht vor den Spekulationen, die es garantiert auslösen wird, die neugierigen Blicke der anderen – all das summiert sich zu meinem schlimmsten Albtraum. Was würde ich nicht geben, wenn ich jetzt in einen seiner kühlen uralten Räume verschwinden und seinen Geschichtslektionen lauschen könnte. Mein Herz rast, aber nicht auf gute Art, nicht so wie vorgestern Abend bei *ihm*.

»Daisy, ich dachte …« Ellis unterbricht sich und schaut mich fragend an. Mechanisch nicke ich. »Hättest du Lust, heute Abend was trinken zu gehen oder irgendwas anderes zu machen?«

Hastig schaue ich mich zu den anderen aus meiner Gruppe um. Erin, Mei, Robin und Alice geben sich redlich Mühe zu verbergen, dass sie uns beobachten und zuhören, doch Meis vielsagendes Grinsen hinter verzweifelt vorgehaltener Hand verrät sie.

Unter all der Aufmerksamkeit werde ich immer zappeliger. Ich versuche, mich zusammenzureißen, mein Gesicht zu wahren, doch meine Widerstandskraft bröckelt. Auf keinen Fall möchte ich Ellis verletzen, und ich will auch keine Szene machen und weglaufen, schon gar nicht jetzt, wo ich alles daransetze, meinen Job und meinen Ruf zu retten und den heutigen Tag zu überstehen. Also springe ich über meinen Schatten und kompromittiere meine Komfortzone, für ihn und für meine Kollegen.

Ich lege Ellis eine Hand an den Arm, so sanft, dass ich ihn kaum spüre, und schiebe ihn ein kleines Stück von den anderen weg. Verunsichert von meinem Schweigen, variiert er seinen Vorschlag. »Ich könnte dir auch die Kapelle im Wakefield Tower zeigen. Wo Heinrich VI. während des Gebets ermordet wurde.«

Unfähig, ihm in die Augen zu schauen, blicke ich über seine Schulter – und gerate, metaphorisch gesprochen, vom Regen in die Traufe: Teddy starrt mich an, mit einer Intensität, die mir den Atem raubt. Unwillkürlich schnappe ich nach Luft und richte meine Aufmerksamkeit wieder auf den Mann vor mir, einen Mann, der mir nichts als Freundlichkeit entgegengebracht hat. »Das wäre schön«, murmele ich. Dies ist der sicherere Weg, mache ich mir, nach einem letzten Blick auf Teddy, energisch klar.

Zufrieden mit meiner Zusage und dem Versprechen, mich später zu treffen, zieht Ellis sich zurück. Sofort machen meine Kollegen Anstalten, mir auf die Pelle zu rücken, und ihr anzügliches, neugieriges Grinsen lässt das Schlimmste befürchten. Doch Westley rettet mich wieder einmal, indem er unverzüglich mit dem Unterricht beginnt.

»Diese Bestie hier nennen wir Blide oder *Trebuchet*.« Er lehnt an den Holzbalken der Belagerungsmaschine und streichelt sie, als sei sie ein lebendes Wesen, das auf sein Kommando hört. »Kann mir jemand erklären, wofür diese Geräte benutzt wurden?«

»Um Köpfe über die Burgmauern zu schleudern«, ruft Barley, der schüchterne Junge, der das unglückselige Schlangenbild gemalt hat. Offenbar überrumpelt von seinem eigenen Mut, versteckt er sich beschämt hinter einem Mitschüler.

»Ganz richtig, junger Sir! Dies hier ist eine Art Katapult, und es wurde verwendet, um ganz unterschiedliche Dinge auf den Feind zu schießen. Von riesigen Felsbrocken, um Befestigungen zu zerstören, bis hin zu Tierkadavern und Leichenteilen feindlicher Soldaten, um sowohl Angst und

Schrecken als auch Krankheiten in der angegriffenen Burg zu verbreiten.«

Es amüsiert mich immer wieder, wie verlässlich man Kinder mit Abscheulichkeiten beglücken kann. Dieser Job hat das nur noch weiter bestätigt. Sie hören umso aufmerksamer zu, je gruseliger oder grausamer die Geschichten sind. Egal, wie mitreißend man von schönen Rittern und prächtigen Bällen erzählen, was sie wirklich aufhorchen lässt, sind Fäkalien, Leichen und andere eklige Details. Auch jetzt starren unsere kleinen Ritter Westley so fasziniert und begeistert an, dass ich mir schon ernsthaft Sorgen mache, einige von ihnen könnten wirklich glauben, dass wir gleich echte Köpfe über die Mauer des Towers schleudern und auf arglose Touristen niederregnen lassen.

Tatsächlich greift Westley in einen Eimer zu seinen Füßen und holt zu meinem Entsetzen etwas ziemlich Nasses und verdächtig Kopfförmiges heraus. Nach einem kleinen Aufschrei eines der weniger morbid veranlagten Kinder hebt er das Objekt hoch, sodass wir alle es besser sehen können. Ein mit Wasser gefüllter Luftballon schwappt in seinen Händen. »Heute ist unsere Munition nicht so furchterregend und stinkt auch viel weniger.« Er grinst zufrieden. »Da es so heiß ist, benutzen wir unser Trebuchet, um die Blumen zu gießen.«

Während mein Boss und seine kleinen Assistenten sich auf die Vorführung dieser mittelalterlichen und ziemlich theatralischen Form der Gartenbewässerung vorbereiten, ziehe ich mich in einen der offenen Pavillons zurück, um etwas von der Fassung zurückzugewinnen, die dem überraschenden Auftauchen von Ellis und Teddy zum Opfer gefallen ist.

Kaum hat mein Atem sich einigermaßen normalisiert, gerät er wieder aus dem Takt, denn Teddy kommt schnurstracks auf mich zu. Normalerweise schleicht er wie ein Dieb durch die Nacht, lauert hinter mir im Schatten wie ein heimtückischer Meuchelmörder, doch diesmal verschwendet er keine Zeit mit Heimlichkeiten, mit Spielen. Er hat sein Ziel im Visier und ist bereit, es frontal anzugreifen. Während er sich nähert, spüre ich ein schmerzliches Ziehen in der Brust. Sein Blick trifft mich wie ein Faustschlag in den Magen, und doch kann ich mich ihm nicht entziehen.

Er schaut sich nach möglichen Lauschern um, doch zu seiner Erleichterung haben die anderen das Landei und den Viscount längst vergessen und verfolgen lieber gespannt, wie der lange Arm des Trebuchets seine Munition im Burggraben verteilt. »Hast du es irgendwem erzählt?«, fragt er leise. Sein Ton ist eindringlich, und ich muss einen Schritt zurückweichen, um nicht von seiner körperlichen Nähe erschlagen zu werden. Doch er umfasst sanft meinen Arm, zieht mich wieder näher, und für einen Moment weicht die Intensität seines Blicks einer Art Besorgnis. »Sag, hast du jemandem davon erzählt?«

Ich entziehe mich seinem Griff, weiche erneut zurück. Meine Beine zittern, doch ich bleibe standhaft, verlasse mich wieder ganz auf Alenthaea. »Wovon?«, bluffe ich.

Frustriert fährt er sich übers Gesicht, beugt sich dann so dicht zu mir, dass unsere Wangen sich berühren, und spricht direkt in mein Ohr. »Von uns.« Sein Atem streicht heiß über mein Ohrläppchen.

»Von uns?«

Er richtet sich wieder auf, und ich sehe die Panik in seinen Augen.

»Oh, du meinst, dass du mich geküsst hast?« Obwohl wir einen Umkreis von mehreren Metern für uns allein haben, fährt Teddy erschrocken herum, getrieben von der Furcht, jemand könnte mithören, was zwischen uns passiert ist.

»Als du mich geküsst hast, um anschließend abzuhauen?«, wiederhole ich schnippisch. »Du hast mich dazu gebracht, alles infrage zu stellen, was ich je gedacht und gefühlt habe, nur, um mich dann ohne ein Wort stehen zu lassen. Und jetzt besitzt du die Frechheit, mit vorgehaltener Waffe anzukommen und mich zu verhören, ob ich es jemandem erzählt habe?«

»Daisy …« Er wirkt aufgewühlt. Erst jetzt, da ich ihn so sehe, voller Reue und Bedauern, wird mir klar, dass ich wütend bin. Weil er von unserem Kuss spricht wie von irgendeinem schmutzigen Geheimnis – als ob er, nachdem er mich geküsst hat, angewidert von sich selbst ist.

»Hast du etwa Angst, mit jemandem wie mir erwischt zu werden? Eine Proletin wie ich kann unmöglich gut für dein Image sein. Oder war das vielleicht sogar Sinn der Sache? Einerseits war es eine spannende Herausforderung für dich, mir meinen ersten Kuss zu stehlen, andererseits ist die Schande und Peinlichkeit, die das Ganze mit sich bringt, eine todsichere Methode, dich endlich ins ersehnte Exil zu bringen.«

»Daisy …«, sagt er noch einmal, doch ich ziehe mich weiter von ihm zurück. Meine Hände zittern, mein Herz hämmert, dennoch bleibe ich noch einmal stehen, um ihn zu konfrontieren.

»Ich will deine Spiele nicht spielen, Teddy.« Müde lasse ich die Schultern sinken. Mein Zorn ist niedergebrannt. Nur Trauer zischt noch in der Glut. Trauer um den kleinen Hoffnungsschimmer, den ich mir gestattet hatte, und der mit jedem seiner Worte und panischen Blicke ein wenig mehr erstirbt.

»Hast du es irgendwem erzählt oder nicht?«, ruft er mir nach, als ich mich zum Gehen wende, und plötzlich kann ich mich nicht mehr beherrschen. Seine Worte erreichen mich in dem Moment, in dem ich an einem Tisch vorbeikomme, auf dem, still und friedlich, ein gefüllter Wasserkrug steht.

Also nehme ich den hübschen kleinen Krug und schütte seinen Inhalt dem Viscount mitten ins Gesicht.

Gar nicht mehr friedlich rinnt das Wasser um seine geweiteten Augen, seinen offen stehenden Mund, und ich beuge mich so dicht zu ihm, dass nur er hören kann, was ich zu sagen habe. »Jetzt bleib mal locker, deine Krone sitzt noch fest. Ich habe es keiner Menschenseele erzählt, und dabei wird es auch bleiben. Mein Stolz mag sich in Grenzen halten, aber warum um alles in der Welt sollte ich zugeben, dass ich *jemandem wie dir* erlaubt habe, mich auf diese verächtliche Art zu benutzen? Du bist genauso *mein* schmutziges Geheimnis wie ich deins bin.«

Ich richte mich wieder auf, wirbele herum und starre direkt in das verschwörerisch grinsende Gesicht von Tristan Huntsford. Inspiriert vom Anblick des triefenden Teddy schleicht der kleine Chaot sich, ohne den Blickkontakt zu mir abzubrechen, an den Eimer mit den Wasserbomben, nimmt eine davon heraus und lässt sie auf dem Kopf eines arglosen Mitschülers zerplatzen, begleitet von dem schrillen Kriegsschrei »Wasserschlacht!«.

Oh, Mist.

24. KAPITEL

»Es tut mir leid, Daisy, aber ich habe keine andere Wahl, als deinen Vertrag nach der Probezeit zu kündigen. Da heute ohnehin der letzte Tag deiner vier Wochen ist, fürchte ich, dass du deine Sachen zusammensuchen und heute Abend mitnehmen musst. Das verstehst du doch sicher, oder?« Westley tropft in eine Pfütze zu seinen Füßen. Seine Haare haben sich aus dem Pferdeschwanz gelöst und kleben an seinem Nacken. Die Enttäuschung in seinem triefenden Gesicht ist nicht zu übersehen.

Wie vor den Kopf geschlagen nicke ich. Widerspruch wäre sinnlos. Ich habe es verbockt, es ist meine Schuld. Ich bin eine Versagerin. Ich hätte mich beherrschen sollen, Größe zeigen, einfach weggehen. Stattdessen habe ich mit meiner nassen Attacke auf den Viscount die vernichtendste Wasserschlacht aller Zeiten ausgelöst. Kein Mensch, Handy oder Kleidungsstück war noch sicher, nachdem Tristan den Kriegspfad eingeschlagen hatte. Die dritte Abmahnung am letzten Tag meiner Probezeit konnte nur eine Konsequenz nach sich ziehen, daher stehe ich nun hier, durchweicht bis auf die Knochen, und füge mich meinem Schicksal.

Alle hatten mehr von mir erwartet. *Ich* hatte mehr von mir erwartet. Wie eine Heldin wurde ich entsendet, das Monster zu erschlagen, nur, um mit leeren Händen und verwundet zurückzukehren – nicht von der Bestie verletzt, sondern von meinem eigenen Schwert.

Ich kann niemandem außer mir selbst die Schuld geben. Nachdem Westley sich mit einem letzten Seufzer zurückgezogen hat, verliere ich keine Zeit mehr. Ich entledige mich meiner Rüstung, meines Kostüms, und ziehe rasend schnell meine eigenen Sachen über, um möglichst wenig von mir sehen zu müssen. Dann falte ich die geliehenen Kleidungsstücke ordentlich zusammen, lege sie auf den Tisch, verlasse das Zelt und mache mich zum letzten Mal auf den Weg aus dem Burggraben.

Die meisten Leute, an denen ich vorbeikomme, tragen noch die Spuren der Schlacht. Einige meiner Kollegen wringen ihre Waffenröcke aus, andere versuchen, verärgerten Eltern zu erklären, warum ihre Kinder nach einem heißen, wolkenlosen Sommertag klatschnass sind. Teddy ist in dem Moment geflüchtet, in dem das Unheil ausbrach. Weder er noch sonst jemand ist da, um mich zu verabschieden, und so gehe ich genauso einsam, wie ich gekommen bin.

Bevor ich mich hier endgültig vom Hof mache, muss ich noch einen Zwischenstopp einlegen. Während ich langsam durch den Tower gehe, scheinen die Mauern um mich herum zu schrumpfen, mir immer näher zu kommen, bis selbst die grelle Sonne dahinter zu verschwinden scheint. Ruhig steige ich die Treppe zum mittelalterlichen Palast hinauf, einem muffig riechenden Raum über dem Traitors' Gate, der mit Nachbildungen mittelalterlicher Möbel bestückt ist. Er fühlt sich trotz allen Überflusses leer an, und ich kann mir gut vorstellen, wie die Bewohner wach im Himmelbett lagen, an die hohen Decken starrten und sich fragten, warum es trotz des großen Kamins hier so kalt ist.

Ich folge dem Korridor, bis ich schließlich mein Ziel erreiche. Die Privatkapelle des Königs im Wakefield Tower liegt versteckt hinter dunklen, smaragdgrünen Zwischenwänden. Im oberen Teil sind mit Rot und Gold verzierte Bögen eingemeißelt, und durch das Buntglasfenster in der Mitte fällt diffus funkelndes Tageslicht.

Ellis steht am Altar, so versunken in die Betrachtung des farbigen Spektakels, dass er meine Ankunft gar nicht bemerkt.

Beim Näherkommen sehe ich, dass die bunten Fragmente des Fensters sich nicht zu einer bestimmten Szene fügen; das zufällig zusammengesetzt wirkende Mosaik aus Scherben scheint keinen anderen Zweck zu haben, als den Raum mit buntem Leuchten zu erfüllen. »Was ist damit passiert?«, frage ich leise. Ellis dreht sich zu mir um, und der Anblick seines vertrauten Lächelns tröstet mich für einen kurzen Moment.

»Viele Buntglasfenster in Londons Kirchen und Kapellen wurden im Zweiten Weltkrieg zerbombt, auch dieses hier. Statt einfach zu kopieren, was vorher da war, hat man die Splitter eingesammelt, neu zusammengesetzt und das hier geschaffen.«

Ich trete neben ihn an den Altar. »Sie haben nicht versucht, die Narben des Kriegs zu verstecken«, murmele ich. »Stattdessen haben sie eine Tragödie in etwas Schönes verwandelt.«

»Genau. Diese Glasscherben haben Dinge gesehen, die wir uns kaum ausmalen können. Ich frage mich, was dieses Fenster uns wohl erzählen würde, wenn es reden könnte.« Ellis lacht leise. »Ein verrückter Gedanke, ich weiß.«

»Nein, ich bin ganz deiner Meinung. Wenn wir den Mauern zuhören könnten, würden wir vielleicht nicht so viele Fehler wiederholen.« Einen Moment schweigen wir beide. »Ich gehe weg aus London«, sage ich dann, mehr zum Fenster als zu Ellis, doch er wendet sich mir abrupt zu.

»Was?«

Ich bringe es nicht über mich, ihn anzuschauen. »Wahrscheinlich dürfte ich jetzt nicht mal mehr hier sein.« Bei der Vorstellung, wie eine Verbrecherin aus dem Tower geschleppt zu werden, dreht sich mir der Magen um. »Ich habe meine Probezeit nicht bestanden. Tut mir leid, aber ich kann nicht bleiben. Und auch nicht mehr mit dir auf unseren Drink in den Pub gehen.« Das wäre auch sinnlos. Ein erfolgreicher Akademiker wie er würde sich nicht mit jemandem abgeben wollen, der es nicht mal schafft, einen Ferienjob zu behalten. Ich habe einem Mann wie Ellis nichts zu bieten, ich verdiene ihn nicht.

»Das ist doch bestimmt ein Missverständnis«, sagt er. »Ich wette, es hat irgendwas mit ihm zu tun – mit Theodore Fairfax. Der hatte es vom ersten Tag an auf dich abgesehen. Da kann man doch sicher irgendwas tun?«

Unwillkürlich zucke ich zusammen, als ich seinen Namen so harsch aus Ellis' Mund höre.

»Ich bin alt und groß genug, um meine eigenen Fehler zu machen«, erwidere ich. »Ich hab's verbockt, und nun muss ich die Konsequenzen tragen. Tut mir wirklich leid, Ellis.« Ich lasse ihn am Altar stehen, an derselben Stelle, wo König Heinrich VI. in einem Moment der Verwundbarkeit ermordet wurde, mit einem Dolchstoß in den Rücken, während er vor seinem Gott kniete.

Ich fühle mich wie betäubt.

Ich weine nicht, als ich den Tower verlasse, ich weine nicht, als ich meiner Mitbewohnerin erzähle, was passiert ist, und auch nicht, als Bobble in Tränen ausbricht. Schweigend packe ich meine Sachen zusammen, bewege mich dabei wie ein Monster, das keinerlei Emotionen kennt.

»Kannst du nicht trotzdem bleiben? Und dir einfach eine neue Stelle suchen? Das Café an der Finchley Road sucht immer noch Leute – du könntest dort arbeiten! Es liegt nur fünf Minuten entfernt.« Düster wie eine trauernde Witwe steht Bobble im Türrahmen. Man kann buchstäblich sehen, wie die Rädchen in ihrem Kopf sich drehen, aber es nützt nichts. Ich habe mein Zuhause für diesen Job verlassen, und nur für diesen Job. Der Gedanke, wieder von vorn anfangen zu müssen, mit neuen Leuten und einer Tätigkeit, von der ich keine Ahnung habe, würde mich nur wieder in eine Abwärtsspirale jagen. Dies hier war mein großer Vorstoß, der Versuch, mein Leben herumzureißen, aber letztlich hat es mir nur wieder vor Augen geführt, warum ich so etwas nie zuvor versucht habe.

Nachdem sie eine Stunde lang versucht hat, irgendeine Lösung zu finden, um mich zum Bleiben zu bewegen – einschließlich der Drohung, die Monarchie zu stürzen –, kommt Bobble ins Zimmer und lässt sich aufs Fußende meines Bettes sinken. Sie ist vernünftig genug zu wissen, dass nichts, was sie sagt oder tut, etwas bewirken wird. Doch ich stoße sie zurück, genau wie meine Träume. Wenn man sich lange genug einredet, dass man Glück, einen guten Job und eine beste Freundin nicht verdient, dann fällt es leichter, die Leere zu ertragen, die sich einstellt, nachdem man alles auf einmal verloren hat.

Erst als ich abends im Bett liege, mein neues Leben in Umzugskisten verpackt um mich herum, kommen die Tränen. Mit einer einzigen fängt alles an – sie segelt in der Dunkelheit über mein Gesicht und geht an meiner Nasenspitze von Bord. Sobald der verräterische Tropfen die Fasern meines Kopfkissenbezugs durchtränkt hat, folgen ihm die nächsten, und als ich schließlich einschlafe, ist mein ganzes Kissen feucht.

Teddy schleicht durch meine Träume, die so klar und lebendig sind, dass ich, als die Sonne durch mein offenes Fenster scheint, nicht sicher bin, ob ich überhaupt geschlafen habe. Mein Körper fühlt sich schwer an, und mein Nacken noch warm vom Geist seines Atems, gleichzeitig breitet sich

Kälte in meinem Magen aus und lässt mich unter meiner Decke frösteln. Jedes Gefühl, das ich für ihn hege, widerspricht dem nächsten. Der Schmerz, London verlassen zu müssen, hatte mich eine Weile von der Verwirrung meiner Emotionen abgelenkt, doch Teddy verfolgt mich. Ich hasse ihn.

Ich werde ihn nie wiedersehen. Dieser Gedanke kann eigentlich nur eine Erleichterung sein. Warum macht er mich dann so unglücklich?

Bevor ich weitergrübeln kann, wird meine Zimmertür so heftig aufgestoßen, dass sie gegen die Wand knallt. Schockiert fahre ich herum, erkenne den Eindringling aber erst, als er bereits über dem Bett steht und auf meine rechte Hand starrt, die den dekorativen Dolch umklammert, der normalerweise auf dem Nachttisch liegt.

»Was wolltest du damit anstellen? Mir die Speisereste aus den Zähnen picken?«, fragt Samwise belustigt. Ich werfe das alberne Ding quer durchs Zimmer und springe aus dem Bett, um meinen Bruder zu umarmen. Eine Sekunde versteift er sich ob des Körperkontakts, dann zieht er mich liebevoll an sich. »Teufel noch mal, es muss ja wirklich schlimm stehen, wenn du plötzlich zum Knuddelfan wirst.«

Nachdem ich Sam aus meiner erdrückenden Umarmung entlassen habe, nehme ich ihn näher in Augenschein. Sein Haar ist gewachsen und lockt sich um seine Ohren, ein neuer Ring schmückt das eine Ohrläppchen, und alles an ihm schreit »Zuhause«.

»Wie bist du … Wer … Wie?«, flüstere ich. Ich habe noch keinem daheim etwas erzählt, ich wusste nicht, wie oder womit ich anfangen soll. Doch nun, da ich Sam vor mir sehe, komme ich mir wie eine Idiotin vor, weil ich ihm nicht sofort Bescheid gesagt habe. Mein Zwillingsbruder ist das einzige Wesen in dieser Dimension, das mir momentan einen

Hauch von Glück verschaffen kann. In seiner Nähe fühlt sich nichts so schlimm an wie ohne ihn. Wenn ich bei ihm wäre, während ein Asteroid auf die Erde zurast, um der Menschheit den Garaus zu machen, würde ich mich, glaube ich, mit einem Lächeln auf den Lippen aus dem Universum löschen lassen.

»Bobble hat mich gestern Abend angerufen, sie sagte, dass du völlig verstummt bist. Und sie hat mir erzählt, was bei der Arbeit passiert ist. Ich wusste, dass es dir besser geht, wenn du mich nicht fragen musst, daher bin ich ungebeten hergekommen, um dir zu helfen. Und dich nach Hause zu holen.« Seine Worte legen sich wie eine weiche, tröstliche Decke um mich. Was ich an Sam am meisten liebe, ist seine Fähigkeit, mein Gehirn zu verstehen, auch wenn es für mich selbst keinen Sinn ergibt.

»Und du bist nicht enttäuscht?«, frage ich nervös, obwohl ich die Antwort bereits kenne. »Du wirst nicht versuchen, mich zum Bleiben zu überreden?«

»Sei nicht albern.« Ich weiß nicht, ob es die berühmte Zwillings-Telepathie ist, oder ob es daran liegt, dass wir schon so viel Zeit miteinander verbracht haben, aber mein Bruder sieht mein wahres Ich; er versucht nicht, mich zu ändern, damit ich in irgendeine Standardschublade passe. Er akzeptiert mich einfach so, wie ich bin, und hält mir auf meinem Lebensweg die Hand.

»Hast du es Mum und Dad erzählt?« Angespannt warte ich auf seine Antwort.

Er schüttelt den Kopf. »Ich dachte, das solltest du besser selbst tun, sobald du bereit dazu bist.«

Ich weiß, dass er recht hat, sosehr ich mir auch wünsche, er hätte diese schmerzhafte Bürde für mich geschultert. Aber es muss von mir kommen. Wenn es bloß nicht so viel gäbe, das ich ihnen nicht offenbaren kann, und nicht mal Sam.

Bobble steckt vorsichtig ihren Kopf durch den Türrahmen. Auf meine Aufforderung hin kommt sie herein. »Du kommst mich doch besuchen, oder?«, fragt sie zaghaft.

Ich bin nicht sicher, ob ich ihr das versprechen kann. Nicht ihretwegen – ihre Nettigkeit und ihre Freundschaft waren eine ganz eigene Liebesgeschichte, wie ich sie so wohl nie wieder erleben werde. Es liegt an London, dem Ort meines Versagens. Jeder Besuch würde mich nur erneut daran erinnern, dass ich hier nichts erreicht habe. Im Grunde läuft es darauf hinaus, dass ich zu meinen Anfängen zurückkehre, zurück in die Isolation, die Ängstlichkeit, die Unwichtigkeit. Ich habe mich kopfüber in die Zukunft gestürzt, ohne zu merken, dass ich mit einem Bungee-Seil an mein nichtiges Dasein gefesselt bin und, kaum dass ich es weit genug gestrafft habe, um die Hand nach etwas, irgendetwas Neuem auszustrecken, unvermeidlich ins Nichts zurückgezogen werde. Bobble würde nicht mit Daisy, dem Niemand aus dem Dorf, befreundet sein wollen.

»Du musst uns auch besuchen kommen, Bob«, sagt Sam, während ich wieder mal in den Abgründen meines Geistes versinke. »Wir stellen dich der Fellowship vor.«

Sie klatscht begeistert in die Hände. »Das wäre toll. Ich würde ja sofort mitkommen, wenn ich nicht bis Montag mit meinem Pelz-BH für die Uni fertig werden müsste.« Sie kichert, und obwohl er eine Zwillingsschwester und eine Schwester hat und in einem ziemlich matriarchalisch geführten Haushalt aufgewachsen ist, errötet mein Bruder wie ein Fünfzehnjähriger vor den Tampons im Supermarkt.

Als der Abschied naht, verfallen wir in trauriges Schweigen. Als ich wortlos meine Sachen ins Auto stopfe, kann ich mich nicht des Gefühls erwehren, all meine Fortschritte der letzten vier Wochen wegzupacken. In kaum einem Monat habe ich mich weiter entwickelt als je zuvor. Ich war sogar ganz nah dran, all das zu sein und zu erleben, was ich bislang verpasst hatte, und jetzt muss ich zurück an den Anfang.

Nachdem die letzte Tasche verstaut ist, weiß keiner mehr so recht, was er sagen soll. Wir stehen zu dritt um den Kofferraum herum und schauen einander stumm an. Schließlich finde ich zum ersten Mal seit Stunden die Sprache wieder. »Ich würde lieber tausendmal Adieu zu der Stadt und ihren Millionen Einwohnern sagen als nur ein einziges Mal Lebewohl zu dir, Bobble.«

Meine ehemalige Mitbewohnerin versucht, die Tränen hinunterzuschlucken, doch eine entkommt und rollt über ihre Wangen. Hastig wischt sie sie weg und umklammert meine Hände. »Dann solltest du es auch nicht tun. Ich lasse es nicht zu und werde dich diese Zeit hier nie vergessen lassen.«

Ich drücke ihre Hände fest. »Ich danke dir, für alles.«

»Du tust so, als wäre es unglaublich selbstlos von mir, mit dir befreundet zu sein, Daisy. Dabei war es das Egoistischste, was ich je getan habe, dir mein Haus zu öffnen.« Sie lacht über meine verblüffte Miene. »Du hast mir etwas viel Wertvolleres gegeben, etwas, von dem ich nie ahnte, wie sehr ich es brauche: eine echte Familie. Sieh also zu, dass du mir beim nächsten Weihnachtsdinner den Stuhl neben dir frei hältst, dein Dad hat mich nämlich schon eingeladen.« Sie lacht weiter, wenn auch unter Tränen, und mir gelingt immerhin ein Lächeln.

Nach einer letzten innigen Umarmung steigen Sam und ich ins Auto und lassen London hinter uns.

25. KAPITEL

Jeder Tag der darauffolgenden Woche ist quälend lang, und doch scheinen sie alle so spurlos zu verpuffen, als hätte es sie nie gegeben. Alle meine Sachen bleiben verpackt, und im Laufe der Woche verschwinden auch immer mehr von Marigolds Habseligkeiten in Kartons.

In ein paar Wochen verlässt sie uns, um ihr Studium zu beginnen, ein Lebensabschnitt, dem sie von Stunde zu Stunde aufgeregter entgegenfiebert. Wenn wir zusammen am Tisch sitzen, beobachte ich meine Schwester verstohlen und frage mich, warum sie sie sein darf, während ich mit mir selbst vorliebnehmen muss. Warum ihre schmalen Schultern in hübsche Schlüsselbeine übergehen, warum das dicke dunkle Haar ihr zartes Gesicht so elegant umrahmt, warum ihr Gehirn ihr gestattet, auf eine Gruppe von Menschen zuzugehen und die Charmanteste der Runde zu sein, ohne auch nur einen Tropfen Schweiß zu vergießen. Warum sie in allem, was sie anpackt, perfekt ist, warum ich alles, was ich anfasse, kaputt mache. Das Schuldgefühl, jemandem etwas übel zu nehmen, den man über alles liebt, ist überwältigend. Wie kann ich neidisch auf jemanden sein, dem ich nur das Beste wünsche?

Das Einzige, was mir geholfen hat, mich nicht unterkriegen zu lassen, und davon abgehalten hat, in die vertraute Zuflucht meines Kinderzimmers abzutauchen, ist, so traurig das klingt, die Friskney Fellowship. Ja, tatsächlich, das Einzige, was mich den Krallen der Depression entrissen hat, ist der Anblick von Richard in Magierrobe und Strumpfhosen.

Die Schlacht um Helm's Geek steht kurz bevor, und ich lebe ihr jeden Tag entgegen.

Nun stehe ich in der Sonntagmorgensonne auf dem Spielfeld hinter dem Gemeindesaal und wende mich an die beiden Mitspieler, die höchstwahrscheinlich eine Art mittelalterliches Sexverlies in ihrem Dorfhäuschen haben.

»Hazel und Terry, ihr seid dafür zuständig, Richard zu bewachen. Wir müssen ihn so weit wie möglich in den Wald hineinbringen, damit er ein paar seiner Zaubersprüche einsetzen kann, bevor die anderen Teams überhaupt merken, dass er nicht mehr bei dem Rest der Gruppe ist. Eure Aufgabe ist es, ihn unversehrt dorthin zu schaffen und jeden auszuschalten, der sich ihm in den Weg stellt.« Heute ist unser letztes Treffen vor der Schlacht. Etliche der Charaktere, die jetzt hier vor mir stehen, werden vielleicht nicht zurückkehren oder gezwungen sein, härter zu kämpfen als je zuvor, und ich ertappe mich dabei, wie ich meine Truppen vielleicht etwas zu mitreißend einschwöre. Hazel und Terry akzeptieren ihre Befehle mit einem Nicken, scheinen jedoch momentan keine besondere Dringlichkeit zu sehen, denn sie rühren sich nicht vom Fleck, sondern bleiben zusammen stehen, aneinander klebend wie zweiköpfige Schlangen aus der griechischen Mythologie.

Bevor ich Dinge zu sehen kriege, die ich nicht sehen will, gehe ich rasch weiter zu Callum dem Barden. »Cal, mein Freund, mach Gebrauch von deiner Laute. Wir wollen den Soundtrack, klar, aber scheue dich nicht, sie auch als Waffe einzusetzen.« Der Teenager zupft grinsend einen Akkord, und ich klopfe ihm anerkennend auf die Schulter.

»Wo brauchst du mich, Daisy?«, fragt Dad eifrig. Sein Knappen-Rock ist perfekt gebügelt, und er starrt hingerissen in das orkische Gesicht meiner Mum, begierig darauf, noch mehr Zeit in ihrer monströsen Gesellschaft zu verbringen.

»Mutter wird dir Anweisungen erteilen. Du existierst, um ihr zu dienen, daher musst du auf Schritt und Tritt an ihrer Seite sein, bereit, dich notfalls zu opfern, um sie zu retten.« Mein treu ergebener Vater scheint mit diesen Instruktionen mehr als zufrieden zu sein. Im Grunde ist es kein großer Unterschied zu seinem sonstigen Leben, daher dürfte ihm sein Auftrag sehr entgegenkommen.

Nachdem ich auch den O'Neills ihre Befehle erteilt und mir gar nicht erst die Mühe gemacht habe, Richard irgendwas aufzutragen, da ich weiß, dass er ohnehin nur das Gegenteil tun wird, komme ich schließlich zu Sam und Marigold. »In der Schlacht um Helm's Geek müssen wir Elfen zusammenarbeiten. Die Fehden der Fellowship sind auf Eis gelegt, bis wir die Ladybank-LARPer vernichtet haben, in Ordnung?« Meine Geschwister nicken, und in mir steigt freudige Erwartung auf.

Samwise teilt meine Gefühle. »Ich habe eine Taktik, die funktionieren könnte«, sagt er und wippt aufgeregt auf den Fußballen. Auf mein Drängen hin erläutert er seinen Plan. »Die umgekehrte Pfeilspitze. Jeder von uns dreien ist ein Punkt der Spitze, wir gehen auf den Feind zu, aber Daisy hält sich in der Mitte zurück. Mari und ich stoßen vor, schalten den schwachen menschlichen Schild aus, den sie uns entgegensetzen, und sobald sie glauben, dass sie uns im Griff haben und wir müde werden, schießt Daisy durch die Mitte, überrumpelt sie, und wir können sie köpfen.« Er grinst begeistert. »Was meinst du, Mari?«

Meine kleine Schwester errötet und meidet unsere Blicke. »Ich wollte euch eigentlich sagen …« Sie bricht ab und beobachtet einen Hasen, der in diesem Moment übers Feld hoppelt. »Ich komme dieses Jahr nicht mit«, stößt sie dann hervor, so schnell, dass sie am Ende des Satzes außer Atem ist.

»Was?« Mein Ton lässt sie zusammenfahren.

»Ich … ich komme nicht mit, nach Helm's Geek.«

Während ich unsere Schwester verächtlich anfunkele, legt Samwise los. »Warum nicht? Gefällt dir deine Rolle nicht? Wir können sie jederzeit ändern. Du könntest ein Druide sein? Oder ein Barbar?«

»Ich glaube einfach nicht, dass es mir an der Uni hilft, wenn ich mit Schwertern spiele und so tue, als ob ich ein Elf bin«, murmelt sie. Das bringt Sam zum Schweigen.

»Aber … das ist doch das, was wir als Familie zusammen machen«, gebe ich zu bedenken. »Es ist das Einzige, was dich …« Ich lasse den Satz ins Leere laufen, unsicher, was ich eigentlich zu sagen versuche. LARP war das Einzige, was uns verbunden hat, das Einzige, worüber ich mit ihr reden konnte. Ich konnte ihr alles zeigen und mich um sie kümmern, wie es eine große Schwester tun sollte. Doch mit jedem Tag, der vergeht, entfernt sie sich weiter von mir, und ich weiß nicht, ob ich sie überhaupt noch kenne.

»Ich verstehe das nicht«, sagt mein Bruder leise. »Du hast dich doch so darauf gefreut. Wir sprechen seit Wochen beim Abendessen über nichts anderes.«

»*Ihr* sprecht über nichts anderes.« Nach wie vor ist ihre Stimme nicht mehr als ein Murmeln, doch man sieht, wie tief ihre Worte Sam treffen. »Es war immer *euer* Ding«, fährt sie fort. »Ihr beide und Mum und Dad, ihr liebt das. Aber ich will einfach nicht so tun, als wäre ich jemand anders. Ich will nicht sein, was du dir für mich ausdenkst, nicht die Person, die du von mir zu sein verlangst.« Bei den letzten Worten schaut sie mich an, mit leisem Bedauern zwar, aber ihre Stimme bleibt fest.

»Mari…« Was sie sagt, schneidet mir ins Herz. »Es geht doch gerade darum, dass du jeder sein kannst und alles. Ich dachte nur, dass es dir vielleicht … ich wollte einfach …

helfen.« Am liebsten würde ich weinen. Ich möchte sie wissen lassen, dass dies meine Art war, sie zu lieben, jenseits der Einschränkungen, die mich in der wirklichen Welt hemmen und zurückhalten. Aber das würde sie nie verstehen.

Sie zuckt mit den Schultern und lächelt traurig. »Ich glaube, es gefällt mir einfach, ich selbst zu sein.« Obwohl sie sich nicht von der Stelle bewegt, fühlt es sich an, als ob sie mir entzogen wird und ich sie nie mehr erreichen kann, egal wie sehr ich versuche, mich nach ihr auszustrecken.

»Mach, was du willst, Marigold«, sage ich schließlich, da sie offensichtlich auf eine Antwort wartet. Mein Ton ist kalt, auch wenn mir das Blut heiß durch die Adern brodelt, und ihre Miene lässt keinen Zweifel daran, dass es ihr genauso wehtut wie mir.

Ein Klopfen an der Tür stört uns auf, als wir gerade die letzten Taschen packen. In ein paar Stunden brechen wir nach Süden auf, um uns auf die Schlacht um Helm's Geek vorzubereiten. In einer so heiklen Situation ist jede Unterbrechung unwillkommen.

Außerdem klopft niemand jemals an unsere Tür. Einer der Vorzüge, wenn man in einem gottverlassenen Kaff wohnt, ist die Tatsache, dass unerwartete Besucher sich schlichtweg nicht die Mühe machen, unerwartet hereinzuschneien, und alle, die uns gut kennen, kommen einfach rein. Daher ist das Geräusch so fremd, fast schon bedrohlich, dass selbstverständlich alle anwesenden Mitglieder des Haushalts aus ihren jeweiligen Zimmern kommen und wir uns alle auf dem Treppenabsatz versammeln, um argwöhnische Blicke zu wechseln und wortlos unsere Verteidigungstaktik zu planen.

Mum übernimmt die Führung und geht als Erste nach unten; Dad, Sam und ich folgen, so leise die knarzenden

Stufen es erlauben. Die Anführerin des Rudels nimmt ihren dekorativen Claymore aus dem Schirmständer und schleicht zur Tür, hinter deren Milchglasfenster sich eine Silhouette abzeichnet.

»Was, zur Hölle, ist das ...«, flüstert Sam laut, und seine Miene zeigt sämtliche Emotionen, die gerade durch meinen Körper strömen.

Die Gestalt hinter der Scheibe ist sicher einen Meter neunzig groß und hat so breite Schultern, dass sie nicht ganz in den Glasrahmen passen. Aber es ist der Kopf, der uns alle in Angst und Schrecken versetzt. Widderhörner. Die Bestie da draußen hat Widderhörner. Der Teufel hat seinen Weg nach Lincolnshire gefunden, und er klopft an unsere Haustür.

Mum dreht langsam den Schlüssel und öffnet dann die Tür, den Claymore hinter ihrem Rücken versteckt, bereit zuzuschlagen, sollte sich die Notwendigkeit ergeben.

»Kann ich Ihnen irgendwie weiterhelfen, mein Lieber?« Nur eine waschechte Lincolnshire-Lady kann dem verdammten Teufel die Tür öffnen und ihn »mein Lieber« nennen. Da sie nicht zusammenzuckt und er nicht angreift, beobachten wir die Situation weiter angespannt. Sie hat die Tür nur einen Spaltbreit geöffnet, nicht weit genug, um das Gesicht auf der anderen Seite richtig zu sehen oder zu hören, was der finstere Gast von sich gibt. »Entschuldigung, Schätzchen, Sie müssen lauter reden, das habe ich nicht ganz verstanden.«

Ich schaue zu Sam, der auf der gegenüberliegenden Seite des Flurs Stellung bezogen hat, und hebe fragend die Brauen, in der Hoffnung, dass er vielleicht mehr erkennen kann als ich, doch er zuckt nur mit den Schultern.

»Tut mir leid, Ma'am. Ich war nur, nun, ich suche ... Ich wollte fragen, ob hier vielleicht eine Daisy Hastings wohnt.«

Nach all den Jahren geben die Dielen unter meinen Füßen schließlich nach und zerplatzen zu Sägemehl, zumindest kommt es mir so vor, denn ich habe das Gefühl zu fallen, und mir wird übel. Das kann nicht sein. Diese Stimme
ist mir überallhin gefolgt, durch meine Träume und meine
schwachen Momente, durch die Erinnerungen an mein Versagen. Sie kann jetzt nicht hier sein. Die Stimme gehört
nicht dem Teufel, sondern jemandem, der viel, viel schlimmer ist.

Mum schaut kurz zu mir. Ich bin zu erstarrt, um etwas zu
sagen, um die Treppe hinunterzurennen und ihm die Tür
vor der Nase zuzuschlagen. »Oh mein Gott!«, juchzt sie
plötzlich, angesichts meines hochroten Gesichts förmlich
außer sich geratend. »Sie sind bestimmt … oh, wow, Sie sind
wirklich ein hübscher Junge. Ich kann gar nicht glauben,
dass sie uns nichts von Ihnen erzählt hat.« Ich mag mir nicht
mal vorstellen, zu welchem übereilten Schluss sie gekommen ist, aber sie zwinkert mir dramatisch zu, bevor sie zur
Seite tritt und die Tür weit öffnet. »Sie haben uns einen
ziemlichen Schrecken eingejagt, mein Lieber. Wir kriegen
hier in der Gegend nicht oft Besuch.«

Und über die Schwelle meines Elternhauses schreitet Viscount Fairfax. Sein Eintritt saugt alle Hitze aus dem Raum
und wirft sie auf mich wie einen Flammenball der Emotionen. Ich kann das Hämmern meines Herzens bis in die Zehenspitzen spüren. Er trägt sein Ritterkostüm, den schwarzen Waffenrock mit dem roten Drachen und unterm Arm
jenen ersten, mit Widderhörnern bestückten Helm, von
dem ich ihn in den ersten Tagen unserer Bekanntschaft
überzeugen wollte.

Am merkwürdigsten von allem ist jedoch, dass der royale
Schuft sich so nahtlos in das Chaos unseres Cottages ein-
fügt, als hätten seine schwarzen Augen niemals die weißen

Wände eines Palastes gesehen. Jetzt sind besagte Augen auf mich gerichtet, als gehörten sie einem verlorenen und müden Reisenden, der um Gastfreundschaft und Wärme bittet, voller Furcht, abgewiesen zu werden. Der Drang, ihm ins Gesicht zu schreien, ihn rauszuwerfen und mit aller mir verbliebenen Kraft zu beschimpfen ist nahezu überwältigend. Und doch wird er ausgeglichen von dem brennenden Verlangen, die Hand nach ihm auszustrecken, sein Haar zurückzustreichen und seine weichen Wangen zu küssen, sodass ich nichts anderes tun kann, als wie eingefroren dazustehen und ihn anzustarren.

»Simon, das ist einer von Daisys *Freunden* aus London.« Wieder betont Mum das Wort auf diese bestimmte Art, begleitet von einem Zwinkern und praktisch vibrierend vor freudiger Erregung. »Wie war noch mal Ihr Name, Schätzchen?«

Teddys anfängliche Nervosität weicht seinem üblichen selbstbewussten Auftreten. Freundlich lächelnd schüttelt er Dads Hand. »Ich heiße Theodore, werde neuerdings aber eher ›Teddy‹ genannt.«

Ich ziehe mich tiefer in den Flur zurück und wünsche mir inständig, in einem von Mums zahlreichen gerahmten Landschaftsbildern verschwinden und über die schottischen Highlands entfliehen zu können.

Die Miene meines Zwillingsbruders macht meine Demütigung komplett. Als er Teddys Namen hörte, hat es bei ihm offensichtlich klick gemacht. Noch immer beobachtet Sam mich von der gegenüberliegenden Seite des Flurs aus, leicht schockiert, doch gleichzeitig mit dem breitesten Grinsen, das ich jemals bei ihm gesehen habe. Es ist das Gesicht eines Bruders, der die offensichtlichen Qualen seiner Schwester mit einer Mischung aus Verwirrung und Belustigung zur Kenntnis nimmt und es gar nicht erwarten kann, sie bei nächster Gelegenheit nach Strich und Faden zu grillen.

Jetzt nähert er sich dem Viscount, um ihm ebenfalls die Hand zu schütteln. »Ah, Teddy, schön, dich endlich kennenzulernen. Ich habe schon so viel über dich gehört.« Er wirft mir einen herausfordernden Blick zu, für den er von mir definitiv bei nächster Gelegenheit auf dem Spielfeld hinter dem Gemeindesaal einen Fehdehandschuh ins Gesicht bekommt. »Ich heiße Samwise, höre aber auf Sam.«

Teddy grinst verlegen, und ich habe langsam das Gefühl, dass alle außer mir sich prächtig amüsieren. Haben sie das geplant? Spielen sie mir einen abscheulichen Streich? Oder bestrafen mich für irgendwas? *Ich weiß, dass ich dich als Trottel beschimpft habe, als wir zwölf waren und ich den toten Vogel im Garten gefunden habe, aber, hey, habe ich dafür wirklich das hier verdient?*

»Komm her, Daisy, und sag Hallo zu deinem Freund. Schließlich ist er extra für dich den ganzen Weg hergekommen.« Sams Grinsen reicht jetzt buchstäblich bis zu seinen Ohren, und ich durchbohre ihn mit einem giftigen Blick. »Sie ist schrecklich unhöflich«, fügt er, an Teddy gewandt, hinzu.

»Teddy.« Mein Kiefer ist so angespannt, dass es beinahe wehtut, seinen Namen auszusprechen. »Was für eine unerwartete Überraschung.« Die Untertreibung des Jahrhunderts. Seine normalerweise so selbstsichere Miene nimmt einen schuldbewussten Ausdruck an. »Wie kommen wir zu der Ehre?«, fahre ich fort, froh, dass meine Eltern zu unbedarft sind, um meinen Sarkasmus zu bemerken. Beide wuseln um ihn herum und harren geduldig seiner Antwort.

Teddy schaut erst sie an, dann mich. »Ich musste dich sehen«, sagt er leise.

Hinter seinem breiten Rücken schlägt Mum die Hände

dermaßen verzückt zusammen, dass ich mich einen Moment frage, ob sie seine Worte vielleicht als Heiratsantrag missverstanden hat.

»Nun kommen Sie schon rein«, sagt sie und nimmt ihm sanft, aber entschlossen den Helm ab. »Wir stehen lange genug hier im zugigen Flur herum.« Sie stellt die gehörnte Kopfbedeckung neben einen Stapel mit Briefen auf die Anrichte und führt Teddy ins Wohnzimmer.

Dad schaut auf die Uhr. »Wir könnten uns ›Bargain Hunt‹ anschauen«, schlägt er vor. Ich glaube, er hat genauso wenig Ahnung wie ich, was hier gerade abläuft, und redet nur, um irgendetwas zu sagen, während er zuschaut, wie seine Frau um unseren Gast herumschwirrt, als wäre er der König. Würden meine Eltern Nachrichten schauen oder Zeitung lesen, wären sie jetzt vermutlich verlegener. Aber so traben wir nun alle ins Wohnzimmer, um »Bargain Hunt« zu gucken, mit einem Mann, der in der britischen Thronfolge auftaucht – und der mich vor gerade mal einer Woche den Job gekostet hat.

»Ein Tässchen Tee?« erkundigt sich Mum, als der Viscount sich auf unser altes Sofa sinken lässt und beinahe von den weichen Kissen verschluckt wird. Mit geradezu jungenhaft unschuldiger Miene schaut er durch seine dichten schwarzen Wimpern zu meiner Mutter auf, die sich seiner annimmt, als sei er ein Findelkind, das auf ihrer Türschwelle abgelegt wurde. Er nimmt ihr Angebot dankend an, und sie verschwindet in der Küche.

Ohne Teddy aus den Augen zu lassen, setze ich mich in den Sessel, der am weitesten von ihm entfernt ist, getreu der weisen Ritter-Regel: *Wende deinem Feind niemals den Rücken zu.* Diesen Fehler habe ich schon zu oft gemacht – aber in meinem eigenen Zuhause werde ich mich nicht übertölpeln lassen.

Teddy lässt seinen Blick durchs Zimmer schweifen, über die Regale voller Fotos und Krimskrams. Niemand sagt etwas. Dad, Sam, Teddy und ich sitzen alle in unterschiedlichen Ecken und schauen einander einfach nur an. Keiner hat eine Idee, wie man die unbehagliche Spannung lösen könnte. Gerade als unser Gast sich mir zuwendet und tief Luft holt, um das Wort an mich zu richten, kommt Mum zurück und reicht ihm einen Teebecher, den sie vor rund einem Jahrzehnt eigenhändig getöpfert hat. Obwohl er ziemlich schief geraten ist, wirkt sie stolz auf ihr Werk.

Lächelnd nimmt Teddy die Tasse entgegen. »Vielen Dank, Mrs. Hastings.«

»Ach, nennen Sie mich doch Iris.« Mum errötet, und ich kann mir ein Augenrollen nicht verkneifen. Da kommt ein attraktiver Fremdling durch ihre Tür, und sie gerät völlig aus dem Häuschen. Was ist nur aus der Königin der Orks geworden?

»So, Teddy«, beginnt Sam, und ich krümme mich innerlich ob seines öligen Tons. »Wie war es, mit meiner Schwester zusammenzuarbeiten?«

Teddy umklammert seinen Becher und kämpft sich ein Stück aus den nachgiebigen Polstern, um die Frage mehr oder weniger aufrecht sitzend zu beantworten. »Sie hat mir viel beigebracht.« Er räuspert sich. »Auf jeden Fall kann sie mit dem Schwert umgehen, was gleichermaßen bewundernswert und Furcht einflößend ist.« Alle außer mir stimmen in sein Lachen ein.

»Das ist nur Kinderkram«, erwidert mein Bruder. »Du solltest mal sehen, wie sie uns in der Fellowship herumkommandiert.« Während ich erglühe wie eine Feuerstelle, zählt Sam die Highlights meiner Eskapaden als Alenthaea auf. Teddy hört interessiert zu.

»Wie lange wollen Sie bleiben, mein Lieber?« Mum vibriert in ihrer Ecke, offensichtlich einen Plan ausbrütend.

»Ich fahre heute Abend wieder nach London zurück. Ich bin nur vorbeigekommen, um Daisy zu sehen. Wir, nun ja, ich hatte keine Gelegenheit, mich von ihr zu verabschieden.« Er errötet. Teddy Fairfax sitzt in meinem Wohnzimmer und errötet.

»Sie dürfen nicht gleich wieder zurückfahren. Wir haben Ihnen ja noch nicht mal ein Abendessen angeboten. Sie müssen über Nacht bleiben. Wir bestehen darauf – nicht wahr, Simon?«

Dad fährt aus seiner stummen Inspektion unseres Gastes auf. »Oh, ja, äh, klar. Er ist herzlich willkommen«, murmelt er, nun ihrer beider Blicke meidend.

»Mum.« Die Worte, die seit einer halben Stunde durch meinen Kopf schwirren, haben endlich genug Fahrt aufgenommen, um meinen Mund zu verlassen. »Hast du nicht etwas vergessen?« Sie schaut mich verwirrt an. »Helm's Geek?«, füge ich hinzu.

»Ach ja, natürlich! Wie konnte ich das vergessen?« Sie wendet sich wieder Teddy zu, hoffentlich, um ihr Angebot zurückzunehmen. »Wie unhöflich von mir. Eigentlich befinden wir uns gerade im Aufbruch zu einem, äh, Rollenspiel-Festival weiter südlich – für das wir schon seit einer Ewigkeit trainieren. Ich fürchte daher, wir sind heute Abend gar nicht zu Hause. Sie haben uns mitten beim Packen erwischt, was mir aber vor Aufregung über Ihren Besuch kurzfristig entfallen sein muss.«

Die Last auf meiner Brust hebt sich, und ich kann wieder frei atmen.

»Zum Glück für Sie hat meine jüngste Tochter für dieses Jahr abgesagt, daher haben wir einen freien Platz im Auto«, fährt sie fort. »Kommen Sie doch einfach mit, dann können

Sie das, was Daisy Ihnen beigebracht hat, gleich anwenden. Es ist nur übers Wochenende. Wir haben einige Zelte gebucht. Was halten Sie davon? Sie sind bereits angemessen gekleidet, und ich bin sicher, dass Sam noch ein paar Sachen übrighat, die er Ihnen borgen kann.«

Teddy, der die ganze Zeit zwischen mir und meiner Mutter hin- und hergeguckt hat, stellt seine Tasse auf den Couchtisch. Obwohl ich ihn drohend anfunkele, grinst er nur spöttisch in meine Richtung, um sich dann wieder Mum zuzuwenden. »Es wäre mir eine Ehre«, verkündet er.

26. KAPITEL

»Hast du auch noch das letzte bisschen Verstand verloren?«, fahre ich Teddy an.

Nachdem meine Angehörigen die gesamte Historie der Schlacht um Helm's Geek über ihm ausgeschüttet und Mum ihm eine Mahlzeit vorgesetzt hat, die für eine ganze Gruppe von Abenteurern samt ihren Pferden gereicht hätte, kam Teddy endlich wieder dazu durchzuatmen. Allerdings nur so lange, bis ich ihn ins Unterholz unseres Gartens zerre und, abgeschirmt von Büschen und Bäumen, dem lange fälligen Verhör unterziehe.

»Ich …«, stammelt Teddy, und das zufriedene Leuchten, das sein Gesicht überzog, während er es sich bei meiner Familie gemütlich gemacht hat, verblasst.

Doch ich lasse ihn nicht ausreden. »Du kannst nicht einfach bei jemandem zu Hause auftauchen und erwarten, dass alles vergessen und vergeben ist. Du bist schuld daran, dass ich jetzt hier bin, dass ich meinen Job verloren habe. Warum bist du mir gefolgt? Um noch etwas kaputt zu machen, an dem mir liegt? Oder soll ich einen Verschwiegenheitsvertrag unterschreiben, damit du mich verklagen kannst, wenn ich irgendwem von unserem …«, ich ersticke fast an dem Wort, »… *Kuss* erzähle? Statt unser aller Zeit zu verschwenden, hättest du einfach einen Brief schicken können. Woher hast du überhaupt meine Adresse? Hast du mich durch die MI5-Datenbank gestalkt?« So langsam gerate ich in Atemnot, denn ausnahmsweise bewegt mein Mund sich mal schneller als mein Gehirn.

»Ist es das, was du willst? Dass ich dein Feind bin?« Traurigkeit flackert in seinen Augen auf, als wolle er nicht so unverblümt sein, könne sich aber nicht länger zurückhalten. »Ich hatte niemals die Absicht, dich bei all dem zu verletzen. Ja, ich bin in Panik geraten, und ja, ich habe es gründlich vermasselt, das weiß ich. Aber du hast diese märchenhafte Aufteilung im Kopf. Für dich gibt es nur Gut und Böse, und die Menschen dürfen ausschließlich in die Schublade passen, die du ihnen zugewiesen hast. Wenn du mal anfängst, andere Leute tatsächlich als echte menschliche Wesen wahrzunehmen statt als Figuren in deiner Geschichte, dann wirst du auch feststellen, dass wir uns alle einfach nur nach Kräften bemühen.« Frustriert reibt er sich übers Gesicht. Ich bin zu verblüfft, um etwas zu sagen. »Daisy, ich bin gekommen, um die Sache in Ordnung zu bringen«, fährt er fort. »Gib mir bitte einfach nur eine Chance.«

Er ist in dieser Woche schon der zweite Mensch, der mir vorwirft, ihm eine Rolle zugewiesen zu haben, die er weder will noch als seiner Person entsprechend empfindet. Vielleicht habe ich ja tatsächlich so lange versucht, mich selbst zu rekonstruieren und zu dem zu machen, was ich für die beste Version meiner selbst hielt, dass ich mich in dieser einen Geschichte verfangen habe, die immer nur in meinem Kopf existiert hat. »Warum solltest du das wollen?«, frage ich. »Die Sache in Ordnung bringen, meine ich.«

»Weil ich mich schwer beherrschen muss, um dich in diesem Moment nicht wieder zu küssen.«

Das ist der Satz, der endlich meine Rüstung durchschlägt. Seine Worte treffen mich mit solcher Wucht, dass ich zusammenzucke und Zuflucht bei den Sternen suchen muss, um seinem forschenden Blick zu entgehen. Ich erkenne die stecknadelkopfgroße Venus am Abendhimmel, und während ich mich vergeblich gegen das Lächeln zu wehren versuche, das sich auf meinem Gesicht ausbreitet, glaube ich zu sehen, wie sie mir zuzwinkert. Die blöde Kuh.

»Und ich kann das nur tun, wenn sichergestellt ist, dass du mir dafür nicht den Kopf abreißt oder Schlimmeres …«, fügt er erschaudernd hinzu, während er für den Bruchteil einer Sekunde den Blick auf seine niederen Regionen senkt.

»Nun, es freut mich, dass du zumindest Ansätze von Vernunft zeigst«, bemerke ich, nachdem ich mich wieder gefangen und mir in Erinnerung gerufen habe, dass er, egal, wie gut er in seinem Ritterkostüm aussieht, immer noch ein Arschloch ist. »Was willst du wirklich von mir?«

»Das habe ich dir bereits gesagt.« Er schaut mich eindringlich an. »Ich bin hier, um mich zu entschuldigen, dich um Verzeihung zu bitten. Doch vor allem musste ich dich unbedingt sehen. Ich weiß nicht, was los ist. Ich habe versucht, meine Gefühle zu unterdrücken, Abstand zu wahren. Meine Gedanken ergeben keinen richtigen Sinn für mich, ich weiß kaum, wie ich hierhergekommen bin. Ich weiß nur, dass du mich infiziert hast.«

»Nun, ich habe nichts, also kannst du es dir nicht bei mir eingefangen haben«, erwidere ich pikiert.

Er lacht über meine beleidigte Reaktion, und zwar aus vollem Hals, so, wie ich es von jemandem wie ihm nie erwartet hätte.

»Was?« Ich versuche, mich nicht von seiner Heiterkeit anstecken zu lassen.

»Nichts.« Sein Lachen ebbt ab, und er mustert mich mit weichem Blick. »Ich meine, ich kann nicht aufhören, an dich zu denken, daran, wie sehr ich bedauere, wie es geendet ist, und wie sehr ich dich … vermisst habe.«

Ich habe keine Ahnung, ob ich gerade atme oder nicht. Unter dem erstickenden Gewicht seiner Worte habe ich Probleme, meinen Sinnen zu trauen.

»Du kennst mich doch gar nicht«, flüstere ich.

»Dann lass mich dich kennenlernen.« Er macht einen Schritt auf mich zu. Ich weiche einen Schritt zurück.

»Aber du … du …« Ich sollte etwas sagen, das ihn auf Abstand hält, einen Weg finden, ihm zu widersprechen, aber mein Kopf ist leer.

»Wenn du mir sagst, dass ich gehen soll, dann gehe ich. Aber erlaube mir bitte, mich zu entschuldigen. Wenn du mich danach verprügeln willst, hast du einen Schlag frei.«

»Ein verlockendes Angebot«, murmele ich leise.

Sein Grinsen lässt keinen Zweifel daran, dass er mich gehört hat. »Ich war ein absoluter Trottel«, beginnt er. Da sein Waffenrock keine Taschen hat, in denen er seine Hände verschwinden lassen könnte, reibt er nervös über seine Oberschenkel.

»Das ist ziemlich untertrieben.« Ich kann mir die Bemerkung nicht verkneifen. Kindisch, ich weiß.

»Na schön, ich war ein kapitales Ar…«

»Schon gut«, unterbreche ich hastig. »Idiot tut's auch.«

»Also gut, ich war ein kapitaler Idiot. Du hast mich auf jede denkbare Art herausgefordert. Du treibst mich in den Wahnsinn, aber gleichzeitig finde ich alles an dir unglaublich aufregend. In meinen bisherigen siebenundzwanzig Jahren wurde meine Arroganz niemals infrage gestellt. Ich wurde niemals konfrontiert, man gestattete mir, einfach drauflozuleben, ohne mich um die Konsequenzen zu scheren, die mein Verhalten für andere haben könnte. Ich war so besessen davon, meiner Familie zu trotzen, dass ich jeden menschlichen Anstand aus den Augen verloren habe. Ich wollte mein Leben so verzweifelt ändern, dass ich mir schlichtweg keine Gedanken darüber gemacht habe, wer dabei ins Kreuzfeuer gerät. Daisy, ich weiß, dass du mir das nicht verzeihen kannst, und ich weiß, dass alles meine

Schuld ist, und es tut mir leid. Du hast einfach etwas an dir, das mich ...« Er unterbricht sich und grinst. »Du kennst jeden Knopf, den du bei mir drücken musst, um mich auf die Palme zu bringen, und trotzdem bin ich jeden Morgen aufgewacht und konnte es kaum erwarten, dich mit mir reden zu hören, als wäre ich einfach nur ... ich.«

Instinktiv mache ich einen Schritt auf ihn zu.

Bevor er weiterreden kann, räuspert Sam sich auf der anderen Seite des Lavendels. Im Zwielicht der Abenddämmerung ist er kaum zu erkennen, und ich wage nicht mal daran zu denken, wie lange er wohl schon dort steht und wie viel er mitgehört hat.

»Das Auto ist nahezu gepackt. Wir sollten langsam aufbrechen«, sagt mein Bruder, angelegentlich auf die Tomatenpflanzen in der hinteren Gartenecke starrend.

»Wir wollten gerade kommen«, erwidere ich, dankbar für die Dunkelheit, die meine glühenden Wangen verbirgt. Ich bin beinahe froh über die Unterbrechung. Je länger Teddy spricht, desto mehr entflieht mir mein Verstand, desto stärker spüre ich, wie ich mich in ihn verliebe. Und da meine Rüstung nun durchlöchert ist, gibt es nichts mehr, was mich schützen könnte. Und so einfach es wäre, Teddy die Schuld an allem zu geben, kann ich doch nicht leugnen, dass es stets meine Entscheidung gewesen ist, mich zu wehren und ihn ebenso zur Weißglut zu bringen wie er mich.

Die Aussicht, dieses Wochenende mit ihm zu verbringen, verliert langsam etwas von ihrem Schrecken.

Als wir beim Auto ankommen, versuchen Mum und Dad gerade, die letzte Tasche in den Kofferraum zu quetschen. Nachdem meine Mutter den widerstrebenden Deckel mit Gewalt zugerammt hat, wendet sie sich uns mit strahlendem Lächeln zu und legt ihre Arme um Teddy und mich, offensichtlich überwältigt von ihren unangebrachten Emotionen und zweifelsohne, um uns in eine innige Gruppenumarmung zu ziehen. Zum Glück springt in diesem Moment der misshandelte Kofferraum auf und ergießt seinen Inhalt auf die Auffahrt.

»Oh nein«, ruft Mum. »Kannst du nicht ausnahmsweise mal auf deinen verfluchten Bogen verzichten, Simon?« Dad schaut verlegen auf die sperrige Waffe, hebt sie auf und legt sie mit einem liebevollen Klaps auf der Veranda ab.

Teddy bückt sich, um Mum zu helfen, den Wagen zum zwölften und letzten Mal vollzupacken. Seine neu adaptierte Rolle als Gentleman dürfte ihre Fantasievorstellung von Heirat und Enkeln nur noch befeuern, sie steht ihr praktisch auf der Stirn geschrieben. Da Teddy, Sam und ich uns die Rückbank teilen, bleibt mir nichts anderes übrig, als mich so dicht an den Viscount zu drücken, dass ich genauso gut auf seinem Schoß sitzen könnte. Endlich brechen wir auf. Es ist gänzlich ausgeschlossen, dass ich mich während dieser Fahrt auch nur eine Sekunde lang entspannen kann.

»Daisy. Daisy. Wir sind da.« Eine sanfte Stimme weckt mich aus meinem Schlummer. Es dauert eine Weile, bis ich es schaffe, meine Lider aufzuzwingen. Ich erinnere mich, wo ich bin. Im Auto herrscht Dunkelheit, aber ich brauche kein Licht, um zu wissen, dass mein müdes Haupt an der breiten Schulter von niemand anderem als dem Viscount Fairfax ruht. So schnell es meine Müdigkeit erlaubt, fahre ich hoch und starre ihn aus geweiteten Augen an.

»Herrjeh, Daisy, guck mich nicht an, als hätte ich dich entführt. Ich bin derjenige, der zweieinhalb Stunden unter dir gefangen war, während du auf meine Schulter gesabbert hast.« Die sanfte Stimme, die mich geweckt hat, hat zu ihrem gewohnten Timbre zurückgefunden. Teddy und ich sind die Einzigen, die noch im Auto sitzen.

Ich schlucke, um die Trockenheit aus meinem Mund zu vertreiben. »Ich sabbere nicht«, murmele ich wenig überzeugend.

»Ich kann von Glück sagen, dass dieses Ding hier über Schulterstücke verfügt.« Er deutet auf sein Kostüm. »Ansonsten wäre ich jetzt durchweicht.« Das vertraute Grinsen legt sich über sein Gesicht, wenn auch zögernd. Erst als ich zurücklächele, verschwindet der leise Zweifel aus seinem Blick, und seine Miene entspannt sich.

»Teddy?«, sage ich nach einem Moment des Schweigens. »Kriegst du Schwierigkeiten, weil du hier bist? Ist das nicht … gefährlich?« Die Abwesenheit seines Sicherheits-Ogers, der normalerweise im Schatten lauert, ist mir nicht entgangen.

»Das lass mal meine Sorge sein.«

»Ich mache mir keine Sorgen«, lüge ich.

»Natürlich nicht«, bekräftigt er grinsend. Dann hievt er sich aus dem Wagen und reicht mir, mit einer Verbeugung, die Hand, um mir beim Aussteigen zu helfen. Nachdem er mir noch einmal sanft die Finger gedrückt hat, verschwindet er, um zum Rest meiner Familie aufzuschließen.

Erst jetzt, da er nicht mehr meine Sinne vernebelt, kann ich mich auf das bunte Treiben im Camp konzentrieren. Ich höre fröhliches Geplapper und das Geräusch von Holzrädern, die übers Gras holpern. Die Dunkelheit wird von einer Reihe winziger Laternen erhellt, die den Rand des einzigen Feldwegs säumen, der zwischen den runden Zelten hindurchführt. Noch hängen die farbenfrohen Flaggen über jedem der Lager still in der unbewegten Nachtluft. Die am weitesten entfernten Laternen wirken wie Girlanden aus winzigen Glühwürmchen, die spärliches Licht spenden, während die müden Reisenden in ihren Umhängen und Kostümen ihre Habseligkeiten auf hölzernen Karren über den platt getretenen Rasen transportieren. Ein kleines Mädchen mit einem Blumenkranz in den dunklen Locken huscht an mir vorbei. An der Hand hält sie eine Freundin, deren Arme und Oberkörper mit Fell bedeckt sind und deren Gesicht hinter einer ziemlich furchterregenden Eulenmaske verschwindet.

Weit weg, am Ende des Weges, wo ein großes Lagerfeuer lodert, begleiten sanfte Gitarrenklänge einen Chor aus Männer-, Frauen- und Kinderstimmen. Ich spüre jeden meiner pochenden Herzschläge so machtvoll, als hätte mein Herz sich bislang stets zurückgehalten und nie seine volle Kapazität erreicht. Nun schlägt es mit dem bittersüßen Gefühl, dass all das hier nur gespielt ist. Warum bloß kann mein wirkliches Leben nicht in einer wilden Gesellschaft stattfinden, in der Goblins und Könige Hand in Hand gehen und ich mein Schicksal mit Pergament, Feder und Schwert bestimmen kann?

Sam und Teddy schlendern nebeneinander den Feldweg entlang, die Taschen über ihre Schultern geworfen. Bevor ich mir Gedanken darüber machen kann, was die beiden wohl zusammen aushecken, kommt Mum zu mir und stößt mich mit der Schulter an. Ihr verzücktes Grinsen ist nicht verblasst, seit sich der Teufel an der Tür als attraktiver Junggeselle entpuppt hat.

»Mum«, flüstere ich, solange ich die Chance habe, ihren Irrtum aufzuklären. »Du hast die Situation wirklich, *wirklich* missverstanden.«

Ihr Strahlen verblasst für einen Moment, und sie runzelt die Stirn. »Nun komm schon, Daisy, ich weiß, er ist dein Erster, aber du brauchst dich trotzdem nicht so zu zieren.« Sie legt ihren Köcher mit den Pfeilen ab, um mir aufmunternd auf den Arm zu klopfen.

»Mum, er ist nicht mein Freund, und das könnte er auch niemals sein.«

»Mach dich nicht so runter, Liebes. Aussehen ist nicht alles.«

»Nein, es ist nur so, dass er … he, Moment mal.« Ich nehme mir zwei Sekunden, um zu verarbeiten, was sie da gerade gesagt hat, schüttele dann den Kopf und versuche, es zu vergessen, um mich wieder dem dringlicheren Thema zu widmen. »Mum, sieh mal, er ist praktisch der einzige Grund, warum man mich gefeuert hat. Er ist definitiv nicht mein Freund, nicht mal im platonischen Sinne. Könntest du also bitte ein paar Gänge runterschalten? Mach dich einfach ein bisschen locker und hör auf, von einem Ohr zum anderen zu grinsen, ja?«

Widerstrebend erklärt sie sich dazu bereit und beugt sich dann runter, um ihren Köcher aufzuheben, richtet sich aber so schnell wieder auf, als ob das Ding ihr einen elektrischen Schlag versetzt hätte.

»Alles klar?«, frage ich. »Was ist los? Hast du dir wehgetan?«

»Wir könnten da ein kleines Problem haben …« Sie lacht nervös. »Ich dachte, das ginge so in Ordnung, weil es entweder normal für euch wäre oder euch dazu zwingen würde, den letzten Schritt zu gehen und ein Paar zu werden.« Sie gerät ins Stammeln und schaut unruhig zu den Zelten, zwischen denen jetzt Sam und Teddy auftauchen, nur noch wenige Meter von uns entfernt.

Panik steigt in mir hoch. »Was ist denn? Sag schon!«

Sie verzieht schuldbewusst das Gesicht. »Na ja …« Sie zögert.

»Was?«

»Tja, weißt du, normalerweise würdest du dir das Zelt ja mit Marigold teilen.« Sie zupft an ihren Fingern herum und mustert verstohlen meine Miene. »Nun, und da sie nicht mitgekommen ist, dachte ich, es wäre okay, wenn …«, sie riskiert einen Blick zu den Jungs, die mit ihren langen Beinen die Distanz zu uns rasch schrumpfen lassen, »… du und Teddy in dem Zelt schlafen, das für dich und deine Schwester gedacht war.« Sie redet so schnell, dass ich nur Zwergisch verstehe.

»Mum.« Ich packe sie an den Schultern und zwinge sie, langsam mit mir zu atmen. »Noch mal, aber langsam.«

Sie holt noch einmal tief Luft. »Es gibt nur ein Zelt. Du musst es dir mit Teddy teilen.«

Abrupt lasse ich sie los. Das muss ein Witz sein. Doch ihre zerknirschte Miene sagt etwas anderes.

»Aber Sam hat doch bestimmt noch Platz für mich in seinem Zelt!«

»Er teilt es sich schon mit Callum.« Mums mitleidiger Blick beginnt mir mehr auf die Nerven zu gehen als ihr früheres vielsagendes Grinsen. »Tut mir leid, Daisy. Ich dachte, es wäre okay. Da ich dachte, ihr wärt … Aber ich fürchte, jetzt können wir nichts mehr tun. Es ist fast Mitternacht. Die meisten Leute schlafen schon. Glaubst du, du könntest dich wenigstens für diese eine Nacht damit arrangieren? Ich versuche, morgen früh eine andere Lösung zu finden.« Sie wirkt jetzt ernsthaft besorgt, und ich bedaure meine harschen Worte, zumal sie den ganzen Abend über so blendend gelaunt war. Da Teddy und Sam jetzt fast bei uns sind, stimme ich zu.

Ich muss die Nacht mit ihm verbringen, und wenn es nach den Romanen geht, die ich gelesen habe, kann das nur auf eine Art enden.

27. KAPITEL

Bestimmt bin ich nicht die erste Frau in der Weltgeschichte, die dazu verdammt wurde, gegen ihren Willen eine Nacht mit einem Royal zu verbringen, daher sollte ich wohl dankbar sein, dass man mich morgen zumindest nicht zwingen wird, ihn zu heiraten. Trotzdem, je näher ich meiner schicksalhaften Bestimmung komme, desto mehr rotiert mein Magen, als ob hinter den Bahnen dieses Zelts meine Hinrichtung auf mich wartet.

Abrupt bleibe ich stehen und drehe mich zu meinem anzüglich grinsenden Bruder um. »Du musst das Zelt mit mir tauschen.«

»Und dir die Gelegenheit rauben, die Nacht mit dem Typen zu verbringen, der offensichtlich in dich verliebt ist? Auf gar keinen Fall!«

»Er ist … Er ist nicht …« Ich höre mein eigenes Gestammel nicht, weil Sams Worte durch meinen Kopf hallen. Erst als das nervöse Kribbeln in meinen Fingern die Grenze zwischen angenehm und schmerzhaft zu überschreiten droht, reiße ich mich zusammen und reagiere auf die einzige mir vertraute Art – indem ich ihm einen Schlag gegen den Oberarm versetze. »Das ist überhaupt nicht komisch, und das weißt du auch.«

Noch immer grinsend, reibt er die attackierte Schulter. »Wer sagt, dass ich Witze mache?«

»Du bist also urplötzlich zum Experten in Liebesdingen mutiert, was?« Ich fixiere meinen feixenden Zwillingsbruder mit verengten Augen.

»Man hat dem Mann seit seiner Ankunft jede einzelne Emotion vom Gesicht ablesen können. Dazu braucht man kein Experte zu sein. Außerdem sind nur Idioten, die dich lieben, dazu bereit, sich ein ganzes Wochenende lang von dir herumkommandieren zu lassen. Also, entweder ist er total verknallt, oder er hat keine Ahnung, worauf er sich eingelassen hat.«

»Definitiv Letzteres«, murmele ich, außerstande, weiter in seine triumphierende Miene zu blicken.

»Ganz egal, für mich ist es jedenfalls die aufregendste Sache, die mir seit … ach was, die mir jemals passiert ist.«

»Freut mich wirklich sehr, dass *du* dich gut amüsierst.« Ich schwitze jetzt aus allen Poren, und mir ist so übel, dass ich fürchte, mich gleich zu übergeben.

»Hey.« Für einen Moment verzichtet er darauf, mich zu piesacken, und wird ernst. »Alles wird gut, ihr teilt euch ein Zelt, kein Bett. Und diese Rundzelte sind so geräumig wie Paläste, da muss man sich nicht aneinanderkuscheln. Weißt du nicht mehr, wie Richard einmal im Familienzelt bei uns und Mum und Dad unterkriechen musste, weil sein eigenes Zelt undicht war?«

»Erinnere mich bloß nicht daran«, erwidere ich schaudernd.

»Und das hier ist im Grunde nichts anderes. Allerdings hoffe ich für dich, dass er nicht so schlimm schnarcht wie der alte Rich.« Einen Moment lang schaut er sinnend übers Camp. »Weißt du, Daisy«, fährt er dann fort, als hätte er gerade eine Erleuchtung gehabt. »Er ist tatsächlich ganz anders, als du ihn geschildert hast. Vielleicht solltest du ihm eine Chance geben.«

»Hör mal, du brauchst ihm nicht in den Hintern zu kriechen. Und wenn du das unbedingt tun willst, kannst *du* ja das Zelt mit ihm teilen.«

Sam hebt kapitulierend die Hände. »Hier ist es.« Wir bleiben vor einem gedämpft leuchtenden Zelt stehen. »Gute Nacht. Und viel Glück.« Er zwinkert mir noch einmal zu und verschwindet dann in die Nacht wie eine sadistische gute Fee.

Teddys Schatten zeichnet sich an den hellen Zeltwänden ab, und ich beobachte einen Augenblick lang, wie seine schlanke Silhouette hin und her läuft. Jedes Mal, wenn er die Zeltmitte passiert, wird sein Oberkörper länger und länger, um beim nächsten Schritt wieder auf Normalgröße zu schrumpfen.

Theodore Fairfax kommt aus einer anderen Welt. Einer Welt, in der Könige und Königinnen nicht auf schlammigen Äckern mit Plastikkronen gekrönt werden und in der royale Pflichten gegenüber der Monarchie sich nicht darin erschöpfen, mythische Monster in erfundenen Ländern zu töten. Theodore Fairfax kommt aus einer sehr viel realeren Welt mit sehr viel realeren Konsequenzen. Seine Welt macht mir Angst, und wenn ich jetzt in dieses Zelt gehe, führt kein Weg mehr an dem Schmerz vorbei, den er mit sich bringt. Ich fürchte, dass ich, wenn ich mir erlaube, mit ihm allein zu sein, nicht mehr ungeschoren davonkommen werde.

Noch immer zieht die gespenstische Gestalt ihre Kreise, wächst, schrumpft, hypnotisiert. Meinem Herzen folgend, geselle ich mich zu diesem Schatten da drinnen. Ich stehe voll und ganz in seinem Bann.

Bei meinem Eintritt erstarrt Teddy und schaut mich unsicher an. »Glaub mir, Daisy, das hier war nicht meine Absicht.« Er deutet auf das einsame Bett, das hinter ihm steht. Die Einrichtung erinnert an ein königliches Kommando-Zelt, die Bettwäsche verschwindet unter Gobelindecken und quer über die Matratze drapierten Fellen, die Öllampe auf dem Nachttisch spendet nur gedämpftes Licht.

Schwer schluckend, kämpfe ich gegen all meine Instinkte. Ich kann es mir leicht machen, indem ich mich grob und unhöflich aufführe – so, wie bisher jedes Mal, wenn er in mir Emotionen weckt, die sich so fremd anfühlen, dass sie mir Angst machen. Stattdessen gehe ich nun einen Schritt auf ihn zu. Mein keuchender Atem gibt den inneren Hurrikan der Panik preis, der in mir wirbelt und mich bestürmt wie ein unerbittlicher Feind.

»Bringt es den großen Viscount Fairfax etwa aus dem Konzept, das Bett mit einem Mädchen teilen zu müssen?« Meine Stimme zittert, aber ich bemühe mich nach Kräften, die Fassung zu bewahren.

Teddy hingegen scheint seine gerade komplett zu verlieren. Perplex starrt er mich an. »Ist … ist das okay für dich?«

Absolut nicht, nicht im Geringsten.

»Für dich nicht?«

Er schaut sich hektisch um, bis sein Blick auf eine Chaiselongue an der anderen Seite des Zeltes fällt.

»Ich werde dort schlafen. Diese Zelte sind riesig, und es ist so weit wie möglich vom Bett entfernt. Ich schwöre, dass ich verschwunden bin, wenn du morgen früh aufwachst.« Er geht zu der Liege hinüber, schiebt die Reisetasche weg, die darauf stand, und setzt sich hin. Ich spüre einen Anflug von Enttäuschung, und mein winziger Funke Selbstvertrauen erstirbt aus Angst vor Zurückweisung.

Da ich fürchte, dass meine Beine mich nicht mehr viel länger tragen werden, lasse ich mich auf die Bettkante sinken und rücklings in die weichen Pelzdecken fallen, in der Hoffnung, mich dort für ein paar kostbare Momente verstecken zu können. Wenn ich die Augen schließe und nicht mehr zwanghaft jedes Zucken und Zwinkern seines Gesichts analysiere, kann ich freier sprechen. Und so tun, als spräche ich nur mit mir selbst. »Wenn ich schon gezwungen bin, eine Nacht mit dir zu verbringen, sollte ich fairerweise auch wissen, mit wem ich es eigentlich zu tun habe.«

»Du hast einen Monat lang fast täglich mit mir gearbeitet, da bin ich wohl kaum ein Fremder für dich«, erwidert seine gesichtslose Stimme.

»Aber *dich* kenne nicht. Das wahre Du. Ich möchte Dinge über dich wissen, die ich nicht einfach auf Wikipedia finde.« Das Rascheln von Stoff deutet darauf hin, dass er sich ebenfalls hingelegt hat.

»Ich würde sagen, dass du mich bereits besser kennst als fast jeder andere.«

»Wenn das stimmt, tust du mir leid«, flüstere ich. Sein Schweigen zeigt mir, dass er mich gehört hat.

»Na schön.« Ich höre, wie er Luft holt. Sein Atem ist zittrig, genau wie meiner. »Ich habe einen jüngeren Bruder. Wir sind beide hauptsächlich bei unserer Großmutter aufgewachsen, bis wir alt genug waren, aufs Internat zu gehen, wo wir weiter von unseren Eltern ignoriert wurden. Eine Zeit lang habe ich Rugby gespielt. Eigentlich sollte ich Cricket spielen, aber das fand ich schon immer entsetzlich langweilig. Seit ich arbeite und damit als Royal noch mehr in der Öffentlichkeit stehe, kann ich nicht mehr viele Hobbys pflegen, außer in der Abgeschiedenheit meiner eigenen vier Wände.« Eine kurze Pause entsteht, während er überlegt, was er sonst noch erzählen könnte. »Ich bin ein sehr guter Bäcker«, fügt er dann hinzu.

»Ein Bäcker? Du meinst, du backst Kekse und Kuchen und so?«, frage ich ungläubig. Die Vorstellung eines mit Puderzucker bedeckten Teddy Fairfax, der sich um möglichst perfekte Fairy Cakes bemüht, ist ebenso unwahrscheinlich wie herzerwärmend.

»Was denn sonst?« Er lacht leise. »Meine Großmutter hat
es mir beigebracht.« Wieder verfällt er in Schweigen. »So«,
sagt er schließlich. »Und jetzt bist du dran.«

»Ich?«, erwidere ich, nervös durch seine Aufmerksamkeit. Ich höre, wie er seine Position verändert.

»Ich weiß genauso viel von dir wie du von mir, nur dass
ich die Lücken in deiner Lebensgeschichte nicht mit Zeitungsartikeln füllen kann.« Seine Worte beweisen nur, dass
mein Bruder total falschliegt. Wie kann ein Mann mich lieben, wenn er mich nicht mal kennt?

»Okay, was willst du wissen?«

»Warum hast du so viel Angst vor der wirklichen Welt?«

Das Gewicht dieser Frage bringt mich noch mehr durcheinander, und ich flüchte mich ins Frotzeln. »Ich dachte
eher an was Einfaches wie ›was ist deine Lieblingsfarbe‹.«
Meine Übelkeit verstärkt sich.

»Aber die kenne ich schon, Grün und Gold. Allerdings
trägst du nur Silberschmuck.«

Ich fahre kerzengerade hoch, aber er hat sich nicht bewegt. Erst jetzt bemerke ich, wie unbequem er liegt, die
Chaiselongue ist viel zu kurz für seinen langen Körper. Und
doch wirkt er seltsam gelöst, mit geschlossenen Lidern und
einem leichten Lächeln um die Lippen.

»Woher um alles in der Welt weißt du das?«

Teddy öffnet ein Auge, um mir einen gerissenen Blick zuzuwerfen, dann schließt er es wieder, um zu antworten.

»Wann immer du dir bei der Arbeit einen Buntstift aussuchen musstest, hast du Grün genommen. Und auch bei
den Kostümen hast du immer als Erstes zu einem grünen
gegriffen, egal, ob es deine Größe war oder nicht.«

Sein Ton ist selbstsicher, bestimmt – und er trifft mit jedem Wort ins Schwarze. Als ob er mich jeden Tag, den ich
damit verbracht habe, Fehler bei ihm zu suchen, beobachtet

und all die kleinen Dinge wahrgenommen hat. Als ob er alles über mich wissen wollte. Er hat mich wirklich *gesehen.*

»Und was ist mit dem Gold? Und dem Silberschmuck?«, frage ich beklommen. Meine Stimme ist leise, fast unhörbar. Ich fürchte, dass ich, wenn ich zu viel sage, wenn ich mich auch nur bewege, zusammenbreche und fliehe oder, was noch schlimmer wäre, ihn verscheuche.

»Du bist wie ein Drachen. Du nimmst dir immer alles Goldene, um es dir näher anzuschauen. Außerdem passt Gold gut zu Grün, schon deshalb gefällt es dir natürlich.«

Ohne sich von meinem anhaltenden Schweigen entmutigen zu lassen, redet er weiter. »Dein einziger Schmuck ist diese silberne Halskette, die du meist unter deiner Kleidung versteckst. Zuerst hat mich das verwirrt, du bist mir nicht wie jemand vorgekommen, der so was trägt, aber du bist sentimental. Daher nehme ich an, dass es sich um ein Geschenk handelt, wahrscheinlich von einem Familienangehörigen.«

Das zufriedene Lächeln, mich dem er seine Analyse begleitet, beruhigt mich und bringt das Kreischen in meinem Kopf zum Schweigen. Ich wage sogar, ihn zu necken, wenn auch nur, um ihm noch weitere Aussagen zu entlocken. »Sehr beeindruckend, Mr. Holmes. Wo hast du gelernt, so neugierig zu sein?« Ich applaudiere ihm leise, und sein sanftes Lachen jagt einen Wärmeschub durch meine Brust.

»Zwischen Palastmauern verbergen sich viele Geheimnisse. Niemand erzählt dir freiwillig etwas, nicht mal über dich selbst.« Er schwingt die langen Beine von seiner Liegestatt, setzt sich auf und schaut mich erwartungsvoll an. »Also, wer hat dir diese Kette geschenkt?«

Instinktiv greife ich danach. Der leicht angelaufene Lebensbaum hängt schon so lange an meinem Hals, dass ich ihn kaum noch wahrnehme. »Meine Schwester, zum drei-

zehnten Geburtstag. Wir haben einander nie besonders na-
hegestanden, wahrscheinlich wegen des Altersunterschieds.
Sie war damals erst acht, hat aber ihr ganzes Taschengeld
gespart und ist selbst losgegangen, um die Kette für mich
auszusuchen. Keine Ahnung, aber irgendwie hänge ich
ziemlich daran. Es würde mich nicht wundern, wenn mein
Körper inzwischen darum herumgewachsen wäre, wie ein
Baumstamm um ein Fahrrad, das seit Jahrzehnten an ihm
festgekettet ist. Dieser Anhänger ist genauso ein Teil von
mir wie mein Blut und mein Gehirn.«

Teddy steht auf und kommt zu mir herüber. »Darf ich?«
Er streckt eine geöffnete Hand aus.

Auf mein Nicken hin lässt er sich neben mir nieder, so
nah, dass sein Oberschenkel meinen berührt, und nimmt
den Anhänger vorsichtig zwischen die Finger, um ihn sich
genauer anzusehen. Ich atme flach, beinahe keuchend, und
jeder einzelne kleine Atemzug ist erfüllt von ihm. Der Geruch von frischem Leinen mischt sich mit einem Hauch tau-
feuchter Erde und vereint sich zu einem ganz neuen Aroma,
das mich umhüllt und berauscht.

So sanft, wie er es aufgenommen hat, legt er mir das silberne Bäumchen wieder auf die Haut. Die Berührung seiner
kalten Finger jagt einen Schock durch meine Brust. Mit seinem weichen Daumen zeichnet er die Konturen meines
Schlüsselbeins nach, behutsam und doch so neugierig, als
hätte er noch nie im Leben Fleisch und Knochen betastet.
Wie das stechende Streicheln einer Brennnessel hinterlassen
seine Finger einen Pfad winziger Beulen – eine Gänsehaut,
die sich rasch über meinen ganzen Körper ausbreitet, sodass
ich unwillkürlich erschaudere.

Rasch lässt Teddy die Hand sinken. Meine plötzliche Bewegung hat ihn offensichtlich in die Realität zurückbeför-
dert.

»Teddy?«

Ein heiseres »Hmm« ist alles, was er herausbringt.

»Stimmt *irgendwas* von dem, was in den Zeitungen steht?« Meinen Wangen glühen. Ich weiß, dass mein Gesicht hochrot leuchtet.

Teddy schaut mich nicht an. »Was glaubst du?«, erwidert er schroff, die Weichheit von eben scheint wie eingefroren.

»I...ich hoffe nicht.« Mein Knie wippt unkontrolliert. Wie hypnotisiert starre ich darauf, während ich fühle, wie sein Blick sich in mich hineinbrennt.

»Alles, was ich bin, sitzt gerade neben dir. Ich bin nur mit den Kleidern, die ich auf dem Leib trage, hierhergekommen, und dies hier ist alles, was ich sein will, alles, was ich je versucht habe zu sein.«

In diesem Moment, in diesem Zelt, auf diesem Feld, hat er die Chance, alles zu sein – genau wie ich. Sobald wir diesen erfundenen Ort verlassen, werden unsere Lebenswege sich vielleicht nie wieder kreuzen. Aber wenn Magie für ein solches Wochenende existieren kann, dann kann ich mein Herz auch für diese wenigen Tage (oder Stunden? Minuten?) einem Royal überlassen.

Vielleicht liegt es daran, dass Alenthaea in dieser Welt, für die sie geschaffen wurde, aufblüht. Oder es ist die Verwirrung über die komplette 180-Grad-Wende, die mein Leben binnen weniger Wochen vollzogen hat, jedenfalls beruhige ich meine bebenden Glieder, ignoriere die Alarmglocken in meinem Kopf und umfasse sein Gesicht mit beiden Händen. Ich sehe mein Spiegelbild in seinen dunklen Augen, den Augen eines Rehs im Scheinwerferlicht. Teddy erstarrt unter meiner Berührung, abgesehen von einem angespannten Schlucken. Bevor mein Verstand Zeit hat zu regenerieren, presse ich meine Lippen auf seine, mit einem leidenschaftlichen Sehnen, das durch mich hindurchpulsiert wie nichts, was ich je empfunden habe. Und als er sich endlich so weit erholt hat, dass er meinen Kuss erwidern kann, kommt es mir vor, als wären seine Lippen das fehlende Teil in meinem Gefühlskreislauf, den ich bis jetzt für unwiederbringlich zerbrochen gehalten hatte.

Zögernd schiebt er eine Hand in mein Haar und drückt uns noch dichter aneinander. Mein eigener Herzschlag klingt mir in den Ohren und pocht so heftig durch meinen Körper, dass man ihn eigentlich von außen sehen können müsste. Teddy schmeckt nach Versuchung in ihrer reinsten Form, und ich will nicht länger dagegen ankämpfen. Ich bin die Heldin, die ihre Tugend opfert und alles, woran sie glaubt, ihre Mission, ihr Schicksal, um sich dem Bösewicht hinzugeben, den zu vernichten sie ursprünglich ausgezogen war. Aber wie könnte das falsch sein, wenn die Welt sich nie zuvor so heil und ganz angefühlt hat, wenn auf seiner Zunge der Frieden tanzt, wenn er mich endlich begreifen lässt, warum all diese Frauen und Männer in Romanen Himmel und Erde in Bewegung setzen für die Chance auf ein Happy End.

Nur eines weiß ich mit Sicherheit: Mein Körper wurde für Teddy Fairfax geschaffen und seiner für mich.

28. KAPITEL

Das knirschende Geräusch von Metall auf Schleifstein weckt mich aus einem tiefen, traumlosen Schlaf. Selbst hinter geschlossenen Lidern kann ich die Morgensonne sehen, die durch das Zeltdach leuchtet, unter dem die Wärme mich wie in einer Blase einschließt. Die Kleidung, die ich in der Nacht zuvor getragen habe, klebt mir noch immer am Körper, und als ich endlich die Kraft finde, meine Augen zu öffnen und in das gleißende Licht zu blicken, stelle ich fest, dass der Fellüberwurf noch immer unter die Matratze geschlagen ist und ich es nicht mal richtig ins Bett geschafft habe.

Forschend schaue ich mich um, doch alles scheint in Ordnung, das Zelt ist picobello aufgeräumt, abgesehen von den zerknitterten Decken um mich herum. Es sieht nicht so aus, als ob eine andere Menschenseele jemals die Schwelle überschritten hätte.

Ich bin allein. Teddy ist spurlos verschwunden.

Der einzige Hinweis, dass er tatsächlich hier war und nicht nur ein lebhafter Traum, ist die Erinnerung daran, wie seine Lippen sich an meinem Hals angefühlt haben – eine Empfindung, die man nicht durch Fantasie allein heraufbeschwören kann. Ich setze mich auf und lasse die Bilder der vergangenen Nacht vor meinem inneren Auge Revue passieren. Habe ich etwas falsch gemacht? Ich kann mich nicht entsinnen, eingeschlafen zu sein oder es auch nur versucht zu haben, und hätte gedacht, dass es unmöglich sein müsste, mit einer solchen Überdosis Adrenalin im Leib auch nur die

Augen zu schließen. Und doch fühle ich mich ausgeruhter als seit Wochen. Welchen Sinn hätte es schließlich, diese Träume über Teddy Fairfax zu haben, die mich regelmäßig umtreiben und nicht zur Ruhe kommen lassen, wenn er höchstpersönlich neben mir liegt und mich in den Armen hält? Und das hat er definitiv getan, dessen bin ich mir sicher.

Noch immer unsicher, wo die Realität beginnt und wo meine Fantasie endet, ziehe ich mich rasch um und laufe nach draußen, um ihn zu suchen. Da ich vergessen habe, meine Schuhe anzuziehen, versinken meine nackten Füße in der weichen Erde. Lange Grashalme kitzeln zwischen meinen Zehen.

»Gesegneten Morgen, junge Herrin. Ein schöner Morgen für eine Schlacht, nicht wahr?« Ein Fremder, bereits in sein Kostüm des Tages gekleidet und bereits voll in seiner Rolle aufgegangen, verbeugt sich vor mir, als ich an ihm vorbeigehe. Geistesabwesend erwidere ich den Gruß und durchkämme weiter das Camp nach einem gewissen Viscount.

Ehrerbietige Begrüßungen und kampflustige Vorwarnungen schwirren durch die Luft, während ich mich schneller durch die sich sammelnden Horden dränge. Krieger geben ihren Waffen den letzten Schliff, Knappen bringen ihren Familien das Frühstück, und Magier proben ihre Zaubersprüche über den Resten der Mahlzeit. Obwohl ich an mindestens vier Schmieden und zwei kopflosen Männern vorbeikomme, ist Teddy nirgends zu sehen.

»Schöne, tapfere Alenthaea, bist du erneut gekommen, um zu verlieren?« Unwillkürlich verspanne ich mich. Es gibt nur einen Menschen, der eine derart nervtötende näselnde Stimme hat, die haargenau zu seiner Persönlichkeit passt.

Ich drehe mich zu ihm um. »Rufus.«

Rufus Hogg ist der Anführer der Ladybank-LARPer und unser Erzfeind. Als die Fellowship vergangenes Jahr nur noch um Haaresbreite vom Sieg entfernt war, preschten Rufus und seine Kumpane vor, um uns die Krone in letzter Minute zu entreißen. Wenn es etwas gibt, das Rufus Hogg unter seinem fusseligen schwarzen Schnurrbart nicht besonders gut verbergen kann, dann ist es sein Stolz. Er ist nicht älter als Sam und ich und hat seine fadendünne Gesichtsbehaarung an den Enden aufgezwirbelt und mit so viel Wachs verstärkt, dass es mich nicht wundern würde, wenn eine Biene sich besitzergreifend darauf niederließe.

»Bist du sicher, dass du mutig genug bist, dich mir zu stellen, ohne dass dein Rudel von Barbaren dir die Hand hält, Rufus?«, spotte ich. »Wenn ich mich recht erinnere, mussten sie dir voriges Jahr nach dem Tänzchen mit meinem Sponton die vollen Hosen auswaschen.«

Er gibt ein angestrengtes Geräusch von sich, als ob er ertrinken würde, und versucht sich an einem verächtlichen Lachen, das jedoch in seinem aufgebrachten Gestammel untergeht. »Für dich bin ich immer noch der Red Ranger«, zischt er.

Ich versuche nicht mal, mein Augenrollen zu verbergen.

»Dir ist aber schon klar, dass die Mindestvoraussetzung für einen einsamen, wilden, Monster jagenden Ranger ein Paar, nun ja, funktionierende Eier sind, oder?«

»Und du weißt ganz genau, dass hochgeborene Elfen für ihre Schönheit berühmt sind, verzichtest aber liebend gern auf dieses kleine Detail, nicht wahr?«, schießt er zurück und mustert mich abfällig von oben bis unten. Je länger er redet, desto erpichter bin ich drauf, ihm heute Nachmittag in der Schlacht den Hintern zu versohlen. »Und da wir gerade von abwesender Schönheit sprechen … Wo ist eigentlich deine hübsche Schwester in diesem Jahr? Ich habe sie noch nicht gesehen, hörte aber, dass sie gerade achtzehn geworden ist …« Bevor er den Satz beenden kann, habe ich ihn am Kragen gepackt. Ich kann einen Mann in der Schlacht wüst beschimpfen und bin danach gern bereit, ihm ein Bier auszugeben, aber wenn meine Familie ins Spiel kommt, verstehe ich keinen Spaß.

Der tapfere Red Ranger zittert in meinem Griff, seine Augen sind flehend geweitet. Ich würde ihm niemals wehtun; der einzige Ort, auf dem ich meine gewalttätigen Fantasien auslebe, ist das Schlachtfeld, bewaffnet mit einem Carbon-Schwert, das nicht mal einen Luftballon zum Platzen bringen könnte. Doch das leise Wimmern, das ihm entfleucht, befriedigt mich zutiefst.

Gerade als ich mich vorbeuge, um ihm Alenthaeas besten markerschütternden Monolog zu halten, tippt mir jemand von hinten auf die Schulter. Ich wirbele herum, um mich der neuen Bedrohung zu stellen, und erinnere mich endlich wieder an mein ursprüngliches Anliegen.

Teddy steht hinter mir, in voller Montur, die Arme verschränkt, die Augenbrauen hochgezogen. »Ich bin ja froh, ausnahmsweise mal nicht das Ziel deines Zorns zu sein, und bin auch sicher, dass er ihn verdient, aber vielleicht solltest du ihn doch loslassen, bevor er sich in die Hose macht?«

Sofort gebe ich Rufus frei, und er rennt zurück zu den Zelten wie ein angeschossenes Reh. »Wir sehen uns auf dem Schlachtfeld, Red Ranger«, zische ich ihm hinterher.

Er schaut sich nicht um, aber es gibt keinen Zweifel, dass er mich gehört hat, denn er murmelt so was wie »total durchgeknallt«.

Etwas enttäuscht, dass ich um meinen Kinomonolog-Moment geprellt wurde, wende ich mich wieder Teddy zu, der mich immer noch neugierig mustert. »Ladybank-LARPer«, erkläre ich, woraufhin er aber nur noch verwirrter wirkt. »Unsere größten Feinde«, füge ich hinzu. »Haben uns vergangenes Jahr geschlagen, spielen aber nie fair. Hogg ist ihr Anführer, und obwohl er nicht mal den Schneid besitzt, sich aus einer nassen Papiertüte herauszukämpfen, hat er keine Probleme damit, perverse Bemerkungen über die jüngeren Schwestern anderer Leute zu machen.«

Teddys eben noch amüsierte Miene verdüstert sich, und er schaut sich erbost nach dem Widerling um.

»Keine Sorge«, versichere ich ihm. »Ich kläre das in der Schlacht mit ihm.« Beschwichtigend lege ich ihm eine Hand auf die Schulter, und er entspannt sich wieder.

»Ich habe dich gesucht.« Sanft streicht er mir mit dem Daumen über die Falte, die sich zwischen meinen Brauen gebildet hat, und die zärtliche Berührung vertreibt die Reste meines Ärgers. Rufus ist in Rekordzeit vergessen, Erinnerungen an Teddy und die vergangene Nacht strömen auf mich ein und lassen mich erzittern.

»Ich habe dich auch gesucht«, sagte ich leise. »Ich dachte, du wärst weg.« Ich spüre, wie ich rot werde. »Dass du vielleicht deine Meinung geändert hast. Oder ich dich in die Flucht gejagt habe?«

»Als das Schnarchen losging, habe ich tatsächlich darüber nachgedacht …« Er grinst mutwillig, und ich versetze ihm einen leichten Schlag auf den Oberarm. »Schon gut.« Er hebt kapitulierend die Hände. »Du schnarchst nicht. Aber du musst von mir geträumt haben, denn du hast die ganze Nacht meinen Namen gemurmelt.« Er gibt Laute von sich, die selbst einen erwachsenen Ork zum Erröten bringen würden, und ich setze ihm nach, während er lachend über die Führungsseile springt. Als ich ihn eingeholt habe, lege ich ihm die Hand auf den Mund, um ihn zum Schweigen zu bringen. Kichernd schmiegen wir die Gesichter aneinander und genießen einen Moment der Nähe und des geteilten Atems.

»Warum bist du wirklich weggegangen?«, frage ich leise, nachdem das Adrenalin abgeklungen ist.

»Ich musste ein paar Dinge klären. Wie sich herausgestellt hat, senden sie, wenn man seinem Bodyguard entwischt, ein ganzes Team los, um nach einem zu suchen.« Er lacht, doch mein revoltierender Magen findet das Ganze nicht so lustig. Offenbar spürt er meine Nervosität, denn er reibt mir besänftigend über die Arme. »Kein Grund zur Sorge – jetzt ist alles geregelt.« Seine Worte sind beruhigend, sein verblassendes Grinsen weniger. Unwillkürlich stelle ich mir vor, wie Spione mit dunklen Brillen in den Bäumen lauern und jeden unserer Schritte beobachten. Sicherheitshalber trete ich einen Schritt zurück, um den Abstand zwischen uns zu vergrößern.

»Ich vergesse oft, dass du ein Mann von globaler Bedeutung bist.«

»Genau darum mag ich dich.« Er legt mir einen Arm um die Taille und zieht mich wieder in Reichweite seiner Lippen.

Um meine Nerven zu beruhigen, verlege ich mich auf das, was ich am besten kann – ihn aufzuziehen. »Ich hatte ja immer angenommen, dass derart wichtige Männer weniger, wie soll ich sagen, enervierend sein sollten.«

Teddy tut so, als hätte man ihm mitten ins Herz geschossen, und fällt theatralisch auf die Knie.

»Aber genau deshalb«, beginnt er, sobald er sich wieder zu voller Höhe aufgerichtet hat, »magst du mich.« Er sagt das dermaßen überzeugt von sich, dass er mich in meiner Meinung über ihn erstens bestätigt und zweitens auch noch ärgerlicherweise recht hat.

Nachdem Teddy aufgehört hat, mich öffentlich in Verlegenheit zu bringen, kehren wir ins Camp zurück. Der Viscount bringt mich zu meiner Familie, die um das neu entfachte Lagerfeuer herumsitzt und Schinkenbrötchen an den Rest der Fellowship verteilt. Richard hat gleich zwei abgegriffen, eins mit Ketchup, eins mit HP-Soße. Hazel und Terry nicken mir kauend zu, und die O'Neills, die natürlich Vegetarier sind, winken kurz, bevor sie sich wieder ihrem Frühstück aus Grapefruit und Joghurt widmen. Flora leuchtet geradezu in der Morgenröte, was Sam natürlich bemerkt hat, wie immer. Die beiden sitzen nebeneinander und kriegen unsere Ankunft gar nicht mit.

Auch die anderen scheinen Teddy erst zu bemerken, als Mum ihm ein Brötchen anbietet, das er dankend ablehnt – mit der Begründung, er habe schon gegessen. Allerdings hege ich den leisen Verdacht, dass seine Erziehung sich ausnahmsweise mal bemerkbar macht und ein mitten auf dem Acker zubereitetes Schinkensandwich, das auf einem Pappteller gereicht wird, doch vielleicht ein bisschen zu sehr aus seiner Komfortzone herausfällt.

Die allgemeine stumme Musterung des Viscounts unterbrechend, räuspere ich mich. »Das ist Teddy«, beginne ich unbehaglich. »Wir haben zusammen in London gearbeitet …«

»Was habe ich über diese verdammten Leute aus dem Süden gesagt, he?«, grummelt Richard vor sich hin.

»Und …«, fahre ich etwas lauter fort, um den alten Zauberer zu übertönen, »er ist mitgekommen, um für Marigold einzuspringen. Ich habe ihm alles beigebracht, was er weiß, allerdings weniger, als ich es mir gewünscht hätte, zumal ich mich heute morgen schon mit Rufus von den Ladybank-LARPern auseinandersetzen musste. Aber wir brauchen in der Schlacht so viele Schwerter, wie wir nur auftreiben können, wenn wir eine Chance haben wollen, sie zu schlagen, daher akzeptiert Teddy bitte als einen von uns. Anschließend werden wir entscheiden, ob er würdig ist, der Fellowship offiziell beizutreten.« Ich zwinkere ihm zu, während er mit gefalteten Händen neben mir steht und nervös von einem Fuß auf den anderen tritt, als sei er der neue Schüler, der der Klasse vorgestellt wird.

»Seid bitte nett zu ihm …« Das gilt hauptsächlich Richard, der immer noch irgendwelche Beleidigungen in seinen Bart brummt. Terry steht auf und klopft dem Viscount auf die Schulter, Hazel gesellt sich dazu und legt ihm eine Hand an den Unterarm. Die Eheleute schauen einander versonnen an. Bevor sie den Plan fassen können, einen Mann in der britischen Thronfolge zu einem flotten Dreier zu sich nach Hause einzuladen, befreie ich Teddy aus ihren Klauen und biete ihm einen Platz an.

Allerdings gibt es nur noch einen freien Platz, und der ist, aus einleuchtenden Gründen, neben Richard. Nachdem der Viscount sich neben ihn gesetzt hat, starrt der alte Mann ihn stirnrunzelnd an. »Du kommst mir bekannt vor, Sohn«, sagt er. »Deine Mutter arbeitet nicht zufällig im großen Tesco in Skegness, oder?«

Rasch lege ich mir eine Hand vor den Mund, um mein Grinsen zu verstecken, doch Teddy lächelt nur höflich und schüttelt den Kopf, ohne sich die Mühe zu machen zu erklären, dass seine Mutter, die Princess Royal, nur höchst selten einen Supermarkt frequentiert, und wenn, dann gewiss nicht in Skegness. Er muss auch gar nichts sagen, da er bereits von einer der Schimpftiraden meines Nachbarn überrollt wird, bei denen jeder Beitrag eines anderen Gesprächspartners nicht erwünscht ist.

Sam nutzt den Moment, um sich heranzuschleichen. Sein freches Grinsen legt den Schluss nahe, dass er mich nur verhöhnen will. »Wie war deine Nacht mit dem Prinzen? Hat er die Erbse gefunden, die ich ihm unter die Matratze gelegt habe?«

»Nein, weil er kein Prinz ist. So, und jetzt entschuldige mich bitte, ich muss meine Ohren aufsetzen.«

»Dais.« Sam hält mich zurück. »Ist das eigentlich überhaupt sicher? Du weißt schon, weil er …« Mein Bruder deutet mit dem Kopf zu Teddy, der immer noch nickend und lächelnd neben Richard ausharrt.

»Bei unserem leicht wahnsinnigen, greisen Nachbarn festhängt?« Ich lache.

»Du weißt, was ich meine. Bringt uns das nicht in Schwierigkeiten? Einen Royal kidnappen? Einen Royal in einen Schwertkampf verwickeln? Was, wenn er verletzt wird? Hast du dir das alles wirklich gut überlegt?« Wieder kommen mir die Spione im Gebüsch in den Sinn.

»Und ich dachte, ich bin hier die Bedenkenträgerin«, wiegele ich grinsend ab, bin aber besorgt. Sehr besorgt sogar. Diese nagende Übelkeit hat mich seit seiner Ankunft gestern kaum verlassen, und doch habe ich dem lauten Pochen meines Herzens selbstsüchtig erlaubt, alle anderen, vernünftigeren Gedanken zu übertönen. Und jetzt, während ich Teddy anschaue, schlägt es nur noch lauter, so laut, dass ich das Vibrieren durch meinen ganzen Körper spüre, bis in die Zehenspitzen. Unsere Blicke begegnen sich, und ein entwaffnendes, betörendes Lächeln breitet sich auf seinem Gesicht aus. Teddy Fairfax hat mich verzaubert. Zum ersten Mal in meinem Leben schere ich mich nicht um Konsequenzen, denn dieses Lächeln entführt mich in eine Fantasie, in ein komplett neues Universum, wo es so natürlich ist, sich in ihn zu verlieben, wie aus einer Schwertwunde zu bluten.

»Ich habe das im Griff. Versprochen.«

Im Spiegel sehe ich, wie Mum hinter mir steht. Mit geschickten Fingern flicht sie mein Haar am Hinterkopf zu

Zöpfen. Mein Gesicht hat sich in das eines irgendwie ätherischen Wesens verwandelt. Die Konturen meiner Wangenknochen wurden durch Make-up-Schattierungen verschärft, meine geschminkte Oberlippe läuft in zwei hohen Spitzen aus, und meine Ohren haben eine nahtlos wirkende Verlängerung erfahren und laufen ebenfalls spitz zu. Endlich sehe ich aus wie die Frau, die ich in meinem Inneren verstecke, und ich erkenne mich kaum wieder.

»Du wirkst anders. Nur ein bisschen, aber auf gute Art.« Mum schiebt die letzte Haarnadel in meine Frisur und küsst mich sanft auf den Scheitel.

Ich drehe mich halb zu ihr um. »Findest du?«, frage ich ungläubig. Die einzige Veränderung in diesem Jahr besteht darin, dass ich verantwortlich für das Verschwinden eines Mitglieds des Königshauses bin. Wenn wir wieder zu Hause sind, wird alles so sein wie zuvor. Noch immer habe ich keinen Job, die paar Freunde, die ich hatte, habe ich zurückgelassen, und die Bindung, die ich aufgebaut habe, kann nur in dieser Fantasiewelt existieren. Sobald wir in die reale Welt zurückkehren, bin ich wieder dieselbe Daisy, die keinem etwas zu bieten hat.

Mum lächelt nur. Ich mochte ihren leichten Überbiss schon immer, als würden ihre Zähne miteinander Händchen halten. Einer ihrer Schneidezähne ist abgesplittert, das Souvenir eines Ausflugs nach Edinburgh. Sie war mit ihren Freundinnen dorthin gefahren, um als Kate Bush verkleidet zu »Wuthering Heights« auf einem Feld zu tanzen, und hat dabei versehentlich die wild wedelnde Hand einer anderen Kate Bush ins Gesicht bekommen. Trotzdem ist sie damals kichernd nach Hause gekommen, hat uns ihre Kampfverletzung vorgeführt und fröhlich darauf beharrt, dass ein »Wuthering Heights«-Flashmob als Extremsportart anerkannt werden sollte.

Allerdings wirkt ihr umwerfendes Lächeln jetzt etwas fehl am Platze, da sie bereits die Gestalt eines abscheulichen Orks angenommen hat.

»Du bist selbstsicherer«, bemerkt sie. »Ich sehe keinen großen Unterschied mehr zwischen der echten Daisy und dieser Version.« Lachend kneift sie in meine Latex-Elfenohren. »Ich glaube, ein gewisser Jemand hatte einen guten Einfluss.« Da sie ihre Augenbrauen nicht auf die übliche Art hochziehen kann, weil sie sie mit Unmengen Pritt-Stift festgeklebt hat, bewegt sie stattdessen die komplette Stirn auf und ab, wie nach einer verkorksten Botox-Behandlung. Ich erwidere nichts. Sie kennt mich zu gut, um eine Antwort zu erwarten. »Aber was sagtest du doch gleich, was Teddys Hintergrund ist? Molly – du weißt schon, die Alchemistin von den LARP-Loonies –, sie findet, dass er wie irgend so ein berühmter Typ aussieht, den sie mal in der Zeitung gesehen hat.«

Unbehaglich kichernd, suche ich nach einer Ausrede. Soll ich es ihr einfach sagen? Schließlich habe ich ihr die Wahrheit nicht absichtlich vorenthalten. Und es ist ja auch nicht so, dass man Mum kein Geheimnis anvertrauen könnte; ich weiß nur, dass sie eingeschüchtert wäre. Und ich bin so egoistisch, mir zu wünschen, dass Teddy sich hier genauso »normal« vorkommt wie ich, damit ich ein Wochenende lang das Gefühl haben kann, ihm zu genügen. »Na ja«, beginne ich, doch Mum führt das Gespräch offensichtlich lieber mit sich selbst.

»Aber ich glaube nicht, dass das stimmen kann. Sie meinte nämlich, dass dieser berühmte Junge sich immer in Schwierigkeiten bringt. Daraufhin sagte ich ihr, dass das gewiss nicht unser Teddy ist, denn der ist ein reizender junger Mann.« Einen Moment lang habe ich den Eindruck, dass sie mich wissend anlächelt, als wüsste sie tief in ihrem Inneren, dass an Mollys Klatsch etwas dran ist, aber sie redet ungebremst weiter. »Er hat mir und deinem Dad den ganzen Morgen geholfen und hört nicht auf, uns dafür zu danken, dass wir ihn mitgenommen haben, der Gute. Oh, und wie er über dich geredet hat. Du hast ihn schwer beeindruckt, das steht fest.«

Sie grinst in sich hinein, während sie das sagt, und obwohl sie mir offensichtlich keinerlei Beachtung schenkt, wird mir in meinem Kostüm immer heißer. Ich brenne darauf, die Details zu erfahren, am liebsten würde ich sie jeden seiner Sätze Wort für Wort wiederholen lassen, nur um zu hören, was er mir bislang noch nicht gesagt hat, doch ich bleibe stumm und lasse sie zum neuesten Klatsch aus dem Camp übergehen.

Mitten in ihrem ausführlichen Bericht über die Affäre, die einer der Goblins von den Duct Tape Dragons vergangenes Jahr mit einem Magier der Bournemouth University Role Players Society hatte, ertönt draußen die Fanfare, die uns zum Kampf ruft. Nachdem sie schlürfend ihre Reißzähne eingesetzt hat, hilft Mum mir in meine Rüstung und zieht die Schnallen fest, bis das Leder sich anfühlt wie eine zweite Haut. Mit einem letzten grimmigen Lächeln verändert sich ihre Miene, und wir schreiten aus dem Zelt wie zwei mythische Wesen, mit denen nicht zu spaßen ist.

29. KAPITEL

»Meine Damen und Herren, Jünglinge und Greise, Adelige und Bauern, Helden, Heldinnen und Monster, willkommen zu unserer fünfzehnten Jahresschlacht um Helm's Geek!« Die Stimme des Spielleiters dröhnt über das Feld. Als Antwort erhebt sich ein monströser Lärm aus frenetischem Jubel, stabtrommelnden Magiern, knurrenden Orks und grölenden Goblins.

Mum und ich drängen uns durch die johlenden Horden, bis wir zur Friskney Fellowship stoßen, die sich ganz vorne versammelt hat. Ohne zu überlegen, schlingt Dad einen Arm um Mums Schultern und küsst ihren kahlen Kopf, als würde ihre monströse Aufmachung gar nicht existieren und er sie ebenso attraktiv finden wie an jedem anderen Tag, an dem er sie auf dieselbe Weise geküsst hat.

Der Viscount, mein Schwarzer Ritter, steht neben Sam, den Helm mit den Widderhörnern unter den Arm geklemmt, und ist so vertieft in den Moment, dass er mich gar nicht bemerkt. Breit grinsend blickt Teddy über die Menge und jubelt über alles, was die anderen bejubeln. Jetzt bin ich an der Reihe, mich an ihn heranzuschleichen.

Als ich mein Kinn auf seine Schulter stütze, schmiegt er instinktiv seinen Kopf an meinen, ohne auch nur hinzuschauen. »Amüsiert Ihr Euch, Mylord?« Er lacht leise, und ich spüre, wie er nickt. »Wer hätte gedacht, dass der royale Rebell, der Party-Prinz, der wilde Viscount in Wahrheit ein totaler Nerd ist.«

»Und wer hätte gedacht, dass die rätselhafte, eigenwillige

Daisy Hastings ihre Arme in aller Öffentlichkeit um meine Taille legen würde?« Er schaut mich aus den Augenwinkeln an, und mir wird mit Schrecken klar, dass ich ihn tatsächlich gerade vor Hunderten von Augen (Tausenden, wenn man die Riesenspinne im Sagenwald mitzählt) umarme.

Beschämt löse ich mich von ihm, kann aber nur einen Schritt machen, bevor Teddy mich wieder einfängt und nun seinerseits die Arme um mich legt. Schweigend und ohne dass ich Widerspruch einlege, hören wir zu, wie der Spielleiter die Regeln für die große Schlacht erläutert. Doch ich kriege nicht viel davon mit, zu überwältigend ist das Gefühl, seinen Körper an meinem zu spüren. Das leise Schlagen seines Herzens blendet sogar die jubelnde Menschenmenge aus.

»... ihr werdet gegen Bestien, schwarze Magie und vor allem eure Mitmenschen kämpfen, um die mächtige Festung Helm's Geek zu erobern (und einen 150-Pfund-Gutschein für eine Brewers-Fayre-Filiale eurer Wahl zu gewinnen).« Die Ohs und Ahs, die bei der Aussicht auf eine Gratis-Mahlzeit aus der Mikrowelle in einer ziemlich schlichten Pub-Kette laut werden, holen mich in die Wirklichkeit zurück. Wenig überraschend, lässt Teddys Miene darauf schließen, dass die Royals noch nie in den Genuss einer typisch englischen Rindfleischpastete aus dem »Hammer & Anvil« in Lincoln gekommen sind.

»Wenn ihr es durch das Moor geschafft, den Sagenwald überlebt und eure zu allem entschlossenen Rivalen abgewehrt habt, müsst ihr gegen die amtierenden Champions, die Ladybank LARPer, antreten, bevor ihr eure Flagge auf den Zinnen hissen könnt. Mindestens zwei Mitglieder eures Teams müssen überleben, um die Festung zu erobern. Heiltränke dürfen nur einmal und nur von einem bestimmten Heiler verabreicht werden. Wenn ihr dieses Feld betretet, müsst ihr bereit sein, euer Leben zu lassen.«

Wieder brandet Jubel auf.

»Wow, das klingt ja ernst«, flüstert Teddy an meinem Ohr. »Vielleicht hätte ich meiner großen Liebe schreiben sollen, dass sie nicht auf meine Rückkehr warten soll.«

Ich befreie mich aus seinem Griff und kann meine alarmierte Miene nicht verbergen. Doch Teddy redet ungerührt weiter. »Sie würde den Brief aber wahrscheinlich nur zerreißen. Sie kann sowieso nicht lesen.«

»Und wer mag diese große Liebe wohl sein?«

»Meine Katze«, gesteht er und lächelt schüchtern.

Ich schüttele den Kopf, wobei sich ein ähnliches Lächeln auf mein Gesicht legt, bevor ich mich wieder der Bühne zuwende, um es zu verbergen.

»Und jetzt noch ein letztes Wort von unserer Abteilung für Sicherheit und Gesundheitsschutz.« Der Spielleiter verlässt seinen übertriebenen mittelalterlichen Ton für einen Moment und kehrt zu seinem üblichen Birmingham-Dialekt zurück. »Sie bitten nur darum, dass ihr, wenn ihr magisches Pulver, Wurfsterne oder Rauchfackeln habt, einen geeigneten Augenschutz tragt. Wir wollen doch nicht, dass sich so etwas wie letztes Jahr wiederholt, nicht wahr, Andy?« Er zeigt auf einen Mann in der ersten Reihe, der eine Augenklappe trägt.

Teddy wird blass und schluckt hörbar. »Hat er gerade Wurfstern gesagt?«

»Was hast du denn erwartet? Schaumstoff und Klebeband?« Es amüsiert mich, ihn so nervös zu sehen. Er ist nicht der Erste, der unterschätzt, wir ernst wir diese Dinge nehmen, und er wird ganz gewiss nicht der Letzte sein. »Keine Angst, die Klingen sind alle stumpf. Andy hat sein Auge nicht im Kampf verloren, er war voriges Jahr so betrunken, dass er nackt mit einer Fackel durchs Camp gerannt ist. Durch den Rauch hat er sich eine fiese Infektion zugezogen, was wahrscheinlich auch damit zu tun hatte, dass er mit dem Gesicht nach unten im Wald eingeschlafen ist.«

Teddys Miene zeigt eine unentschlossene Mischung aus Ehrfurcht und Furcht. Der Spielleiter, nun wieder ganz in seiner Rolle aufgehend, macht einen finalen Aufruf. »Kämpfer, nehmt eure Positionen ein. Und denkt dran, der Feige stirbt schon vielmal, eh' er stirbt …«

»… die Tapf'ren kosten einmal nur den Tod«, vollendet die Menge das Zitat aus Shakespeares *Julius Cäsar*, während sie sich über das Feld verteilt.

Mit einem lauten Anfeuerungsschrei führe ich die Friskney Fellowship über die verwüstete Erde bis an den Rand des Sagenwaldes, wo sich alle um mich herum versammeln und meine Befehle erwarten, bereit, mir blindlings ihr Leben anzuvertrauen. Unter dem Druck der geballten Aufmerksamkeit wird mir mulmig, und meine Befehle bleiben mir im Halse stecken. Die erwartungsvollen Blicke werden immer ungeduldiger, je länger ich herumstottere. Plötzlich spüre ich, wie Teddys Finger sich um meine Hand schließen. Ich schaue zu ihm hin, und er nickt vorsichtig.

Nachdem ich noch einmal tief durchgeatmet habe, überbringe ich der Gruppe meinen Schlachtplan wie ein König auf seinem hohen Ross, wobei ich mit feuchten Händen Teddys Finger umfasst halte.

»Richard.« Ich spreche den alten Zauberer direkt an, der zwar seine gleichmütige Fassade aufrechterhält, aber dennoch aufmerksam zuhört. »Wir brauchen deine Fertigkeiten im Sagenwald. Ich benötige Beinfesselungszauber, Blendgranaten und so viel Nebel, wie du hinkriegst.«

Richard lächelt verschmitzt und tätschelt die Beutel, die er um seine Taille gebunden hat. Er freut sich sichtlich darauf, endlich ungestört seine Requisiten einsetzen zu können, nachdem der Hausmeister des Gemeindesaals ihm zwischenzeitliches Hausverbot erteilt hatte, weil er versehentlich das Linoleum pechschwarz gefärbt hat.

»Mum, Dad, haltet ihn am Leben.«

»Ich denke, wir können es versuchen«, stichelt Mum und bedenkt Richard mit einem Grinsen, das wegen ihrer Ork-Verkleidung finsterer wirkt als wohl von ihr beabsichtigt.

»Tut mir leid, dass ich unterbreche«, mischt Teddy sich freundlich ein. »Gibt es einen bestimmten Ort, an dem du mich brauchst? Irgendetwas, das ich tun kann? Waffen, die ich einsetzen soll?«

»Teddy, du gehörst zu uns. Aber bist du auch willens, dein Leben zu geben, um unseren Erfolg zu sichern?«

»J…ja?« Er schaut von einem zum anderen. »Ich denke schon«, sagt er dann und zieht sein Schwert, etwas zu begeistert und ein bisschen zu nah an der Gruppe.

Ich umfasse sanft sein Handgelenk und drücke seinen Arm nach unten, bis seine Klinge sich in sicherer Distanz zu Hazels Nasenspitze befindet.

»Pass nur auf, wo du dieses Ding schwingst, mein Junge.« Dad lacht leise. »Du brauchst all deine Finger in der Schlacht.«

Während die anderen aus der Rolle fallen und über den Neuling kichern, steckt Teddy betreten grinsend das Schwert weg.

»Bleib einfach bei mir«, flüstere ich ihm zu, ohne meine Belustigung ganz verbergen zu können. »Ich kann dich vor allen außer dir selbst beschützen, also geh mir nicht von der Fahne.«

Er nickt eifrig. Seine Wangen sind rot vor Verlegenheit, aber das tut seiner Einsatzfreude offensichtlich keinen Abbruch.

»Waffen vor«, befiehlt Sam und streckt sein Schwert aus.

Mum reckt ihre Keule, Hazel ihre Peitsche, Richard seinen Stab und so weiter, bis all unsere Waffen sich in der Mitte des Kreises berühren. »Friskney Fellowship«, brüllt mein Bruder, und der Rest von uns stimmt ein, der Viscount inklusive.

»Niemals aufgeben!«

»NIEMALS AUFGEBEN!«

Der Ruf des Kriegshorns schallt übers Moor, und in meinem Kopf verstummt alles bis auf das Pochen meines Herzens und das Echo meines Atems. Der Boden bebt unter dem Gewicht der donnernden, rasenden Stiefel. Mit gefletschten Zähnen und erhobenen Waffen provozieren die Angreifer ihre Feinde.

Wie befohlen rennt die Hälfte der Fellowship in den Wald. Zurück bleiben jene, die tapfer genug sind, unsere Flucht zu decken. Ich bleibe wie angewurzelt stehen, gefesselt vom Stacheldraht meiner Panik. Obwohl ich das ganze Jahr auf diesen Moment gewartet habe, scheint sich plötzlich alles um mich herum in Zeitlupe zu bewegen, und ich kann nur noch hilflos auf die Krieger starren, die sich mir in mörderischer Absicht nähern. Ihre stampfenden Schritte stören die Erde in ihrem friedlichen Schlummer.

Teddy steht neben mir, von einem Ohr zum anderen grinsend. »So aufregend es hier auch ist, ich denke, wir sollten jetzt abhauen. Ich bin ziemlich sicher, dass dieses trollartige Ding da drüben meinen Kopf schon mit seinem Kriegshammer ausmisst.« Da er merkt, dass ich noch ein bisschen Ermutigung brauche, bevor ich zu Alenthaea umschalten kann, packt er meine Hand und zieht mich mit sich in den Sagenwald. Es ist eine schlichte Geste, doch seine Fähigkeit, mich wahrzunehmen und wortlos zu verstehen, hilft mir dabei, die Nerven zu behalten.

Im Schatten der großen Eichen hinter der Baumgrenze ist

es deutlich kälter als draußen in der Mittagssonne. In den Ästen und zwischen dem Laub verbergen sich Bestien. Zum Glück nur solche, die aus irgendeiner Halloween-Sammlung stammen, aber das hält Teddy nicht davon ab, sein Mütchen an einem zwei Meter langen Gummi-Python zu kühlen.

Obwohl hinter jedem Busch die Gefahr lauert, »aufgeschlitzt« oder »enthauptet« zu werden, nehme ich mir einen Moment Zeit, ihn zu beobachten. Er wirft sich förmlich in seine Rolle und versucht erst gar nicht, sein jungenhaftes Grinsen zu zügeln oder diese widerspenstige Haarsträhne zu bändigen, die ihm immer in die Stirn fällt. Teddy ist frei, hemmungslos und einfach wunderschön.

»Könntest du das hier zu unserem ersten Date erklären?«, fragt Teddy, während ich durch das Wäldchen schleiche und die Baumkronen nach hinterhältigen Goblins absuche.

Ich versuche, das Lächeln zu verbergen, das meine strenge Fassade durchbricht, und auch das Gefühl, von einem Blitz getroffen worden zu sein, der nun erregend durch meinen Körper zuckt. Daher tue ich so, als sei ich völlig absorbiert von der Spielsituation und außerstande, die Feinde auch nur eine Sekunde aus den Augen zu lassen. »Ich dachte, der Gentleman bittet die Dame um ein Rendezvous?«

In diesem Moment stürmt ein Ritter der Duct Tape Dragons vom Waldrand her auf uns zu. So beiläufig, wie ich ein Marmeladenbrot durchschneide, haue ich den Unglücksraben mit einem harten Schlag auf seinen Rückenpanzer um, und er fällt vor unseren Füßen wie ein Kartenhaus zusammen.

»Nun ja, da ich hier ja im Prinzip die Maid in Nöten bin, solltest du diejenige sein, die mich fragt.« Lachend schaut er zwischen mir und dem erledigten Ritter hin und her.

»Aber wer sagt denn, dass ich dich überhaupt fragen will?«

Wie bei einem gescholtenen Kind trübt Teddys Miene sich ein, was mir ein noch breiteres Lächeln entlockt.

Außerstande, ihn noch weiter zu martern, gebe ich nach. »Na schön, das hier kann unser erstes Date sein.«

»Wirklich?«, platzt er strahlend heraus. »Ich meine …«, er räuspert sich und senkt die Stimme zu dem vertrauten rauchigen Timbre, »sehr wohl, Mylady.«

»Was passiert denn normalerweise auf einem ersten Date?«, erkundige ich mich. Meine bisherigen Erfahrungen beschränken sich auf die Besichtigung religiöser Kunst im staubigen Hinterzimmer eines Schlosses, daher kann ich nicht wirklich mitreden.

»Na ja, normalerweise wären nicht so viele dabei, die dazwischenfunken und versuchen, uns zu töten. Ich würde damit anfangen, dass ich dir sage, wie hübsch du aussiehst.« Er mustert mich von oben bis unten, und ich kann mir ein leises Kichern nicht verkneifen bei dem Gedanken, dass ich als Elfe verkleidet in einem schlammigen Wald herumstehe und er in dieser absurden Situation irgendwie ein Kompliment hervorzaubern muss. »Und du wirst dich errötend abwenden, während du versuchst, die richtigen Worte zu finden, um mir zu sagen, wie attraktiv ich bin.«

»Hmm«, murmele ich unbestimmt.

»Anschließend frage ich dich irgendwas Risikoarmes, zum Beispiel nach deiner Lieblingsspeise. Darauf antwortest du …« Er schaut mich erwartungsvoll an.

»Äh, Nudeln mit Tomatensoße. Aus der Dose.« Argwöhnisch beäuge ich ihn, unsicher, worauf das alles hinausläuft.

»Nudeln aus der Dose? Ernsthaft?« Er schüttelt angewidert den Kopf. »Kein Mensch hat Nudeln aus der Dose als Lieblingsspeise.« Als ich nur mit den Schultern zucke, nimmt er den Faden wieder auf. »Dann würdest du mir dieselbe Frage stellen, und ich dir erzählen, dass ich am liebsten

Lemon Meringue Pie esse. Du würdest einräumen, dass ich einen exzellenten Geschmack habe. Danach würde ich zu der Angst einflößenden und dir äußerst unangenehmen Frage übergehen, ob du schon jemals verliebt warst.«

Angesichts seiner erwartungsvollen Miene bin ich beinahe dankbar, dass die erstickten Kampfschreie, die über die Lichtung hallen, uns daran erinnern, wo wir sind. Ich höre das scharfe Knacken eines Zweiges, drehe den Kopf wie eine Eule, die nach Beute Ausschau hält, und stelle fest, dass wir dabei sind, von vier Rittern und einem Goblin umzingelt zu werden. Ihr unheilvolles Grinsen kann einem das Blut in den Adern gefrieren lassen.

Rasch schaue ich zu Teddy und sehe, wie sich sein Adamsapfel bewegt, als er nervös schluckt. Während ich mich darauf einstelle, alle fünf Angreifer allein erledigen zu müssen, fällt mir eine kleine schwarze Kugel vor die Füße. Bei diesem Anblick macht mein Herz einen Sprung, und als ich mich nach unserem Retter umschaue, sehe ich Richard, den Rentner, der darauf besteht, im Supermarkt ein Elektromobil zu benutzen, auf halber Höhe in einem der Bäume kauern. Er trägt eine Schutzbrille und kichert zufrieden über seine Treffsicherheit in sich hinein.

Meine Angreifer kommen immer näher, und sobald sie so nahe sind, dass ich das Weiße in ihren Augen sehen kann, schieße ich den Ball scharf auf sie zu. Beim Aufprall explodiert er in einer dicken Rauchwolke, die mir ausreichend Deckung gibt, um Teddy am Ärmel zu packen und mich mit ihm in die Büsche zu schlagen. Wir kommen an Richard vorbei, der mit Knallerbsen um sich wirft, harmlosen Dingern, die, sobald sie auf den Boden auftreffen, mit einem Geräusch zerplatzen, das wie ein Pistolenschuss klingt. Hektisch schauen die Ritter sich zwischen den Bäumen um, der Goblin flüchtet panisch.

Nur ein paar Bäume von unserem Zauberer entfernt finde ich den Ork, ihren Knappen, die Heiler und meinen Zwilling, die sich unter einem Blätterdach zusammenkauern. Mein Schwarzer Ritter scheint außerstande, etwas anderes zu tun, als ungläubig den Kopf zu schütteln und leise vor sich hin zu lachen.

»Da seid ihr ja«, keucht Dad. »Wir dachten schon, wir hätten euch bereits verloren.«

»Tut mir leid, wir wurden aufgehalten.« Sam schnaubt belustigt, und ich muss mich schwer beherrschen, nicht eins meiner Wurfmesser an ihn zu verschwenden. »Die Feinde sind auf dem Vormarsch. Richard wird sie nicht mehr lange aufhalten können. Ihr müsst ihm helfen«, befehle ich meinen Eltern, die sich gehorsam ins Getümmel stürzen und ihre Gummiklingen dumpf auf die der Gegner prallen lassen.

»Los geht's«, feuere ich das verbliebene Team an, und wir stürmen weiter durch den Wald. Als wir auf ein Rudel Barbaren stoßen, übernehmen Sam und ich die Führung, aber es ist Teddy, der für die Stil-Punkte sorgt. Nachdem er sich geschickt um seinen Angreifer herummanövriert hat, rammt er ihm nicht etwa kunstlos die Klinge in den Rücken, sondern schiebt sie ihm geradezu zärtlich in die Wirbelsäule, woraufhin der Schuft vor Schmerz aufheult und sich am Boden windet. Um ihn zum Schweigen zu bringen, zieht Teddy seinen Dolch und stößt sie dem Barbaren in die Kehle, bis dessen Beine aufhören zu zappeln.

»Gut gemacht, Schickimicki.« Sam klopft ihm anerkennend auf die Schulter, nachdem alle Feinde erschlagen um uns herumliegen.

Einer der Leichname setzt sich halb auf, um in das Lob einzustimmen. »Ja, klasse Finish, echte Theatralik.«

»Man sollte nicht meinen, dass er ein Frischling ist, was, Juno?«, erwidert mein Bruder.

»Stimmt, du bist jederzeit bei den LARP-Loonies willkommen, Junge, falls du mal die Seiten wechseln willst«, meldet sich eine weitere Leiche vom Boden, ohne ihre Position zu verändern. Zustimmendes Raunen kommt von den anderen Toten.

»Vielen Dank«, murmelt Teddy, eingeschüchtert durch die vielen Komplimente.

Ich lege ihm eine Hand an den Rücken, um ihn weiterzuschieben. »Na los, Goldjunge, wir hauen besser ab, bevor die Bogenschützen uns einholen.«

Sam winkt seinen jüngsten Opfern zu. »Bis später, Leute.« Ein Chor höflicher Verabschiedungen folgt ihm.

»Du warst wirklich gut«, räume ich ein, als wir den Wald hinter uns lassen.

»Wie bitte? Kannst du das noch mal sagen?« Rasch holt er sein Handy hervor, um den Moment im Foto festzuhalten.

»Du hast mich schon verstanden.« Protestierend lege ich eine Hand auf die Kamera, bis er das Telefon lachend wieder einsteckt.

»Ich bin froh, dass du dabei bist«, gestehe ich so leise wie möglich, während ich mit noch immer gezücktem Schwert unsere Umgebung ausspähe. Hinter einem Busch springt mit Kriegsgeschrei und wild rudernden Armen ein verräterischer Elf hervor, dem ich ohne viel Federlesens die Klinge in den Magen ramme. Ich hasse es unterbrochen zu werden, wenn ich gerade über meine Gefühle rede.

Der Elf fällt zu Boden. »Oh, komm schon«, stößt er stöhnend hervor, sichtlich verärgert darüber, dass sein Angriff so schnell und mühelos abgewehrt wurde.

Teddy und ich gehen so ungerührt weiter, als ob kein erwachsener Mann mit spitzen Elfenohren nur ein paar Meter hinter uns so tut, als würde er verbluten.

»Tatsächlich schlägst du dich nicht schlecht«, fahre ich fort. »Zumindest für jemanden, der mit einem diamantbesetzten Silberlöffel im Hintern geboren wurde.«

»Du bist wirklich eine Meisterin des Wortes«, gibt Teddy grinsend zurück. »Ist das deine Art zu flirten?«

Ein paar Paladin-Kumpels des gefallenen Elfs schneiden uns den Weg ab. Teddy neutralisiert sie, ohne den Blick von meinem errötenden Gesicht abzuwenden.

»Hör bloß auf. Ich und flirten?« Ich schnaube abfällig und kaschiere meine Verlegenheit, indem ich mein Langschwert in einem Spieler versenke, der sich außer Sichtweite wähnt und zum Sprung bereit neben dem Pfad kauert. »Also, warst du?«, frage ich nervös, zu der Unterhaltung zurückkehrend, die mittlerweile mindestens sechs Leichen zurückliegt.

»War ich was? Mit einem Silberlöffel im Hintern unterwegs?«

»Nein.« Angespannt schüttele ich den Kopf. »Ich meine, warst du schon mal verliebt?«

Ein paar Sekunden lässt er sich die Frage schweigend durch den Kopf gehen. »Viele Jahre lang glaubte ich, dass es unmöglich wäre, sich zu verlieben«, sagt er dann. Da wir nun beide um Worte verlegen sind, trifft es sich gut, dass ein Angreifer sich aus dem Gebüsch auf Teddy stürzt. Der Ork muss drei Schläge einstecken, bevor Teddy ihn schließlich niederstreckt.

»Orks«, flüstere ich. »Wir kommen der Sache näher.« Ich schaue mich nach Sam und Flora um und gebe meinem Bruder ein Zeichen, das er mit einem knappen Nicken zur Kenntnis nimmt.

»Du hast noch nicht auf meine Frage von gestern Nacht geantwortet«, wispert Teddy nah an meinem Gesicht.

»Welche Frage?«

»Warum du so viel Angst vor der echten Welt hast?«

Ich grübele einen Moment darüber nach und werfe einen Blick durch die Augen meines jüngeren Ichs – eines kleinen Mädchens, das immer nur geliebt werden wollte und doch für das, was es war, nur Spott erntete. Immer musste sie den Mädchen in der Schule oder den Leuten, die glaubten, ein Monopol auf Hobbys zu besitzen, die sie liebte, beweisen, dass sie genug war; dass sie es wert war, akzeptiert zu werden.

»In der realen Welt war nie Platz für mich. In meiner Fantasie habe ich die Kontrolle. Ich schaffe mir meinen eigenen Raum. In der realen Welt hänge ich als Daisy Hastings fest, ob es mir gefällt oder nicht.« Ich beschließe, mich von meiner eigenen Offenheit nicht ins Bockshorn jagen zu lassen, und halte Teddys Blick stand.

Sanft streicht er über meine Wange. Ich erschaudere unter seiner Berührung.

»Nun, ich für meinen Teil mag Daisy Hastings ziemlich gern«, beteuert er. »Und ich glaube, dass sehr viel mehr von der tapferen Alenthaea in ihr steckt, als du ihr zugestehst. Ich habe gehört und gesehen, wie du die Fellowship im Griff hast und zusammenhältst. Das ist nicht Alenthaea, das ist Daisy, eine Frau, die denjenigen zu mehr Stärke und Sichtbarkeit verhelfen will, die ansonsten im Hintergrund verschwinden würden.«

Ich umfasse sein Gesicht und drücke meine Lippen so fest auf seine, als ob ich nur dann wieder Luft holen kann, wenn ich sie ihm stehle.

Und zum ersten Mal heute wird mir klar, dass ich nicht so getan habe, als ob. Ich war die ganze Zeit ich selbst. Ja, ich mag momentan eher wie Alenthaea aussehen, und ich habe in ihrem Namen allerlei Fantasy-Geschöpfe getötet, dabei aber an keinem Punkt wirklich ihre Hilfe benötigt. Ich habe mir selbst vertraut.

»Hey, ihr Turteltäubchen!« Sams Stimme klingt laut und eindringlich. »LadywichserLARPer auf der Lichtung. Spart euch eure Knutscherei für den Moment auf, wenn wir den quiekenden Hogg von der Zinne werfen.«

Ich schaue Teddy fest in die Augen. »Bereit?«

»Bereit.«

30. KAPITEL

Stolz ragt die Festung Helm's Geek vor uns auf, als wir sie von unserem Versteck zwischen den Bäumen aus auskundschaften. Es handelt sich um eine alte Turmruine, die inmitten der englischen Landschaft dem Verfall überlassen wurde, da sie neben den vielen Schlössern und Herrenhäusern in der näheren Umgebung keine besondere historische Sensation darstellt. Es gibt nur ein winziges Schild, auf dem erklärt wird, dass der Turm im vierzehnten Jahrhundert ein Aussichtsposten war. Die LARP-Gemeinschaft hat ihn mehr oder weniger für sich vereinnahmt und aus gegebenem Anlass mit Bannern und aufgespießten Plastikköpfen geschmückt.

»Vier Barbaren«, meldet Sam, nachdem er von einem kurzen Erkundungsgang zurückgekehrt ist. »Wahrscheinlich eine fünfte Wache im Inneren. Ich bezweifle, dass der kleine Hogg dort allein kauert.«

»Garantiert nicht. Er hat zu viel Angst vor Gespenstern.«

»Wie lautet dein Plan, Lady A?«

Lady A hätte vermutlich gern eine ausgeklügelte Strategie entwickelt und jeden todbringenden Moment genossen. Aber ich halte es anders. »Wir gehen da einfach rein. Ich bin zuversichtlich, dass wir drei es mit ihnen aufnehmen können, und Flora hat noch immer ihre Heilkräfte. Wenn wir mit roher Gewalt vorgehen, können wir den Red Ranger plattmachen, bevor er die Chance hat, seine Mumie zu rufen.« Ich stelle mir vor, wie er hinter den Mauern auf und ab läuft, und es erfüllt mich mit besonderer Genugtuung, mir

335

sein Gesicht auszumalen, während ich ihm den Rest gebe, mit meinem Zwillingsbruder und meinem ... Teddy an meiner Seite.

»Nach dir ... Daisy.« Mit einer Geste lässt Sam mir den Vortritt, und wir stürzen uns in den Kampf wie jagende Raubtiere. Dank des Überraschungsmoments ist der erste Barbar schnell erledigt, was für jeden von uns einen übrig lässt. Unsere Schwerter krachen aneinander, bis mir der Schweiß auf der Stirn steht und ich bei jedem Hieb und Stich keuche.

Mein Gegner trägt einen falschen Bart, der ihm beim leisesten Windhauch von der haarlosen Wange weht, obwohl ich ihn im Camp habe Stein und Bein schwören hören, das Gesichtsgestrüpp sei echt. »Du kämpfst wie ein Mädchen«, höhnt er, während er meiner Klinge wieder und wieder ausweicht.

Da mir bislang kein tödlicher Schlag gelungen ist, ändere ich meine Taktik, bohre die Spitze meiner Klinge in das arme Tier, das an seinem Kinn klebt, und reiße es sauber ab. Ich nutze den Moment, während er herumtanzt und schockiert seinen kalten, nackten Kiefer umklammert, um ihm den Kopf abzuschlagen. Nun ja, ich klopfe ihm mit meinem stumpfen Schwert seitlich an den Hals, woraufhin er sich wie ein Sack Kartoffeln vor meine Füße fallen lässt.

»Vielen Dank«, erwidere ich, seine Beleidigung als Kompliment interpretierend, und lasse ihn zurück, damit er entnervt die Augen verdrehen und sein vermutlich brennendes Kinn reiben kann.

Die anderen beiden sind immer noch am Leben und kämpfen gnadenlos und unnachgiebig. Ich sehe, dass Teddy langsam müde wird. Soll ich ihn retten? Oder soll ich ihn seinen eigenen Kampf kämpfen lassen? Ich beobachte ihn einen Moment, und bei jedem mörderischen Manöver seines Gegners macht mein Herz einen Satz. Ich muss mich beherrschen, um nicht aufzuschreien, als Teddy auf den Rücken geworfen wird und sein Schwert in hohem Bogen übers Gras fliegt, während der Barbaren-Ritter über ihm aufragt, ein grimmiges Lächeln im Gesicht.

»Komm schon, Teddy. Komm schon«, flüstere ich, als der Schwarze Ritter blind nach seiner Waffe tastet. Erst als ein Angreifer sich rittlings auf ihn setzt und die Klinge hebt, greife ich ein.

Einen markerschütternden Schrei ausstoßend, renne ich auf die beiden zu. Der feindliche Ritter schaut zu mir hoch, noch immer lächelnd. Ich laufe schneller, aber ich komme zu spät, um noch zu helfen.

Noch immer den Griff des Sgian Dubh umklammernd, den er dem anderen Mann an die Kehle drückt, rollt Teddy den getöteten Gegner von sich herunter. »Du hast dir ja ganz schön Zeit gelassen«, beschwert er sich atemlos.

Ich strecke ihm eine Hand hin und ziehe ihn hoch. Er kommt zu mir, die ersten paar Schritte humpelnd.

»Du humpelst?«, sage ich belustigt.

»Ich habe einen verirrten Schlag an den Oberschenkel abgekriegt, nichts Schlimmes.«

»Wow, du bringst dich wirklich richtig ein, was?« Mir schwillt förmlich die Brust vor Stolz, gleichzeitig pulsiere ich praktisch vor Zuneigung zu ihm.

»Tja, und nachdem dieser Brocken sich auf mich gesetzt hat, ist mir auch noch das Bein eingeschlafen.« Er schaut auf den Ritter herunter, der tot (und ziemlich verärgert) im Gras liegt.

»Ich kann dich durchaus hören, weißt du«, murmelt der erlegte Barbar gereizt.

Hastig greife ich nach Teddys Hand und versuche, mich so leise wie möglich vor Lachen auszuschütten. Auch er kann sich nicht mehr beherrschen, und wir stehen eng aneinandergepresst und vibrieren förmlich vor Heiterkeit. Ausnahmsweise schlägt mein Herz nicht unregelmäßig, weil ich Angst habe – es hämmert so verrückt, weil ich mich gerade verliebe.

Und dann ist plötzlich alles zu Ende. Ich sehe kaum, wie es passiert, so schnell geht es.

Teddy wird in die Brust getroffen. Wir hören nur den dumpfen Aufprall auf seinem Waffenrock und bemerken den Pfeil erst, als er uns vor die Füße fällt, weil der kleine orangefarbene Saugnapf letztlich nicht genug Schwung hatte, um länger an Teddys Oberkörper haften zu bleiben. Wir starren einander mit großen Augen an, und ich kann kaum begreifen, was vor sich geht, bis ein weiterer Pfeil vorbeifliegt und mich nur um Haaresbreite verfehlt. Sofort greife ich mir eins meiner Wurfmesser und feuere es auf die Bogenschützin auf der Lichtung ab. Sie stirbt, bevor sie einen weiteren Pfeil laden kann.

Eine Hand aufs Herz gepresst, fällt Teddy auf die Knie. Ich halte ihn fest und sinke mit ihm zu Boden. Er liegt auf meinem Schoß, während das Leben aus ihm entweicht.

»Flora!«, brülle ich übers Schlachtfeld. Sie kommt nicht. Verzweifelt halte ich nach ihr Ausschau, und dann entdecke ich sie, über meinen Bruder gekauert, den sie mit ihren heilenden Händen vor dem nahen Tod rettet. Ich hatte nicht mal mitbekommen, dass er verwundet wurde. »Nein«, flüstere ich jetzt trostlos und halte Teddys Gesicht umfasst.

»Das ist nur ein Kratzer«, wispert der Schwarze Ritter und lächelt schwach.

»Wie lange hast du darauf gewartet, das zu sagen?«

Für einen Moment fällt er aus der Rolle, um mich mutwillig anzugrinsen, bevor er den Kopf wieder auf meinen

Arm sinken lässt und seine gefühlvolle Sterbeszene fortsetzt.

»Dies ist das Ende, nicht wahr?«, fragt er leise, und ein jungenhafter Ausdruck der Furcht flackert über seine erbleichenden Züge. Ich kann nur wortlos nicken und umfasse ihn noch fester. »Nun denn, Mylady Alenthaea, es war mir ein Vergnügen, an Eurer Seite zu kämpfen und zu sterben. Ich würde mit Freuden tausend Tode sterben, wenn das bedeutete, dass ich all meine letzten Momente in Euren Armen aushauchen könnte.«

»Du darfst nicht sterben – ich brauche dich.«

Teddy hebt eine schlammbedeckte Hand und umfasst zärtlich meine Wange.

»Alles, was Ihr braucht, ist der Glaube an Euch selbst. Ich habe Euch meinen Glauben wie einer Göttin geweiht, und meine Hingabe hat mich nie im Stich gelassen. Seid nun Eure eigene Göttin, nehmt Euer Schicksal in Eure eigenen Hände.« Er lässt seine Hand fallen und stößt einen letzten, gequälten Seufzer aus, bevor sich seine dunklen Augen für immer schließen. Ich küsse noch einmal seine Stirn und lege ihn dann sanft auf dem weichen Lehmboden ab, bevor ich mich erhebe und ein Gebet für ihn spreche.

Flora führt einen geschwächten Sam übers Schlachtfeld, und wir treffen uns in der Mitte. »Teddy?«, fragt mein Bruder. Ich schüttele stumm den Kopf.

Sam wendet sich Flora zu, die besorgt die Stirn runzelt und ihren Patienten keine Sekunde aus den Augen lässt. »Du musst durch den Sagenwald zurückkehren«, trägt er ihr auf. »Halte nach überlebenden Mitgliedern der Fellowship Ausschau. Wenn du welche findest, schicke sie zu uns. Sag ihnen, wir sind nur einen Atemzug von Ruhm und Sieg entfernt, aber wir brauchen alle Schwerter, die wir zusammenrufen können.«

Flora hört aufmerksam zu und nickt.

»Und, Flora?«, fügt Sam hinzu, umfasst ihr Kinn und schaut ihr tief in die haselnussbraunen Augen. »Pass auf dich auf. Bleib am Leben.«

Sie eilt zurück in den Wald, wo ihr nur noch das Glück helfen kann, und mein Bruder wendet sich mir zu. »Bist du bereit, einem hässlichen Schnauzbart in den Arsch zu treten?«

»Nichts lieber als das.«

»Psst, Daisy«, unterbricht uns eine leise Stimme. Wir schauen uns suchend um, aber erst, als die Stimme weiterspricht, wird uns klar, dass sie von Teddys Leichnam kommt. »Was mache ich denn jetzt? Einfach hier liegen bleiben, bis du gewonnen hast?« Noch immer bewegt er seinen leblosen Körper keinen Millimeter, schaut nur aus den Augenwinkeln fragend zu uns hoch.

»Nein.« Ich muss lachen. »Im Camp gibt es Tee und Spanferkel. Du kannst dort auf uns warten. Wir brauchen nicht mehr lange.«

Hastig rappelt Teddy sich auf und klopft seine Hosen ab, obwohl er von Kopf bis Fuß mit Schlamm bedeckt ist. »Großartig. Viel Glück.« Mit leicht schwankenden Schritten verschwindet er im Wald.

Höchste Zeit, die Sache hier zu beenden.

Ich folge Sam durch die Tür und den Gang der Festung hinunter. Licht strömt durch Risse im Mauerwerk auf den mit Schutt bedeckten Boden. Der Gang endet vor einem türlosen, von Feuerschalen gerahmten Eingang, auf den wir uns schleichend zubewegen.

Der Red Ranger steht am Fuße einer Wendeltreppe, die den zweiten Stock nicht mehr erreicht, und starrt durch das glaslose Fenster nach draußen. Er kann nicht entkommen.

»Oh, dumme, dumme Elfen«, sagt er, noch immer mit dem Rücken zu uns. »Habt ihr etwa eine wichtige Regel vergessen?«

»Welche Regel?«, frage ich barsch. Meine Stimme hallt von den kalten Wänden wider.

»Zwei von eurem Team müssen am Leben sein, damit ihr mir meine Krone nehmen könnt.« Jetzt dreht er sich zu mir um und grinst durch seinen Schnurrbart.

»Ich wusste, dass du ein Trottel bist, aber ich dachte, du könntest wenigstens bis zwei …« Sam kommt nicht dazu, seinen Satz zu beenden, denn der Red Ranger packt ihn an der Schulter und rammt ihm so klammheimlich einen versteckten Dolch in den Bauch, dass weder mein Bruder noch ich Zeit haben zu reagieren.

»Sam!«, flüstere ich, als er zusammenbricht.

»Hm, das finde ich nun etwas enttäuschend. Ich hatte gehofft, ich könnte ein bisschen mit euch spielen, das Ganze so lange hinauszögern, bis ihr mich um euer Ende anfleht. Na ja, egal.« Er stolziert durch den Raum, und die Spitze meiner Klinge folgt ihm auf Schritt und Tritt.

»Und was passiert jetzt? Du tötest mich langsam? Oder bringst es schnell hinter dich?«

»Ob du nun umkommst oder nicht, du hast verloren. Was würde Lady Alenthaeas Stolz mehr verletzen? Von meiner Hand zu sterben? Oder ist es Schmerz genug, deinen neuen tollen Liebhaber in deinen Armen sterben zu sehen? Deine Familie zu überleben und ganz allein auf der Welt zu bleiben?« Rufus läuft weiter auf und ab und fuchtelt mit seinem Dolch herum. Als er am Fenster vorbeikommt, sehe ich etwas Vertrautes zwischen den Bäumen am Waldrand aufblitzen, dann rennt eine verhüllte Gestalt über die Lichtung auf uns zu.

»Wow, gut gespielt«, verhöhne ich ihn, während ich auf den richtigen Moment warte. »Was hast du denn die ganze

Zeit über gemacht? Hinter deinen hohen Mauern gesessen und die anderen deine Drecksarbeit erledigen lassen? Klingt für mich schrecklich langweilig.«

»Die Mächtigen haben es nicht nötig, sich die Hände schmutzig zu machen. Was ist so langweilig daran zu triumphieren?«

»In der Feigheit liegt kein Ruhm.«

»Nein, vermutlich nicht. Dafür gibt es aber einen Pub-Gutschein. Glaubst du, deine Schwester hätte Lust, ihn mit mir zusammen einzulösen?«

Bevor Sam dem Todesgott trotzen und sich quer durch den Raum auf den Unhold stürzen kann, um ihn zu vernichten, taucht im Flur hinter dem Red Ranger eine Silhouette auf.

»Ich würde lieber sterben«, sagt Marigold. Vor Schreck fährt Rufus so schnell zu ihr herum, dass er seine Waffe fallen lässt.

»Besser noch«, fügt sie hinzu, »ich würde lieber dich sterben sehen.« Ihre sonst eher leise Stimme klingt stark und fest und sogar ein wenig furchterregend, als sie ihren gekrümmten Dolch hebt und dem Red Ranger in den Bauch stößt.

Mit einem leisen »Schlampe« fällt er zu Boden.

Doch meine kleine Schwester ist noch nicht fertig mit ihm. »Wen meinst du damit?«

»Dich, *Schlampe*.«

Ungerührt wirft sie eine Handvoll Knallerbsen neben seinen Kopf, und als die Dinger losknattern, quiekt er tatsächlich wie ein angestochenes Schwein.

Wir lassen ihn in seiner beschämenden Position zurück, und da mein Zwillingsbruder zu hysterisch lacht, um sich vom Boden zu erheben, treten meine kleine Schwester und ich allein aus der Festung heraus.

Mir schwillt das Herz vor stolzer Freude. »Du bist einfach spitze«, brülle ich und umarme sie zum ersten Mal seit vielen Jahren. Sie lacht ein bisschen unbehaglich, erwidert meine Umarmung aber dennoch. »Aber wie? Woher? Und werden wir jetzt nicht disqualifiziert?«, frage ich.

»Ich habe es gerade noch rechtzeitig geschafft. Ich bin eingetroffen, als ihr alle eure Plätze eingenommen hattet, und konnte mich noch vor dem Kriegshorn registrieren. Die meiste Zeit habe ich Hazel und Terry im Moor geholfen. Ich war halb tot und bin nur mit knapper Not davongekommen, als Flora mich fand, kurz bevor sie von der Hand eines vagabundierenden Orks ihr schicksalhaftes Ende gefunden hat. Der Rest ist gefallen.« Zum ersten Mal seit langer Zeit erlebe ich meine Schwester lebendig und leidenschaftlich. Ich sehe sie endlich so, wie sie ist.

»Aber sagtest du nicht, du willst nur noch du selbst sein? Und nicht mehr die Person, die ich dir vorschreibe?«

»Na ja, ich würde sagen, dass ich schon jemand sein möchte, der in Zeiten der Not für seine Familie da ist.« Sie lächelt zaghaft, und ich ziehe sie erneut an mich. »Ich habe dich vermisst«, murmele ich und spüre, wie sie meine Taille fester umschlingt. »Hey, wer hätte gedacht, dass meine kleine Schwester eine Einzelkämpferin ist? Ich war offenbar eine gute Lehrerin.«

»Ihr hättet sie sehen sollen!«, schwärme ich. »Nur das Aufblitzen eines Umhangs, und schon war sie da, wie der Sensenmann im Schatten. Götter, ich wünschte, ich hätte das Gesicht des kleinen Hoggys filmen können, ich dachte, er fängt gleich an zu heulen. Was hast du doch gleich gesagt? ›Ich würde lieber sterben. Noch besser ...‹«

»»... ich würde lieber dich sterben sehen.«« Schüchtern vollendet meine kleine Schwester meinen Satz zum vierten

Mal seit unserer siegreichen Rückkehr für den Rest der Gruppe. Die Friskney Fellowship sitzt ums Lagerfeuer versammelt, überwiegend betrunken, und feiert unseren Triumph. Hin und wieder kommt jemand von einem der anderen Teams vorbei, um seine Glückwünsche darzubieten, und Richard, der noch immer von den vielfarbigen Pulvern seiner Rauchbomben bedeckt ist, nimmt sie stolz entgegen, bevor er die größtenteils übertriebene Geschichte von seinem Löwenanteil am Sieg zum Besten gibt. Wie es ihre Art ist, hält Marigold sich schüchtern zurück und wird mit jedem anerkennenden Schulterklopfen verlegener.

Dad bricht in regelmäßigen Abständen in Schluchzen aus und erklärt immer wieder, wie stolz er ist, dass all seine Kinder so begabte Mörder sind. Ich bin ziemlich sicher, dass ich auch Mum dabei ertappt habe, wie sie im flackernden Feuerschein ein Tränchen vergoss, das eine Linie durch ihr weiß geschminktes Gesicht zog.

Am Rande des Geschehens sind meine beiden Geschwister voll und ganz in ihre jeweiligen Gespräche vertieft. Sam sitzt neben Flora, die bei jedem zweiten Wort von ihm angetan lacht. Er wirkt so selbstsicher, genießt es, von jemandem wertgeschätzt zu werden, den er schon lange anhimmelt. Flora legt ihm eine Hand auf den Arm, während sie lachend den Kopf zurückwirft, nur eine freundschaftliche Geste, aber ich glaube, selbst das reicht meinem Bruder. Sein Strahlen ist ansteckend, und während ich ihn beobachte, fühle ich mich ihm so nahe, wie sich nur eineiige Zwillinge fühlen können.

Marigold zupft nervös an ihren Fingern, während Callum neben ihr auf der Gitarre klimpert. Manchmal schaut sie von ihren Schuhen auf, um ihm durch ihre Wimpern einen verstohlenen Blick zuzuwerfen. Als der Barde etwas näher an sie heranrückt, um ihr ein paar Akkorde beizubringen, rechne ich beinahe damit, dass sie vor Glück in den Himmel fliegt und dort heller leuchtet als all die anderen Sterne.

Die Nacht ist klar, das Firmament weit offen und voller blinkender Punkte. Ich suche die unterschiedlichen Sternbilder, verliere mich in der Landschaft, die sie über die Dunkelheit legen.

»Wenn man da hochguckt, könnte man meinen, dass alles möglich ist, nicht wahr?«, fragt Teddy nah an meinem Ohr.

Ohne den Blick von den funkelnden Himmelskörpern abzuwenden, nicke ich. »Ich dachte immer, dass das Schicksal, das für mich in den Sternen steht, den ganz schwachen da hinten gleicht, so trüb, dass man kaum bemerken würde, wenn sie nicht da wären. Aber jetzt bin ich mir da nicht mehr so sicher.«

Aus dem Augenwinkel schaue ich zu ihm hin und finde mich in seinem Blick gefangen. In der Hitze, die vom Lagerfeuer ausgeht, glüht er förmlich, und seine dunklen Augen spiegeln die Flammen. Er beobachtet mich ebenso intensiv, wie ich die Sterne beobachte. Dann beugt er sich noch näher zu mir, sodass ich den Rauch riechen kann, der sich in seiner Kleidung gesammelt hat, und drückt mir einen zärtlichen Kuss auf die Lippen.

»Für dein erstes Mal hast du dich ganz gut geschlagen, Schwarzer Ritter.« Ich lege den Kopf an seine Brust, und wir starren beide in die rötlich glimmende Glut.

»Ich hatte eine gute Lehrerin. Etwas streng, aber nicht schlecht.« Ich versuche, mich von ihm zu lösen, um eine neckende Antwort zu geben, doch er hält mich nur noch fester, und ich kuschele mich wieder in die Wärme seiner Umarmung. »Ich war noch nie so rundum glücklich wie heute«, fährt er fort. Sein Atem kitzelt an meinem Ohr. »Wer hätte gedacht, dass ich den schönsten Tag meines Lebens damit verbringen würde, über ein schlammiges englisches Feld zu schleichen und so zu tun, als ob ich erwachsene Männer in Kettenhemden und Umhängen töte.«

Und wer hätte gedacht, dass der beste Tag meines Lebens damit enden würde, dass ich in den Armen von Teddy, Viscount Fairfax liege, wir beide wie frisch ausgegrabene Kartoffeln riechen und ich ausnahmsweise mal keine Angst davor habe, mich zu verlieben.

Teddy streicht mir über die Wange und schiebt dann die Finger in mein Haar, um mich näher zu sich zu ziehen, für einen weiteren sanften Kuss. Dann reibt er über die spitz zulaufenden Enden meiner Ohren. »Und wer hätte gedacht, dass ich eine Elfe küssen und mir wünschen würde, dass von jetzt an jeder Tag so beginnt und endet wie dieser?«, murmelt er an meinen Lippen, bevor er den Kuss vertieft mit solcher Leidenschaft, dass keinerlei Zweifel an der Aufrichtigkeit seiner Worte besteht.

Nachdem er sich zurückgezogen hat, beobachte ich ihn. Sein Gesicht wird von einem Lächeln erhellt, und er lässt seinen Blick über die Gruppe schweifen, mit einem Ausdruck von Stolz, den ich noch nie zuvor bei ihm bemerkt habe. Zum ersten Mal sehe ich ihn wirklich. Er scheint nichts mehr von sich zurückzuhalten, als hätte er keine Angst, sich ganz und gar zu offenbaren. In diesem Moment könnte Richard sich vor meinen Augen in einen Pegasus verwandeln und davonfliegen, und ich würde es nicht bemerken. Teddy hat mich vollkommen in seinen Bann geschlagen.

»Was würdest du gerne sein, wenn du alles sein könntest, was du willst?«, frage ich zaghaft. Mir wird klar, dass ich ihn noch nie wirklich danach gefragt habe.

Er überlegt kurz. »Tja, ich würde mich gern mal als Zauberer versuchen, habe aber das Gefühl, dass es nicht das ist, worauf du hinauswolltest.« Auf mein Kopfschütteln hin lächelt er. »Nun, ich würde genau *dies hier* sein wollen. Jeden Tag.« Sein Griff verstärkt sich, und ich schmiege mich noch enger in seine Arme. »In diesem Leben hier gibt es so viel Liebe. Mehr, als ich je zu spüren bekommen habe, während ich aufgewachsen bin, egal, ob mir und meinem Bruder gegenüber oder zwischen meinen Eltern. Alles bei uns war so klinisch, so makellos, so perfekt. Aber nichts davon fühlte sich je richtig an. Erst jetzt, da ich dich, deine Eltern, Sam, Marigold und sogar Richard sehe, wird mir klar, was wahre Vollkommenheit ist.«

Ich folge seinem Blick zu meiner Familie, meiner erweiterten Familie, und verstehe, was er meint. Jede Unterhaltung, jedes Lächeln, jedes Augenrollen verströmt Liebe. »Ja, ich nehme an, es ist ziemlich wundervoll«, murmele ich, während mir die Tränen in die Augen steigen. »Allerdings bin ich nicht sicher, ob Mum jemals zugeben wird, dass sie Richard liebt.«

»Ich glaube, ich wäre glücklich und zufrieden damit, so komplett von einer Familie geliebt zu werden wie du«, flüstert Teddy. Seine Stimme ist kaum mehr als ein Hauch. Wären wir einander nicht so nah, wäre es unmöglich, ihn zu hören.

Der Drang, es ihm zu sagen, es in die ganze Welt hinauszuschreien, wird geradezu übermächtig, wie von einem Zauber befeuert. Aber ich weiß nicht, ob ich tatsächlich bereit bin, es einzugestehen, nicht mal mir selbst gegenüber. Also streiche ich ihm stattdessen langsam über die Wange, und er schmiegt sein Gesicht in meine Handfläche und drückt einen Kuss auf meinen Daumen.

31. KAPITEL

Am nächsten Morgen steigen wir mit brummendem Schädel und wund gelaufenen Füßen ins Auto. Die Fantasie ist bis zum nächsten Jahr weggepackt, mühsam im Kofferraum verstaut, und wir kehren zurück in die Monotonie der realen Welt. Doch zumindest für die Fahrt bleibt der Zauberdunst der Illusion bestehen. Teddy streicht stundenlang mit dem Finger über meine Hand, eine so hypnotisierende Berührung, dass ich schon bald nicht mehr weiß, was wirklich real ist. Daher nehme ich, als wir schließlich vor unserem verrückten kleinen Häuschen mitten im Nirgendwo anhalten, den schnittigen schwarzen Rolls-Royce mit den getönten Scheiben kaum wahr, der in der Auffahrt parkt.

Erst als ich spüre, wie Teddys Körper neben mir zu Stein erstarrt, erwache ich aus meinem Nebel glückseliger Ahnungslosigkeit, und merke, wie die magische Blase um mich herum zerplatzt.

»Sind das die ... ›Men in Black‹«?, stammelt Dad, als die Limousine zwei Männer in Anzügen und mit dunklen Sonnenbrillen ausspuckt. In einem davon erkenne ich Morton. Er lehnt sich an die Motorhaube, während sein Kollege entschlossenen Schrittes auf unser Fahrzeug zugeht.

»Daisy, du hast doch nicht schon wieder im Internet all die Männer gepostet, die du geköpft hast, oder?«, fragt Mum argwöhnisch.

»Was? Nein. Jedenfalls nicht, dass ich wüsste.« Vorsichtshalber zücke ich mein Handy, um das zu überprüfen.

»Ich vermute mal, sie sind wegen dem Prinz hier«, murmelt Sam.

Teddy sitzt stocksteif neben mir und sagt kein Wort.

»Prinz? Welcher Prinz? Wer ist ein Prinz?« Dad wird immer hektischer, während wir alle einen stummen Pakt schließen, im Auto sitzen zu bleiben und den bedrohlichen spionmäßigen Typen zu ignorieren, der durchs Fahrerfenster starrt.

»Niemand ist ein Prinz.« Ich versetze Sam einen nicht allzu sanften Rippenstoß. Er stöhnt übertrieben auf. »Aber Teddy könnte ... möglicherweise ... ein ... Viscount sein«, bekenne ich schließlich.

Ruckartig dreht Dad sich zu uns um. »Du meinst, im Spiel, oder?« Forschend schaut er zwischen Teddy und mir hin und her. »Du meinst, er trägt auf dem Spielfeld einen royalen Titel, oder? Haha, sehr lustig.« Als sogar Mum eisern schweigt, bilden sich Schweißtropfen auf seiner Stirn. »Iris?«, sagt er ungläubig. »Du wusstest Bescheid?«

»Das Gesicht des Jungen ist auf der Hälfte aller Plakatwände in London zu sehen.« Mum wirft Teddy einen verlegenen Blick zu. »Ich dachte nur, es wäre schön für ihn, wenn er mal ein Wochenende ohne diesen ganzen Stress verbringen könnte«, fügt sie entschuldigend hinzu.

Ihre Worte tragen nichts dazu bei, Dad zu beruhigen. »Mein Gott, wir haben einen Royal entführt. Wir kommen ins Gefängnis. Ich werde den Knast nicht überleben.«

Ich schaue Teddy an, warte darauf, dass er etwas sagt, aber er starrt nur erbittert auf das schwarze Auto.

Nach ein paar weiteren Minuten, in denen Dad langsam weiter durchdreht, ringt der Anzugträger sich endlich dazu durch, ans Fenster zu klopfen. Mein Vater, der eine Heidenangst vor Autoritäten hat, kurbelt die Fensterscheibe gerade so weit herunter, dass der fremde Mann in unserer Einfahrt seine Sonnenbrille abnehmen und in unser Auto spähen kann.

»Fairfax, es ist höchste Zeit zum Aufbruch. Seine Majestät hat den direkten Befehl erteilt, Sie unverzüglich nach Windsor zu bringen.«

Dad fasst sich ein Herz. »E...entschuldigen Sie mal«, fährt er den Mann zaghaft an. »W...was erlauben Sie sich, mein Grundstück zu betreten und meine G...gäste herumzukommandieren?« Er überwindet seine Angst sogar so weit, dass er aussteigt, um den Eindringling auf Augenhöhe zu konfrontieren.

»Mit Verlaub, Sir, Sie können froh sein, dass ich Sie nicht alle verhaften lasse wegen Entführung, versuchten Mordes und all der anderen Verbrechen, die mit dem Verstecken eines Mitglieds des Königshauses einhergehen.«

Dads vorgetäuschte Selbstsicherheit welkt unter dem Blick des Sicherheitsmanns dahin.

Teddy steigt nun ebenfalls aus. »Ich wäre Ihnen sehr verbunden, wenn Sie keine Drohungen gegen Zivilpersonen aussprechen würden, Dawkins.« Sein Ton ist so eisig, dass es mir kalt über den Rücken läuft. Sowohl Dawkins als auch Morton verbeugen sich leicht vor ihm.

»Sir«, erwidert Dawkins mit dem unterwürfigen Nicken eines gescholtenen Hundes.

»Und jetzt erklären Sie mir bitte, was diese Veranstaltung hier zu bedeuten hat«, fährt der Viscount fort. Sein ganzes Auftreten hat sich verändert. Der Teddy vom Wochenende ist verschwunden, zurückgeblieben in Mums alter Klapperkiste von einem Auto.

Entsetzt verfolge ich den Wortwechsel und behalte nur mühsam die Nerven.

Dawkins schaut erst mich an, dann seinen Boss. »Es gab eine weitere ... besorgniserregende Schlagzeile, Sir«, erwidert er unbehaglich.

Teddys Miene verdüstert sich, bis ich ihn kaum wiedererkenne. Wie ein Computer, der neu programmiert wird, scheint er für einen Moment abzuschalten, um dann als Fremder neu zu starten. »Schlagzeile?«, wiederholt er scharf und geht mit seinem Bodyguard ans andere Ende der Auffahrt, als wollte er uns entfliehen.

»Ja, Sir. Heute morgen«, antwortet Dawkins leise. Morton reicht Teddy eine zusammengefaltete Zeitung.

Nachdem er sie aufgeschlagen und die Titelseite überflogen hat, wirft der Viscount das Blatt zu Boden, mit einer Wut, die ich ihm gar nicht zugetraut hätte. Dann beugt er sich dicht zu Dawkins und sagt etwas Unverständliches.

»Kommt, Kinder. Lassen wir ihnen etwas Privatsphäre.« Mum lächelt mir besorgt zu und zieht sich dann, gefolgt von Sam und Dad, ins Haus zurück. Doch meine Neugier ist stärker als ich. Ich bücke mich nach der Zeitung und sehe die Schlagzeile, die ihn so in Rage gebracht hat.

Küsst der Prinz jetzt nur noch Frösche?, steht da neben zwei Fotos, die fast die gesamte Seite füllen. Das eine Bild zeigt Teddy und mich in dem zarten Moment der Intimität, als sich gestern Abend am Lagerfeuer unsere Lippen trafen. Auf dem anderen ist zu sehen, wie ich breit lächelnd auf die Fellowship schaue, schlammbedeckt und überglücklich, dass ich mein Leben so leben darf, wie es ist. Ich starre auf den Artikel, kann mich aber nur überwinden, die erste Zeile zu lesen, bevor etwas in mir zerbricht. *Theodore Fairfax gibt die Supermodels für ein letztes, verzweifeltes Experiment auf, um herauszufinden, ob sich unter der Maske des Biests tatsächlich wahre Schönheit verbirgt.*

Ich fühle gleichzeitig alles und nichts. Schmerz zuckt durch jede Faser meines Körpers, bis das Bedürfnis, mir das Fleisch von den Knochen zu reißen, beinahe übermächtig wird.

Ohne auf die anderen zu achten, stürme ich durchs Haus und höre erst im Garten auf zu rennen. Ich übergebe mich in die Komposttonne und komme mir vor, als ob ich immer noch im Wagen säße, einem Wagen, der rasend schnell über die Autobahn saust, ohne Bremsen, ohne Kontrolle, auf den unvermeidlichen tödlichen Aufprall zu.

»Nun, Sir. Wir sollten nichts überstürzen.« Dawkins' tiefe Stimme dringt durch den Zaun, und obwohl ich weitestgehend vor ihren Blicken verborgen bin, kann ich jeden Atemzug hören. »Seine Majestät haben darum gebeten, dass Sie diese Frau zum Hofe bringen, damit er sich um ihre Forderungen kümmern kann.«

»Das ist wirklich unnötig, Dawkins. Sieht sie aus wie jemand, über den Seine Majestät sich persönlich Gedanken machen muss? Man braucht doch nur diese Schlagzeile zu lesen, um zu erkennen, dass sie und ihre Familie komplett unwichtig sind.«

Unfähig, mich loszureißen, ertrage ich weiter die Folter, diesem Wortwechsel zu folgen.

»Seine Majestät hat ausdrücklich darauf bestanden, das Mädchen zu sehen, Sir«, mischt Morton sich ein. Sein Ton ist überraschend sanft, und ich muss einen Schluchzer unterdrücken, der mein Inneres zerreißt wie eine stumpfe Klinge.

»Sie ist keine Bedrohung«, versichert Teddy. »Und es gibt auch keine wilde Liebesaffäre, die er im Keim ersticken muss, das können Sie mir glauben. Ich möchte nicht, dass der König seine Zeit mit solchen Leuten verschwendet.«

Erst gestern Abend, als er mich im Arm hielt, hat Teddy von seiner Zuneigung zu meiner Familie gesprochen – und er hat mich so zärtlich geküsst, dass selbst mein zynischer Verstand mir vorgegaukelt hat, dass dieser Mann mich vielleicht lieben könnte.

Ich habe meinem Herzen vertraut, ich habe mir selbst vertraut, und ich habe mich schrecklich geirrt.

»Er wird trotzdem darauf bestehen, dass Sie sich mit ihm treffen, Sir. Er wird Ihre persönliche Zusicherung verlangen.«

»Dann lassen Sie uns aufbrechen.« Theodore geht mit schnellen Schritten zur Limousine, doch bevor er einsteigt, schaut er ein letztes Mal zum Haus, und scheinbar instinktiv treffen sich unsere Blicke durch die Risse im Gartenzaun. Der sekundenkurze Kontakt raubt mir den Atem, schmerzhaft und abrupt wie die finale Kugel bei einer Exekution.

Mit einer Miene, die mich mehr zerstört als jede schäbige Schlagzeile, wendet er sich ab und zieht sich hinter die getönten Scheiben zurück. Wie ein Traum verschwindet er aus unserem Leben – als hätte es ihn nie gegeben.

Wie gelähmt starre ich eine gefühlte Ewigkeit in die Richtung, in die das Auto davongeprescht ist. Der Schmerz sitzt so tief, dass mein Körper lieber abschaltet als ihn zuzulassen.

Ich komme erst wieder zur Besinnung, als meine Familie sich auf der Terrasse versammelt. Dad hält die weggeworfene Zeitung fest umklammert. Mum schaut mich so mitfühlend an, dass ich mir ganz jämmerlich vorkomme. »Daisy …«, beginnt sie.

»Wagt es ja nicht«, wehre ich sie und ihr Mitleid ab. »Lasst es einfach. Ich bin nicht … Es geht mir gut.«

Bevor sie reagieren kann, renne ich durch die hintere Gartentür auf die offenen Felder hinaus. Sie sind abgeerntet und so weit das Auge reicht mit abgebrochenen und vertrockneten Halmen übersät. Nachdem ihre Früchte und Blüten abgemäht wurden, bleibt ihnen nur noch der Tod, damit sie wieder ersetzt werden können. Trockene Halme stechen durch meine Kleidung, während ich weiter über den Acker stürme, immer weiter, bis ich schließlich erschöpft innehalte und mich unter einen einsamen Baum lege, der gerade noch die Kraft aufbringt, an einem seiner verdorrenden Äste Laub wachsen zu lassen.

Meine Tränen tränken die zerfurchte Erde. Hier draußen kann mich niemand daran hindern, mit solch animalischer Wildheit zu schluchzen, dass mein ganzer Körper mit mir weint. Nur der Ackerboden hört mein Schreien.

Es fühlt sich an, als ob jeder brennende Atemzug ein weiteres Stück aus meinem Inneren reißen würde. Was am meisten schmerzt, ist nicht der Artikel, auch nicht die Art, wie er gegangen ist, seine Kälte – nein, das Allerschlimmste ist die Tatsache, dass ich mir erlaubt habe, an Möglichkeiten zu glauben. Ich war so davon absorbiert, mich zu fragen, ob diese Sache wirklich funktionieren könnte, dass ich darüber vergessen hatte, wie unrealistisch die ganze Situation war. Und dass nichts davon jemals real sein könnte. Ich dachte, es wäre vielleicht möglich, Alenthaea einfach zu ersetzen und anzufangen, dieses Leben als ich selbst zu leben, ohne mir irgendetwas vorzuspielen. Doch all das war nur die Fantasie eines Wochenendes. Hier, in der echten Welt, haben Pfeile keine Saugnäpfe, sie prallen nach einem Treffer nicht einfach folgenlos ab. Hier gehen sie in Flammen auf und nehmen dir das Leben, bevor du sie überhaupt bemerkt hast. Und dann verbrennen sie alles um dich herum zu Schutt und Asche.

Mein Körper kann sich nicht für eine Emotion entscheiden, er taumelt zwischen so vielen hin und her, bis ich zu kaputt bin, um überhaupt noch irgendetwas zu fühlen.

Irgendwann muss ich eingeschlafen sein, denn ich werde von der sanften Stimme meiner Schwester geweckt. »Darf ich mich zu dir setzen?«

Mir fehlt die Energie zu protestieren, daher lässt sie sich an meiner Seite nieder.

»Du warst ja immer für eine Überraschung gut«, fährt sie

fort. »Aber ich muss schon sagen, sich in einen Prinzen zu verlieben schießt definitiv den Vogel ab.«

»Er ist kein Prinz«, murmele ich, ihren Blick meidend.

»Weißt du, ich wollte immer du sein.« Sie streckt eine Hand aus, um mein Gesicht zu berühren. Meine Wangen sind mit Rotz verschmiert, meine Augen fühlen sich geschwollen an, und meine Hände sind voller Erde. Marigolds Wangen sind rosig, ihre Augen glänzen. Wie könnte ein dermaßen perfektes Geschöpf sich jemals wünschen, ich zu sein, wenn selbst ich mir wünsche, alles andere zu sein als ich selbst.

»Sei nicht so herablassend«, wispere ich.

Sie zieht ein Papiertuch aus ihrer Tasche und wischt mir damit das Gesicht ab. »Jeder Mensch versucht einfach nur, in eine Form zu passen, die für keinen von uns erschaffen wurde«, sagt sie. »Ich war nie so stark wie du. Jeden Morgen, wenn ich aufwachte, wünschte ich mir, ich hätte den Mut, einfach so zu sein, wie ich bin, ohne mich für irgendwas rechtfertigen zu müssen. Doch stattdessen war ich ständig bemüht, mich anzupassen, um einen Platz zu finden, an den ich gehöre. Dabei hätte ich mir eigentlich eine Welt erschaffen sollen, die zu mir passt. Ich habe dich jahrelang beobachtet, Daisy, und immer gehofft, ich könnte auch nur ein Bruchteil von dem sein, was du bist.«

»Aber ich bin nichts. Ich habe nichts erreicht. Meine größte Errungenschaft ist, dass eine landesweite Zeitung thematisiert, wie hässlich ich bin.«

»Wenn ich eins sicher weiß, dann, dass Daisy Hastings sich einen Dreck darum schert, was andere Leute über ihr Aussehen denken. Und sie legt ganz gewiss keinen Wert auf die Kommentare einer Klatschzeitung, die nur zum Feueranzünden taugt.« Sie lacht leise. »Du hast deine Stärke immer deinem fiktiven Alter Ego zugeschrieben,

Lady A. Du überlässt dieser Fantasie den ganzen Ruhm, obwohl es in Wirklichkeit immer nur du gewesen bist. In Wahrheit warst das immer nur du, Daisy. Und diese Sache hier wird vorbeigehen, du wirst sie überleben, und eines Tages werdet ihr beide euer Happy End bekommen, du und Lady A.«

»Ich hab dich lieb.«

Hand in Hand bleiben wir schweigend nebeneinander sitzen, bis die Sonne untergeht. Dann rappelt Marigold sich auf und zieht mich ebenfalls hoch. »Jetzt komm. Wenn wir unsere Schwerter jetzt nicht wachsen, brauchen wir nächstes Jahr komplett neue.«

Im Mondschein gehen wir nach Hause. Ich überlasse meiner kleinen Schwester die Führung, und sie lenkt mich wie ein manövrierunfähiges Schiff, wäscht mir das Gesicht, hilft mir beim Ausziehen, bringt mich ins Bett und kriecht neben mich unter die Decke, wie sie es als Kind oft getan hat.

Die ganze Nacht, und einige weitere Nächte, hält Marigold mich fest an sich gedrückt. Jedes Mal, wenn ich die Augen öffne, bricht die ganze Last des vergangenen Sonntags über mich herein, und ich kann mich nicht überwinden, jemand anderen als sie zu sehen. Heute fühlt mein Körper sich beim Aufwachen etwas leichter an, und ich befreie mich sanft aus Marigolds Umarmung, streiche ihr die seidigen Haare aus dem Gesicht, küsse sie auf die Stirn und lasse sie weiterschlafen.

Auf der Treppe nach unten zögere ich. Auch wenn meine tiefe Traurigkeit allmählich peinlich berührter Verlegenheit weicht, fühle ich mich noch nicht bereit, meinen Eltern und meinem Bruder zu begegnen. Ich lasse mich gegen das Geländer sinken und starre auf die Haustür, voller Angst, erneut eine Silhouette hinter dem Milchglas zu sehen.

Das längst vergessene Handy brummt in der Tasche meines Morgenrocks, und ohne nachzudenken gehe ich ran.

»Oh, mein Gott, hallo? Daisy? Ich habe die ganze Woche lang versucht, dich zu erreichen!« Bobbles aufgeregte Stimme tönt aus dem Lautsprecher, und ich sehe praktisch vor mir, wie sie in ihrem Zimmer auf und ab läuft und mit ihrer neuesten Fashion-Kreation wedelt.

»Hey, Bob.« Meine Stimme klingt angestrengt und rau.

»Ich habe die Zeitungen gesehen.«

Seit meiner Abreise aus London habe ich nicht mit ihr gesprochen. Ich habe mit überhaupt niemandem gesprochen, den ich kenne, aber Bobble war die Einzige, die versucht hat, mich zu erreichen. Schuldgefühle, weil ich mich nie gemeldet habe, steigen in mir auf, begleitet von der vertrauten Übelkeit. Ich liebe sie. Sie war meine beste Freundin. Doch nach meinem Versagen im Job und nachdem ich all das zurücklassen musste, was ich zu lieben begonnen hatte, schien mir ein sauberer Schnitt die beste Lösung zu sein, um zu verhindern, dass ich für immer um das trauern würde, was hätte sein können. Ich dachte, wenn ich Bobble zurückstieße, dann würde es weniger schmerzen, so nah dran gewesen zu sein, nur, um dann alles zu verlieren.

»Hör zu, Bobble, es tut mir wirklich l…«

Sie lässt mich nicht ausreden. »Geht es dir gut?« Die Frau ist wirklich ein echter Sonnenschein. Nach allem, was ich getan habe, und all den Gründen, aus denen sie mir vorwerfen könnte, eine schreckliche Freundin zu sein, ist ihre höchste Priorität immer noch, sich zu vergewissern, wie es mir geht.

Während ich mitten auf der Treppe in Tränen ausbreche, wird mir zum ersten Mal wirklich klar, wie bescheuert ich mich verhalten habe.

»Hey, hey, hey«, murmelt sie besänftigend. »Alles wird gut. Alles wird gut.«

»Tut mir leid, dass ich dich nie angerufen habe«, schluchze ich.

»Ach was, das ist jetzt egal. Meinst du, du könntest mich auf den aktuellen Stand bringen?«

Ich fange ganz von vorne an und erzähle ihr alles von Teddy, was ich bislang für mich behalten habe, und auch alles, was seit seinem plötzlichen Auftauchen bei mir zu Hause passiert ist. Eine Weile bleibt sie ungewohnt still und hört mir schweigend zu, offensichtlich bemüht, die Informationen zu verdauen.

»Was für ein Durcheinander«, sagt sie dann. »Und er ist einfach abgefahren, ohne ein Wort?«

»Er war so, wie ich ihn noch nie erlebt habe, irgendwie … leer.«

»Vielleicht ist es ja so das Beste.« Sie seufzt, und ich kann mir ihre bekümmerte Miene lebhaft ausmalen. Bobble ist versessen auf Happy Ends. Wann immer sie sich einen Film anschaut, durchforstet sie nebenbei Wikipedia, um herauszufinden, ob er glücklich endet. Mehr als einmal habe ich erlebt, wie sie mittendrin abgeschaltet hat, wenn sie herausgefunden hatte, dass einer der Figuren ein trauriges Schicksal droht, um sich stattdessen hintereinander »Plötzlich Prinzessin« und »Plötzlich Prinzessin 2« reinzuziehen. Dass sie dies hier als tragisches Ende meiner Geschichte akzeptiert, beweist, dass es wirklich keine Hoffnung mehr gibt.

Kein edler Ritter wird auf seinem weißen Ross angetrabt kommen und mit mir in den Sonnenuntergang reiten. Die Wirklichkeit ist kein Märchen, Teddy ist nicht mein Märchenprinz, und ich bin keine Prinzessin.

32. KAPITEL

In den nächsten anderthalb Wochen ruft Bobble jeden Tag an. Sie ist nicht die Einzige. Mein Handy verzeichnet Hunderte Anrufe von unbekannten Nummern, meist Journalisten, die mir viel Geld für meine Geschichte anbieten, oder Teddys verärgerte Fans, die den Aussagen des ersten Artikels zustimmen und finden, dass sie selbst viel besser zu einem derart attraktiven Mann passen würden. Nach dem dritten oder vierten Mal bin ich nicht mehr rangegangen.

Teddy selbst ist schlicht und ergreifend wieder an jenen Ort entschwunden, wo Royals leben, irgendwo zwischen Fiktion und Wirklichkeit, nah genug, um ihren Einfluss zu sehen, aber gerade so weit entfernt, dass es aussichtslos wäre, nach ihnen zu greifen. Auch wenn ich morgens immer noch Schwierigkeiten habe, die Schutzzone meines Bettes zu verlassen, spendet mir der Gedanke, dass Teddy nun endlich bekommt, was er die ganze Zeit wollte, einigen Trost. Nach einem solchen Skandal dürfte seine Verbannung unmittelbar bevorstehen und ihm den ersehnten Frieden bringen. Vielleicht war das ja sogar von Anfang an sein Plan, doch ich kann mich nicht dazu durchringen, ihm böse zu sein.

Ich ertappe mich dabei, wie ich mich nach London zurücksehne. Nach Tausenden unbekannter Gesichter, die ebenso anonym sind wie mein eigenes. Nach einer Welt, die sich so schnell dreht, dass mir kaum Zeit zum Grübeln bleibt. Mein Herz verzehrt sich ebenso sehr nach der Stadt wie nach *ihm*. Nach meinem Job, meiner Unabhängigkeit, nach Bobble, selbst nach Erin und Tristan. Nach all den

Dingen, die ich nur für mich aufgebaut habe, auf die ich stolz war. Um all das trauere ich – um den Menschen, der ich beinahe geworden wäre.

Das hartnäckige Vibrieren meines Telefons reißt mich aus meinen Gedanken. Wahrscheinlich wieder eine dieser unwillkommenen Anfragen. Doch ich schaue trotzdem nach, in der Hoffnung, dass es Bobble ist, die mir von ihrem neuesten Projekt erzählt oder von dem Fuchs in der Nachbarschaft, mit dem sie sich angefreundet hat.

Doch auf dem Display erscheint ein Name, mit dem ich nun wirklich nicht gerechnet hatte. Einen Moment starre ich ratlos darauf, unsicher, ob meine lebhafte Fantasie mir nicht wieder einen Streich spielt. Was kann er mir nach über einem Monat zu sagen haben? Mir wird heiß und kalt, ich erwäge, den Anruf ins Leere gehen zu lassen. In letzter Sekunde gehe ich doch noch dran.

Ein paar Sekunden herrscht Schweigen. »Westley?«, sage ich dann vorsichtig.

»Ah, Sir Daisy, endlich erreiche ich Euch.« Sein fröhlicher Ton ist eine Erleichterung, auch wenn er meinen Kummer über den Verlust eines solchen Jobs mit einem solchen Chef schürt – ein Kummer, der bislang ziemlich weit unten auf meiner langen Liste schmerzlicher Dinge stand. »Wie ist es Euch ergangen?«

»Es geht mir gut, danke«, erwidere ich gepresst. »Und wie geht es Ihnen?«

»Nun, alles geht seinen Gang. Dieser Tristan Huntsford, ha, hält uns definitiv auf Trab.« Westley lacht nervös in sich hinein, offensichtlich versunken in der Erinnerung an die jüngste Schurkerei des kleinen Übeltäters.

»Kann ich irgendwas für Sie tun?«, erkundige ich mich, bevor er allzu weit vom ursprünglichen Zweck seines Anrufs abschweifen kann.

»Ah ja, natürlich. Entschuldige bitte. Ich möchte gern, dass du so schnell wie möglich an die Arbeit zurückkehrst.« Er klingt so überzeugt, dass es schwerfällt, an seiner Aufrichtigkeit zu zweifeln.

»W…was? Warum?«, stammele ich perplex.

»Ich, äh, habe meine Meinung geändert. Du warst eine große Bereicherung fürs Team, eine Tatsache, für die mir gerade erst wieder, ähm, die Augen geöffnet wurden. Ich verstehe, wenn du nicht zurückkommen magst, aber es wäre … großartig, dich wieder bei uns zu haben.«

Meinung geändert? Augen geöffnet? Mein Gehirn fühlt sich an, als wäre es geschmolzen und schwappt nun in meinem Schädel herum, verzweifelt bemüht, irgendeinen Sinn aus dem Gehörten zu generieren. »Wirklich?«

»Aber ja. Der Sommer ist zwar bald vorbei, aber wir würden deine Rückkehr ins Team wirklich sehr zu schätzen wissen.«

Einen Moment lang schweigen wir uns an. Ich höre nur seine nervösen Atemzüge. »Wann könntest du denn anfangen?«, fragt er dann zaghaft.

Diesmal zögere ich keine Sekunde mit der Antwort. »Ich bin morgen da.«

Ich flitze durchs Haus, sammele das Nötigste zusammen, außerdem ein paar Ersatzdolche und einen Schuppenpanzer, und packe alles ein, mit mehr Energie, als ich seit Wochen aufgebracht habe.

»Läufst du weg?« Sam lehnt am Türrahmen und labt sich an einer »Heißen Tasse«. Mit Nudeln.

»Ich gehe wieder nach London«, erwidere ich lächelnd.

»Du jagst endlich deinem Prinzen nach und lässt ihn dafür büßen, dass er dich der Presse zum Fraß vorgeworfen hat?«, fragt er schlürfend.

»Herrjeh, wann kapiert ihr, dass er ein Viscount ist, kein

Prinz?«, fahre ich ihn frustriert an. »Das ist nicht dasselbe!« Ich werfe noch einen Pullover in die Reisetasche. »Und nein. Ich habe meinen alten Job zurückgekriegt.«

»Etwas langweiliger, aber trotzdem cool. Brauchst du einen Chauffeur?« Brüder sind wirklich ein Gottesgeschenk.

»Ja bitte.«

Sam zuckt mit den Schultern und trollt sich, um, wie er vor sich hin murmelt, seine Schuhe anzuziehen.

Nach einem kurzen Anruf bei Bobble, um mich zu vergewissern, dass sie mein Zimmer nicht schon weitervermietet oder als Stauraum für ihre neuen Entwürfe zweckentfremdet hat, die praktisch ein Eigenleben führen, brechen wir auf. Wie immer winken Mum und Dad uns nach, immer noch leicht verwirrt, aber gewohnt enthusiastisch (vermutlich vor allem über die Tatsache, dass ich es zum ersten Mal seit einer Woche geschafft habe zu duschen). Es ist schon dunkel, als die gigantische Skyline von London vor uns auftaucht.

Noch bevor wir klopfen können, fliegt die Tür zum Apartment auf, und ohne auch nur eine halbe Sekunde lang zu prüfen, ob wir vielleicht unangemeldete Besucher sind, schließt Bobble mich und meinen Bruder kraftvoll in die Arme. Nachdem sie sich endlich entschlossen hat, uns wieder loszulassen, nimmt sie mir meine Tasche aus der Hand, und wir folgen ihr in die Wohnung. »Möchtet ihr Tee?«

»Nein danke, Bob«, erwidert Sam hastig, bevor sie anfangen kann, ihre Liste exotischer Gebräue aufzusagen. »Ich muss sowieso gleich wieder los.«

»Du fährst heute Abend nicht mehr zurück«, verkündet Bobble. »Du kannst auf dem Sofa schlafen.« Sam öffnet den Mund, um zu protestieren, doch Bobble lässt ihn nicht zu Wort kommen. »Ich bestehe darauf.« Da er gegen ihre ungewohnte Strenge keine Chance hat, bleibt meinem Bruder nichts anderes übrig als zuzustimmen.

»Danke, Bobble. Dass du mich wieder aufnimmst«, sage ich leise, und sofort verwandelt sie sich zurück in ihr sonniges Selbst.

»Ich habe seit deiner Abreise auf diesen Anruf gewartet. Und ich hoffe, es stört dich nicht, aber ich habe mir erlaubt, dein Bett zu machen. Es ist alles bereit für dich. Nun, ehrlich gesagt, ist es schon seit Wochen bereit für dich. Ich dachte, damit ich jederzeit auf deinen Besuch vorbereitet bin.« Sie strahlt von einem Ohr zum anderen.

»Ich habe wirklich keine Ahnung, womit ich eine Freundin wie dich verdient habe.«

Meine aufrichtig gemeinten Worte bringen sie in Verlegenheit. Sie drückt mir sanft die Schulter und huscht dann rasch in die Küche.

Die Nacht verschwindet in einem Nebel aus Tee und Geplauder, und bevor ich Zeit habe, richtig zu meinem alten Leben aufzuschließen, sitze ich schon wieder in der vertrauten U-Bahn Richtung Tower Hill. Obwohl es erst wenige Wochen her ist, kommt es mir wie eine Ewigkeit vor, seit ich diese Treppe hinaufgestiegen bin, mich durch den Touristenansturm gedrängt habe und über die Absperrungen hinweg zum ersten Mal auf das große Monument vor mir geblickt habe. Nachdem wir mittlerweile deutlich weniger Bedarf an zehn Meter hohen Mauern, Mörderlöchern und Senkgruben haben, ist das Beste an einer fast tausendjährigen Festung vermutlich die Tatsache, dass sie als einziger Fixpunkt in einer ständig wachsenden und ausufernden Umgebung unverändert die Stellung hält, egal, wie viele neue Glasmonolithen sich um sie herum nach den Wolken recken und die Sonne fernhalten.

Wie immer lasse ich das Ganze eine Weile auf mich wirken. Ich stelle mir vor, wie Kinder im Laufe der Jahrhunderte Bälle gegen die Mauern gekickt, wie alte und neue Wachen gelangweilt auf ihren Posten gesessen und ihre Initialen in den Stein geritzt haben, oder wie Lieferfahrer, die einst Pergamente oder königliche Juwelen auslieferten und heute chinesisches Essen und Amazon-Pakete transportieren, von demselben Gefühl der Ehrfurcht ergriffen werden wie ich, weil sie ihre Arbeit vor einer so prächtigen Kulisse verrichten dürfen.

Der Klang einer vertrauten Stimme zieht meine Aufmerksamkeit auf sich. »Wusstest du, dass trotz seines Rufs, eine Stätte der Marter und Enthauptungen zu sein, in der tausendjährigen Geschichte des Towers nur achtundvierzig Menschen hinter diesen Mauern offiziell gefoltert und nur sechs Leute offiziell geköpft wurden?« Suchend schaue ich mich nach dem Besitzer der Stimme um. »Natürlich fallen die *Inoffiziellen* nicht in diese Statistik«, fährt er fort.

Ich entdecke Ellis an derselben Stelle, an der ich ihm zum ersten Mal begegnet bin, mit demselben begeisterten Lächeln, aber einer anderen Frau an der Seite. Ich bleibe im Hintergrund, warte auf den richtigen Moment für ein Wiedersehen.

»Woher weißt du das alles?«, fragt die junge Brünette ihn, sichtlich angetan von seiner intelligenten Ausstrahlung.

»Ich arbeite hier. Als Archivar.«

»Was für ein Zufall. Ich auch. Im Souvenirladen.«

Ellis beugt sich näher zu ihr. »Wirklich? Ich habe dich hier noch nie gesehen, und ich würde mich definitiv an ein Gesicht wie deines erinnern.« Das Mädchen kichert hinter vorgehaltener Hand.

»Tatsächlich ist heute mein erster Tag.« Die Unterhaltung geht auf die mir wohlbekannte Weise weiter und endet damit, dass Ellis, stets der perfekte Gentleman, sie zu ihrem Arbeitsplatz begleitet und sie sich für nach dem Feierabend verabreden.

Vielleicht hätte es mehr wehgetan, wenn da nicht schon dieser Speer wäre, der meine rechte Herzkammer durchbohrt. Ich habe mich nie so in Ellis verliebt wie in Teddy, aber ich dachte wirklich, dass er meine Gesellschaft genießt. Und die Erkenntnis, dass das erste Interesse, das mir jemals von einem Mann entgegengebracht wurde, nur die übliche Masche war, mit der ein älterer Typ jedes neue Mädchen unter fünfundzwanzig anbaggert, fühlt sich nicht gut an. Dieses Gefühl ruft mir in Erinnerung, warum ich mein Herz dreiundzwanzig Jahre lang in einen Käfig gesperrt und niemanden in seine Nähe gelassen habe. Vielleicht hätte ich es einfach komplett entfernen und an die Möwen auf der Themse verfüttern sollen. Es hätte die vergangenen zwei Monate mit Sicherheit leichter gemacht.

Wild entschlossen, mir den Tag nicht verderben zu lassen, setze ich ein Lächeln auf und gehe weiter. Im Burggraben ist es ruhig, von den Kollegen ist noch keiner da. Ich begebe mich schnurstracks zu Westleys Zelt. Leise rufe ich seinen Namen, und er bittet mich herein. Auf seinem Schreibtisch stapeln sich die Papiere, und die Lesebrille sitzt auf seiner Nasenspitze. Als ich eintrete, blättert er gerade durch einen kleineren Unterlagenstapel auf seinem Schoß. Er schaut hoch und strahlt mich an.

»Daisy, Daisy, wie schön, dich zu sehen. Und immer noch die Erste, obwohl du den weiten Weg nach London auf dich nehmen musstest.« Lachend nimmt er die Brille ab und schiebt die Papiere zur Seite. »Wie geht es dir?«

»Ich müsste lügen, wenn ich behaupten würde, dass mir die Situation nicht zu schaffen macht«, erwidere ich – und überrasche mich selbst mit meiner Ehrlichkeit.

»Das ist nur allzu verständlich, Kind.« Sein bekümmerter Blick lässt keinen Zweifel daran, dass seine Brieftauben ihm auch die Klatschblätter vorbeibringen.

»Ich bin froh, wieder hier zu sein.«

»Und ich muss gestehen, dass es ohne dich nicht dasselbe war. Ein paar Dinge sollte ich allerdings wohl mit dir besprechen, Verhaltensfragen, fürchte ich.« Ausnahmsweise höre ich gerne zu. Als er mit seinen Warnungen durch ist, die hauptsächlich darin bestehen, keine Wasserschlachten anzufangen oder auf Pferden durch den Graben zu reiten, kommen nach und nach auch die anderen ins Camp.

Schnell habe ich mich wieder eingelebt und mache mich auf den Weg zum Kostümzelt. Unterwegs begrüße ich meine Kollegen freundlich, wundere mich aber nicht weiter, dass sie mich nur perplex anstarren. Keiner rechnet damit, dass jemand, der in hohem Bogen gefeuert wurde, ein paar Wochen später zur Arbeit zurückkehrt, als wäre nichts geschehen. Daher mache ich mir nichts draus, sondern stöbere an den Kleiderstangen, um mir ein passendes Gewand herauszusuchen.

... Und auch bei den Kostümen hast du immer als Erstes zu einem grünen gegriffen, egal, ob es deine Größe war oder nicht. Ich höre Teddys Stimme so klar und deutlich in meinem Kopf, dass ich mich unwillkürlich im Zelt nach ihm umschaue. Ich nehme die Hand von der waldgrünen Tunika in Kindergröße und beschließe, fürs Erste sicherheitshalber bei Alenthaea zu bleiben. Also hole ich mein eigenes Kostüm aus der Tasche und ziehe mich rasch um, wobei ich mir beinahe wünsche, diese nervtötende Stimme durch den Vorhang zu hören, die mich als Nerd verspottet oder irgendwas anderes sagt, was mich auf die Palme bringt. Doch nur die gedämpften Stimmen von draußen durchbrechen die Stille.

Als ich wieder aus dem Zelt trete, drängt sich mir das überwältigende Gefühl auf, dass irgendetwas fehlt. Das Camp ist voll, es herrscht geschäftiges Treiben, man hört von allen Seiten Lachen und Gesprächsfetzen, und doch kommt es mir leer vor. Wie kann es sein, dass offenbar genau das, von dem ich dachte, es hätte meinen Traumjob ruiniert, diesen Job erst so traumhaft gemacht hat?

Alice pirscht sich an mich heran. »Müssen wir dich jetzt Lady nennen? Oder Prinzessin?« Ihre Stimme klingt zuckersüß. Sie gehört zu den Menschen, bei denen man nie genau sagen kann, ob sie ehrlich nett sein oder sich nur über einen lustig machen wollen.

»Na ja, da ich die Anführerin unserer Gruppe bin und wir die Krone gewonnen haben, bin ich genau genommen Königin«, erwidere ich, etwas verwirrt, woher sie von dem Ergebnis der Schlacht um Helm's Geek weiß.

Sie zieht die dichten Brauen zusammen, und über ihr Gesicht flackern diverse Emotionen, bevor sie schließlich in gekünsteltes Lachen ausbricht. »Sehr lustig. Aber wie hast du das bloß hingekriegt?« Sie wird wieder ernst, und so langsam fühlt sich das hier nach einem Verhör an.

»Nun, meine Schwester hat den König getötet. Er war ein echtes Arschloch, also war es vielleicht das Befriedigendste, was ich je erlebt habe.« Ich lächle, als ich den Moment in meinem Kopf noch einmal durchspiele.

»Was hast du eigentlich für ein Problem?« Alice schaut mich angewidert an.

»Oh, Mist, du kennst Rufus doch nicht etwa, oder?« Das könnte erklären, warum sie sich so für die Schlacht interessiert. Doch sie zieht erneut diese verwirrte Miene.

»Herrje«, zischt sie frustriert, und ihr hübsches Gesicht rötet sich. »Erzähl mir doch einfach, wie zum Teufel jemand wie du es hingekriegt hat, sich Theodore Fairfax zu angeln!«

»Was?« Beim Klang seines Namens zucke ich zusammen. »Du hast gar nicht über Helm's Geek gesprochen?«

»Wie bitte? Was soll das denn … Nein! Ich will wissen, wie um alles in der Welt du es geschafft hast, dass ein Viscount sich in dich verliebt.« Alice bebt jetzt geradezu vor Verärgerung. »Offenbar ja einfach dadurch, dass sie ein Freak ist«, murmelt sie zu sich selbst und lacht, aber es klingt eher perplex als amüsiert.

»Oh! Fairfax!«, sage ich. »Den habe ich tatsächlich verhext. Ich kann dir den Zauberspruch geben, wenn du magst?«

Sie dreht sich auf dem Absatz um und marschiert davon. Kopfschüttelnd wende ich meine Aufmerksamkeit wieder Westley zu, der in seiner Morgenansprache erläutert, wie man als Ritter, der eine Taverne besucht, eine Mahlzeit bestellt. Außer mir hört ihm kaum jemand zu, da sich die meisten Anwesenden ständig nach mir umdrehen, und das Wispern und Raunen wird so laut, dass es Westley beinahe übertönt.

Mir wird heiß unter all den neugierigen Blicken. Mein Brustkorb zieht sich zusammen, bis ich mich daran erinnern muss, Luft zu holen, in flachen, keuchenden Atemzügen. Zwanghaft klopfe ich mir auf den Oberschenkel, versuche, mich zu beruhigen, aber es will mir nicht gelingen. Als ein Kollege, mit dem ich außer der Bitte, mir den Klebestift zu reichen, noch kein Wort gewechselt habe, sich umdreht und laut in die Gruppe ruft: »Sie war das?«, gebe ich meinem rebellierenden Körper nach und renne ins nächstgelegene Zelt, um der Situation zu entkommen.

Ausgerechnet Erin, mit der ich wochenlang versucht habe, eine normale Konversation zu führen, kommt mir hinterher. »Ignoriere sie einfach«, sagt sie, als sie sieht, wie ich angespannt auf und ab laufe. Ich kriege kaum noch Luft, und bei jedem angestrengten Atemzug droht mein Frühstück wieder hochzukommen. »Sie sind nur neidisch«, fährt sie fort. »Schließlich ist es eine Geschichte, von der die Hälfte der Mädchen hier geträumt haben, seit sie sechs Jahre alt sind. Und die die andere Hälfte dazu bringt, ihre eigenen

Freunde näher unter die Lupe zu nehmen und sich zu fragen, was sie falsch gemacht haben.« Sie lacht leise.

»Sie können die Geschichte gern haben, sie können gern *alles* haben«, erwidere ich traurig. »Was ist so märchenhaft an einer Klatschzeitung, die schreckliche Fotos von einem druckt und all die Dinge thematisiert, die man schon immer an sich selbst gehasst hat? Sodass man mit noch weniger zurückbleibt als man hatte, bevor dieser ganze Albtraum begann?« Obwohl ich meinen Frust nicht verhehlen kann, bin ich dankbar, dass sie hier ist, dass es jemanden gibt, der bereit ist, sich meine Seite anzuhören. Das ist es, was ich mir immer gewünscht habe: eine Freundin am Arbeitsplatz, einen Menschen zum Reden, der nicht Teddy ist, aber auch das hat er für mich ruiniert.

Erin schaut sich unbehaglich um, sie sieht aus, als ob sie einen inneren Kampf ausficht.

»Es geht nicht um den Artikel, jedenfalls nicht wirklich«, beginnt sie, unterbricht sich aber gleich wieder. »Wir dürfen nichts sagen. Das hat er uns schwören lassen.«

»Was? Wer? Und was nicht sagen?« Die Gefahr eines Nervenzusammenbruchs ist verschwunden, aber die Nervosität ist immer noch da, und ich möchte nur noch schreien. Warum scheint jeder alles über mein Leben zu wissen, während ich kaum weiß, wie ich überhaupt hier gelandet bin?

»Lord Fairfax.« Erin holt tief Luft. »Er kam hier an, einen Tag oder so, nachdem dieser Artikel erschienen ist. Sagte irgendwas davon, dass es seine Pflicht sei, weiter herzukommen, aber augenscheinlich betrachtete er es als seine Pflicht, dich wieder in den Job zurückzubringen. Jeden Tag saß er in Meetings mit der Personalabteilung und erzählte ihnen, dass das alles seine Schuld war, mit den Zeichnungen, den Pferden, dem Wasser, du weißt schon. Er hat ganz offensichtlich versucht, gefeuert zu werden; er meinte zu mir, dass wir dann unterbesetzt seien und sie dich zurückholen müssten. Doch sie dachten gar nicht daran, ihn rauszuwerfen. Wir waren alle der Meinung, dass seine Familie wohl einige Drohungen ausgestoßen haben muss, denn die Personaler knickten nicht mal ein, als er behauptete, er wäre in den White Tower eingebrochen und hätte die Rüstung von Heinrich VIII. angelegt.« Sie hält inne, um zu lachen, nimmt den Faden aber sofort wieder auf, als sie sieht, wie hoch konzentriert ich ihren Worten lausche. »Nach dem dritten Tag hat er seine Taktik geändert. In den folgenden Meetings schwärmte er stundenlang von deinen Fähigkeiten, wie sehr du den Kindern geholfen hast. Und hier im Camp machte er Überstunden, blieb bis in die Nacht hinein und benahm sich wie eine Vorzeige-Arbeitskraft, wohl um seine Familie zu besänftigen und ihren Einfluss zu nutzen. Je besser er sich benahm, desto eher konnte er sie bitten, ihn aus dieser Tower-Strafe zu entlassen und deine Rückkehr zu ermöglichen. Und er muss sich wohl durchgesetzt haben, denn er hat uns gestern verlassen, und du bist heute wieder hier.«

Nichts davon ergibt irgendeinen Sinn. Ich habe jedes Wort gehört, das er an jenem Sonntag zu seinen Sicherheitsleuten gesagt hat, die Häme dahinter gespürt. *Unwichtig* hat er mich und meine Familie genannt, das hat sich meinem Unterbewusstsein tief eingebrannt. Ich bedeute ihm nichts. Ich habe ihm nie etwas bedeutet. Erin muss sich irren. Oder vielleicht versucht sie auch nur, mich aufzuheitern? Warum um alles in der Welt würde er absichtlich seine Chance torpedieren, endlich frei und nur er selbst sein zu können – noch dazu für *jemanden wie mich*?

»Aber das war sein Ausweg aus allem, aus seiner Situation, die er als inakzeptabel empfand. Er wollte in Ungnade fallen, deshalb hat er sich hier so unangenehm aufgeführt. Und all das hat er nun für mich rückgängig gemacht, damit ich zwei weitere Wochen in einem Sommer-Schülercamp arbeiten kann?« Ich rede hauptsächlich mit mir selbst. Wenn das, was Erin gerade erzählt hat, wahr ist, dann hat Teddy seine eigene Befreiung aufgegeben, nur um mich zurück in meinen Job zu bringen. Alles, wofür er sich so ins Zeug gelegt hat, alles, was er angestellt hat, um den Fesseln einer Institution und einer Presse zu entkommen, die ihn zu ihrer Marionette machen wollen, ist nun hinfällig. Er hat seine Strafe abgearbeitet und sich vor seiner Familie bewährt, um in den verhassten Teufelskreis aus Isolation und Elend zurückzukehren. Für mich?

Erin grinst. »Du hast es geschafft, das royale schwarze Schaf auf den rechten Weg zurückzuführen. Vermutlich ist dein Ritterschlag nur noch eine Frage der Zeit.«

33. KAPITEL

Nachdem ich ein paarmal nervös in einen Ersatzhelm ge-
würgt habe und Erin sich nach Kräften bemüht hat, mich
zu beruhigen, ohne auch nur im Geringsten zu ahnen, welche Bombe sie da gerade hat platzen lassen, kehre ich an
die Arbeit zurück. Wenn man bedenkt, dass ein Viscount
gerade seine Chance auf Freiheit hat sausen lassen, um mir
die Rückkehr in diesen Job zu ermöglichen, ist es das Min-
deste, nicht gleich an meinem ersten Tag wieder gefeuert
zu werden.

»Bleib einfach in meiner Nähe. Ich springe für dich ein,
wenn du eine Pause brauchst«, sagt Erin. Ihr freundliches
Lächeln ist in diesem Moment eine große Erleichterung.
Auch wenn es sich seltsam anfühlt, dass ich mich so lange
bemüht habe, ihre Zuneigung zu gewinnen und mich als
würdige Freundin zu beweisen, und nun erkennen muss,
dass der Druck, unter den ich mich gesetzt hatte, völlig unnötig war. Manche Leute brauchen eben einfach ein bisschen länger, um mit jemandem warm zu werden. Das habe
ich nun kapiert.

Der Tag verläuft relativ ereignislos, nachdem das anfängliche Interesse abgeflaut ist und ich nur noch hier und da
einen entsprechenden Kommentar mitbekomme. Als Erin
und ich gerade dabei sind, die letzte Bank wegzuräumen,
kommt ein flammend roter Fellklumpen in den Burggraben
geschossen.

»Ist das … Elmo?«, fragt Erin verdattert.

»Nein, nur meine Mitbewohnerin.«

Bobble fliegt geradezu über den Rasen. Ihr Anblick irritiert mich – nicht etwa, weil sie wieder mal in ein Teil ihrer »Häute deine Lieblingsfiguren aus der Kindheit«-Kollektion gehüllt ist, sondern weil es mit Sicherheit keine gute Nachricht ist, die sie hierhertreibt. Außerdem kann ich nicht recht glauben, dass der Sicherheitsdienst der sichersten Festung der Welt eine wuschelige Fashion-Studentin so ohne Weiteres durchwinkt.

Wie sich herausstellt, habe ich recht – etliche King's Guards in Kampfuniform sind ihr dicht auf den Fersen. Als Bobble mich erreicht, keucht sie so heftig, dass sie nicht genug Luft zum Sprechen hat. Ich erkläre den Wachen, dass sie meine beste Freundin ist und keine Terroristin oder internationale Juwelendiebin, und sie ziehen verärgert ab.

Es dauert noch einige Sekunden, bis Bobble die Sprache wiederfindet. Sie schaut sich hochinteressiert im Camp um. »Oh, es ist echt hübsch hier«, japst sie.

Lachend schüttele ich den Kopf. »Du bist den ganzen Weg hierher gerannt, gejagt von königlichen Wachmännern, um mir zu sagen, dass mein Arbeitsplatz hübsch ist?«

Sofort schaltet sie wieder in den manischen Modus. »Nein, oh, Mist, wo ist euer Fernseher?«

»Ein Fernseher? Wir befinden uns hier im Burggraben eines tausend Jahre alten Schlosses! Wozu brauchst du einen Fernseher?«

»Hat er … hat Teddy jemals irgendwas davon erwähnt, dass er an die Presse gehen will?«, erkundigt sie sich vorsichtig.

»Die Presse? Warum sollte er? Er hat noch nie im Leben ein Interview gegeben.« Zwar erscheinen praktisch täglich Artikel über Theodore Fairfax, aber es ist noch keinem Journalisten gelungen, ein direktes Zitat von ihm zu bekommen. Und er hat (zumindest mir gegenüber) nie einen Hehl aus seiner Meinung über diejenigen gemacht, deren einziges Ziel es ist, ihn vor der Welt zu verunglimpfen. Ich kann mir nicht vorstellen, dass er sich jemals freiwillig den Medien stellen würde. Er nimmt einfach alles schweigend hin, akzeptiert, was sie über ihn schreiben, außerstande, seine eigene Ehre zu verteidigen.

»Na ja.« Sie zögert, und ich werde von Sekunde zu Sekunde unruhiger.

»Was ist los?«, dränge ich. Meine Nerven sind zum Zerreißen gespannt.

»Ich habe gerade etwas gesehen, von wegen ›persönliche Richtigstellung der Fakten‹ ... was dich betrifft.«

»Was soll das heißen?«

»Das heißt, dass er ein Live-Interview gibt, und zwar in ...«, sie schaut auf ihre Armbanduhr, »... vier Minuten.«

Er hat den Verstand verloren. Er ist vollkommen verrückt geworden.

»Ich weiß, wo einer steht«, mischt Erin sich ein. »Ein Fernseher, meine ich.« Sie beäugt Bobble nervös, die erst jetzt von ihr Notiz nimmt.

»Ja, ja, ja!«, brüllt sie.

Glücklicherweise übersetzt Erin den Aufschrei mit: *Vielen Dank, könntest du uns bitte zu besagtem Fernsehgerät bringen?*, und wir folgen ihr eilig.

»Bobble, ich verstehe das nicht.« Ich packe ihren pelzigen Arm, um sie mitten im Lauf zu stoppen. »Warum sollte er das tun? Warum sollte er sich alles kaputt machen, wofür er so lange gearbeitet hat?«

»Weil er dich liebt natürlich«, erwidert sie, als wäre es das Selbstverständlichste auf der Welt.

»Aber ich habe dir doch erzählt, was er zu diesem Bodyguard gesagt hat, bevor er ohne Abschied gegangen ist. Wie kann er so was sagen, wenn er mich liebt?«

»Teddy führt ein Leben, das keiner von uns jemals wird nachvollziehen können. Versteh mich nicht falsch, wenn ich ihn je zu fassen kriege, werde ich ein Wörtchen mit ihm zu reden haben.« Kurz zieht sie drohend die Brauen zusammen, dann wird ihre Miene wieder sanfter. »Aber du sagtest doch selbst – sie wollten dich vor den König zerren! Meine Güte. Warum sollte Teddy wollen, dass du in ein Leben hineingezogen wirst, das du dir nicht ausgesucht hast? In dasselbe Leben, das ihm ungefragt aufgezwungen wurde und das er immer verabscheut hat?« Sie drückt meine Hände. »Daisy, er hat dich beschützt, auf eine Weise, wie es noch nie jemand für ihn getan hat. Darauf würde ich jeden einzelnen meiner Hüte verwetten.«

»Aber ich … ich kann nicht … ich bin das alles nicht wert. Was ist, wenn du recht hast, aber es bei ihm nur eine flüchtige Verliebtheit ist und er in sechs Monaten alles bereut?«

Bobble umfasst mein Gesicht, und ich versuche nicht, mich ihrem Griff zu entziehen.

»Hat es in deiner kleinen Welt da drinnen noch nie ein Happy End gegeben?« Sie tippt leicht gegen meine Schläfe. »Liebe ist nun mal das Einzige, was wir nie ganz begreifen werden, aber auch das Einzige, für das wir alles riskieren würden. Vielleicht hast du recht, und in einem Jahr ist alles vorbei und er nur noch eine Erinnerung, doch das ist seine Entscheidung. Aber das Gefühl, sich zu verlieben, das Gefühl, verliebt zu sein, und das Gefühl, alles zu verlieren – das sind die lebendigsten Gefühle, die man nur haben kann. Die Freude, das Glück, der Schmerz, all das ist so zutiefst menschlich, dass es uns alle verbindet, ob royal oder nicht. Auch wenn ein Happy End nicht garantiert ist, sollte man nie Angst vor Gefühlen haben.« Ohne auf eine Antwort zu warten, zieht sie mich weiter.

Erin wartet am Eingang des Byward Tower auf uns. Als

wir bei ihr ankommen, klopft sie an, stößt die Tür aber auf, bevor irgendwer die Chance hat, uns Einlass zu gewähren. Ein scharlachrot uniformierter Wachmann sitzt vor dem kalten Kamin am Schreibtisch in der Mitte des runden Raums und guckt die Wiederholung einer »EastEnders«-Folge, die so alt ist, dass Phil Mitchell noch Haare hat. Sämtliche Wände der Steinkammer sind von Tafeln bedeckt, auf denen in wunderschöner Kalligrafie Namen aufgelistet sind, und ich muss unwillkürlich an eines meiner ersten Gespräche mit Ellis zurückdenken, in dem es um den vermissten Beefeater ging.

»Tut mir schrecklich leid, Sie bei der Arbeit zu stören, Sir.« Erin schaut zwischen dem Beefeater und dem Fernseher hin und her. Verärgert über die Unterbrechung streicht der Guard über seinen roten Bart. Seine wohlwollende Weihnachtsmann-Miene weicht dem argwöhnischen Blick eines Hundes, der um sein Futter fürchtet.

»Ich wollte nur fragen, ob wir uns möglicherweise kurz Ihren Fernseher ausleihen könnten«, fährt Erin fort.

»Nein«, erwidert der Beefeater schroff und wendet sich wieder dem Bildschirm zu. »Dieser Posten ist seit 1280 ununterbrochen besetzt, es ist der am längsten besetzte Militärposten der Welt. Ich verbitte mir alle Störungen, während ich diese Tradition aufrechterhalte.«

»Alles klar, tut mir leid. Ich hätte anders anfangen sollen …« Erin zwinkert Bobble und mir verstohlen zu. »Ich habe eine Freundin, die als Bäckerin im New Armouries Café arbeitet. Wenn ich Ihnen nun verspreche, jeden Tag ein Stück Kuchen vorbeizubringen, um Ihren Dienst zu versüßen, dürfen wir dann eventuell ausnahmsweise nur dieses eine Mal Ihren Fernseher ausleihen?«

Einen Moment lang lässt der Wachmann sich das Angebot durch den Kopf gehen und tippt nachdenklich an sein

Kinn, als hätte er sich nicht schon in dem Moment entschieden, als das Wort *Kuchen* fiel.

»Na schön, abgemacht. Aber beeilt euch, ›Tipping Point‹ fängt gleich an.«

»Danke, vielen Dank, Sir«, stoße ich hektisch hervor, während Bobble nach der Fernbedienung greift und umschaltet.

»… Sie kennen ihn vielleicht als den Problemneffen des Königs«, sagt der TV-Journalist gerade. »Sie haben vielleicht über ihn gelesen, dass er den Royals immer wieder Kopfzerbrechen bereitet, doch heute Abend wird Viscount Fairfax der erste Royal seit Jahren sein, der der BBC ein Interview zu seinem Privatleben gibt. Nach den kürzlichen Presseberichten über seine jüngste Beziehung hat er sich direkt an den Sender gewandt, mit dem Wunsch, seine Sicht der Dinge darzulegen. Und nun meldet sich Seine Lordschaft weltexklusiv aus seinem Haus in Windsor. Guten Abend, Lord Fairfax, danke, dass Sie heute Abend bei uns sind.«

Teddys Gesicht erscheint auf dem Bildschirm. Sein Haar, das zuletzt so lang geworden war, dass es seine Ohren kitzelte, ist wieder perfekt gestutzt, jedes Härchen an seinem Platz. Er trägt einen straff gebügelten Anzug, und seine Krawatte sitzt so eng am Hals, dass er diskret versucht, den Kragen zu lockern, doch an seiner Kehle bildet sich bereits eine tiefrote Druckstelle. Glatt rasiert, gestylt und maniküriert sieht er in jeder Hinsicht makellos aus und doch ganz anders als der Mann, den ich kannte. Vielleicht habe ich diesen Mann ja nie wirklich gekannt.

»Guten Abend.« Als seine tiefe Stimme aus dem Lautsprecher tönt, muss ich mich am Tisch des Beefeaters abstützen.

»Man darf wohl mit Fug und Recht behaupten, dass Sie kein Unbekannter für die Medien sind, aber bis jetzt haben

Sie noch nie ein Interview gegeben. Was hat Sie nun dazu bewogen? Warum haben Sie bis jetzt gewartet, um Ihre Sicht der Dinge zu erläutern?« Der Journalist gibt sich Mühe, seinen investigativen Instinkt mit den Anweisungen zu vereinbaren, ein Mitglied des Königshauses respektvoll zu behandeln, doch die Aggression, die in seinem Ton mitschwingt, ist nicht zu überhören.

Teddys Gesichtsausdruck ist streng und beherrscht. In der kurzen Zeit, die er braucht, um zur Antwort anzusetzen, spüre ich meinen Herzschlag nicht mehr.

»Mir war immer klar, dass mein Leben der Nation gehört, solange meine Familie dieses Land repräsentiert«, beginnt er. »Die Nation kann sich ihr Bild von mir machen und mir nach Belieben Geschichten andichten, dies zu ertragen, ist meine Pflicht. Denn meine Familie *ist* die Nation, daher bin ich nichts als ein Instrument, mit dem die Nation machen kann, was sie will.« Seine Miene bleibt unbewegt, doch sein düsterer Blick erzählt eine andere, die wahre Geschichte.

Niemand sagt ein Wort, doch Bobble und Erin beobachten mich aufmerksam, während Teddy weiterredet. »Was ich mir hingegen nicht klargemacht habe, ist die Tatsache, dass ich jede Person, zu der ich eine Verbindung eingehe, derselben Situation aussetze. Dass ich diese Person den Medien ausliefere, um ihr dasselbe zuzufügen, was sie mir mein ganzes Leben lang angetan haben. Mitzuerleben, wie die Menschen, die einem am nächsten stehen, in aller Öffentlichkeit auseinandergenommen und beleidigt werden, schmerzt mehr als alles andere auf der Welt. Und ich kann nicht tatenlos zuschauen, wie falsche Dinge über Menschen verbreitet werden, die nichts als Liebe verdienen.«

»Aber es ist doch allgemein bekannt, dass über jede Ihrer Beziehungen rauf und runter berichtet wurde. Warum haben Sie erst jetzt das Bedürfnis, sich zu verteidigen?«

»Weil bis jetzt jede einzelne dieser Beziehungen eine Lüge war.«

Erin schnappt hörbar nach Luft, und ich bin froh, dass ihre spontane Gefühlsäußerung davon ablenkt, dass ich mich verzweifelt an die Rückenlehne des nächstbesten Stuhls klammere. Meine Knöchel werden weiß, und mir weicht das Blut aus dem Gesicht.

»All diese Frauen«, fährt Teddy fort, »mit denen Sie mich auf den Titelseiten der Boulevardzeitungen gesehen haben, waren entweder gute Freundinnen oder scharf auf die Schlagzeilen.«

Mittlerweile habe ich aufgehört zu atmen.

»All ihre bisherigen Beziehungen waren nur Publicity-Gags?« Der Interviewer schaut sich mit triumphierender Miene nach seinen Off-Screen-Kollegen um. Nach dieser Exklusiv-Enthüllung dürfte allen ein fetter Bonus winken.

»Wenn Sie unbedingt von Beziehungen sprechen wollen, dann ja.«

»Und diese …«, der Journalist schaut auf seine Notizen, »… Daisy Hastings, was ist das Besondere an ihr? Warum ist dieses augenscheinlich völlig normale Mädchen einem Mann so wichtig, der haben kann, was und wen er will?«

»Weil die wertvollsten Menschen im Leben diejenigen sind, die einen so fühlen lassen können, wie man als Kind gefühlt hat. Als man noch jeden Tag beim Aufwachen die freie Wahl hatte, was man sein wollte, Astronaut, Feuerwehrmann, Prinz oder Ritter. Alles war möglich. Menschen, die einem auch als Erwachsener das Gefühl verleihen, man könnte alles sein und alles tun, was man nur möchte, machen dieses oft langweilige, nüchterne Leben unendlich schön. Daisy Hastings ist die Art Frau, die dich an Magie glauben lässt.« Teddy lächelt kurz, als ob er vergessen hätte, wo er gerade ist.

»Man kann also sagen, dass Sie sie lieben?«

»Ohne jeden Zweifel, ja.«

»Glaubst du immer noch, es ist nur eine flüchtige Verknalltheit?«, ruft Bobble, ein selbstzufriedenes Grinsen im Gesicht. Ich kann nichts anderes tun als zu lachen. Es beginnt als nervöses Kichern und schwillt immer mehr an, bis ich mich schließlich vor Gelächter krümme.

Teddy Fairfax liebt *mich*.

Und das Einzige, was ich in diesem Moment, mit Bobbles feuerrotem Fell in einem Augenwinkel und dem Beefeater im anderen, voll und ganz begreifen kann, ist, dass ich ihn ebenfalls liebe. Ich *liebe* Teddy Fairfax. *Dessen* bin ich mir vollkommen sicher, auch wenn ich ansonsten gerade den Bezug zur Realität, wie ich sie bisher kannte, verliere.

»Was hält denn Ihre royale Verwandtschaft davon, dass Sie sich in eine Bürgerliche verliebt haben? Dürfen wir in naher Zukunft mit einer Audienz beim König für Sie beide rechnen?« Der Interviewer wirkt jetzt entspannt – und begeistert über so viel emotionale Offenheit von einer Familie, die für ihre undurchdringliche Fassade bekannt ist.

»Nun ja …« Teddy zupft an seinem Kragen, und sein kurzer Glücksmoment weicht sichtbarem Unbehagen. »Da meine Hingabe in erster Linie der Nation gilt, muss ich mich auf meine royalen Pflichten konzentrieren. Mich jemand anderem zuzuwenden würde mich nur von meiner Loyalität gegenüber dem Vereinigten Königreich und dem Commonwealth ablenken.« Er spricht jetzt wie ein Roboter, als würde er einen vorgefertigten Text aufsagen. »In wenigen Tagen werde ich meinen Lebensmittelpunkt ins Ausland verlegen, um dort meiner Verantwortung mit frischem Enthusiasmus gerecht zu werden und unserem großen Königreich und Commonwealth meine Treue und Hingabe zu beweisen. Mit diesem Interview wollte ich keine Beziehung bekannt geben, sondern die britische und internationale Presse bitten, die Privatsphäre derjenigen zu respektieren, die niemals beabsichtigten, ein öffentliches Leben zu führen. Mein Herz gehört der Nation, und ich gelobe, dem Commonwealth mit derselben Zuneigung zu dienen, die ich meiner Heimat entgegenbringe.«

34. KAPITEL

»Er verlässt das Land?« Erins Stimme holt mich aus meiner Trance.

»Er darf nicht einfach weggehen«, verkündet Bobble. »Daisy, du musst etwas tun!«

»Was kann ich denn tun? Er hat seine Entscheidung getroffen.« Mein Körper ist wie betäubt, doch mein Herz brennt lichterloh. Heller und heißer als je zuvor.

»Hat er sich entschieden, oder wurde die Entscheidung für ihn getroffen?«, fragt meine Mitbewohnerin mit mühsam unterdrücktem Zorn. Wir alle kennen die Antwort.

»Es ist zu spät«, flüstere ich. Noch immer spricht Teddy auf dem Bildschirm, doch ich höre ihn nicht mehr.

Ein Schnüffeln zieht unsere Aufmerksamkeit auf sich. Der bärtige Beefeater wischt sich eine Träne von der Wange, bevor er sich geräuschvoll in ein Taschentuch schnäuzt. »Sie werden sich eine solche Liebe nicht entgehen lassen, junge Dame«, sagt er schniefend.

»Aber was soll ich denn machen? Ich weiß nicht, was ich tun soll.« Verzweifelt reibe ich mir übers Gesicht, versuche, mir irgendeine Lösung aus dem Gehirn zu quetschen, aber mir fällt nichts ein.

»Retten Sie Ihre Prinzessin.« Der Beefeater putzt sich noch einmal die Nase und schaut mich dabei todernst an. Es ist klar, dass er keinen Witz macht.

»Ja!«, schreit Bobble. »Das ist es. Geh zu ihm. Du kannst sein edler Ritter ohne Furcht und Tadel sein.« Ich würde lachen, über sie und diesen hanebüchenen Vorschlag, wenn ich nach dieser ganzen emotionalen Achterbahnfahrt überhaupt noch zu einer Gefühlsäußerung imstande wäre.

»Passiert das hier gerade wirklich?« Erin schaut zwischen dem weinenden Beefeater und Bobble, die mich fest umklammert hält, hin und her. Sie ist die Einzige, die in diesem Moment halbwegs zurechnungsfähig wirkt.

Vor wenigen Wochen erst hat Teddy gestanden, noch niemals geliebt zu haben und auch nicht zu glauben, dass das jemals möglich sein könnte. Und jetzt hat er sich seinen größten Feinden ergeben, um das ganze Land wissen zu lassen, dass er mich liebt. Für ein Mädchen, das er erst seit ein paar Monaten kennt, ist er bereit, alles aufzugeben – nur, um mich zu schützen. Aber wer beschützt ihn? Wer liebt ihn?

»I...ich glaube schon«, sage ich. Ich erkenne mich selbst kaum, überlasse aber ausnahmsweise meinem Körper das Denken. Teddy mag mit dem göttlichen Recht der Könige aufgewachsen sein, aber das göttliche Recht aller Menschen ist es, zu lieben und geliebt zu werden. Das einzig wirklich Göttliche auf dieser Welt ist die Art, in der ein Mensch einem anderen Gefühle vermitteln kann. Und ich darf Teddy nicht ans Ende der Welt ziehen lassen, ohne ihm zu sagen, dass seine Liebe erwidert wird.

Sobald ich den Raum verlassen habe, warte ich darauf, dass Lady Alenthaea in Aktion tritt. Aber das tut sie nicht. Meine Nerven flattern, meine Fingerspitzen kribbeln, mein Magen rotiert. Ich spüre jede einzelne Synapse in meinem Gehirn pulsieren. Trotzdem bleibe ich Daisy. Wo ist Lady A? Ich brauche sie.

Plötzlich kommen mir die Worte meiner Schwester in den Sinn. *Du überlässt dieser Fantasie den ganzen Ruhm, obwohl es in Wirklichkeit immer nur du gewesen bist. In Wahrheit warst das immer du, Daisy.* Ich war schon immer

Lady A. Und sie war schon immer ich. Es war mein Körper, der sich kopfüber in die Schlacht stürzte, gegen alles, was mir Angst macht. Es waren meine Lippen, die sich gegen jene wehrten, die mich verletzten und beleidigten. Es war mein Herz, dessen schneller Schlag mich daran erinnerte, dass ich trotz allem überleben kann. Ich brauche nicht auf Lady Alenthaea zu warten. Alles, was ich brauche, bin ich selbst.

Ich renne ins Camp zurück und kleide mich für den Kampf, von Kopf bis Fuß in Schwarz. Ich schnalle mich in einen Schuppenpanzer, lege die Schulterstücke an, rüste mich vom Hals bis zu den Fingerspitzen.

»Ich glaube, das solltest du lieber hierlassen«, bemerkt Bobble, die mir gefolgt ist, und deutet nervös auf das Schwert in meiner Hand. »Sonst denken sie noch, du planst einen Mordanschlag oder so.«

Ihrem Rat folgend, lege ich mein Rapier, meinen Säbel, meinen Dolch und meine drei Wurfsterne zur Seite.

»Ist das alles?«, fragt Bobble misstrauisch.

Seufzend ziehe ich das Messer aus meinem Stiefel und werfe es zu den anderen Waffen auf den Tisch.

»Sehr gut«, lobt sie. »Und jetzt ziehen wir los, um deinen Liebsten zu retten.«

Windsor liegt sehr viel weiter von der Londoner Innenstadt entfernt, als es die diversen Filme vermuten lassen. Und da dieser Ritter ein Pferdeverbot erteilt bekommen hat und sich ohnehin nicht in den Sattel trauen würde, ist er auf den öffentlichen Nahverkehr angewiesen. Also müssen wir mit zwei U-Bahnen und eine komplette Buslinie fahren, während ich gekleidet bin wie ein sexy König Artus. Wir ziehen dabei all die Blicke auf uns, die einem solchen Spektakel gebühren. Schließlich erreichen wir unser Ziel und schreiten durch die unheimlich stillen Straßen von Windsor wie zwei einsame Söldner auf dem Weg zum Schlachtfeld. Der Long Walk, der nach Windsor Castle führt, ist genau das, was der Name aussagt: lang. Das Schloss liegt am Ende des schnurgeraden Wegs, aber wir scheinen ihm trotz unendlich vieler Schritte nicht näher zu kommen. Jetzt, da ich mein Ziel vor Augen habe, scheint es sogar in immer weitere Ferne zu rücken. Was, wenn er nicht hier ist? Was, wenn doch?

Was soll ich zu ihm sagen?

Wie um alles in der Welt soll ich Viscount Teddy Fairfax verklickern, dass ihn zu hassen, ihn abzulehnen, ihn zu tolerieren, ihn zu mögen, ihn zu lieben die größten Abenteuer sind, die ich niemals erleben wollte?

»Wir werden keinen Ärger kriegen, oder?«, fragt Bobble unvermittelt, als die Hälfte des Long Walk hinter uns liegt. »Dieses royale Ding ist bitterernst.«

Bis jetzt war ich meiner Sache sicher. Das hier ist das, was ich will, und ich werde vor nichts haltmachen, um es zu erreichen. Aber Bobbles Panik ist ansteckend, und auch meine Nerven beginnen zu flattern. »Woher soll ich das wissen? Es war schließlich deine Idee!« Vielleicht hätte ich doch kurz mein Gehirn konsultieren sollen, bevor ich blindlings meinem Herzen gefolgt bin. Aber dafür ist es jetzt viel zu spät.

»Du hast wirklich alle Waffen zurückgelassen? Auch die rein dekorativen?«

»Ich glaube schon.«

»Du glaubst? Hier geht es um Leben und Tod! Da solltest du es schon genau wissen.« Sie läuft unruhig hin und her und rauft sich die Haare. Rasch taste ich mich nach eventuell vergessenen Klingen oder Pfeilen ab, kann ihr aber versichern, dass ich clean bin. »In Ordnung.« Sie atmet tief durch. »Eigentlich besuchen wir ja nur einen Freund. Daran sollte doch nichts Verwerfliches sein, oder?«

Da ich mir selbst unsicher bin, kann ich sie nicht beruhigen, aber wir gehen trotzdem weiter. Als wir das von riesigen Parkanlagen umgebene Schloss endlich erreichen, bleibe ich wie angewurzelt stehen. »Weißt du was, er geht bestimmt gern nach Übersee. Das Vitamin D wird ihm guttun. Es ist das Beste so. Er wird da draußen ein anderes Mädchen kennenlernen. Sie werden eine wunderbare Familie gründen. Es wird ihm fantastisch gehen.«

Ich mache auf dem Absatz kehrt, doch Bobble hält mich fest und funkelt mich so streng an, dass ich mich tatsächlich mehr vor ihr fürchte als vor dem, was mich auf der anderen Seite dieser Pforte erwartet, also klopfe ich an.

Mit angehaltenem Atem warte ich ein paar Minuten, die sich anfühlen wie Jahre, aber niemand antwortet. Bobble tritt neben mich auf die Stufe und klopft ebenfalls, doch der Eingang bleibt uns verschlossen. Dann hämmern wir beide eine Weile wie wild auf die Tür ein, bis wir uns schließlich geschlagen geben, uns erschöpft auf die Stufe sinken lassen und schweigend den Long Walk hinunterstarren.

»Wenigstens hast du es versucht«, murmelt Bobble. Ich lege den Kopf an ihre Schulter.

»Es war sowieso eine dumme Idee.«

Das Knirschen von Schritten auf Kies weckt uns aus unserer elenden Benommenheit. »Hey!«, dröhnt eine tiefe Stimme über die Gärten. Ein Trio von Sicherheitsleuten stapft auf uns zu. Die Männer wirken nicht so, als wollten sie uns zum Tee einladen.

»Mist. Lass uns abhauen.« Ich zerre Bobble hoch, die die Guards mit schreckgeweiteten Augen anstarrt, und wir schlagen uns hastig in die Büsche.

Wir versuchen, zwischen Bäumen und Hecken Deckung zu finden, während wir über den Rasen rennen, doch die drei sehr großen, sehr wütenden Männer holen schnell auf.

Der Schuppenpanzer war keine gute Idee. Er macht mich nicht nur um etliche Kilo schwerer, sondern klirrt und klimpert auch bei jedem Schritt – nicht unbedingt das richtige Outfit, um sich zu verstecken.

»Stehen bleiben«, brüllen die Wachen, als wir über Blumenbeete springen. »Sie betreten widerrechtlich den Besitz Seiner Majestät.«

»Oh Kacke, Mist, Mist, Kacke, Mist«, schimpft Bobble vor sich hin, zunehmend atemlos und zunehmend verängstigt.

Wir ducken uns durch eine Lücke in einer Hecke und stolpern auf eine Lichtung, in deren Mitte eine Art kleines Landhaus steht. Einen Moment halten wir inne, um Luft zu schnappen, und schauen uns um. Das weiß gestrichene Gebäude gleicht mit seinen hohen Giebeln und aufwendig gestalteten Traufen eher einem Miniaturschloss als einem bescheidenen Landhaus. Doch im Unterschied zu einem Schloss hat es etwas Heimeliges an sich. Es sieht bewohnt aus. Der eigentliche Garten ist offensichtlich professionell gepflegt, aber an der Seite gibt es eine kleine Parzelle, die wohl eher von einem Hobbygärtner bewirtschaftet wird. Unter der Veranda steht ein großes schwarzes Fahrrad, und aus einem der Pflanzkübel lugt ein winziger Gartenzwerg.

Die stampfenden Schritte kommen näher. »Wir sind dermaßen am Arsch«, flüstere ich Bobble zu.

»Ich will nichts ins Gefängnis.« Sie schaut mich so traurig und unschuldig an wie ein getretenes Hündchen.

Gerade, als ich mich ergeben will, taucht an einer Seite des Hauses ein Mann auf. Das dunkle Haar fällt ihm in die Stirn. In einer Hand hält er ein Buch. Er ist wie englischer Regen. Du hast nie darum gebeten, aber du wusstest auch nicht, wie sehr du ihn wolltest, wie sehr du ihn brauchtest, bis er die schwüle Sommerluft abkühlt und du am Morgen in einer erfrischten, erneuerten Welt aufwachst. In diesem ruhigen, ungezwungenen Moment, in dem er sich unbeobachtet glaubt, sehe ich Teddy Fairfax so, wie er ist. Und wie von selbst löst sich jegliche Anspannung in mir, als wäre allein sein Anblick das Heilmittel gegen jeden Schmerz und die Rüstung gegen alles, was mich jemals verletzen könnte.

Und das Beste von allem: Er ist so echt, ganz und gar echt.

»Daisy?« Teddys Stimme ist leise, trägt aber dennoch durch den Garten. Er starrt mich an wie eine Fata Morgana, wie etwas, das er für immer verloren geglaubt hat. Vorsichtig kommt er in meine Richtung, als hätte er Angst, dass mich jede plötzliche Bewegung verscheuchen könnte.

Ich will keine Zeit mehr verlieren und renne auf ihn zu, bereit, ihm endlich in die Arme zu springen. Bereit, ihm endlich meine Liebe zu gestehen. Sein Lächeln kommt näher und näher, bis ... mich jemand kraftvoll von hinten umhaut. Ich sehe noch Teddys entsetzten Blick und kann dann das Gras aus nächster Nähe betrachten. Die Wachen haben uns endlich eingeholt, und ich werde von zwei kräftigen Schenkeln auf meinem Rücken in den Boden gepresst.

Die Erde unter mir bebt unter Teddys hastigen Schritten. Sobald seine schockierte und noch immer fassungslose Miene in meinem Sichtfeld auftaucht, kann ich mich nicht länger beherrschen.

»Ich liebe dich auch«, sage ich durch einen Mundvoll Gras. »Ohne jeden Zweifel.«

EPILOG

Sechs Monate später

»Mach die Augen zu.« Ich kann mein Grinsen kaum zurückhalten. »Und erst wieder aufmachen, wenn ich es dir sage.« Ich parke vor dem Eingang des Gemeindesaals, springe aus dem Auto und öffne die Beifahrertür. »So, jetzt kannst du aussteigen. Lass die Augen zu. Gut so, und jetzt nimm meinen Arm, ich führe dich.«

Bobble stößt einen gedämpften Schrei aus, als ihre Füße den Boden berühren. Ich bin nicht sicher, dass sie ihre Augen jetzt öffnen könnte, selbst wenn sie es wollte. Sie sind vollständig in dem strahlenden Lächeln verschwunden, das sich auf unabsehbare Zeit in ihrem Gesicht breitgemacht zu haben scheint. Da wir beide von Kopf bis Fuß in ihren neuen pelzigen Ritterrüstungen stecken, ist unsere Bewegungsfreiheit etwas eingeschränkt, aber sie schafft es, sich vertrauensvoll bei mir unterzuhaken.

Heute ist es genau vierundzwanzig Jahre her, dass diese Erde noch ein wenig bunter wurde – an dem Tag, als Bobble geboren wurde. Da sie bislang noch nie in den Genuss einer Geburtstagsparty im Gemeindesaal gekommen ist, ist es nur recht und billig, dass sie nun die Feier bekommt, die sie redlich verdient hat – nach einem Jahr, in dem sie sich mit all den Dingen herumgeschlagen hat, die meine Freundschaft so mit sich bringt, einschließlich einer Verhaftung wegen unerlaubten Betretens königlichen Eigentums. Nachdem ich Mum und Dad erzählt habe, dass Bobble niemals das

Vergnügen hatte, Götterspeise und Eiscreme auf einer Hüpfburg zu erbrechen oder mitzuerleben, wie musikalische Einlagen in einer Prügelei enden, haben sie es sich zur Mission gemacht, diesen Missstand zu beheben.

»Daisy.« Abrupt dreht Bobble sich zu mir, doch ihre Lider bleiben brav geschlossen. »Bitte versprich mir, dass wir nicht wieder einen von Terrys und Hazels Kunstkursen besuchen. Ich habe mich immer noch nicht ganz davon erholt, Richard als halb nacktes Aktmodell zu sehen.«

Tja, das ist noch etwas, das ich bei ihr wiedergutzumachen habe. Auch wenn keiner von uns ahnte, dass ein scheinbar unschuldiger Kunstkurs entblößte greise Nachbarn beinhalten würde. Doch mir war stets bewusst gewesen, dass es nicht ganz risikofrei sein würde, Bobble mit der Friskney Fellowship bekannt zu machen. Glücklicherweise hat sie das Erlebnis nicht nachhaltig abgeschreckt – immerhin kommt sie seither alle vierzehn Tage für ein Wochenende zu Besuch, um ihre neue Rolle als Schneiderin und Magierin der Gruppe wahrzunehmen. Wir haben jetzt nicht nur wesentlich mehr Kunstpelz in unseren Gewandungen, sondern auch ein neues Familienmitglied.

Lachend versichere ich ihr, dass das, was sie gleich erwartet, ihr hoffentlich keine weiteren Albträume bescheren wird.

Sam empfängt uns vor der Halle. Er ist ebenso aufgeregt wie ich. »Fertig?«, forme ich mit den Lippen. Er nickt und stößt die Tür auf. Ein Chor von Glückwünschen schallt uns entgegen.

»Jetzt darfst du gucken«, sage ich, und Bobble reißt die Augen auf und lässt den Anblick wirken, der sich ihr bietet. Ein L-förmiges Buffet mit Sandwiches, Wurstbrötchen und allerlei Kleinigkeiten steht an der Wand. Dad spielt auf seinem altersschwachen DJ-Set dieselben Songs, die er schon an meinem neunten Geburtstag aufgelegt hat. Rechts und links von ihm drehen sich zwei schwächlich leuchtende Disco-Kugeln. Die Musik wird von dem ständigen Dröhnen der Hüpfburg-Pumpe begleitet, die draußen direkt vor dem Seiteneingang steht. Die meisten Mitglieder der Fellowship verteilen sich an den Tischen im vorderen Bereich der Halle. Dahinter wurde ein Teil der Halle zur Tanzfläche umfunktioniert, wo Terry und Hazel bereits allerlei laszive Verrenkungen machen und es irgendwie hinkriegen, jedem Song von S Club 7 ein sinnliches Upgrade zu verpassen.

Das Ganze wirkt nicht besonders cool – alles ist ziemlich schäbig und kitschig. Aber das scheint Bobble nicht zu stören. Sie vibriert regelrecht neben mir, zerquetscht mich dann fast mit ihrer Umarmung und bahnt sich quietschend einen Weg zur Tanzfläche.

Alles ist, wie es sein sollte. Mum und Richard streiten darüber, ob das Buffet schon eröffnet ist. Flora lässt sich von Erin ein paar Fertigkeiten aus der Ritterschule beibringen, bevor sie ihr als Gegenleistung ein paar Erste-Hilfe-Tipps für tollpatschige Kinder gibt. Die O'Neills gesellen sich zu Terry, Hazel und Bobble tanzen auf dem Parkett und gehen für ihre zurückhaltenden Verhältnisse regelrecht aus sich heraus. Sogar meine Schwester ist eigens von der Uni angereist, mit ein paar Freunden im Schlepptau, um ganz ohne Scham und Verlegenheit an unserem Leben teilzuhaben. Sie sitzen gerade zusammen und diskutieren etwas, das mir viel zu intellektuell ist, um heimlich mitzuhören, und der Blick, den Marigold zwischendurch immer wieder durch den Raum schweifen lässt, ist so voller Stolz, dass sich jeder Augenblick, der zu diesem Moment führte, gelohnt hat.

Ach ja, und jeder hier in der Halle trägt etwas, das vom Geburtstagskind entworfen und genäht wurde.

Ich hätte nie gedacht, dass ich das mal sagen würde, aber diese Situation hier ist so perfekt, wie ich sie mir im Leben nicht hätte vorstellen können. Es fehlt nur eine Sache.

Viscount Fairfax hat kurz nach meiner und Bobbles Verhaftung das Land verlassen, um einen nicht näher beschriebenen Posten in Übersee anzutreten. Offenbar hat er in dieser neuen Funktion seine Berufung gefunden und nicht vor, in absehbarer Zeit zurückzukehren.

Soweit die offizielle Presserklärung.

Mum kommt zu mir herüber. »Daisy, ich glaube, du musst deinen armen Freund retten.« Sie klingt besorgt, ist aber außerstande, ihre Belustigung zu verbergen. »Ich meine gerade gehört zu haben, wie deine Großtante Carole ihn wüst beschimpfte, weil er die Buttercreme für die Fairy Cakes zu lange geschlagen hat.«

Nachdem wir gemeinsam ausgiebig gekichert haben, schiebe ich mich durch die Conga-Line Richtung Küche.

»Mir ist Wurst, ob du für den König gebacken hast, Junge, jetzt bist du in Lincolnshire, und hier machen wir die Dinge richtig«, tönt die Stimme meiner Großtante durch die Servierluke. »Ich mache mit meinen sieben Jahre alten Förmchen bessere Muffins als diese da.« Ich erhasche einen Blick auf Teddy, der sich verlegen in der Gemeindehallen-Küche umschaut, die seit den Siebzigerjahren nicht mehr modernisiert wurde, und trete ein, um ihn den Klauen der alten Dame zu entreißen.

»Tante Carole, Mum lässt fragen, ob du die Cocktailspieße für den Käse und die Ananas hast«, unterbreche ich ihre Tirade. Teddy steht die Erleichterung ins Gesicht geschrieben.

Kaum ist meine Großtante grummelnd abgezogen, um das Gewünschte aus ihrem Auto zu holen, lässt Teddy sich seufzend in meine Arme sinken. »Danke«, flüstert er atemlos und küsst mich auf die Stirn.

»Du bist wirklich die ewige Maid in Nöten, was?«

»Zum Glück habe ich meinen eigenen Ritter ohne Furcht und Tadel in …«, lachend mustert er mich von oben bis unten, »… pelziger Rüstung.«

Teddys Interview hat eine neue Medienhysterie ausgelöst, die noch schlimmer wurde, als die Presse von meinem heroischen Rettungsversuch erfuhr, der zu einer Nacht auf der Polizeiwache führte. Anfangs schien alles noch schlimmer zu sein als zuvor, doch irgendwas an der Ehrlichkeit und Unverblümtheit seines öffentlichen Geständnisses sorgte dann doch für weitaus mehr Zuspruch, als ein perfekt geplanter und durchgeführter PR-Coup es je hätte erreichen können.

Nachdem er uns aus unserer misslichen Lage befreit hatte, ist Teddy nicht mehr nach Hause zurückgekehrt. Stattdessen ist er mit zu mir gekommen. Ich glaube, die königliche Familie hat sich schließlich zufriedengegeben mit der Gewissheit, dass niemand einen entlaufenen Hochadeligen in Lincolnshire vermuten würde – und schon gar nicht in einem Apartment über einem Hobby-Laden. Daher haben sie ihn schließlich gehen lassen, mit dem Versprechen, sich fortan so weit wie möglich vom Rampenlicht fernzuhalten, was ihm hier im Dorf nicht weiter schwerfallen dürfte.

Teddy legt mir die Arme um die Taille und stützt sein Kinn auf meine Schulter, und wir wippen zur Musik, die durch die Servierluke in die Küche dringt. Bobble hat es geschafft, Richard zu einem Tanz zu bewegen – einem langsamen Two-Step – und ihm sogar beinahe ein Lächeln entlockt.

»Es ist jetzt sechs Monate her«, murmele ich. Teddys Haar kitzelt meine Wange und meinen Nacken. Seine dunklen Strähnen sind deutlich länger, seit sie nicht mehr durch das Hofprotokoll gezähmt werden. »Du hast es dir doch inzwischen nicht anders überlegt?«

Teddy hebt den Kopf, packt mich an den Hüften und dreht mich zu sich. »Anders überlegt?« Er schaut mich beunruhigt an, lässt meine Hüften los und umfasst mein Gesicht, um mit dem Daumen über die Sommersprossen zu streichen, die der noch junge Frühling nun wieder zum Vorschein bringt.

»Ich habe mir immer Sorgen gemacht, dass deine Rebellion nur eine vorübergehende Laune sein könnte. Und dachte, dass du vielleicht inzwischen genug von mir hast.« Ich bringe es nicht über mich, ihm ins Gesicht zu schauen, sehe aber aus den Augenwinkeln sein breites Lächeln.

»Daisy.« Er lacht leise, aber ich weiß, dass er sich nicht über mich lustig machen will. Als er mich erneut auf die Stirn küsst, spüre ich sein Lächeln auf meiner Haut. »Du bist in jeder erdenklichen Hinsicht das Beste, was mir je passiert ist. Und das sage ich nicht nur, weil ich gerade im Laden deines Vaters wohne und eine Bleibe brauche, sondern weil ich es ernst meine. Ich habe mich nicht in dich verliebt, um meinen Eltern zu trotzen oder einen Ausweg aus meiner Situation zu finden. Ich habe mich in dich verliebt, weil du mir gezeigt hast, was es bedeutet, sich aussuchen zu können, wer man sein möchte. Du hast mich gelehrt, dass ein Mensch nicht durch ein einziges Merkmal definiert wird, dass er mehr ist als das, was alle Welt von ihm will oder erwartet. Daisy, du bist stark und kraftvoll und hast doch keine Angst, verletzlich zu sein und dich von deinen Gefühlen leiten zu lassen. Du passt Teile von dir den Gegebenheiten an, um jeden Moment zu überleben, den das Leben dir entgegenwirft, und denkst vielleicht, dass du dann eine Maske trägst, um dein wahres Ich zu verbergen. Aber ich glaube, dass du immer dein wahres Ich bist. Du bist *immer* du selbst. Lady Alenthaea ist keine Maske, sondern eine Rüstung. Bevor ich dich kannte, bin ich unbewaffnet und ungeschützt durchs

Niemandsland getaumelt und habe auf den Tag gewartet, an dem die Kavallerie dem allen ein Ende bereitet. Du hast mir gezeigt, dass ich kämpfen und mir mein Schicksal aussuchen kann, also habe ich dich gewählt.«

Ich drücke Teddy fest an mich und vergrabe das Gesicht an seinem Hals, immer noch fürchtend, dass dies alles nur ein Traum ist, eine Geschichte, die ich zu weit getrieben habe. Und dass er, sobald ich ihn loslasse, in den Seiten meines Notizbuchs verschwindet. In Wahrheit waren es seine ständigen Herausforderungen, die mir all diese Dinge, die er mir zu verdanken glaubt, überhaupt erst bewusst gemacht haben. Vielleicht war das Wissen darum schon die ganze Zeit da, aber wenn, dann hat es irgendwo tief in mir geschlummert. Erst durch seine Provokationen und Sticheleien, die jeden Teil von mir auf die Probe gestellt haben, wurde mir klar, dass Alenthaea und ich letztlich doch gar nicht so verschieden sind.

»Wenn ich allerdings geahnt hätte, dass dies alles in der Küche der Gemeindehalle unter der Fuchtel deiner Großtante Carole enden würde, hätte ich es mir vielleicht doch noch mal anders überlegt«, neckt er und wischt mir die Tränen von den Wangen, die sich unbemerkt zwischen meinen Sommersprossen angesammelt haben.

Und dann küsse ich ihn, in dieser Küche aus den Siebzigerjahren, auf dieser Kinderparty für eine Vierundzwanzigjährige, umgeben von meiner wundervoll nerdigen Familie und ohne Rücksicht auf etwaige Zuschauer oder Tante Caroles hygienische Bedenken.

»Wer hätte gedacht, dass die Geschichte vom abtrünnigen Royal und dem Ritter tatsächlich ein Happy End hat«, murmele ich an seinen Lippen und schaue dann lächelnd zu ihm hoch. Mein ganzer Körper ist ruhig, ich bin im Frieden mit mir selbst.

»Es ist ein Ende, auf das Bobble stolz sein kann«, stimmt er mir zu.

»Das Einzige, das sie bereit war zu akzeptieren.«

Wir lachen gemeinsam. Der Klang, das Vibrieren seiner Brust an meiner, der Anblick seiner Augen, um die sich, wenn er lächelt, winzige Fältchen bilden wie bei einem geliebten Stück Pergament, all das komplettiert mich, macht mich ganz.

»Oh, ich habe ganz vergessen dir zu erzählen, dass wir vier neue Rekruten für die Ritterakademie morgen Abend haben. Könntest du die Kostüme und Schwerter aus dem Laden mitbringen, wenn du vorbeikommst?«

Ich habe nicht alles für einen Mann aufgegeben, nur, um anschließend in dieselbe Monotonie zurückzukehren, die mich zuvor so unglücklich gemacht hat. Sobald wir zu Hause angekommen sind, habe ich eine Ritterakademie für Kinder und Erwachsene gegründet. Und für junge Leute, die gern mal etwas anderes sehen wollen als die Bar der immer gleichen Dorfkneipe, in der sie schon als Teenager getrunken haben. Sie alle können kommen, um herauszufinden, was es bedeutet, ein Ritter zu sein. Dank allem, was ich von Westley gelernt habe und nun ohne die Querschüsse eines arroganten Viscounts, der wild entschlossen ist, all meine Bemühungen zu sabotieren, habe ich einen Raum geschaffen, in dem jede und jeder willkommen ist, zu erforschen, wer er ist und wer er sein will. Diesmal ist der Schwarze Ritter mein Verbündeter.

»Los, kommt schon, ihr beiden. Wir spielen Reise nach Jerusalem.« Grinsend steckt mein Bruder den Kopf durch die Servierluke. »Keine Angst, ich habe sämtliche Waffen von Richard konfisziert und Terry und Hazel eingebläut, dass sie sich keinen Stuhl teilen dürfen.« Er verschwindet so schnell, wie er aufgetaucht ist. Teddy starrt mich ungläubig an.

»Hey, inzwischen müsstest du eigentlich wissen, worauf du dich eingelassen hast.«

Lachend packe ich sein Handgelenk und zerre ihn Richtung Tanzfläche.

Wir wissen alle, dass Teddy niemals ganz frei sein wird, nicht wirklich. Aber im Augenblick muss er sich nicht verstellen. Außerhalb dieses Gemeindesaals sind wir alle andere Menschen. Da draußen müssen wir Steuerberater, Ladenbesitzer, Krankenschwestern, Viscounts sein, aber hier drinnen sind wir einfach nur ein bunter Haufen von Leuten, die sich aussuchen können, was und wer sie sein wollen. Keiner von uns passt in irgendwelche Schubladen, aber wir passen alle zusammen.

DANKSAGUNG

Dieses Buch zu schreiben war eine echte Herausforderung. Ein Abenteuer. Eine Quest.

In erster Linie war es eine Schatzsuche, wobei mit Schatz hier eine erfolgreiche Geschichte gemeint ist. Eine Geschichte, die meine Leserinnen und Leser, die mich stets unterstützt haben, nicht enttäuschen wird. Eine Geschichte, die die Stimme in meinem Kopf zum Schweigen bringt, die mir sagt, dass das erste Mal nur ein Glückstreffer war. Eine Geschichte, auf die meine Familie stolz sein kann (und über die sie, wie gehabt, rund um die Uhr auf Facebook postet). Daher gilt mein erster Dank dir, dafür, dass du dieses Buch gelesen hast, dass du bis hierher gekommen bist. Wenn es dich berührt hat, wenn es dich auch nur für einen Moment aus der Realität entführt hat, dann ist diese erste Aufgabe erfüllt.

Dann ging es darum, ein Monster zu töten. Noch nie zuvor war ich so begeistert von einer Geschichte, sie war eine wunderbare Ausrede, um all meine nerdigen Fantasien auszuleben. Aber wie mir viele andere Autoren und Autorinnen und Verlagsfreunde sagten – Buch Nummer zwei ist ein ganz anderes Kaliber. Man weiß, was auf einen zukommt, man verbringt Stunde um Stunde damit herauszufinden, was man anders machen muss, was man beim ersten Mal gut gemacht hat, und setzt sich selbst unter wahnsinnigen Druck, weil man versucht, es allen recht zu machen und doch fürchtet, dadurch das Gegenteil zu erreichen. Ohne die ständige Unterstützung und Rückversicherung durch meine fantastische Agentin Florence Rees und meine wunderbar verständnisvolle Lektorin Amy Mae Baxter hätte ich dieses Buch niemals fertigstellen können. Molly Walker-Sharp, ohne dich wäre ich keine Schriftstellerin, also danke ich dir für dieses Buch, für das letzte Buch und für alles, was noch kommt. Rebecca Ritchie, danke, dass du so eine brillante Agentin bist und mit Florence zusammengearbeitet hast, um dieses Buch auf den Weg zu bringen. Das gesamte Team von Avon und HarperCollins sind wahre Wundertäter. Ohne die unglaubliche Arbeit jedes Einzelnen von euch würde dieses Buch nicht existieren. Danke, Raphaella Demetris, Emily Chan, Maddie Dunne Kirby, Ella Young, Samantha Luton, Katie Buckley, Emily Gerbner und Vasiliki Machaira. Vielen Dank an das große Talent von Sarah Foster für die Gestaltung des Covers und an Helena Newton und Rachel Rowlands für ihre scharfen Augen. Es braucht wirklich ein ganzes Dorf, um eine solche Bestie zu erlegen.

Und schließlich war dieses Buch auch eine Suche nach mir selbst. Auf halber Strecke des Schreibens zog ich aus dem Tower of London aus, zurück in meine Heimatstadt und in mein altes Kinderzimmer. Plötzlich hatte ich das Gefühl, alles verloren zu haben, was ich mir aufgebaut hatte. Ich hatte meine Familie im Tower verloren, und ich musste herausfinden, wer ich außerhalb des »Tower of London Girl« war. Dieses Buch wurde zu einer Brücke zurück nach Hause, es wurde mein Weg, mich daran zu erinnern, dass ich trotz allem, was mich zurückhielt, weitermachen kann, dass ich weiterhin etwas aus meinem Leben machen kann. Ich habe Debbie Pries zu danken. Sie ist die erste Expertin, die mir zugehört hat, die mich verstanden hat und die es dadurch, dass sie meine Neurodivergenz bemerkte, geschafft hat, dass mein eigenes Buch Sinn für mich ergab. Ich werde meinen Freunden im Tower auf ewig dankbar sein, ich vermisse euch alle (Gary B., dein Lachen vermisse ich am meisten). Gary und Tamika, ihr werdet immer meine Familie sein, und ich liebe euch beide. Meiner ganzen Familie, die mich immer daran erinnern wird, wer ich bin, und die mich bei jedem Schritt unterstützt, danke ich für ihre bedingungslose Liebe. George, danke, dass du den Geek in mir wiedererweckt und jede meiner Marotten und Obsessionen gefördert hast.

Ein besonderes Dankeschön geht an Jon Gaish von Warhammer Boston. Danke für die Beantwortung all meiner LARP-Fragen und dafür, dass du die Saat für dieses Buch gelegt hast. Vor allem aber danke ich dir dafür, dass du einen sicheren und einladenden Raum in unserer Gemeinschaft geschaffen hast. In deinem Laden kann jeder sein, wie er will, du bietest den Leuten einen Ort, an den sie gehören können, ob für fünf Minuten oder einen ganzen Tag. Du sprichst mit jedem Menschen, der deine Türschwelle überschreitet, wie mit einem alten Freund. Der Wert solcher Freundlichkeit und eines Lächelns kann gar nicht hoch genug eingeschätzt werden. Du bist wirklich eine Inspiration (auch wenn mein Freund viel zu viel Geld in deinem Laden ausgibt!) Wenn mich dieses Buch irgendetwas gelehrt hat, dann, dass Quests zwar gefährlich sein können, man den Drachen aber nicht allein erlegen muss – und, hey, mit den richtigen Leuten kann es sogar ziemlich lustig sein.